AGARA

Norio Enomoto

アガラ

榎本憲男

朝日新聞出版

contents

0　長い話の前のちょっと長い話　006
1　故障（グージャン）　修理（リペア）　漂白（ブリーチング）　044
2　エレナ　116
3　パンク村　アガラ　154
4　ようやく登場したあいつの長い話　306
　インターミッション　361
5　やさしい心　363
6　愛じゃなくてもやっぱり愛だ　447
7　君たちへ　495

cover design

JUN KAWANA

アガラ

〔大同世界（タートンシージェ）　憲法前文〕

我々、大同世界の住民は、人類というひとつの種である。太陽系第三惑星というひとつの星、そこに発生した複雑ではあるがひとつの歴史、巨視的に眺めればひとつの伝統を持ち、この地球を生きる場として共有する仲間であるという自覚のもと、相互の尊敬と不断の努力ならびに協力によって運営され更新され続けるひとつの惑星共同体を持続せしめんことを、我々はここに宣言する。

我々は、人類の伝統と文化的遺産を尊重し、以下の三つの理念を掲げ、ここに大同世界の憲法と定める。

Ⅰ．大同世界は平和でなければならない。

Ⅱ．大同世界では種や生まれ血統などに関わりなく人権は平等に尊重され、最低限の文化的生活が保障される。

Ⅲ．大同世界では個人の自由はできる限り重んじられる。

（以下略）

0　長い話の前のちょっと長い話

やあ、来たね。まあかけてくれ。

飲み物はなににする？　コーヒーでも紅茶でも。緑茶もあるよ。好きなものを選んでくれればいい。コーヒーはインスタントだし、お茶はティーバッグになるけどね。俺はコーヒーにしよう。まあ、気楽に聞いてくれ。そのほうがこちらも話しやすいから。

というのは、この話はかなり長くなる。だから、最初からあまり身を入れて聞くともたないよ。どのぐらい長いかは話してみないとわからない。朝までかかるかもしれないな。――そんな驚いた顔するなって。もちろん腹だって減るだろうから、そのときはちゃんとブレイクを入れるさ。

さて、どこから話そうか。すっごく昔からって言うのなら、１９７７年からになる。いまから１００年以上も前だ。その年になにが起こったのかって？　セックス・ピストルズってパンクバンドが『どうでもいいだろ、くそったれ！（Never Mind the Bollocks）』を出した。パンクバンドってのもピンとこないかな。ま、そいつもまた話すし、曲も聴いてもらいたい。そのほうが話が早いだろう。とにかくパンクってのはロックの――、ロックはわかるかい、ロックミュージック、そのスタイルのひとつだ。

　で、1977年はパンク元年にあたる。さっきも言ったようにセックス・ピストルズの『どうでもいいだろ、くそったれ！』が出た年さ。でも、君らにしてみたら、そんな大昔からはじめられてもなあってなるだろうし、俺にしたって順々に話していくのは疲れる。

　もっとも、俺の話ってのは、昔はこうだった、世界はこうだったんだぜって話さないと、ピンと来ないシロモノではある。とはいえ、それを先にたっぷり話してから、「いいかい、こういうことだ、それでね」ってやると、本編がなかなかはじまらない。当然、君らは焦れる。だからひとつルールを決めよう。「話がスローダウンしそうなトピックはどんどん先送りにする」ってルールをね。「重要なことではあるけれど、これはあとで話すから、いまは頭の片隅に入れといてくれればオーケー」ってことだ。いいだろ。まあ君らが悪くったって、そうしちゃうけどさ。とにかく、1977年がパンク元年だってことだけ覚えておいてくれ。

　で、パンクだ、パンクロック。パンクってのはロックのスタイルのひとつだってさっき言った。どんなスタイルなのか。特徴のひとつにラブソングを演奏らないってのがある。「愛がなんだ！」ってシニカルに吐き捨て、「わかってたまるか！」ってシャウトする、これがパンクの基本姿勢だ。もちろん重箱の隅をほじくり返せば、例外ってやつは必ず出る。だけど、あえて無視する。とにかく、パンクってのは「ラブソングなんか歌ってる場合じゃねえ！」って**攻撃的にシャウトするロック**だってことを頭に入れてほしい。

攻撃的ってことは、パンクには攻撃する**敵がいた**ってことだ。パンクが照準器の中に捉えていた敵はとてつもなく強かった。そいつはどんどんパワーアップして、巨大な怪獣になった。そして、ひとつに統一された世界、大同世界（タートンシージェ）を作ってしまったのさ。

ははは、そんな顔をするなって。でも気持ちはわかる。たしかに、パンクロックなんてチンケなものと世界状勢を並べられたら誰だって面食らう。俺もそうだった。**あいつ**からこの説明を聞いたときにはね。**あいつ**って誰かって？　うん、その紹介もあとにしよう。

さて、時計の針をぐっと進めるよ。50年後の２０２７年だ。世界がこうなったきっかけの事件があった年だから、ここからはじめるのは悪くないだろう。俺は十歳だった。

この年、アメリカはざわついていた。中国に抜かれてしまったからね。なにをって？　ＧＤＰだ。ＧＤＰってのは、戦争をどこまでやり切れるかって観点から国力を測る目的で作られた指標さ。そして、後年、国の経済力もこいつで測られるようになった。——ま、そんな話はどうでもいいか。肝心なのは、２０２７年に中国がアメリカよりも強大になったってことだ。国際社会における経済のパワーバランスが変わって、中国が世界に君臨するようになった。この事件はのちに「大逆転（China Surpass）」と呼ばれるようになる。聞いたことあるだろ。中国の近隣諸国はいっせいに、中学校の必修科目に中国語を加えはじめた。いま世界中で中国語が話されているけれど、そうなった節目の年が２０２７年だ。

テレビでこのニュースを見て、俺の両親は暗い顔をしていた。「なんてこった」とため息をついてた親父（おやじ）の暗い顔が忘れられない。ただ、俺が成長するにつれて、どっちの国が強いの弱いのなんて話は、話題に上らなくなっていった。**国ってものが消えた**からさ。どっちもこっちもなくなっちゃったってわけさ。

そう、さらに十年経(た)った２０３７年、世界が統一され、大同世界が樹立され、大同世界憲法が発布された。年号にやたらと７がでてくるんで一桁目の７を意識すると覚えやすい。１９７７年は「パンク元年」、２０２７年は「大逆転」。そして、２０３７年が大同世界が誕生した「世界統一元年」、**大統一**(Grand Unity)の年だ。

この六十年間で世界は大きく様変わりした。六十年後の勝者は誰だったのか。アメリカでも中国でもなかった。勝ったのは**パンクの敵**だった。パンクの敵が徹底的に世界を変えた。パンクがハードロックに負けたなんて話じゃない。まあ、もともとパンクって、威勢はいいんだけど、なにかに勝ったためしはなかった。もっとも、ボロボロなのに負けてないぜって虚勢を張るのは得意だったけど。じゃあパンクの敵がどんな具合に勝利したのか、この世界を統一することが、彼らにとってどんな意味があったのか、そもそも戦いの目的はなんだったんだ、なにを巡って戦ってたんだ。——そう訊(き)きたくなるのも無理はない。だけど、こいつも〝先延ばしルール〟でスキップしちゃおう。

ただ、連中が勝ち取ろうとしたもの、それは無意識の中でうごめく欲動を満たすことだったってことは言っておくよ。エデンの園を追われた後からずっと持ち続けてきた強烈な欲動、その疼(うず)きをなんとか鎮めるためにやつらは世界を変えた。まあ、これも**あいつ**から聞いたのを、もっともらしく俺が喋(しゃべ)っているだけなんだけど。

話を大統一元年の２０３７年に戻そう。世界がひとつになったことを祝って、いたるところで盛大な催しが開かれていた。都市に人が溢(あふ)れ、おびただしい花火が夜空に開き、歓喜の声が上がった。世界がひとつになったことが本当に嬉(うれ)しかったのか、単に、歴史の節目に立ち会えたことに興奮してたのか、それとも、騒げるときには騒がないと損だって打算が働いたのか、そいつはわからない。ところが、**世界がひとつになることによって逆にみんながバラバラになる**ってことに気づいている者は、ほとんどいなかった。その数少ないグループのひとつがパンクスだったんだ。

さて、その頃、俺は、高校生活の終盤から参加していたバンドが解散したばかりで、それに解散のしかたが最悪だったこともあって、ひどく落ち込んでいた。パンクバンドだったのかって？　いやパンクを演奏(や)っていたのは、このひとつ前のバンドだ。すこし込み入っているので、順を追って話そう。

親父の影響もあって、俺は幼い頃からロックミュージックに親しんできた。中でもパンクが好きだった。パンクと言ってもこれまたいろいろあるんだけど、パンクロック全般を愛聴していた。70年代後半のロンドンやニューヨークを拠点とした初期パンクムーブメント、ワシントンD.C.で発生し、その後ニューヨークに飛び火したハードコア・パンク、レゲエを取り入れたの、メタル化したもの、みんないいと思ったね。高校生のときにメンバーを集めてバンドを組んだ。まずは好きなバンドのカバーをはじめた。ピストルズの「なにも感じねえよ(No Feelings)」、ダムドの「いかしてるじゃん（Near Near Near）」、ジャムの「地下に潜るよ（Going Underground）」、クラッシュの「白い暴動（White Riot）」なんて曲をやったあとに、徐々にオリジナルナンバーも追加していったんだ。

　あまり受けなかった。受けない理由はわかっていた。単純な話さ。パンクってのがもう時代遅れのシロモノになってたんだ。つまり、その頃は、どんどん社会保障が充実してきて、底辺のレベルがぐっと持ち上がり、パンクは攻撃的な持ち味を発揮しようがなくなってた。ん？この説明じゃわかりにくいって？

　パンクが生まれた１９７０年代後半のイギリスは大不況の真（ま）っ只中（ただなか）だった。そんな時代にロンドンで生きる労働者階級の苛立（いらだ）ちが、クラッシュに「暴動を起こしたいぜ！」って歌わせた。けれど、この「白い暴動（White Riot）」って曲を俺がカバーした２０３４年には、切羽詰まった貧困は地球上から解消されつつあった。だから、歌ってて「んー、なんか変かも」とは感じてた。人種による差別もなくなりつつあったし、ゲイやレズビアンの権利だって保障され、ややこしいトランスジェンダー問題もみんなで議論しながら解決していきましょうって方向が確認されていたんだ。

　じゃあ、パンクバンドなんてやる必要ないじゃんって思うだろ。その通り。だけど、俺が演奏（や）ったのはパンクだった。パンクであるべきか、パンクであらざるべきか、それが問題だ。

　あるべきだって確信はなかった。だけど、パンクでありたいなとは思っていた。パンクスは負けても負けてないぜって虚勢を張ってイキり続ける蛮族だ。人々が新しい人類の夜明けを祝って街にくりだしているときに、地下のちっちゃなライブハウスで「そんなこと知るかよ、くそったれ！」ってシャウトする生き物なのさ。パンクスは絶滅危惧種だった。けれどまだ死滅してはいなかった。そして俺は、死んじゃいないぜって叫びたかったんだと思う。

とにかく、当時パンクは、露骨で悪趣味で品がない時代遅れのガラクタみたいな目で見られてた。だけど、時代とズレまくっているパンクにどうして惹(ひ)かれてしまったのか。なぜ俺は、2030年半ばにパンクを聴き、パンクについての資料を漁(あさ)り、「俺も1977年のロンドンで『こんな社会はクソだ！』ってシャウトしたかったなあ」なんてアホなことを思い描いていたのか。それは俺にも謎だった。実は、君らに話しているこの話ってこの謎を解くために話しているようなものなのさ。――あはは、そんな災難にあったみたいな顔をしないでくれよ。

ともあれ、バンドの人気がイマイチなんで「やっぱりパンクじゃないよな」ってな感じで、メンバーがぽつぽつ抜けはじめた。上手なメンバーからよそのバンドに声をかけられ、去っていった。まずドラムが去り、ベースが去り、もう片方のギターはバンド活動自体をやめると言って去っていき、最後に俺が残された。

暇になっちゃったなあと思っていると、うちでギターを弾かないかと声をかけられた。驚いたよ。その誘いがプロからだったんで。しかも、パンクじゃなくて、洗練されたお洒落(しゃれ)サウンドで注目されはじめてたバンドだったからさ。バンド名はオールモスト・ハッピー。こんなバンドがパンクなわけがない。オールモスト・ハッピー(だいたい幸せ)だぜ。まあ、いまどき「LAは燃えてるぜ」って訳にもいかないやと思い、俺は加入した。ああ、これはね、クラッシュってバンドの「ロンドンは燃えてるぜ(London's Burning)」って曲があって……ま、どうでもいいかそんなこと。で、とにかく俺はこの誘いを受けた。

　オールモスト・ハッピーは、女性ボーカルのエレナを中心とするバンドで彼女がすべての曲を書いていた。もともと彼女がギターを抱えてソロで歌っていたところに、アレンジが得意で、その腕を惜しみなくふるえる素材を探していたシーランが「一緒にやろうよ」と持ちかけて結成したバンドだった。

　ある日、俺はシーランから、「ケイからエレナに話してくれないか」と相談を受けた。

　なんか変だなと俺は思った。エレナを中心とするバンドではあったけど、切り盛りしているのはシーランだったからさ。とにかく、シーランは、ほかのメンバーへの連絡やスケジュール管理、気難しいエレナのご機嫌とりもやっていたし、レコード会社やイベンターとのやり取りなんかも引き受けてくれていて、実際はプロデューサーみたいな存在だったので、エレナになにか申し込みたいときはシーランからってのがバンド内の約束ごとになっていた。それでもシーランはこのとき、「ケイから言ってくれたほうがいいと思うからさ」と説明した。

　シーランの中では、俺はエレナの〝お気に入り〟ってことになってたんだ。俺の加入は、パンク時代の俺のバンドのライブを見て、二代目のギタリストとして迎え入れたいとエレナが言って決まったんだそうだ。シーランはこのことを俺に教えたあとで、こうも言ったよ。

「正直言うと俺は、反対したんだよね。こっちが書いたアレンジをちゃんと弾いてもらえるのかなって不安だったから」

　もっともな心配だった。シーランのスコアは難しくて、注文も細かかったんだ。そこさ、コードの一番低い音はかならずDにしてくれ、無理なら六弦は一音落としてチューニングしてもかまわないから――なんて言われるたびに俺はめげた。音合わせがはじまる直前まで、スタジオの廊下の椅子に座ってギターを抱え、必死で運指のおさらいをしていたよ。

そんなシーランの反対を押し切って、エレナは俺を加入させた。ケイの書く曲はなかなかいい、見所があるよって説得したみたいだ。曲作りで手伝ってもらうこともあるかも、とまで言ったので、シーランは折れるしかなかったんだそうだ。

「で、なにか問題でも」って俺は訊いた。

「エレナが昔のロックを二曲カバーしたいと言いだしたんだけど、バンドにとって最悪のアイディアとしか思えないんだ」

その二曲は、パンクの古典だった。一曲はさっきから名前が挙がっているバンド、クラッシュの「こちらロンドン（London Calling）」。

「たしかに、オールモスト・ハッピー的ではないかもね」

と俺は部分的にシーランに同意した。さっきも話したけど、クラッシュがこれをリリースした頃のイギリス経済は絶不調で、失業者が街に溢れ、貧乏人はその日の飯を心配しなきゃならないような有様だったから、これからはヤバいことがどんどん起こるぜって歌詞も切実だったろう。たしかに、エレナがこの曲をカバーしようとした当時も、金持ちと貧乏人との格差はがんがん開いていた。なぜなら、一方が「そんなに稼いでどうする」って言いたくなるくらい貯め込んでいたからだ。けれど、同時に、最底辺のレベルは向上していて、発展途上国の生活水準なんかも改善されつつあった。つまり、格差は開いていたけど、ボトムは持ち上がっていた。どうしてか？　先進諸国が社会福祉政策に本腰を入れはじめたからさ。すくなくとも地球上から餓えは根絶されつつあった。だから、クラッシュが歌った頃とは世界は大きく様変わりしていたんだよ。

「ケイだってそう思うだろ」俺の言葉にシーランは勢いづいた。「だけどエレナは歌詞を書き換えてでも歌うんだって言うんだ。タイトルも、『こちらエレナ』に変えるんだってさ」

「歌詞を変える？　どんな風に？」

「出だしは『エレナからあなたがいる遠い世界へ呼びかけてます。なにも起こらないのはなぜ』」

「――なるほど。それから？」

「細かいところは覚えてないけど、『食糧は満ち足りてるけど孤独だ』とか、『エンジンは快調だけど、世界は止まっているみたい』とか。――なんなんだよこれは」

へえ、聴いてみたいなと思いつつ、

「もう一曲はなに？」と俺は尋ねた。

「こっちはもっと最悪だ。『リンダリンダ』。ブルーハーツって日本のバンドの曲なんだけど」

おお、そいつは俺のフェイバリット・ソングじゃないか、と言いかけてその言葉を飲み込んだ。

「さらに最悪なアイディアを聞かせてやる。エレナはこの曲をケイに歌わせようとしているんだ。まさかケイ、一曲くらいボーカルを取らせてくれなんて言ってないよな」

賛辞を贈ってから、シーランが心配している話題をさりげなく持ちだした。

「ケイもやっぱりよくないと思うわけ？」

エレナはカフェオレのカップを持ち上げ、俺の顔を覗(のぞ)き込(こ)むようにして言った。

そうだなあ、と俺は言った。最終的には、エレナがやりたければやればいいじゃんって思ってた。ただ、シーランに、「なんとか思いとどまらせてくれ」と強く言い含められていたので、自分の気持ちにあまり嘘(うそ)をつかないで言おうとしたら、

「まあ、オールモスト・ハッピーらしくはないかな」なんて台詞(せりふ)になった。

「らしさなんて……」

エレナはエッグベネディクトにナイフとフォークをぐいと突き立てた。

「すくなくともシーランは大事だと考えてる」と俺はアボカドトーストを一口かじった。

「ケイはどうなの？」

俺はちょっと考えてから言った。

「もったいない気がするな」

「もったいないって？」

「エレナは曲が作れるんだから、別にカバーなんかやらなくたっていいだろって思うんだ。『リンダリンダ』や『こちらロンドン(London Calling)』くらいのオリジナルはいくらでも書けるさ」

我ながら、うまいこと言ったもんだと感心したね。それにエレナだって、

「それは褒めすぎだって」なんて笑ってたし。

それから、「そおかあ」なんてつぶやいて、フルーツヨーグルトを掬(すく)ってまた、「そおかあ」と言って舐(な)めていた。ちょっとは納得してくれたかなって俺は思った。そうして俺たちは、バンドの話から離れて、最近見た映画の話や、読んだ本の話をした。エレナは俺とちがって読書好きで、このとき愛読書をたくさん挙げてくれたけれど、メモを取っておけばよかったなとあとで思った。その中に『やさしい心(A Gentle Spirit)』があったような気がしてならないんだ。なぜそのドストエフスキーにこだわるのかって？　それはいずれわかるさ。

「じゃあ、また」

別れ際に俺は言って、店の前で手をさし出した。100パーセントエレナが納得してるわけじゃないのもわかってたから、また話さなきゃとは思ったんだ。シーランに言いつけられてではあったけど、俺にとっては楽しいブレックファースト・ミーティングだったしね。

エレナは俺の手を握ると、ぐっと腕を引いて俺を引き寄せ、ハグをした。普段はそんなことしてくれなかったから、なにかおかしいと疑うべきだったんだけど、お、ラッキーなんて喜んでた。

その日の夕方にシーランから電話があった。カバーじゃなくてオリジナルで勝負したほうがいいと意見した、エレナも考えてみると言ってくれた、と報告した。シーランはそうかご苦労様と言って電話を切った。

三日後、俺たちは練習スタジオでエレナを待っていた。けれど、一時間過ぎても彼女は姿を現さない。電話しても通じないから、その日のセッションはバラして、俺が様子を見に行くことになった。ところが、ドアをノックしても、反応がない。心配になって、管理人に頼んで開けてもらうと、エレナはバスタブの中で手首を切っていた。

後年、俺は死体をいくつも見ることになる。けれど、魂が抜けた肉体を見たのはこれがはじめてだった。

口はかすかに開き、青い目はまっすぐ前の鏡を見つめていた。「私は私に投げ返されて」と歌っているみたいだった。

突然、足元が崩れた。俺は深い穴に落ち、その底でなにも考えられなくなった。

穴の開口部では「私は誰でもなくなって」というエレナの歌声が漂っていた。けれど、それはもうこのリアルな世界の空気を震わすサウンドじゃなかった。

いったいどんな話をしたんだ、とシーランは俺を問い詰めた。

記憶をたどりながら、俺はエレナとの会話をなるべく忠実に再現した。話の内容はもちろん、カフェの名前や場所、席についたときの時刻や座ったテーブルの位置、彼女の服装や、オーダーした食べ物や飲み物まで、シーランに訊かれなくてもこと細かに話した。

シーランは黙って聞いて、話が終わると、俺を責めたくても責めようがないと判断したのか、深いため息をついてから、

「そうか、わかった」と言った。

けれど、俺は自分を放免できなかった。あのカフェでのエレナとのシーンを頭の中でリプレイしつつ、こんどはなんども修正を加えていった。あるバージョンの俺は、「どちらでもいいよ、

エレナがやりたければ俺はやるよ」と言った。「二曲とも簡単なコードなので助かるな、シーランにいじめられなくてすむ」なんて冗談を交えるバージョンもあった。「いいと思うよ」とシーランを裏切ってエレナに加担するものや、「エレナがどうしてもやると言ったら、シーランだって腹を括るだろ」なんて頼もしいことを言ったりするケースもあった。別れ際のハグがハイタッチに変わったりも。けれど、修正したリプレイは、かえって後悔を増幅させた。

俺はただただ部屋に閉じこもってくたばっていた。ギターに手を伸ばすなんて気にはなれなかった。けれどシーランは、なんとかバンドを維持しようと動いていた。

オールモスト・ハッピーを存続させるために新しいボーカリストを入れるというプランを知って、俺は激しく反対した。エレナがいないオールモスト・ハッピーなんてありえない。それは説明不要であり、自明なことだったし、エレナが書いた歌詞とメロディーをほかのボーカリストが歌うなんてのは、俺にとっては端的にありえないことだった。

「だったらやめてくれ」

電話口でシーランに言われ、ああそうだったと俺は遅ればせながら気がついた。シーランにとって俺はエレナに言われて背負い込んだ厄介者だった。もっと上手い弾き手を入れたくてウズウズしていたのだ。

「無理だと思うよ」

生意気にも俺はシーランにそう言った。無理というのは、エレナ抜きでオールモスト・ハッピーを存続させようというシーランの魂胆についてだった。

「ニュー・オーダーの例があるからな」
シーランはそう言って電話を切った。シーランはこのバンドの例にあやかろうと思っていたようだ。ニュー・オーダーを知らないって？　ジョイ・ディヴィジョンを前身とするバンドでさ、で、そのジョイ・ディヴィジョンで作詞を担当していたボーカリストのイアン・カーチスが首を吊(つ)ったんだ。こうなるとバンドはたいてい解散するんだが、残ったメンバーはバンド名を「ニュー・オーダー」に変えて活動を続けることにした。それが前以上に人気を得たんで、シーランはこの路線を狙ったってわけだ。シーランにしてみれば、エレナはあくまでも〝素材〟だったのかもしれない。

ただ、やはりまったく受けなかった。ジャニス・ジョプリンの後釜にほかのボーカリストを据えて、バンドを継続したビッグ・ブラザー&ザ・ホールディング・カンパニーみたいな結果になったわけさ。まあそうやって細々とバンドを継続するのもありかもしれなかったが、シーランは野心家だった。ニュー・オーダー計画に見切りをつけて、バンドを解体し、その後、プロデュースやアレンジの方面に自分の才能を売り込み、売れっ子プロデューサーになった。

けれど、頓挫(とんざ)したはずのニュー・オーダー計画は、巨大な権力と持株会社(ビッグ・ブラザー&ザ・ホールディング・カンパニー)によって実はひたひたと進められていた。ニュー・オーダー、つまり新しい秩序(アルケノーヴァ)によって地球全体を覆ってしまおうという一大プロジェクトがね。ま、ここはこじつけだけど。

で、俺はというと、さっき言ったように、ずいぶん長いことくたばってた。それでもだんだんこんなことばかりはしていられない、と思うようになった。ただ、バンドを続ける情熱はもうなくなっていた。メンバーを集めるのが怖かったし、俺に声をかけてくれるバンドも現れなかった。

それで、とりあえずなにか職に就かなきゃって思いだしたんだ。ところが、これが大変だった。というのは、俺が高校に入学したあたりから、世の中が激しく様変わりしはじめ、就職ってものを意識したときは、その変化の真っ只中だったんだ。どんな変化なのかって？　コンピュータが人の仕事を奪って、それまでごまんとあった仕事が猛烈な勢いでこの世から消えつつあったのさ。

まず、受付や経理や総務って管理業務が部門ごと消えた。高給を取っていた弁護士や医者や教師や経営コンサルタントなんて専門職も、かなりの部分をコンピュータが代行というか人間よりも上手にやりはじめた。とにかく、かなり特殊な技能の持ち主でもない限り、仕事にありつけなくなったんだ。

音楽に関しても、ＡＩが作ったものがいろんなところで使われはじめてた。映像や映画に被せる音楽は、編集担当がアプリを使って作ることができるようになったし、むしろそのほうが作業がはかどるって話もではじめてた。ただ、バンドってのは特別で、別枠で存在してた。だから、バンドマンだった俺はこの変化に気づくのが遅れた。やっぱミュージシャンは無理、バンドはもういい、もすこし自分の身の丈に合った仕事を探そうと思ったタイミングで、激変した社会とご対面とあいなったわけだ。

社会の階層は二つに分かれていた。〈職があって裕福な暮らしができる金持ち〉と、〈職がなくてそこそこの暮らししかできない連中〉とだ。つまり、金持ちとそこそこ。ほかにもいろんな言い方をしたな。プラチナとブロンズ、アッパーとモデレート、中国語だと、富裕（フーユー）と平均（ピンジュン）、財富（ツァイフー）と穏定（ウェンディン）、黄色と白なんてのもあった。これは肌の色じゃなくて、目玉焼きから来てる。中心の黄身が金持ちで、回りの白身がそこそこってわけさ。

で、そこそこなんだから、死ぬほど貧乏ってわけじゃない。つまり、格差はあるけど底は抜けていなくて、むしろぐっと持ち上がって、食うに困るような貧乏人はいない社会が実現しつつあったんだ。そう、パンクスが振り上げた拳（こぶし）の下ろす先はますます見えなくなっていた。

けれど、おかしなことに自殺者は減らなかった。そして、その原因がよくわからないのがまた奇妙だった。この現象はまず先進諸国で現れた。そこそこの暮らしをしているのに、電池の切れた玩具（おもちゃ）みたいに、ぱたっと生きるのをやめる連中がではじめたんだ。自殺の総数は減らなかっただけで、激増したわけではなかったから、これはあまり問題にはならなかったけれど、不思議だろ。

実は〈金持ち〉と〈そこそこ〉以外にもうひとつ〈見えない階級〉があった。そいつらはハイパーリッチ、あるいはクレイジーリッチなんて呼ばれてた。もちろん、いつの時代にも超金持ちってのはいるもんだ。だけど、この時代には、あの人はクレイジーリッチだよ、と名指しされることはなかった。彼らが人前に姿を現すことは決してなかったんだ。だから本当にいるのかもわからない。だけど、噂（うわさ）は消えない。——そういう存在だったのさ。

そいつらには、ほかにもいろんな呼び名があった。巨人たち（タイタンズ）とか、ウルトラ兄弟とかさ。ウルトラ兄弟ってのは傑作だろ。このネーミングは日本の子供向け特撮番組「ウルトラマン」シリーズから来てる。超絶(ウルトラ)にスゲえやつらって意味さ。ほかには、アルケノーヴァってのがあったよ。これは〈設計〉や〈管理〉あるいは〈秩序〉〈本質〉を意味するArkeと、〈新しい〉のNovaを組み合わせて、この世界を画期的な新秩序で管理する影の集団を暗示する語だった。

さて、これ以上先に行くと戻って来られなくなっちゃうから、ウルトラ兄弟についてはこのへんにしよう。働かなくてもそこそこ暮らせる社会ができた。なぜ働かなくても食えちゃうのか。それは、食わせなきゃしょうがないって事情が生まれたからさ。職にありつけるのはごく一部の人間だけってことは、裏を返せば失業者だらけの世の中になったってことだ。石を投げれば失業者に当たる状況で、働かざる者食うべからず、とは言えないだろ。なので、先進諸国は、手厚いベーシックインカム制度を政策に盛り込みはじめた。

で、不思議だったのは、各国が実施したベーシックインカム制度にユニバーサル・ローンって変な名前がつけられてたことだ。ローン。貸し付け、つまり借金。

ユニバーサル・ローンの金は、GUB(ガブ)、世界統一銀行(Global Unity Bank)から各国政府へ貸し出され、各国政府からそれを必要とする市民へ貸し付けられた。つまり、お金に余裕ができたら返してねって体裁になった。ただ、返済したって話は聞いたことがない。なぜかって？　返せと催促されないからさ。もらったつもりになっていても不都合が生じなかったからだ。ただし、やはりそれは借金だった。そして、節約して貯め込んで、もう必要ありませんということはできなかった。ユニバーサル・ローンのマネーは特殊な設計になっていて、振り込まれてから使わないで貯めておくと少しずつ減額していくしくみになっていた。だからみんな使った。使うなと言われるよりよかったけれど。

　大統一後には、各国通貨で記載されていた負債はゲル建てに揃（そろ）えられ、その額面がバイオチップに記載されるようになった。

　そうして積み上がった借金には返済義務はあるにはあるが、罰則はなく、督促もない。けれど、借財は確実に増えていき、政府から届いたメールでその数字を確認する義務だけは厳格に課されていた。メールを開封し、累積債務の数字を確認する時、人々はなんだか呪いがかけられている気分になった。DTD、死ぬまで借金（The Debt Till Die）って揶揄（やゆ）するやつもいた。そう言いながらも、ちゃんともらってはいたけれど。

　なんのためにここまで大盤振る舞いしたのかって？　暴動を起こさせないためだろうね。あなたが職を得られないのはあなたの能力の問題です、どうぞ餓死してください、なんて言われたら人はなにをするかわからない。それはまずいと判断したんだろう。

　とにかく、人はみな日がな一日ブラブラしてても、食うには困らない世の中になった。羨ましいかい？　まあね。それでいいやと思ってた人も大勢いた。だけど、不思議なことがふたつあった。ひとつは、さっきも言ったように、働かないでも食える世の中になったのに、自殺者が減らなかったことだ。ふたつめの不思議は、それでも働きたがる者がいたことだ。こういう人たちの中にはそこそこの収入じゃ満足できない、もっと稼いでもっといい暮らしがしたいってやつらが多かった。けれど、とにかく働きたいんだって変わり者もいた。それも、どこかに出勤して、同僚らと交わってってって類の仕事をやりたがった。公園の掃除にさえ結構な人数の応募があったし、薄給でもいいからと言って、めっきり減った塾の講師に自分を売り込むエリート校出身者もいたんだぜ。

俺はこちらのタイプの人間だった。なにせ元バンドマンで、バンドの楽しみってのを味わった人間だったからね。バンドの楽しみ？　そりゃあ一緒にせーので音を出すことだ。てなわけで、バンドを失ったバンドマンの俺にとって、人と出会うってことがなにより肝心だった。俺にとって〝働く〟ってのは〝人と出会ってなにかを一緒にやる〟ってことだった。

もちろん、俺みたいなのは少数派だったよ。ほとんどの人は、職場の煩わしい人間関係から解放されてプライベートな時間を過ごせるのを喜んでた。あとすこし稼ぎたけりゃ、自宅のコンピュータに向かって、株を買ったり売ったり、安全圏内で先物取引すればいくらかにはなるって言われてた。実際、結構な金額を稼いでるのもいたみたいだ。けれど、やっぱり俺はそっちのタイプじゃなかったんだな。

ところが、さっきも言ったように、職探しが難しい時代だった。ブルーカラーのほうはまだ働き口があった。建築現場やインフラ設備の作業員の仕事なら見つけるのにさほど苦労しないですんだ。ただ、工期が終わればまた無職に戻ってしまう。長期雇用なら、軍職と警察は求人が結構あったし、採用のハードルも低かった。俺が目をつけたのは軍のほうだ。入隊しよう。俺はそう考えた。

体力には自信があった。息子にはすこしは日本人らしいことをやらせてやろうと思った親父は、幼い頃から柔道と空手のジムに俺を通わせた。俺は、ギターとちがい、そっちのほうはなかなか筋がよかった。アジア系なのを馬鹿にした上級生の顔面に正拳を打ち込んで鼻を折り、顔面を血だらけにしてやったこともあったし、報復に来たやつの腕を、キムラロックって技で粉砕して、病院送りにしてやったこともあった。親父は学校に呼び出され、校長からさんざん小言を食らったみたいだけど、俺にはなにも言わなかった。で、柔道と空手のブラックベルトが効いたのか、俺はアメリカ合衆国国軍（United States Armed Forces）の入隊試験に合格した。

ところがだ、入隊したのは２０３７年だったんで、入隊とほぼ同時に、世界が統一されちまい、大同世界（タートンシージェ）、英語ではUnity Sphereってのができた。国が、お堅い言葉で言えば、国民国家ってやつが消滅し、世界がひとつになっちまったんだ。

国って形に最後までこだわっていたのは、アラビア半島にあった某王国だった。けれど、この王様もとうとう、石油会社の社主の地位と巨万の富の保障を条件に、王家の解散に同意した。これで、地図上に引かれていた最後の国境が消え、大同世界ができ上がった。これが２０３７年、世界統一元年だ。ただし、そのあと色々こじれたのでこれを〝第一次統一〟あるいは**大統一**と呼ぶことが多い。その色々は後回しにして、統一されたあと、世界はどう変わったのかってことを先に話そう。なんだって？　なんのための世界統一だったのかってのを先に聞かせろって？　うん、まあ、じゃあそうしようか。

大統一の目的っていったいなんだったのか？

当時はこんな具合に宣伝されていた。

平和で自由で平等で、差別のない、誰もが幸せになれる世界を実現するためだ。

悪くない。これが悪いなんて言うやつはへそ曲がりで、天邪鬼（あまのじゃく）だ。元バンドマンの俺もこれには文句のつけようがなかった。だって平和、自由、平等はずっとロックミュージックのお題目だったんだから。

そして、ここが**やつら**の憎たらしいところなんだ。誰も文句のつけようがないものを先にドンと打ち出して、相手の口を塞（ふさ）いじまう。しかも、ある程度はその公約を実現させる。悔しいけど、すごいなとは思うよ。

もうちょい説明しようか。まず、国境が消えて国がなくなった。これは平和に近づくことを意味する。なぜかって？　平和でない状態、つまり戦争状態ってのは、19世紀以降ずっと国家間で勃発するものだったからさ。そもそも国なんてものは、戦争するためにこしらえたものだから、そんな国をなくしちまえば平和になるってわけさ。そして、なにより受けた。ジョン・レノンの「イマジン」を実現しようぜってことだったしね。そして実際、イマジンは、大同世界のテーマソングになった。

国ってものがなくなり、国民も消えた。日本人、ポーランド人なんて呼び方はまだしていたけれど、その言葉が指す内容はちがってきた。たとえばポーランド人なら、ポーランドって地方に住む人たちくらいの意味しか持たなくなった。要するにポーランド人って言葉はすんごく軽くなったわけさ。重みを求め、人は国家以外のサブな帰属先を求め彷徨（さまよ）いだした。ある人は趣味の世界に、ある人はネット上のプラットホームに、ある人はファッションやスタイルに。

とにかく、人と帰属先を結びつけている紐帯(ちゅうたい)は細く軽くなり、いつでも取り替えられるものになっていった。そして、それは「自由」だと宣伝された。

差別もなくなった。生まれや肌の色で人を貶(おとし)めようとすれば、厳しい処罰を受けるようになった。アフリカ圏の人たち、またはアフリカ圏にルーツがある人たちを〝黒人〟なんて呼んだりすれば、あーやっちゃったなんて具合に白い目を向けられた。人はみんなただの人ってことになったのさ。

ただ、小説家なんてのは外見の特徴をなんやかやと書きたがるだろ。ドストエフスキーだって、「彼女はひどく華奢(きゃしゃ)で、背はどちらかというと高めで」とか「彼女の大きな青い物思いに沈んだ目が突如燃え上がった」なんて書いてる。これはさっき話した『やさしい心(A Gentle Spirit)』からの引用だ。だから、小説家なんかが、どうしても肌の色を書きたいと言って聞かない場合は、「マーサはアフリカ系だった」とか、「ジオンゴはアメリカ人が好むコーヒーみたいな色の肌を持っていた」と書くべしってガイドラインもできた。

とにかく、国がなくなり、差別がなくなったおかげで、代わりに自由が現れた。――なんて当時はよく言われてた。平和・自由・平等の三点セットのなかでも、自由ってやつはとても甘くサウンドする。

たとえば愛。パンクは愛じゃなくて怒りを叫んだってさっき言ったけど、だからパンクってのは例外でね、愛こそはロックミュージックのパワーワードだった。

じゃあ、どんな愛が自由になったのかって言うと、たとえば同性愛。男が男を愛したってかまわない、女どうしの結婚もどうぞ、てな感じになった。その中でもっともヤバかったのがAIラブだ。

　AIラブはAIパーソンに本気で入れ込んじゃうことを指す。AIパーソンってのは、AIラバーやAIメイド、AIセクレタリー、AIワイフ、AIハズバンド、AIボーイフレンド、AIガールフレンド、AI（ジャスト）フレンドのことで、コンピュータ・プログラムによって会話と情報処理ができる人工知能だった。最初の頃は上手に会話してくれたり、調べ物やスケジュール管理をしてくれたり、落ち込んでるときに甘いささやきで慰めてくれる程度だったが、ここに強烈なイノベーションが起きた。

　ホログラフィック・ディスプレイ技術によって、ユーザーがAIパーソンにお好みのビジュアルを持たせることができるようになったんだ。これで人気爆発。AIメイドと本気で恋愛する人間が続出し、しかもそれを堂々と公言する者が現れた。これはもう自由が徹底的に浸透したおかげだよ。

　個人の自由を最大限に尊重する、これが大同世界（タートンシージェ）の基本方針だった。ただしこれには、「秩序を乱してなければ」って但し書きがついてた。そう、秩序を乱していなければ、だ。秩序。こいつが曲者（くせもの）さ。国家をなくして、平和と平等と自由を実現した大同世界が拠（よ）って立つところは精巧な秩序だった。

　いや、こういう言い方だって正確とは言えないな。新しい世界が謳（うた）い上げた自由なんて、〝秩序のために与えられた飴（あめ）〟にすぎなかったのさ。大同世界を根底で支えてたのは秩序だったなんて表現も、ちょっとちがう。**やつら**は秩序を衝動的に求めていた。自分たちにとって都合のいい秩序をこしらえるためなら、腹の底じゃ戦争も不平等も不自由も歓迎するぜってくらいにね。

やつらって誰かって？　それが**パンクの敵**だ。世界統一の前夜あたりから、社会の目に見える階層は金持ちとそこそこになったけど、本当はもうひとつ見えない階級があった。巨人たち(タイタンズ)とか、ウルトラ兄弟とか、アルケノーヴァとかさ。実はそいつらこそがパンクの敵だった。そして、世界をひとつにしたのは**やつら**だ。なぜかって？　世界がひとつなら秩序だってひとつでいいからさ。

話を戻そう。秩序さえ乱さなければ、誰だって自由に人生をエンジョイできるべきだって考えが急ピッチで全世界に広がった。

たとえば昔のインドじゃ、おぎゃあって生まれた瞬間から人は階層に分けられてた。そして、生まれた階層によってその人が選べる仕事も決まっていた。これがカーストって制度だ。階層がちがえば同じテーブルで食事もできないってんだから、ひどい話さ。

このカーストって制度に乗っかってた宗教がヒンドゥー教だ。

インドに広く行き渡った宗教としてはほかにはイスラム教ってのもあった。イスラム教は同性どうしの結婚を禁止していたので、自由の観点から見れば、こいつもかなり問題だった。

もうひとつ、インドで生まれて、そこから広く伝播(でんぱ)した宗教が仏教だ。これはヒンドゥー教の親戚だけど、人生ってものは苦しみの連続だなんて説いてた。こんな教えがどうしてアジア一帯に広がったんだろうと首をかしげたくなるよな。

キリスト教も問題ありだ。かなりの宗派が、受精卵になった段階から人間なので、レイプされて望まぬ妊娠をした女性が中絶することも、殺人だとみなしてこれを禁じてた。

こうして、宗教のネガティブな部分のあれこれがクローズアップされ、拡散され、宗教ってのは困ったもんだって風潮がどんどん高まっていったわけさ。

確かに、人生は苦の連続だなんて仏教の言い草は、センス悪(わる)って思っちゃうよ。ただ、楽なことばかりじゃないのも確かだ。じゃあ人生で味わう苦しみの中で、誰にとっても切実でキビシいのはなんだ？　それはやっぱり食う物がないことだ。これはとてもヤバい。

人はみな生きる価値がある。大統一以降、このフレーズは平等を語るときに決まって口にされた。いま思うとそれは、時代の波に乗った合言葉だった。この言葉の裏に潜んでた作為が見えなかったのは、それが圧倒的に正しかったからだ。いや、いまも昔も、誰もが食える世界がよい世界だってことに異論を唱えるやつなんていないだろ。

そう、餓死なんてあってはならない。「自己責任で飢えて死ぬのも、自由に生きた結果だ。以上」なんて言われたら一発お見舞いしてしかるべきだ。ということで、大同世界(ターートンシージェ)がスタートした2037年、飢餓根絶プログラム、英語では〝フード・フォー・オール、中国語で〝食無憂(シーウーヨウ)〟が始動した。文句のつけようがないスローガンで反論を封じ込め、しかもかなりのレベルでそれを実行しちゃうところが、こういう言い方をすると叱られるかもしれないが、うまかった。

「大同世界（タートンシージェ）は誰ひとり飢えさせない」。これはもう絶賛の嵐だったよ。

ただ、さっきも言ったけど、自殺者は減らなかった。そこそこなのに世界を愛せないでサヨナラする連中がいた。その中のひとりがエレナだった。だけど、大同世界のシステムに原因を見つけて論じようとする者は、たぶん、そのスローガンがあまりにも正しかったが故に、いなかった。そして、減っていいはずの自殺者が減ってないことくらいは、さほど深刻な問題とは受け止められなかった。

　そして、誰も文句のつけようのない正しいスローガンの下で、別のプロジェクトが密（ひそ）かに進められていた。俺が語りたいのはそのことだ。ただ、そんなこと言われたってピンとこないよって君らが感じるのも、この時点ではしょうがないさ。ともかく、俺が軍から合格通知を受け取ってまもなく世界が統一され、大同世界になった。

　あれは、合宿訓練でしごかれ、ボロ雑巾みたいになって、週末を兵舎のベッドの上で過ごしていたときだ。隣の同期と、おい、地球上に国がなくなったなら、俺たちはいったいなにと戦うんだ、宇宙人かよ、なんて冗談を飛ばしあってたら、招集をかけられ、なんだよ今日は休みじゃないかってぶつくさ言いながら集合した。すると、現れたのはかなりのお偉いさんで、我がアメリカ合衆国軍は世界秩序維持軍（World Order Keeping Army）となった、なんておっしゃる。世界秩序維持軍？　なんだそりゃって俺たちは顔を見合わせた。そのお偉いさんが言うには、これから俺たちが戦うのは国家ではない、秩序を乱すものすべてだ、ときたもんだ。いやあ、あれには面食らったのなんの。

えっ、次はどんな過程（プロセス）を経て世界がひとつになったのかを説明しろって？　わかった。じゃあ、一曲聴いてもらって、その間に俺は、どう説明すればわかってもらえるかを考えるとしよう。曲はやっぱりこれだな。セックス・ピストルズの『どうでもいいだろ、くそったれ！』から「やってやろうぜめちゃくちゃに（Anarchy In The U.K.）」。

♪　♯　♬　♩　♪　♫　♭

さて、どうだった？　…………なるほどね。まあ、君らにはクラシックすぎてかえって新鮮かもしれないな。

で、考えたんだが、大同世界の成立プロセスについては、**あいつ**にもういちど説明してもらうから、ここじゃ俺の実体験を交えて語らせてくれ。

２０２４年の大統領選挙、もちろんアメリカ合衆国のだ、で大番狂わせが起きた。中国との協調路線を訴えた民主党の候補者が勝利して第四十七代大統領になった。で、この大統領、一期目の四年間で、効果的な政策をなにも打てず、アメリカ経済をガタガタにしてしまったので、２０２８年の選挙では負けるだろうと言われていたものの、なぜか再選され、これで自信をつけたのか、二期目に入ると、手つかずだった銃規制に手をつけた。

追い風も吹いていたんだ。前年にまた高校で銃乱射事件があって、生徒や教師が十何人も死んでいた。もううんざりだって雰囲気が濃厚だったからね、ここぞとばかりに政権は規制に乗り出した。

俺の親父だって、「これですこしは安全になるぞ」って喜んでたよ。「スーパーでライフルが買えるなんてまともじゃない」とも言っていた。だけど、ずっとカリフォルニアで生まれ育った親父には、テキサスの独立心ってのが理解できていなかった。社名に「アメリカン」よりも「サザン」を付けたがる気持ち、メキシコから独立し、テキサス共和国を作り、北部主導の奴隷制廃止に反発し、アメリカ合衆国から脱退すると南部連合国に加盟して南北戦争をおっぱじめた南部魂ってやつが。

２０２０年頃の古い地図があればそいつを広げてくれ。ペンシルベニア州ってのが見つかるはずだ。そのペンシルベニア州とメリーランド州の州境から南に住んでた連中の多くが、銃規制の動きに対して、銃を持つのは市民の権利だって激昂（げっこう）し、抗議しはじめた。もっとも親父だって、連中が反発するだろうくらいは予想してたんだってさ。ただ、テキサス州が州軍を動かして独立運動、第二次南北戦争（Second American Civil War）をはじめたのには、「おいおい本気かよ」っておったまげてた。

親父はまた暗い顔をしてテレビに向かい、「なんてこったい」をくり返した。無理もないよ。アメリカ合衆国軍がテキサス州軍と戦うってことは、アメリカ人どうしで殺し合うってことだから。おまけに、国軍が州軍をあっけなくねじ伏せて終結するもんだと思われてたんだけど、テキサスは市民までガチに武装して徹底抗戦し、国軍を手こずらせた。つまり、当初の目算は完全に外れちまった。で、これがまた悲惨な状況を引き起こしたんだ。

市民が武装して国軍と戦ったわけだから、撃たれて死ぬ市民がたくさん出た。死者が出たのは戦闘員だけじゃない。武装勢力のリーダーが潜伏していると疑われた民家には容赦なくミサイルが撃ち込まれ、幼い子供や年寄りまでが死んだ。しまいには、そこが首脳陣のアジトだと思ってまちがえたのか、それともテキサス市民なんて片っ端から殲滅しちまえってことだったのか、ミサイルは、アメリカ南部のきれいなお屋敷に次々と突っ込みはじめた。あれよあれよという間に、テキサスの街は荒れ果てた。それをテレビで見てた俺は、「あんまりだ。こりゃないわ」って思ったね。

とにかく、なりふりかまわぬ物量作戦で国軍が州軍を屈服させ、戦争はなんとか終わった。けれど、国の分裂をかろうじて回避したあとは、軍も国も疲れ果てていた。もう丁々発止で中国と渡り合うような余力はなかった。なので、残された選択肢といえば、中国とタッグを組んで国そのものを消滅させ、大同世界を作る方向しかなかったんだ。――こういう風に解説する専門家は多い。

ほかにもあるのかって？　ある。じゃあ別の説を紹介しよう。むしろ国なんかないほうがいい。――そういうドライな一派が、テキサス州軍に資金を流して内戦を長引かせ、アメリカを疲労困憊させてから一気に大同世界構想をまとめ上げたんじゃないか。つまり、アメリカ人だからと言って、アメリカファーストで考えない、「もうアメリカなんてどうでもいいや」って思うアメリカ人がいたってことだ。こちらは荒唐無稽すぎるって？　うん、そうだな。いまはどちらが正しいかって決めなくていい。そんなの無理だしね。ただ、いちおうメニューに載せておくから、ちらと眺めておいてくれ。

さて、さっき、２０３７年の大統一のあとも色々こじれたって言ったんだが、この色々を話して前段をおしまいにしよう。

俺の入隊直後に第一次統一が起きた。これは話したね。おいおい、国がなくなったなら戦争だって起きないぞ、せっかく入隊したのにクビになるかもよって俺たち新兵らは噂してたってことも。

ところが、大統一直後から、ヨーロッパやアメリカの都市部で自爆テロが頻発しだした。

さっき俺はこんなことも言った。大同世界（タートンシージェ）を作った連中は自由を飴として与えながら、世界をひとつにして、新しい秩序で回そうとしたって。

つまり、この作戦を立てたやつらは、自由は飴として使えるって考えたわけさ。平和や平等も同じだ。つまり、誰からも文句がつけられない善きものを差し出して懐柔をはかったんだ。ところが、これを受けつけない変わり者がいた。「自由？　平等？　平和？　そんなもの糞食（くそ）らえ！」って吐き捨てたのがね。それだけならまだしも、自爆テロなんかしかけてきたんだからたまったもんじゃない。これは、大同世界に対する宣戦布告以外のなにものでもなかった。

つまり、国は白旗をあげて、大同世界に溶け込みますと降参したけれど、国よりもっとでっかい存在は健在だったってことさ。それはなにかって？　神だ。おかげで俺たち兵士はクビにならずにすみ、いやむしろ増員された。そして、こうなったら、狂信者の拠点を一網打尽にするしかないってことになった。

こうして、第一次統一から第二次統一までの四年間、俺は中東のあちこちの基地に送り込まれ、戦い、半年経つとLAのアパートに戻ってきて、Tシャツと短パンでダラダラとすごし、呼び出されるとまた軍服(ユニフォーム)に着替えて軍用機に乗り、中東のどこかの基地のランプに降り立つ、そんな日々を過ごした。

ある日、また俺は出動命令を受け、東へ飛んだ。テロを指図しているイスラム過激派の司令部が、当時の国名でいえばアフガニスタンの山岳地帯にあることがわかったからだ。

俺は偵察班(チーム)の一員として、総勢六名で軍用ヘリに乗った。マックスがいて、カトーがいて、チャンがいて、ロドリゲスがいて、リカルドがいた。山中に降ろされ、岩だらけの山を山猫みたいに進んで、村が見えるところまで移動し、茂みの中から双眼鏡で「どれどれ……おお、いるじゃん。やった」てな感じで指導者を発見して喜んでいたときに、総攻撃をかけられた。

ばずっ。なんか音がしたよと思ったら、マックスは携帯食のバーをくわえたまま、ごろんと土の上で寝ていた。まるで、疲れたからちょっと横になるぜ、みたいな感じで。穴の空いたヘルメットから血がどくどく溢(あふ)れ、地面を黒く汚しはじめたのを見てようやく、「撃たれた！」と焦った。視線を上げて見回すと、もう敵だらけ。偵察に行って逆に発見され、いつのまにか完全に包囲されてたってわけだ。

とんだドジを踏んだことになるんだが、もらっていた情報がまちがってたんだよ。そういうことは戦争にはつきものなんだけどさ。あっちゃ困るんだけど、ままある。

いきなりだった。そして、多勢に無勢だった。カトーなんか銃を構える前にやられた。ロドリゲスは腹に何発もくらって呻(うめ)きながら死んだ。チャンは機関銃で蜂の巣、リカルドは脚を撃たれて動けなくなったところに手榴弾(しゅりゅうだん)が転がってきて木っ葉微塵(こっぱみじん)にされちまった。

俺も崖っぷちまで追い詰められた。こうなると、選択肢はふたつだ。正確にはふたつかな。まず、うおーって叫びながら撃ちまくって敵陣に突っ込んでいく、せめて兵士として恥ずかしくない死を、手っ取り早く言えば玉砕(ぎょくさい)ってやつ。あともうひとつのほうだって似たようなものだった。だけど、万が一のチャンスに賭ける思いで、俺は絶壁から飛び降りた。そこから先は省くけど、崖の下まで落下した俺は、あちこち骨折したものの奇跡的に死なずにすんで、味方のヘリに救出された。

これをきっかけに、大激戦の火蓋が切って落とされた。ゾーンに首謀者がいるって情報が俺から伝わると、秩序維持軍は波状攻撃を開始した。とにかく、これでもかってほどの銃弾と砲弾と爆弾をぶちこんで、完膚なきまでに叩(たた)きのめし、一網打尽(いちもうだじん)にした。

ただし、味方もずいぶん死んだ。生き残っても、帰還後にＰＴＳＤになって戦場での記録を丸ごと消去してもらわないとどうにもならなくなったのがずいぶんいた。

しばらく休めと言われてＬＡに戻り、アパートでピザとコーラの出前を取って部屋でフットボールを見たり、ギターを弾いたりして遊んでいた。ビーチに座って日がな一日、寄せては返す波を見つめていたこともあったな。

だけど、そのうち退屈してきて、あんな目にあったってのに、また出動したくなったんだ。ブラックホークのローターが回る音や野戦食(レーション)のチキンの煮込み(ブルスコッタ)の味が恋しくなってね。ところが、そろそろ次の出動があるのではと待っていても、連絡がない。こちらからコンタクトを取ったら、まだ休んでろ、とつれなかった。

実は、俺がダラダラ過ごしている間に、またもや世界は変わっていたんだ。

ハートブレイク・リッジの山岳戦を境に、宗教過激派は一気に根絶されていった。自爆テロも消え、平和・自由・平等の秩序が世界を覆うようになった。となると当然、秩序維持軍の出動機会は減る。つまり、軍に余剰人員が出はじめていた。この状況を、俺は仲間と連絡を取りながら、しだいに把握していった。そして、ひょっとしたら大規模な人員削減があるかもしれないぜ、なんて言い合ってたんだ。

だけど、またまた変化が起きた。統一された世界に対する奇妙で小さな抵抗がまた起きるようになったんだ。

彼らは武器を持たなかった。小さな声でひとり言を言うように、この秩序、この秩序が覆う社会にノーを唱え、抵抗はせずに、ただこっそりその外へ抜け出そうとした。

大同世界（タートンシージェ）はこの行為を、「それもまた自由である」と見過ごすのかと思ったが、そうじゃなかった。これらを故障（グージャン）と呼び、直していくと声明した。

〝アウト・オブ・オーダー（秩序）〟を中国語に直すと〝故障〟になる。当時の軍用語は中国語と英語のちゃんぽんだったけど、ここは中国語が浸透した。故障ってのは秩序の乱れだ。秩序が大好きな**やつら**は故障を忌み嫌い、すみやかに修理（リペア）せよって軍に命じた。

ちなみに修理のほうは英語が定着した。もうひとつ英語になった重要な軍用語はゾーンだ。

故障が起こっていると疑われる場所、あるいは実際に故障が起きている場所はそう呼ばれた。ゾーンに出かけ、故障(グージャン)が起きていないかをチェックし、起きていれば修理(リペア)する、ハートブレイク・リッジの山岳戦以降、これが秩序維持軍の主たる任務になった。

出動の機会は前よりもむしろ増えた。だけど、俺たちの活動は、ゾーンに出かけて行って、「これ駄目だぞ、そういうのは」と警告(ジンガオ)を発して帰ってくるだけという、地味なものに様変わりしてしまった。

もちろん文句なんて言えない。平和になり、飢える人がいなくなり、生まれや肌の色で差別されることもなくなって、男だろうが女だろうが好きだと思った人と結ばれる自由な世の中になったんだから。

こんどこそ本当に歴史は終わった。——そんなことを言う人が大勢いた。人類は数えきれないほどの戦争や紛争、ときには虐殺(ぎゃくさつ)、災害、政治的転換といった波瀾万丈(はらんばんじょう)の歴史を綴(つづ)ってきたけれど、もう劇的な変化は起きない。大同世界(ダートンシージェ)こそがファイナルアンサーだ、と。

けれど、またしばらくすると、おかしなことが起きはじめた。

ゾーンが世界のあちこちにできはじめたんだ。あいつの表現を借りれば、思春期の肌にできたニキビみたいに、あちこちで噴き出し、繁殖した。

けれど、出動してみると、たいていは一発も撃つことなく帰ってきた。要するに、たかがニキビ、だと判断されたわけさ。

ところが、またしても、ゾーンで起きている故障の質が微妙に変わりはじめた。

あの、ハートブレイク・リッジの山岳戦をきっかけに、絶滅させたはずの宗教が、奇妙な形でまた姿を現しはじめていたんだ。

前置きはこのくらいにしよう。

ある日、俺はまた出動命令を受けた。

1　故障（グージャン）修理（リペア）漂白（ブリーチング）

着信があったけど、俺は応答せずに、「出てくれ」ってエレナに言った。海苔巻き（キンパ）をつまみながら、壁動画（ウォール・ヴィジョン）でアルティメット・マッチを見ていたときだったし、メインイベントだったから。

ゴングが鳴って、コーナーに戻ってきたラックスの顔にはダメージが色濃かった。ラウンドの終わり間際にテンプルにいいのをもらったんだ。レフェリーがやって来て、「まだやれるか」と確認した。ラックスはうなずき、ゴングが鳴るとまたファイティングポーズを取って、ケージの真ん中に出て行った。あと一ラウンド。フルラウンド戦って判定で負ける、それくらいしか望みはなかった。

「軍（Forces）から。電話じゃなくてメールだったよ」とエレナが声をかけてきた。

秩序維持軍はただ軍と略されることが多くなってた。そりゃそうさ。軍と名のつく組織は世界にひとつしかなくなったんだから。そして軍から届くメールと言われて思い浮かぶのは、出動命令以外になかった。

「読んでくれ」

「ケイ・ウラサワ大尉　特別捜査隊として出動を要請する。本日午後五時までに、北アメリカ州ランカスターのエドワーズ基地に着かれたし」

ウォール・ヴィジョン上で揉(も)みあうふたつの肉体に目をやったまま、俺はうなずいた。

「ゾーンの場所は？」

「書いてなかったわ」

「程度については？」

「それもなにも。警告(ジンガオ)、修理(リペア)、場合によっては漂白(ブリーチング)で処理しろとはあるけれど」

そいつは出動命令のお尻にいつもついてるタグみたいなもんだ。まあまた警告して帰ってくることになるんだろうな。出かけて行っても、大抵はしょぼい違反があるだけで、状況をレポートにして送ると、DAI(ダイ)から、「警告を発せよ」という指示が返ってきて、「だめだぞ、こらっ」ってちょっと脅して引き上げる。

また着信があった。こんどは電話だった。「つないでくれ」と俺は言った。

――おいケイ、聞いたか？　出動だ！　今回はぶっ放そうぜ。

その声ははしゃいでいた。ジョーはどんなしょぼい出動でも意気揚々と出かけることのできる男だった。

「で、そのゾーンはなにを疑われてるんだ？」

俺は尋ねた。ゾーンに赴く兵士が〝警告以上〟の故障(グージャン)が起きていることを期待するのはよくあることだった。

——まあ、行けばわかるさ。

とジョーの声は明るい。

——行って、調べて、修理（リペア）して、修理が無理なら漂白（ブリーチング）。俺たちがやることはそれだけさ。なにかご不満でも？

修理ってのは、警告（ジンガオ）以上のなにかを必要とするアクションだ。秩序からの逸脱行為が認められ、それを指摘して、向こうが歯向かってくれば、俺たちはねじ伏せる、——その力業が修理だ。早い話が戦闘行為だ。

こいつをパワー全開でおこなうと漂白になる。敵が激しく抵抗するので、殲滅（せんめつ）するしかないという判断のもとに遠慮なくぶっ放す。白いキャンバスにできたしみを見つけて、しつこい汚れだと判断した場合には、しみの言い分は無視。キャンバスの白さ、つまり秩序のために漂白する。露骨に言えば皆殺し。さっき話した、ハートブレイク・リッジの山岳戦がまさにそれだった。

漂白なんてもうないんだってば。ジョーにそう言おうとして俺は口をつぐんだ。それでも出動できるのは嬉しかったからだ。

——だろ？

見透かしたようにジョーが笑った。

壁に浮かぶ殴り合いを俺は見ていた。四本の腕が交差して、しゃにむに相手の顔を打とうとしている。ラックス、どう贔屓目（ひいきめ）に見ても劣勢だぜ。そう思った瞬間、こんどは顎を打ち抜かれた。崩れ落ちるやいなや追撃のパンチを浴び、割って入ったレフェリーに止められた。

「消してくれ」

――え、なんだって？　なにを？

「いや、エレナに言ったんだ。アルティメット・マッチを見てたんで」

――エレナ？

「ああ、ＡＩメイドだよ」

――ＡＩメイドがエレナかい。昔、好きだった女の名前だな。

明るい性格だけが取り柄みたいな男だが、つまらないところが妙に鋭い。

――昨日のニュース見たか？　ＡＩメイドと結婚できるように法改正してほしいってＤＡＩ（ダイ）に要請を送った男がいたんだそうだ。お前もそんなアホにならないように気をつけろよ。

俺は黙っていた。

――で、なんでアルティメット・マッチをいまごろ見てんだ。

「昨夜は別のことで忙しかったんだ」

――忙しいわけないだろ。

ジョーの笑い声を聞きながら、俺はソファーに立てかけてあったレスポールを手に取った。

１９７０年代に日本で生産されたコピーモデル。親父から譲り受けたものだった。日系人の血がそうさせたのか、価格が手頃だったからか、親父は日本の工房が作ったコピーモデルを集めていた。昨夜はこいつとアンプを積んで北へ飛び、アラスカの原野で弾きまくった。

　まだ雪が残る地面に仰向けに寝っ転がって、この世の果てからさらにその向こうへ無秩序な音を発射した。寒すぎて指がこわばってほとんど弾けやしなかったんだけどさ。歪んだ音は、まだ残る雪にいくぶん吸収されながらも反射し、若葉が萌えはじめた木々が霞のように並び立つ低い丘に吸い込まれていった。寒かった。寒いのは嫌だ。寒いと不安になる。俺は人間で、外気が一定以上低下すると生きてはいられなくなる生き物だ。寒さは、そんなあやうさを俺に教えようとしていた。けれど不思議なことに、それは心地よくもあった。オールモスト・ハッピーを辞めたあとは、ジャムセッションすらする気になれなかった俺は、ときどきひとりでこんな意味不明なことをやっていた。

——負けたな、ラックス。

　ジョーは生中継で見ていたらしく、慰めるような調子で言った。

「ああ、残念だ」

——これで引退だな。

「いや、しないよ」

——え、この試合で負けたら引退するって言ってたぜ。

「ラックスお得意の前言撤回がきっとあるさ」

——なんだ、お前の願望か。

「いや、俺にはラックスの気持ちがわかるんだ。たぶん死ぬまでやるよ。すくなくとも、もうやめてくれと言われるまではやるよ」

そう言って俺は、Ｅのローコードをぐわーんと弾いた。総合格闘技なんてアホなことでもしていないと生きてる実感が持てない変態の気持ちに向かって。

――まあ、それならそれで結構だが、選手全員が引退に追い込まれかねないご時世だからな。

ジョーが言ったのは、アルティメット・マッチについてのある噂のことだ。あまりに残酷な競技は平和を重んじる大同世界（タートンシージェ）の秩序に反する。格闘技なら、柔道や相撲（すもう）や寸止（すんど）め空手など、肉体に深刻なダメージを残さないものに限定するべきだ。――そんな意見が、ＤＡＩ（ダイ）に数多く送りつけられていたと言うし、サイバー空間でも目についた。

だけど、ちょっと手が土に触れただけでアウトな相撲なんてのは見る気がしない。格闘技たるもの、血みどろになって失神するまで闘わないと。――俺はそう思っていた。

ケイ、下手（へた）なギター弾いてないで支度しろよ、遅刻厳禁だぞ。切り際にジョーに言われた。

俺は長袖のシャツ一枚でアパートを出た。共同ポートには、航空的士（エアタクシー）が一台、五月中頃の強い日差しを浴びて、地面から三十センチほど浮いた状態で停泊していた。軍が回してくれた車だったから、乗り込んでＩＤを認証させるだけで、行き先を告げる必要はなかった。

空（そら）は空（す）いていて、人の移動に割り当てられたスカイコム・ゾーンには、有人機がゆったりと機間距離を保って行き来し、首をひねって見上げた中空域の物流（ロジ）エアスペースでは、運搬ドローンが蚊の大群のようにひしめき合っていた。

この頃は、人が用事でどこかに出かけたりすることさえ減っていた。仕事のほとんどはメールやオンラインミーティングですますことができたし、欲しい物があれば物のほうからやって来る時代になっていた。人々がどこかに出かけるのはもっぱらレジャー、観光目的になりつつあった。そして観光はやたらと盛んだった。

市街地が途切れ、赤茶色の砂漠が眼下に現れた。軍の専用回路を使った内耳フォンをオンにするとすぐに、ぞっとするほど冷たい声が語りかけてきた。

〈基地に到着後、メディカルセンターに行ってワクチンを接種すること〉

DAI(ダイ)が、市民に語りかける声は、英語でも中国語でも、やさしく穏やかで、聞いていると落ち着けるような声音(こわね)で、しかも好みによって選択できるようにプリセットされているんだけど、秩序維持軍の通達や命令に限っては、無機質で冷たい声で伝達してくる。これがまたやな声なんだよな。で、DAIだ。そろそろこいつを説明しないといけないな。いつ説明するつもりなんだってちょっとイラついてた? はは、そりゃ悪かった。

さまざまな人が、それぞれちがった法律や習慣や伝統や宗教のもとで、長年暮らしてきたこの地球を、ひとつに束ねて運営しようってんだから、強大な権力はやはり必要だった。

大同世界(タートンシージェ)の秩序、平和だったり、自由だったり、平等だったりを維持(キープ)するための圧倒的な権力、そいつはDAIと名づけられた。DAI。正式名称を略さずに言うと……、ん、……あれ、なんだったたっけな。えっと……すっかりDAIで馴染(なじ)んじゃったもんだから……、あ、思い出した。分散型自律機関(Decentralized Autonomous Institution)だ。それぞれの頭文字をとってDAI。

DAIは平和・自由・平等を掲げ、ヒューマンで物腰柔らかい印象を人々に与えつつも、どでかいパワーを持っていた。ＤＡＩの命令には、どんな偉人だろうが、巨大組織だろうが、従わなければならなかった。

とはいえ、ＤＡＩは国ではない。ＤＡＩの正体は、平和と自由と平等の理念で大同世界を回すために書かれたアルゴリズムだ。このアルゴリズムこそが、あらゆるものを超える権力だった。このことを理解してもらうには、昔あった国連って国際機関を引き合いにして説明してみるのがいい。

まず、第二次世界大戦では大変な数の人間が死んだので、もう戦争は駄目だなってことになった。一回目の世界大戦でもそんな話が出て国際連盟ってのができたんだけど、こっちは非力でね、それで第二次世界大戦後に国際連合で仕切り直ししたときには、こんどは武力行使も辞さないぞって気合を入れた。ただ、大同世界と比べたら、その実行力には天と地ほどの開きがあった。

国連ってのは、国の寄り合い所帯だから、当然それぞれの国の思惑や利害がぶつかって、自国に都合のいい決議案を出しまくる。「そいつは御免蒙る」と思えば、幹事国は遠慮なく拒否権ってジョーカーを切った。だから、どこかで紛争が起きても、国連軍が出動して終息させるなんてことはなかなかできなかったのさ。

けれど、大同世界にはもはや国ってものがない。だから、各国の都合ってやつも消えた。平和と自由と平等をキープしながら大同世界を回すための権力がＤＡＩだ。すくなくともそういう謳い文句だった。

ん？　そう言われたってＤＡＩ（ダイ）についてなんのイメージも思い浮かべられないって？　そこが味噌なんだ。国ってのはどこかで人の顔が浮かぶものだろ。政治家だったり芸能人だったりスポーツ選手だったりさ。だけど、ＤＡＩには顔がない。どうしてもって言うのなら、超高性能のコンピュータを思い浮かべてもらうしかない。そいつは、平和・自由・平等のために日夜クールに計算してくれている。そのコンピュータをＤＡＩだと思ってくれても支障はないし、もっと抽象度を高めてアルゴリズムだと考えてくれてもいい。アルゴリズムってのは〝スマートなやり方〟だ。平和・自由・平等をキープするための、いちばん冴（さ）えたやり方、そいつＤＡＩなのさ。

で、このＤＡＩは、中央にでっかくでんと構えてるわけじゃなくて、あちこちに分散しているって建て前になってた。だから分散型自律機関（Decentralized Autonomous Institution）って名乗ってたわけだ。分散なんて語が入るところがニクい。「支配者はいませんよ」みたいな雰囲気が醸し出されるじゃないか。

さて、話をＬＡ上空に戻そう。

「故障（グージャン）の状況については？」俺は、ＤＡＩに尋ねた。

〈現地到着が確認されたら、テキストを送付する〉

「装備はどこで受け取ればいい？」

〈イーグル内に用意してある。第三イーグルに乗れ〉

航空的士（エアタクシー）は、通常の航空車（エアカー）が進入できない軍の制空域に入っていた。

戦術輸送機イーグルに乗り込むと、ジョーはもうフライトデッキにいて、こちらによおと手をあげた。

「ケイが最後だぜ」

中にはあと三人いた。中東でドンパチやってた頃は、同型輸送機にだいたい五十名くらい詰め込まれていたんで、最初の頃は、星ひとつのホテルから、五つ星に格上げされたような気持ちになった。

「ひさしぶりだな」と言ってひとりが俺に笑いかけてきた。

ＤＡＩが、内耳フォンを通じて、シュケイロスとザンビディスとマデだと紹介してくれた。

その浅黒い顔には見覚えがあった。

「アフリカだったっけ、一緒に出動したのは」

「ああ」とシュケイロスはうなずいて、「あれはしょぼかったな」と苦笑した。

たしかに。出動の理由が、アフリカの辺鄙(へんぴ)な村で犬を捕まえて食っている、しかも屠殺(とさつ)のやりかたが酷(ひど)い、なんてものだった。

で、現地で村人をちょいとシメて、いったいどうなんだよって小突き回したら、飢饉(ききん)が起こって食うものがなかったから……なんて下手(へた)な言い訳しやがった。

なんども説明したように、大同世界(タートンシージェ)の掲げる三点セットのひとつは平等で、この平等の肝心(かんじん)要(かなめ)は餓死者を出さないってことだった。どんな人間も、寝るところと食い物、もうちょっと色をつけて、荒(すさ)んだ心を紛らわすためのネットゲームくらいは、なきゃ困るだろ。

世界憲法にだって、大同世界に住むすべての人間には、健康で文化的な生活が保障されるって書いてあって、食い物に困りゃあ、ＤＡＩの食糧農業窓口にアクセスするだけでよかった。アマゾンの密林の中だろうが、グリーンランドの氷の上だろうが、二日とおかずにドローンが飛んできて、なにか落としてくれたんだから。

「あやしいな」とシュケイロスは顔をしかめた。「たぶん生贄だよ」

俺もそう思った。典型的な未開化だ。

ハートブレイク・リッジの山岳戦以降、「アッラーは偉大なり」なんて叫びながら突進してくる連中は消えた。だけど、ショボい神だの悪霊だのを信じる輩が出現しはじめた。こういうケースをＤＡＩは未開化と名付け、故障の前段階と見做し、その地域をゾーンに指定した。けれど俺たち兵士は、現地で実際の未開化に出くわすと、「うーん、どうなのこれ？」って気持ちになったね。

大同世界では、いくらわけのわからないものを信じようが、それが個人の趣味や思想の範囲で収まっていれば、自由の範疇だってことになってた。つまり、セーフ。ただ、それを言いふらしたり、大々的に布教したりすれば故障を誘発したかどでアウトになることがあった。

つまり、すごくグレーだったんだ。

そして、これを故障と見做すかどうかを判断するのは俺たち兵士の任務じゃなかった。アウト／セーフの線引きはすべてＤＡＩに一任されてた。ありったけの情報をかき集めた上で、平和・自由・平等の三点セットに照らし合わせ、ＤＡＩは結論を現地の俺たちに通達してきた。

シュケイロスと出かけたアフリカへの出動では、村を捜索すると、穴を穿った盛り土が見つかった。判定を依頼するため、俺はこいつの写真を撮ってＤＡＩに送った。これは祠である。――ＤＡＩはそう返してきた。ちがうと連中は言い張ってたが、ごまかそうとしても無駄だとスゴんだら、ちょっとしたお遊びのつもりだったと主張を変えた。お遊びだって？　犬好きの俺は気色ばんだ。ワンちゃんを殺して、神だか悪魔だか聖霊だかに捧げたあとでみんなで食ったんだろうが。

その後の沙汰についても、俺たちはなにも決められなかった。見逃してくれ、と連中が手を合わせている横で、俺はレポートを作成してＤＡＩに送った。

兵士はみなこのレポート作成を嫌う。現場の状況を、ＤＡＩが作った選択肢の中から、一致するもの、もっとも近いと思われるものを選んでいくんだが、これがすっごく面倒なんだ。「彼らが崇めている神は一神教の神か、それとも多神教の中のそれなのか」からはじまって、膨大な選択肢からその特徴を選ぶ。生贄を捧げている場合は、捧げられた動物が哺乳類なのか鳥類なのか虫類なのかとかさ。その中に「人間」なんてのもあってぎょっとしたりする。そんなものを選択して先に進んだ場合は、生贄に捧げられるのは男か女か、処女なのかそうでないのか、なんてものまで出てくるそうだ。

とにかく、このリストは目眩がするほど長い。そして、こっちが一時間かかって作った書類を、ＤＡＩは一秒で読み終え、またすぐ必要な情報を要求してくる。このアフリカ出動時にも、俺はあーあとため息をつきながらなんども送った。挙げ句の果てに、ＤＡＩが下した結論は、

〈警告を発せよ〉だった。

シュケイロスの顔に落胆の色が差した。気持ちはわかる。わざわざアフリカまで飛んで来て、ちょいと説教を垂れて帰るなんてのは残念至極だ。けれど、戦う気なんてまるでない村の連中とバトるってのも無理な話さ。俺とシュケイロスらはこれでも食らえとばかりに、銃弾の代わりに食料を祠にぶち込んで引き上げた。——一年前のことだ。

さて、ここらで話を戦術輸送機イーグル機内に戻そう。残るふたりとは初顔合わせだった。マデという小柄な兵士は年寄りで、五十近くに見えた。ゾーンに派遣される兵士の中では最古参の部類だろう。体力的には大丈夫だろうか。ゾーンで派手な撃ち合いが起こるとは思えないが、重い兵器をもって歩かなきゃならない。どうしてこんな老頭児をと思ったが、マデは秩序維持軍に重宝されるに足る技能の持ち主だった。

マデは東南アジアで広く使われていたマレー語とその近縁の言葉の使い手だった。タイ語やタガログ語なんてほとんど絶滅寸前の言語もかなりいけた。ここいらでゾーンが見つかると、決まってマデに呼び出しがかかるんだってジョーが教えてくれた。あのあたりの住人はほとんど中国語しか話せなくなっていたのに、たいしたもんだ、と俺は思った。

世界で話される言語はだいたいふたつ、英語と中国語になっていた。意固地になってロシア語やヒンディー語を使い続けるのもいたにはいたが、学校などの公的機関で教えることはできなくなっていた。私塾のようなところでも駄目。改善が見られないと軍が出動して、現場を解体してしまう。英語と中国語以外の言語を教えていいのは、研究者や通訳や翻訳者などの専門職、それから拡張家族の範囲、親から子、祖父母から孫などに加えて、最大で四親等（たいていは甥姪（おいめい）の子）までと制限されていた。そして、もっとも多いのは中国語だった。

　とにかく、世界の言語は英語と中国語になっていて、秩序維持軍内でも、英語と中国語のちゃんぽんで、状況に応じて使い分けていた。LAで生まれ育った俺は、いちおう両方喋るけど、英語のほうがずっと楽だ。

　マデは、おそらく俺の顔立ちから判断したんだろう、

「ケイだって韓国語（コリアン）は話すんだろう」

「日本語なら」と俺は答え、朝鮮系ではなく日系なんだと伝えた。

「日本語か。そいつは珍しいな」と横からシュケイロスが口を挟んだ。

　あと百年もすれば英語と中国語以外の言語は絶滅するなんて言われていた。裏返すと、英語か中国語ができなければ、生きていけなくなってたし、英語か中国語のどちらかさえできればどこへ行っても不自由しない世界ができていた。

　ただ軍に限っては、マルチリンガルが重宝される数少ない機関のひとつだった。マデにとって、マイナー言語の語学力は、軍役への関門を突破する武器になったろう。

　ただし、俺の日本語は、空手や柔道のブラックベルトに比べたら、たいして評価されなかった。というのは、俺が入隊した頃、軍には「独立志向マップ」ってものがあった。大同世界（タートンシージェ）を拒絶する、さっき話したテキサスみたいな傾向を濃淡つけて色分けした世界地図をそう呼んでたんだ。第二次統一後、この「独立志向マップ」は「ゾーンマップ」と名称変更された。つま

り、〝独立〟から〝ゾーンに転化する可能性〟に、地図が表すものが変わったってわけだ。

ただ配色にはほとんど変化が見られなかった。いちばん濃い赤で塗られていたのは、やっぱり中東、このあとはちょっと記憶が怪しいんだけど、すこし色が薄まって南米と東南アジア、ロシア東部、そしてインド、アフリカ。ほんのり色がついているのが、北欧、ロシア西部、東ヨーロッパって感じだ。で、日本はというと、無色、つまり〝問題なし〟の区域だった。日本語は無害エリアの言語で、そんなもの軍では使い道がなかったわけさ。ただし、これはこの時点での話だ。

さて、初顔合わせの残りのひとりも説明してしまおう。こちらはマデと対照的に若かった。ザンビディス。二十五歳。名前からルーツはギリシアだとわかった。ギリシア語なんて話せませんよもちろんね、と先に断られた。若い彼にとってはこれがゾーンへの最初の出動らしく、「修理（リペア）じゃなくて漂白（ブリーチング）になるかもしれないぞ」なんてジョーにからかわれたりしてた。

「願ったり叶（かな）ったりですよ」

ザンビディスがそう答えると、みなが冷やかすような歓声で応えた。軍には変わり者が多かった。出かけて行って警告（ジンガオ）だけして帰るより、現地でちょっとした交戦（チャオチャン）があったほうがいいって奇人はさほどめずらしくなかった。一度でいいから漂白の許可をもらって、本格的に銃火を交えたいなんて言う変態もいた。みな、仕事をしなくたって、贅沢（ぜいたく）さえ言わなきゃそこそこ食える時代に、きつい訓練を受け、危険な任務を志望するような連中だったから。

DAI（ダイ）が、内耳フォン経由で行く先を伝えてきた。インドネシアのスマトラって島だ。しまった賭けときゃよかった、とジョーが悔しがった。ジョーはなにかにつけて賭けたがったんだ。アルティメット・マッチの大会があると、勝敗予想をして賭けようと持ちかけてくるのはいつものことで、一緒にバーに入って注文をすませてから、俺のビールとお前のワインのどっちが先に出てくるか賭けようぜ、なんて誘ってきたりもした。

「お前が先に選んでいいぞ」

とまで言った。金を欲しがっているわけではなくて、とにかく賭けができれば満足なんだ。

こいつのギャンブル好きで肝を冷やしたことがあった。インドの密林地帯にヒンドゥー教を信奉する武装勢力がアジトを作っているようだから調べに行けと言われて出動したときだった。ジャングルを進んでいる最中に、虎に出くわしちまった。しかも、すごくでっかいのと。目が合うと、一声吠えて突進してきた。ジョーは素早く銃を構えて引き金に指をかけた。ここまではいい。けれど、このあと信じられない台詞を吐いた。

「オスかメスか賭けようぜ」

言葉を失っていると、

「はやくどっちか決めろ！　でないと間に合わないぞ！」とジョーが撃たないもんだから、

「メスだ！」と俺は叫んだ。

「じゃあ俺はオスってことだな」

なんてわかりきったことをジョーは言って引き金を引き、おまけに見事に撃ち損じやがった。

虎の息がこちらの顔にかかるほど間近に迫ってきた時、黄色い額を俺がぶち抜いたんで、いまも五体満足でいられるってわけさ。やれやれ。例によってこの日も、ジョーがトランプをシャカシャカ切りながら「やらないか」とみんなを誘った。

俺は断った。

「なんだよ、冷たいな」

「寝不足なんだ。ひと眠りする」

昨夜(ゆうべ)、アラスカの原野で数時間を過ごし、明け方に航空車(エアカー)でアパートに戻ってそのままアルティメット・マッチの録画を見ていたから。

ザンビディスもポーカーを辞退した。やつはこれから録画でアルティメット・マッチを見るんだそうだ。軍でアルティメット・マッチを見ないやつはまずいない。

寝房(カプセル)を這(は)い出して戦闘服に着替えたとき、みなはまだ目の前に持(も)ち札(ふだ)を扇状(おうぎじょう)に広げていた。潜り込んだときとのちがいは、ザンビディスがこの輪に加わっていたことだ。ただ、他の連中もすこし仮眠をとったあとでまた再開したんだとジョーが言い訳した。スリーカードで自信満々だったザンビディスが、ジョーのフルハウスで泣かされたところで札がしまわれ、これを合図に機内の空気が張り詰めた。

マデがサイドハッチを開く。向こうは漆黒の闇だ。俺たちは熱帯雨林のジャングルの上にいた。落下(ドロップ)には難儀な場所だ。ただ、よくあることではあった。ゾーンは、上空からの視認が難しい人里離れた地域で発生することが多かったんだ。

「ドローンにするか」とジョーが俺に尋ねた。

たしかにそれが楽だ。ただ、ドローン探知の技術が急に進歩した頃だった。北欧のゾーンに降りようとした五人の兵士が、探知機(ファインダー)に引っ掛かり、着陸を強いられて、サーチライトに照らされる中、捕捉されるという大失態をやらかしたばかりだった。

ついでにつけ加えておくと、このゾーンに故障(グージャン)らしきものは見つからなかった。スウェーデン人の舞台芸術家集団が、巨大な野外ステージで北欧神話のロックオペラの抜き打ち上演を企画していただけだった。これをDAI(ダイ)が大規模な宗教行事ではないかと疑って出動を要請したってわけだ。この一帯が「ゾーンマップ」で〝ほんのり赤〟に塗られていることも影響したんだろうな。

兵士たちがドローンで現地に舞い降りようとした時、劇団は死者の魂を集める空飛ぶ女神ヴァルキュリアの飛行をやっぱりドローンでリハしようとしていた。ロック調にアレンジされたワーグナーの「ワルキューレの騎行」が鳴り響く中、軍用ドローンが飛来してきたものだから、

「なんだこれは」

てな感じでとっ捕まっちゃったわけさ。いや、恥ずかしいったらありゃしない。

「大丈夫だろ。場所柄だけに」とマデが言った。

南アジアのゾーンと言えば未開化(ウェイカイホア)に決まっている、なので高度な探知技術なんてあるはずがない、マデはそう言いたかったんだろう。

「賭けようぜ。お前が先に決めていい」ジョーはいつもの調子でそう言った。

冗談言うな、と俺は思った。大丈夫じゃないほうに張って、そっちが的中したらどうするんだ。そういうのを賭け事にするなっていつも言ってるのに。

「ムササビでいこう」と俺は言った。

軍では、落下傘の時代は終わり、ムササビという降下術が主流になっていた。ジョーが口笛を吹き、シュケイロスが顔をしかめた。苦手なんだろう。ただ、俺が軍事用ウイングスーツに着替えはじめると、みなそれに従った。

故障（グージャン）発生が疑われているゾーンの位置情報を、ウイングスーツの袖口に貼りつけられたナビゲーターパネルに入力し、そこから六キロほど離れた小川のほとりを落下点（ドロップポイント）にセットした。自動的にそのデータはほかのスーツにも、さらには一緒にドロップさせるコンテナにも転送された。そのコンテナを、

「まずはお荷物から」

と言ってシュケイロスとマデがふたりがかりで船外へ蹴り出した。

「大丈夫だな」ウイングスーツのパネルを見ながら、ジョーが言った。「軌道に乗ってきれいに落ちてる」

「じゃあ俺たちも行くか」

ゴーグルを額から目の前に下ろし、搭乗口の床を蹴って、俺は闇の中へ飛び込んだ。

下から風を受けるとすぐに両腕を広げてムササビの姿勢を取り、夜空を滑空した……いや、しているはずだった。落ちている実感がまるでなかったんだ。なにも見えない闇の中だったか

ら。風洞室(ふうどうしつ)でトレーニングしてるときとほとんどなにも変わらない。ムササビ姿勢さえ取っていれば、スーツに仕込まれているAIがちゃんと目的地まで連れて行ってくれるはずだった。俺はAIを信用していた。顔をねじ向けて空を見た。見事な満月と、ロサンゼルスじゃお目にかかれない満天の星が広がっていた。

大同世界(タートンシージェ)と呼ばれているのはたかだか地球のことだ。この夜空の向こうには、目眩がするほどでかい宇宙があり、DAI(ダイ)のアルゴリズムが制御する秩序なんか関係なくただそこにある。この奇妙な、ほとんど感動に近い感覚は、つい最近も感じた。昨夜(ゆうべ)、アラスカの冷たい原野に寝転んでギターを抱え、夜空に向かってめちゃくちゃに弾きまくっていたときにも。

落下は安定していたけれど、リラックスし過ぎちゃいけないぞ、と自分を戒(いまし)めた。落下中にナビに頼り切って眠ってしまい、不十分な体勢のまま着地して大怪我(おおけが)した奴(やつ)がいたんだ。もっとも、その後ムササビは改良され、着地点が迫ってきたら内耳フォンで注意してもらえるようになったけど。

〈減速します。あと二十秒で目的地に到着です〉

――ほら、こんな具合に。

月光を照り返してかすかに輝く細いベルトが見えてきた。川だった。

ウィングスーツに取りつけられたプロペラが回り、落下速度が鈍化した。おかげで、足を痛めることもなく、ゴツゴツした岩だらけの河畔(かはん)に軟着陸できた。手早くスーツを脱いで、身を伏せる。続いて降りてきた四人も同じ姿勢をとって警戒した。聞こえてくるのは、川のせせらぎと熱帯雨林の中から湧き出るような虫や鳥や獣の声、そして葉が風に鳴る音だけだった。やがて、空からプロペラつきのパラシュートでコンテナも来たんで、俺たちは起き上がって駆け寄り、中からアサルト・ライフルやら全20発装塡のマガジンやら水筒やら携帯用食料やらを取り出した。

シュケイロスがロケットランチャーを摑んだので、

「おいおい持っていくつもりなのかよ」と咎めるようにジョーが言った。「あんまり期待しないほうがいいぜ」

「万が一ってこともあるから」とシュケイロスは笑って俺を見た。

シュケイロスはアフリカに行ったときも、この武器を担いでいくんだと言い張って、仲間を困らせた。なぜ困るかって？　重たいからさ。情報は軽いが、兵器は重い。

21世紀に入ると、地球の隅々にまで張り巡らされた情報の網の目はどんどん太くなり、膨大な情報があっという間に地球の果てまですっ飛んでいくようになった。物流だって、物そのものを運ぶんじゃなくて、情報を送って向こうで組み立ててもらうやりかたが主流になった。情報だけじゃなくて、なにもかも軽くなっていったんだ、人間関係も含めてさ。だけど、切望されていたにもかかわらず、兵器の軽量化はなかなか進まなかった。耐久性や殺傷能力向上のために、銃も弾丸もむしろ重くなる傾向にあった。

「水も持たなきゃならないんだぜ。水筒だけじゃとうてい足りないからな」とマデが言った。

このあたりの気候はTシャツとトランクスならパラダイスだけど、アーミースーツなんか着ていたら地獄だ。耐久性を優先しなきゃならない軍服は、涼しい方向に持って行くのは限界があると言われていたし、おそらくいまもそうなんじゃないかな。

で、俺たちが歩きだすのは、お天道様が昇ってからだ。ここいらへんの太陽は容赦がない。当然、汗をかく。脱水症状を起こさないために水を飲む。となると、補給用のタンクを順番で背負って行くことになる。ところが、水ってのは圧縮して軽くすることができない。だから重い。なのでロケットランチャーなんて無用の長物は置いてけ。——マデが言いたかったのはそういうことだ。けれど、シュケイロスは抵抗した。

「いや、途中でどんどん軽くなるから、そんなに気にすることないよ」

たしかに、飲んだぶんだけ背中の水は減る。そのぶん身体は重くなるけど、汗で流したり、草むらに放尿したりすれば、チャラだ。

「それに重たいのがいいんだよ」シュケイロスはとんでもないことまで言いだした。「俺は重いのが好きなんだ」

これには全員が呆れて二の句が継げなかった。

「変態だな」とジョーが笑った。

「なんでも軽けりゃいいってもんでもないのさ」

「疲れるだけだぞ。賭けてもいい」

ここで、またジョーの癖が出た。けれど、先に自分が分のいいほうに張ったので、バカだな、それだと賭けが成立しなくなるぞ、と俺は笑った。ところが、「じゃあ乗るよ」と言ったやつが現れたので驚いたね。名乗りを上げたのはザンビディスだった。

「ロケットランチャーを使うのに50ゲル」

「よしたほうがいいぞ」

忠告してやったが、ザンビディスはポーカーの負けを取り返すんだと言って聞かない。だから、ジョーに言った。

「お前が負けたら１０００ゲルくらいやらないとこの賭けは不公平だぜ」

「いいよ、ロケットランチャーの出番があったら１０００ゲル。ただし、試し撃ちはナシだぜ」

ジョーは気軽にこの提案を受けた。

それから俺たちは、それぞれ、ＮＡＴＯ弾のマガジンと催涙弾（さいるいだん）をひとつずつ取り、ザンビディスは黄燐弾（おうりんだん）もリュックに入れた。

「さてと、いったいどんな故障（グージャン）が疑われてるって言うんだ」

ドロップ直前まで寝房（カプセル）で眠りこけていて、まだ資料に目を通していなかった俺は、ＤＡＩ（ダイ）からもらおうとしたが、つながらなかった。未開化（ウェイカイホア）ゾーンに入るとごく稀（まれ）に、こういうことがあった。電波は世界中の津々浦々まで飛んでいるはずなのに、それでも信号黒洞（ブラックホール）は稀にできた。それは秩序の乱れを生み、ゾーンを発生させる、あるいは故障を企てる連中が信号黒洞を見つけてそこに住み着き、ゾーンを生み出すんだと俺たちは軍で教わっていた。要するに、世界市民はみなＤＡＩとつながっているべきで、信号黒洞は忌むべきものだってことさ。ここがゾーンに指定された原因はおそらくこれだ、と俺は思った。

とにかく、ＤＡＩからもらえなかったので、ジョーの端末から回してもらった。夜明けまではあと四時間ほど。俺たちは、ゴツゴツした岩が少ないところを探して、尻を着け、休もうとした。俺はイーグルの中でたっぷり眠ったので、

「見張りは俺がやる。みんな寝てていいぞ」

と内耳フォンをオンにして言った。「了解」が四つ、ばらばらに返ってきた。

空腹を感じて、胸ポケットから野戦食（レーション）のピザを取り出し、かぶりつく前に内耳フォンをオフにした。こうしないと咀嚼音（そしゃくおん）がうるさいって苦情が出るんだ。たいらげて、空になったパックをジャングルの中に投げ入れた。いまもそうだろうけど、この頃には、軍の糧食容器は乳酸繊維で作られるようになっていて、時間が経つと、土中や水中の微生物に食われて分解し、土に還（かえ）るようになっていた。

俺はジャングルに身体（からだ）を向け、手頃な岩に背中を預けて、ライフルを抱いて座り、このゾーンの情報を読んだ。

緯度 -3.165345　経度 103.446247 付近で報告された故障が疑われている情報は以下の通り
現地域名　アジア圏　南アジア方面　１５８州　Ｉ-Ｐ県
旧地域名　インドネシア　スマトラ島　南スマトラ　ムシ
世界標準語（英語・中国語）以外の言語を教育している疑い
閉鎖性（限定された地域のみでの婚姻をくり返すこと）が規定値を上回っている疑い

出産権限のない者の超過出産の疑い
新生児を未登録で放置している疑い
DAI(ダイ)指定ワクチン未接種の疑い
地域通貨の使用の疑い
著しく公序良俗を乱す娯楽への耽溺(たんでき)の疑い
予想される故障(グージャン)タイプ　未開化(ウェイカイホァ)タイプ

やっぱり未開化か。気の毒だな、ザンビディス、ロケットランチャーの出番は100パーセントないぞ。

けれど、未開化なら、しこたまDAIに報告書を送って、判決が出るまで何度でもこれをくり返さなきゃならない。

「誰がいいかな」

俺はチームのメンツを思い浮かべ、報告書を押しつける相手を探した。シュケイロスは俺以上にこの作業を嫌う。アフリカでは勘弁してくれと泣きつかれた。ジョーは問題外だ。あいつにやらせるといつまでたっても終わりゃしない。マデは慣れているかもしれないが、ベテラン過ぎて気が引ける。一番若造のザンビディスはどうだろう。これが最初の出動だって言うから、「坊主、なにごとも経験だぜ」なんてマデに言ってもらってやらせちゃうってのは手だな。うん、そうだ、ザンビディスでいこう。

そんなことを考えながら、ついうとうとしてしまった。
声がした。抑揚（よくよう）をつけた声。変な声。そいつは歌だった。変だと思ったのは、歌詞がまったく理解できなかったからだ。そっと膝を立て、アサルト・ライフルを構え、歌が聞こえてくる熱帯雨林のほうに銃筒（じゅうとう）を向けた。

歌い手はまもなく現れた。子供だった。男の子だ。俺を見て歌うのをやめた。手に木の皮で編（あ）んだ籠（かご）を提（さ）げている。魚を捕るための仕掛けだろう。

「動くな」と俺は言った。

そして銃を下ろして近づき、「心配するな」となるべくやさしく声をかけるときに、中国語に切り替えた。

「わかるよな」

震えている少年に向かって、俺は静かに尋ねた。返事はない。手から籠がぽとりと落ちた。薄い黒の半ズボンを穿（は）いて、着ている白いTシャツには、黒い蜥蜴（とかげ）のイラストがプリントされていた。未開化ゾーンにありがちな恰好だ。だけど、どこか違和感があった。ただ、その正体がわからない。俺はマデの内耳フォンにアラーム信号を送り、少年には質問を続けた。

「あの歌は？　なにを歌ってたんだ」

返事はない。

「見つかっちまったんだな」

やってきたマデは、俺と少年を見ると、状況を察してそう言った。

「バイオチップの埋め込みを確認してくれ」

「まあ、望み薄だろうが」

マデは自分の袖口に貼りつけられた端末を蜥蜴の短めの尻尾(しっぽ)のあたりに当て、首を振った。

未登録者だ。

この時代に、バイオチップが埋め込まれてないのはかなり問題だった。これはその人物が世界に埋め込まれていないことを意味した。DAI(ダイ)が一桁まできっちり把握している世界人口の中にこの少年はカウントされておらず、それはまず、憲法が謳(うた)っている〝最低限の文化的生活〟ってやつが保障されないことを意味した。

この少年が好んでそうしてるなんて考えにくい。どんなガキだって、井戸から水を汲(く)んできたり、芋を栽培するために土を掘り返したりするより、コンピュータゲームで遊んでるほうが楽しいはずだし、芋やイナゴよりもケーキやキャンディやバターピーナツが食いたいはずだ。子供を未登録者にすることは虐待行為に等しかった。

未開化ゾーン(ウェイカイホア)ならば、おそらくこいつの親からして未登録者だ。幼児の未登録なら、都会でも保護者の怠慢やうっかりで起こることがあり、ただし、厳しい注意を受ければそれですんだ。けれど、ゾーンにおける成人の未登録となるとこれは、反世界的行為、大同世界(タートンシージェ)を拒否し、この世界に責任を取るつもりがない行為と見做された。こいつの親が未登録者で、そんな親がうじゃうじゃいる村なら、そこの故障(グージャン)の程度は、生贄がどうのってレベルじゃなくなる。

ただし、ここからがややこしいんだが、バイオチップを抜く行為そのものも自由だってことになっていた。どういうことかって？　それはあとで話すことにしよう。

「ワクチンも打ってないだろうな」とマデは言った。

おそらく、と俺は答えた。この三十年くらい前に、厄介なウイルスが全世界に蔓延し、この対策のために当時の国連が世界中にワクチンを配布した。大統一後はＤＡＩが配布を継続し、さらに子供に接種させる義務を怠る親が多いエリアはゾーンに指定されるようになった。

「とりあえず、この子がこのあたりに住んでいるのかどうか、確認してくれないか」

マデがうなずいて、マレー語で語りかけると、少年はようやく声を出した。さらに二言三言のやり取りのあと、マデが俺を見て首を振った。

「わからん」

どういうことだ？　俺は目で問い返した。

「こいつが喋ってるのは超々ローカル言語で、俺にはさっぱりさ。向こうもこっちの言ってることがわかんないみたいだ。最近はこの手のケースが増えてるんだよ。創出部隊の連中は忙しいらしいぜ」

そいつはまたヤバいな、と俺はため息をついた。ローカル言語をちっちゃなコミューンで教えるくらいならまだしも、それを第一言語にして英語も中国語も話せないガキが育っているのは深刻な故障の症状だとされていた。もしそんな状況を報告すれば、秩序創出部隊がやって来て、村人全員を湾岸部の都市に連れて行き、アパートに住まわせ、中国語学校か英語学校に通わせることになる。それにしても、創出が忙しいってことは、未開化(ウェイカイホア)の度合いがあちこちで深まってるってことじゃないか。

「いっそのこと、生きた証拠として連れ帰ったほうがいいんじゃないか」とマデは続けた。「だってここで尋問しようにも、言葉が通じないんじゃどうしようもないだろ」

俺は迷った。

「連行の許可を取ろうとＤＡＩ(ダイ)に接続してみたんだけどつながらねえな」

マデが端末を見ながら、舌打ちして首を振った。それから、俺のほうを見て、どうするよと目で尋ねた。俺は黙って肩をすくめた。やっぱりそれはやりすぎだ。魚を捕る罠(わな)を川にしかけに来たガキを、そのまま軍用機に乗せて連れ去るなんて、あんまりだ。

「行っていいぞ」とマデは少年に中国語で言った。

そして、こんどはマレー語に切り替え、少年が手にしていた魚捕り用の籠を指さし、またなにか言った。どうにかこれは通じたらしく、少年は顔をほころばせ、川の中に入っていった。

「まあ、村からえっちらおっちら歩いてここまで来たんだからな」

膝下まで水に浸(つ)かって身をかがめ、籠を川床(かわどこ)にしかけている少年を見ながらマデがつぶやいた。それから、

「けれど、解放しちゃって大丈夫かなって気もするな。村に戻ってすぐ、俺たちのことを教えられたりすると面倒だぞ」と言って俺の顔を見た。

言いたいことはよくわかった。

「都合の悪いものを目につかないところに移動したりはするだろうけど、すべて隠すなんてことは無理だろう。片鱗（へんりん）さえ見つけられれば、そこからたぐっていけばいいさ」

少年を解放したことを正当化したいがために、俺はそんなことを口走った。

罠をしかけ終わった少年が、川から上がってきた。

「蜥蜴か」と少年のTシャツを見つめながらマデがつぶやいた。「蜥蜴は生贄にしても問題なかったっけ」

張り合いのない任務になっちゃったなという落胆がその声ににじんでいた。

「さあ」と俺は首をかしげた。

少年が、意味ありげな笑いを口元に漂わせながらジャングルの中に消えて行くのを見送ったあとで、俺は残りの三人を起こして事情を説明した。

シュケイロスもジョーもザンビディスも、まあしょうがない、みたいな反応だった。そして、とりあえず飯でも食おうってことになり、見つかったんなら煙を出したってかまうもんか、とジョーが火を熾（おこ）して、川べりで野戦食（レーション）のシチューを温めた。コーヒーも飲んだ。それから俺たちは、よっこらしょと腰を上げた。

ザンビディスが地雷探知機をコンテナから取り出そうとしているのを見て、マデが慌てた。

「さすがにそれは必要ないだろ」

「けれど、目撃されたしな。ルートを考えると持って行ったほうがいいんじゃないか」とザンビディスは言った。

確かに俺たちがゾーンに歓迎されることはない。地雷をしかけられる可能性もないわけではない。しかも今日の進路はひたすら一本道で、それをやられたらとてもヤバい。

ただ問題はやはり重さだ。地雷探知機ってやつは十キロ近くあった。ヴェトナム戦争からほとんど軽くなっていなかった。ザンビディスはすでにロケットランチャーを背中に背負っている。ふたつ合わせると約十八キロ、さらに手榴弾を持ち、黄燐弾(おうりんだん)だってひとつ身につけてる。初出動だから不安なのはわかるが、いくら若いったって、目的地までひとりじゃ担げない。となると順番に担ぐことになる。置いていきたい。オッサンが全員そう思っていることは確かめるまでもなかった。

「重いだけじゃなくて、肩にゴッゴッ当たって痛いんだ」とシュケイロスが言った。「それに、地中に金属の破片なんか埋められてたら、いちいち反応して進めなくなっちまうぞ」

ジョーはニヤニヤ笑っている。結局、ザンビディスに思い直させたのは、

「魚を捕りに通ってる道なんだ。そんなものしかけたら自分たちが困るだろうが」と言ったマデの言葉だった。

ザンビディスが地雷探知機をコンテナに戻した時、ジョーが感心したように、

「うまいことというな。年の功ってやつだ」と言って笑った。

俺たちは、少年が消えた密林への入り口の前に立って、鬱蒼(うっそう)としたその奥を覗いた。昇ってきた朝日が、背中ごしに斜めにさし込んで、幅の狭い土の帯が奥へ延びて闇に消えていく、か

ろうじて道と呼んでもいいような、その手前だけを照らしていた。

「行くぞ」

とジョーが言った。そして、首から糸を通してペンダントにしていた小石、つるりとした乳白色のうずらの卵みたいな楕円形のやつをつまんで、そいつにキスしてから、密林の中へ足を踏み入れた。これはジョーの儀式みたいなものだ。だいぶ前に、なんだそれは、と訊いたら、幸運のお守りだ、死んだ妹が守ってくれるんだ、とジョーは言った。

「これをしていれば弾(たま)なんか当たらないんだ」

信仰ってものが疎(うと)ましがられてたこの時代に、ジョーは縁起を担ぐし、いやに迷信深いところがあった。小石は小石。弾は当たるときには当たる。そう言ってやりたかったけど、それも野暮な気がした。

一時間ほど、湿っぽい大地を大蛇が這ってできたような狭い道を一列縦隊で歩き、すこし道幅が広くなった頃合いを見計らったように、前を歩いていたジョーが下がってきて、俺の隣に並んだ。

「なあケイ、なにか賭けようぜ」

またかよ、とは思ったが、

「賭けるってなにを?」

「いまから行く村の未開化(ウェイカイホア)の度合いはどうだ。DAI(ダイ)がジャッジするグレードを賭けるってのは」

「よそうぜ。報告書に書くときに影響しかねないからさ」

「ふむ、たしかにそれはそうか。……じゃあ、こいつはどうだ。村のばあさんはおっぱいモロ出しかどうかってのは」

俺はため息をついた。たしかに昔は、アジア圏や南米圏の辺鄙な村じゃ、女の人が胸を隠さないで平気で歩いてたらしいのだが、

「まさかこの時代にそんなことはないだろうよ」と俺は言った。

「じゃあ俺はモロ出しのほうな」

と言って、ジョーはすかさず賭けを成立させた。

すると、前を歩いていたザンビディスが立ち止まって、掌をこちらに向けた。

「着いたぞ」

先頭を行くシュケイロスの声が内耳フォンから聞こえた。俺たちは歩速を落としつつ、周囲に警戒しながら前進した。

突然、頭上を覆っていた熱帯雨林の笠が取れて、南国の強い日差しに照らされた村が目の前に現れた。丸い広場があり、これを、黒ずんだ藁葺き屋根を載せた円錐形の家屋が六つぐるりと取り囲んでいる。

「デカい家だな、大家族制なんだろうか」とシュケイロスが言った。

何代にもわたっていくつかの家族がひとつの家に住むのは未開化の特徴だった。

「マアアフ！」とマデが叫んだ。それから、俺にはさっぱりわからない言葉でさらになにか怒

鳴った。マデの野太い声は静かな村の朝の空気の中に消えていき、放し飼いにされている鶏のクックツという鳴き声が代わりに浮き上がった。誰も住んでいないはずはない。この先、さらに奥に行ったところに畑があって、みんなそっちに出ているのだろうか。

するとと、正面の家屋から赤いシャツを着たひょろりとした男が出てきて、俺たちを見てぎょっとした顔つきになった。それはそうだろう、こんな村にいきなり銃を提げた男が五人もやって来たんだから。

マアフ！　とマデがこんどは柔らかく言った。相手の警戒を解こうと明るい声を出しているのだろうと思い、残った俺たちも銃口を下に向けて満面の笑みを見せてやった。

ゆっくりと近づいてきた赤シャツにマデは話しかけた。赤シャツの態度からして、マデが喋っていることは理解できているみたいだった。

赤シャツとマデとのやり取りは、五分くらい続いた。焦れだしたジョーがまたなにか賭けようと言い出すんじゃないかって気になりだした頃、突然、赤シャツが踵を返して歩きだした。

「村長を連れて来るってさ」とマデが言った。

「村長と来たもんだ。未開化でAグレードだな、こりゃ」とジョーが言った。

というのは、この頃は村長に限らず、長という肩書きを持った御仁にはあまりお目にかかれなくなっていた。なにせ行政のほとんどは、DAIのアルゴリズムがよきに計らってくれる時代だったから、権限や権力を持った人間がいる組織はと訊かれてすぐ思いつくのは、軍くらいになっていた。

赤シャツは建家には戻らず、丸い広場の周りを輪になって囲む家をさらに外側から囲んでいる石垣が門のように割れた間を抜けて、その先の藪の中に消えて行った。

俺たちはその場に突っ立って待った。太陽がだんだん高くなり、広場の真ん中にいる俺たちを容赦なく照りつけた。鶏のクックックッが暑気を煽り、コンバットシャツが汗でぐっしょり濡れた。

そういえばと思い出し、俺はＤＡＩとの接続をもいちどトライした。つながらない。まずいな、レポートのやり取りはどうすればいいんだよ、と心配していると、

「ちょっと小便行ってくる」

若いザンビディスが背中に背負っていたロケットランチャーを地面に下ろし、円錐形の家の脇に建つ、仮設トイレにしか見えない木の箱を指さして言った。わざわざ箱にしけこまなくたって、そばの草むらでしちゃえばいいんだけど、初出動だから慣れてないのか、やつは、木箱に向かって歩きだした。

その後ろ姿を見ながら、残ったおっさんたちはなぜか笑った。やつが歩いて行って、トイレの前で立ち止まり、粗末な木の扉をわざわざノックするのを見て、また笑った。笑いながら、俺は、やっぱりレポートを書かせるならこいつだ、と勝手に決めた。それからザンビディスが戸の向こうに消えて、また出てきたときにジッパーを引き上げていたのを見て、なにがおかしいのかよくわからないまま、俺たちは爆笑した。その時だった。

ひゅん！　て音がしたと思ったら、ばたっ！　とザンビディスが倒れた。ひゅん！　ばたっ！

そんな感じ。

「撃たれた！」

叫ぶと同時にシュケイロスはかくっと首を折って、そのまま真下に崩れた。ひゅん！　くしゃ。俺はアフガニスタンの山中でマックスが撃たれたときを思い出した。

残った俺とマデとジョーは踵を返して走り出した。なにせ遮るものがなにもないところだったので、スナイパーにとっちゃこんなお手頃な標的はなかった。隣を走っているマデがうつ伏せに倒れた。ジョーが振り返って俺に叫ぶ。

「進め！　あそこまでだ！」

俺たちは低い石柱の陰へ飛び込んだ。

「撃ってきやがった！」

井戸の石垣を弾よけにしながら、言わなくてもわかることをジョーは言った。

俺はもういちどＤＡＩにつなごうとしたがやっぱり駄目だった。しかたがないので、日付と場所と自分のＩＤを吹き込んでから、

「交戦（ジャオジャン）発生。こちら三名死亡」と叫んでボイスメールを送信ボックスに入れた。こうすれば、接続が復活すればすぐＤＡＩに送られるはずだった。

「いや、まだ生きてるぜ」

ジョーが俺たちが走って来た場所を指さした。マデはうつ伏せになりながらもこちらに這って来ようとしていた。飛び出して行き、ここまで引きずって来てやりたかった。けれどもまた、

その背中にぱすっぱすっと弾がめり込んで、マデはまた動かなくなった。

「あー、あそこだ、見てみろ」

ジョーは双眼鏡を目に当てていた。そいつをもぎ取って覗くと、石垣が割れて藪が生い茂るさらにその先に、粗末な見張り塔が建っていて、その一番高いところに拵(こしら)えられた小屋の板目から銃筒の先っぽが出ていた。

「機種まではわかんないけど、弾は24SSだ。ぜんぜん未開化(ウェイカイホア)じゃねえな。賭けてたら負けてた」

ジョーは言い、俺が双眼鏡を返すと、そいつをまた目に当てて、

「しかし、家の中にトイレもない未開化ゾーンに、どうして最新式のライフルがあるんだろうな」とこの状況にそぐわない間延びした調子で言った。

「人数は？」

「それはたいしたことなさそうだぜ。せいぜい二、三人ってところだろ。ただ、位置がよくない。どうする？　引き返すか」

迷うところだった。一本道なので、退却するには来た道を戻るしかないが、邀撃(ようげき)されたらひとたまりもない。悩んでいると、銃弾が飛んできてまた石垣が爆(は)ぜ、切片(せっぺん)がヘルメットを打った。たまらず、顔をしかめ俺は言った。

「ジャングルに飛び込んで、そこから塔の裏手に回るってのはどうだ」

「うーん、ポッパーくんやベティちゃんが待っているんじゃないのかな」

とのんびり言って、ジョーは鼻の下を指でこすった。この男のいいところは、どんなときでも慌てないことだった。切羽詰まった状況でもこいつといると落ち着けた。ただ、口にした内容はかなり深刻だった。ポッパーやベティは地雷の隠語だ。ザンビディスが探知機を持って行こうとしたのを止めたのは大失敗だったってわけだ。

「やつは冴えてたな」ジョーは仮設トイレの前でうつ伏せになって倒れている若い兵士を眺めて言った。「けど、俺があいつに負けることになるのが弱りもんだ」

「負けるってなんだよ?」

ジョーは俺たちがさっきつっ立っていた広場の真ん中を指さした。そこにはザンビディスが遠路はるばる担いできたロケットランチャーが転がっていた。

「奴はあれを置いてトイレに行った。トイレに行くのにあんなもの必要ないからな。アジアのクソ辺鄙な土地でトイレに携帯しなきゃならないのはロケットランチャーじゃない。紙だ」

まことにごもっともな説で異論はなかった。

「で、お前ランチャー得意だったよな」とジョーが続けた。

膝を立て石垣から飛び出そうとした俺をジョーが押し止(とど)めた。

「ところが問題は賭けだ」

「……賭け?」

「ランチャーを使うような事態になったら、俺はザンビディスに1000ゲル払わなきゃならない。1000ゲルっていやあ大金だぜ。お前がオッズを変更したせいだ」

俺は首を振った。

「心配するな。ザンビディスはもうお前に払ってくれなんて言わないさ。あの賭けのことを知ってるのは俺だけになった。そして俺は誰にも言わない。それでいいんだろ」

ジョーは「だよな」と笑ったあとで、

「じゃあこれをしろ」

と言ってお守りのペンダントを外して俺の首に巻きつけ、アサルト・ライフルを構えた。

「援護してやる。行け」

俺は飛び出した。

銃弾が大地をえぐって立てる土ぼこりの際を俺は走った。被弾することなく目的地に到達できたのは、ペンダントのおかげじゃなく、単にラッキーだったからだ、と思った。俺はランチャーをすばやく肩に担ぎ、地面に伏せた。両肘を地面につけ、両手でグリップをしっかり握り、照準器に見張り塔の小屋を収める。人影が動いて銃口がこちらに向いた。俺は待った。ロケットランチャーは一発勝負の武器だ。敵の小屋の外壁板が爆ぜた。ジョーが撃った弾が着弾し、敵の銃筒が一瞬上を向いたその隙を狙って、俺は引き金を引いた。

弾は小屋に吸い寄せられるように進み、そいつを木っ端微塵にした。噴煙の上がる中、熱帯の柔らかい木材が木片となって舞い、瓦礫に交じって人影が真っ逆さまに落ちていくのがスローモーションみたいに見えた。

ライフルに持ち替えて腰をかがめ、あたりを警戒しながら、円錐形の黒い家々を囲む石垣まで到達すると、垣根の割れ目を抜けて奥へと進んだ。地面に落下した人間の死体があった。首は吹っ飛んでいたが、赤いシャツを着ていたので、あの男だとわかった。それから川のほとりで出会った蜥蜴のシャツを着た少年も体をひん曲げて仰向けに倒れていた。その周辺には、大量の武器が散乱していた。ライフルがあり、45口径のピストルがあり、ウージーのサブマシンガンまであった。あたり一面、落下した拍子に壊れた木箱から銃弾がこぼれ出て散らばっていた。それから通信用のでっかい無線機みたいなのも目についたけど、どんな仕事をする機器かわからなかった。そいつを、いつのまにかそばまで来ていたジョーが蹴っ飛ばした。

「これ、スクランブル電波の発信機なんじゃねーの」

それが正しいことを裏づけるように、内耳フォンからDAI（ダイ）のゾッとする声が聞こえた。

――ケイ・ウラサワ大尉、応答せよ。応答せよ。

DAIとつながったのは、こいつが役立たずになったからにちがいなかった。

「こちらケイ・ウラサワ」

――状況を報告せよ。

「交戦（ジャオジャン）により三名戦死。詳細は追って連絡する」とだけ言って、俺は内耳フォンを強制的にオフにした。

「あれ、こいつはなんだ」ジョーが足元にかがみ込んで言った。「こいつどう見ても……」

俺は木片の中に埋もれるように倒れているもうひとりの男を見た。

そいつの肌は雪のように白かった。

「この土地の人間じゃねえな」とジョーはまた言った。

だろうな。もちろん、大同世界(ダートンシージェ)ができて以降は、グリーンランドにもカリブ人がいたし、ケープタウンでイヌイットを見かけたりもした。だけどそれは人口が密集している都市での話だ。こういう村とヨーロッパ人って取り合わせは、言ってみりゃ不自然だった。

「お、来たな」と言ってジョーが銃を構え直し、俺もそちらに目をやった。いつのまにか二十人ばかりの村人が集まって猜疑心(さいぎしん)に満ちたまなざしを俺たちに向けていた。

「動くな」とジョーが中国語で言った。「もう終わりにしようや、なあ」

向こうもそのつもりだったようだ。黙ってこちらを見つめている彼らの手に武器はなかった。けれど、その背後に聳(そび)え立つものが銃以上に俺を驚かせた。

見張り塔が壊滅し、その陰に隠れていたものが剝(む)き出しになっていた。それは大きな石碑で、しかも、細かい文様に囲まれて浮き彫りにされていたのは、巨大な蜥蜴だった。


俺はまずジャカルタの基地から軍用ヘリを呼び寄せ、落としてもらった遺体袋に三人の亡骸(なきがら)を入れて引き上げてもらった。いつもなら村を調査するところだが、すでに秩序創出部隊が向かったので現状を維持しつつそこで待機していろ、と言われた。

それからまた内耳フォンが鳴って、トルカニアが来たらそいつに乗れという指示があった。

俺とジョーは広場の真ん中に尻をつけ、村人に見つめられながら座って待った。やがて、重いローター音がジャングルの向こうから聞こえてきて、機影が見えた。トルカニアは上空にホバリングして、村の広場の土の上に、濃い機影とプロペラのブレードが回転してできる薄い円の影を作った。

降りてきたロープをカラビナで身体に結びつけ、村人たちに見つめられながら、俺とジョーは昇天した。デッキに足を着けると、東南アジア系の乗組員に、椅子に座ってベルトをしてくれと言われた。

「それから、ジャカルタで北京（ペキン）行きのイーグルに乗り換えろとさ」

いったいなにがあったんだという目で乗組員は俺たちを見た。今回の件について事情聴取されることは確実だった。

「こりゃあこってり絞られそうだ」とジョーは苦笑したが、硬くて狭い椅子に身体（からだ）を固定すると十秒後には、寝息を立てていた。

北京に着いたのは夜だ。機内でクラッカーを齧（かじ）っただけだったが、アジア地域の責任者にすぐ会いに行けと言われ、空腹と汚れた軍服のまま、俺たちは面接室に向かった。

ひとりずつ話を聞くと言われ、先にジョーが呼ばれた。俺は廊下に出された椅子に座って待った。一時間後にジョーが出てきて、俺の肩を叩き、

「賭けのことは内密に頼むぜ」と言い残して長い廊下を歩いて行った。

その表情から、深刻な事態には至っていないと判断した。もっとも、ジョーが深刻な顔をするなんてことはほとんどなかったんだけれどさ。ウラサワ・ケイと苗字を先に呼ばれ、中華圏

だなと思いながら立ち上がった。

部屋に入ると、アジア系の顔つきをした上官がひとりいた。

「グエン・レホイだ。レホイと呼んでいい」

ヴェトナム系だな。ならば、グエンが苗字でレホイがファーストネームだ。制服につけている肩章からして高官だなと推察した俺は、北京にいることも考慮して、アメリカ流に、「やあレホイ」と気安く呼びかけるのはよした。

「中国語は苦手なんだって」グエンが英語で言った。

「てんで駄目ってわけでもないんですが、住んでるのがアメリカ圏なので」

そうか、とグエンは相槌を打ち、

「で、日本語はできるんだな」と確認してきた。

「一応。しばらく使っていないので、かなり錆びついてますが」

「なら錆を落としてくれ」

日本語？　さっきも言ったように、日本はゾーンマップでずっと無色だったから、俺はなんでだろと思った。

「実は最近、こういう故障が増えていてね」

こういうとはなんだ。

「死者が出てるんですか？」

「いや、今回ショックだったのはそこだ。戦死者なんて、あのアフガニスタン山中での戦いが最後になるはずだった。ところで、君は〝ハートブレイク・リッジ〟で戦ったんだよな」

ばずっ。マックスのヘルメットを7・62ミリ弾が撃ち抜く音が俺の脳内で響いた。それを打ち消すために俺ははっきり、はい、と返事した。

「連中は一神教徒だった。あいつらには飴も鞭(むち)も効かない。結局、双方の兵隊が地面に立って向き合い、銃をぶっ放すという方法を取るしかなかった。そして俺たちは勝った」

俺は黙って聞いていた。

「だが、いままた新しい手合いが現れた。こいつらは、あからさまに刃向かってくるわけじゃない。けれど、じわじわと秩序を乱す。最近はこの手の未開化(ウェイカイホア)タイプが増えているんだ」

グエンは手元の資料を見ながら続けた。

「秩序創出部隊の報告によれば、あのインドネシアの村には、中国語を話せる人間が二人しかいないそうだ。英語はゼロ。まだ調査している最中だが、ワクチンだって未接種にちがいなかろうよ。典型的な未開化の症状だ。ま、それで収まっていてくれればまだよかったんだが」

そう言って、グエンは小さなため息を漏らした。

「問題はトーテミズムだ。こいつは悩ましいな」

発砲じゃなくてそっちかよ。ある動物や植物と自分たちとの間には神秘的なつながりがある、という変なフィーリングを根っこに持つ奇妙な風習。こいつは宗教の初期段階だと軍のセミナーで教えられた。そして、ＤＡＩ(ダイ)は宗教の非合理な情熱をなにより警戒していた。祭りの日に全員が蜥蜴の恰好をしてぶっ通しで踊り狂っていたら、故障の症状が出ていると診断されるだろう。今日見た、巨大な石板に彫り込まれた蜥蜴は、マジでヤバかった。

「未開化タイプの連中は宗教過激派とちがって従順だったんだけどな」嘆くようにグエンは言った。「ゾーンに行って、そんなことはまかりならんと一喝さえすれば、おとなしく従ってくれたので楽ちんだったんだ。少なくとも警告を発したときくらいはしゅんとしていた」

シュケイロスと一緒に出動したアフリカがまさしくそれだったし、今日だって奴は、そのパターンを思い出し、あの広場で気楽に突っ立っていたにちがいない。

「けれど、今回はこっちが警告を発する前に発砲してきたんだよな。近代的な武器も所持していた。それにいちばんマズいのは、スクランブル電波を撒き散らしてDAIとのコミュニケーションを切ってたことだ」

ジョーの顔つきが深刻でなかった理由がわかった。軍がここに俺たちを呼びつけた理由は、DAIの判断を仰がずに村人を射殺したことの事情聴取ではない。けれど、じゃあなんのために？

「村の中に西洋人としか見えない人間がいたんですが、彼の身元は判明していますか」

俺のこの質問に、グエンは首を振った。

「スキャンしたがIDを確認することができなかった。秩序創出部隊はそう報告してきたよ」

だとしたら、あの白い肌の男は大同世界には未登録だってことだ。しかし、どんな経緯でそんなことに？

「手術を受けてチップを抜いたと考えるのが妥当だろう」

俺はうなずいた。都市の若者の中には、俺は自由だ、ＤＡＩの監視から自由になるんだとイキまいて、バイオチップの摘出手術を受ける者がいる。

「まあそのこと自体を取り締まることはできないんだがな」

とグエンが続けたように、最大級の自由を認める方針を立てていた大同世界では、全身にタトゥーを施したり、首や手を長くするような人体改造だってやりたきゃどうぞってことになっていた。ＩＤチップを抜くこともこの手の行為に該当した。ただ、まともな医者はこんな施術(しじゅつ)はやらなかったので、怪しげなタトゥースタジオで特別料金を払い、奥のオペ室で抜いてもらうのが通例だった。

けれど、抜いた連中が、自由を謳歌(おうか)していたかと言えば、これはかなり怪しい。また埋めてくれと泣きついて来る連中が大勢いた。チップ認証が消えると、ユニバーサル・ローンの入金が途絶える。この事実に直面してから慌てだす馬鹿がいた。ちゃんと調べとけよと思うだろ。そうなんだ、抜くような連中はおっちょこちょいばかりだったのさ。となると当然、仕事をしなきゃならないわけだけど、仕事自体が少ない上に抜いてるようなのは御免蒙るってところばかり。そこで、やっぱり埋めてくれと泣きつくわけだ。

「その白人、現地の人間にはなんて呼ばれてたんですか？」

グエンは手元の高官専用の端末をいじった。

「カンドゥリブラン。――報告書にはそう書いてある」

なんじゃそりゃ。そんな名前の西洋人はいない。まちがいなく原住民からもらったあだ名だ。

古い映画で、主人公がネイティブ・アメリカンから「狼と踊る奴」なんて呼ばれてるのがあった。映画のタイトルも『ダンス・ウィズ・ウルブズ』。それと同じだ。俺はあの白人がカンドゥリブランになるまでを想像し、「女だな」と思った。

この映画じゃ、南北戦争で手柄を立てた主人公が、勤務地を自由に選んでいいと言われ、「もうすぐフロンティアがなくなるなあ、最後に見ておくか」って思い立ち、辺鄙な荒野に赴任する。孤独に暮らしていたけれど、ネイティブ・アメリカンと接触したことで彼らとの間に交流が生まれ、やがて「拳を握って立つ女」という名の美女といい仲になり、バッファロー狩りや儀式にも参加するようになって、ついには結婚して子供まで作っちゃう。そして、「狼と踊る奴」ってネイティブ・アメリカンの名前までもらう。だから俺はつい、

「どういう意味なんですか、そのカンドゥリブランって名前」って尋ねた。

そいつはたぶん、あの村周辺の超ローカル言語で、「トラと踊る奴」とか「ワニと泳ぐ奴」とか「サルと毛づくろいをする奴」みたいな意味なんじゃないかって想像したわけだ。『狼と踊る奴』を参考にカンドゥリブランの人生を想像すれば——やっぱり抜いてしまうような変わり種で、「密林の最深部を見たい」と言って旅立ち、あの村にたどり着いて村人と接触し、現地の言葉を通訳してくれた美女ともいい仲になった。恋愛で盛り上がっているから、ヘンテコリンな儀式も気にならない。カンドゥリブランって名前をもらって、秩序維持軍がやってきたら、迎え撃つつもりで武装した——おっ、これで辻褄が合うじゃないか。

「カンドゥリブランについては調査中だ、通常のインドネシア人の名前でないことは確かなよ

うだが」とグエンが言った。

「未開化(ウェイカイホア)ゾーンにしては武器が充実しすぎていましたが」

「そうだな。妙な電波まで撒き散らしていたのも解せない。抜くような輩(やから)がそんな高性能の機器をあの村に持ち込むのは想像しにくいし」

俺はうなずいた。するとグエンが、

「生きていたら尋問して吐かせることもできたんだが」

なんて言ったので、お前が悪いと言われたような気になった。グエンはすかさず、まあいきなり三人も撃たれたんだからしょうがないさ、と小声で言ってまた苦笑し、

「それで、すこし戦法を変えたいと思ってな」と改まった。

戦法を変える。鸚鵡返(おうむがえ)しにつぶやくと、グエンがうなずいた。

「武装してゾーンに入っていくのをよす」

「はあ。で、なにをするんです」

「まず内部に潜入し、ゾーンでなにが起きているのかをじっくり調べたい」

「それって……」と俺は言葉を探して、「工作員じゃないですか」と言った。

「懐かしい言葉だ」

イエスともノーともつかない曖昧な返事だった。

「世界がふたつに分かれていた時代には、敵の勢力圏に潜り込んで、盗んだり、攪乱(かくらん)したり、ときには破壊なんてこともやっていたもんだ」

遠い昔、第二次世界大戦後にアメリカとソ連が激しい鍔迫り合いをやった。ソ連が瓦解した後は、中国が代わってアメリカと角突き合わせたが、大統一後から十年以上経っていたこの時点では、もう昔話になっていた。統一前夜に入隊し、この方面の訓練をまるっきり受けていなかった俺は、

「情報局員を使ったほうがいいと思いますが」

と言った。この手の仕事は、地味で長くて退屈で、血湧き肉躍らないことはなはだしいってことだけは聞きかじっていたので、勘弁してもらいたかった。ジョーが安穏としていたのは、面接の途中ではやばやと不適格と判断され、その場で落選を言い渡されたからだろう。落としてくれと言わんばかりに、いかにも向いてなさげに振る舞ったのかも。あいつならやりかねない、と俺は思った。

「いろいろあるんだよ」

グエンはまたもや曖昧な返事をしながら俺を見た。

「趣味はギター……なんだってな。ジャンルはロックって書いてある。うまいのかい？」

黙っていると、グエンがデータを眺めながら、

「『高校在学中からプロとして活動していた』ってあるが」

「職歴欄に書けるものはそれしかなかったんで」

「オールモスト・ハッピー。これはロックバンドなんだよな」

面倒なので、ええ、とうなずいた。

「まあいいバランスかもな」グエンは、また高官専用の端末（ユニット）を見ながらつぶやいた。

いいバランス？　どんな資料を見てそんなこと言ってるんだって俺は首をかしげた。それからグエンは、広東語（カントン）に福建（ふっけん）語に四川（しせん）語も？　ふむふむ。――などと、ひとり言のようにつぶやいてから、

「ケイの日本語はどんなもんなんだ」

といきなり訊いてきた。

「さっき広東語とか福建語とかっておっしゃってましたけど。喋れませんよ、俺は」

「わかってる。君は日本語ができればいい。どのぐらいできるんだ」

「どのぐらいと言われましても……」

「二十世紀の小説は読めるのか」

「1970年代以降のものなら」

すごいじゃないか。そう言ってグエンがうなずいたので、俺は逆に不安になった。

「――ということは、そのゾーンは日本州にあるんですね」

「ああ、昔は和歌山（ワカヤマ）と言われていた。その前は紀州（キシュー）だな。その山中だ」

「和歌山ってたしか本島にあった県ですよね」

「だったかな」

さほど興味もなさそうにグエンは言って、机の上のボタンを押した。向かい合っている俺たちの横の壁に弓なりの列島が映し出され、一番大きな島のやや西寄りから南に向かって突き出

た半島の中央に赤い光が点滅した。

「西ですね」と俺は言い、「西のほうの日本語は俺が婆ちゃんから教わったのとはかなりちがうみたいなんです」と逃げを打った。

けれどグエンは、

「贅沢は言ってられんよ」

と言ってにやりと笑った。


そのまま北京から大阪（オーサカ）に飛ばされたらと不安だったが、さすがにそれはなかった。なにせ潜入捜査ってのはどのくらい現地に埋没しなきゃならないのかわからないべらぼうな任務なので、身辺整理しにいちどLAに戻れってことになった。

で、この夜は、北京の秩序維持軍の宿泊施設に泊まることになった。シャワーを浴びたあとで、ジョーと飯でも食おうと思って電話したんだけど、

――俺はもう早々にリモサに乗せられたよ。

とつれない返事が返ってきた。リモサってのは秩序維持軍の長距離用大型輸送機だ。てことはいまごろはもう――、

――太平洋上空さ。てっきりお前も乗るもんだと思って待ってたんだけどな。そうか、引っかかっちまったのか。

日本のことも和歌山もジョーは話題にしなかった。任務が始まると、兵士どうしの会話はす

べて記録されていたから。ジョーは抜けてるようでいて、それくらいのことは察知できないやつじゃない。

――ＬＡに戻ったら連絡くれ。一緒に中華を食ってビールを呑もう。

そうだな、ぜひ、と言って切ったあとで、急に寂しさがこみ上げた。軍のダイニングホールでひとりで飯を食い、売店(コミサリー)で買ったビールを持ち込んで、あてがわれた部屋でアルティメット・マッチの録画でも見ようと思ってたら、ウォール・ヴィジョンにお目当てのチャンネルがなかった。軍のキャンプ地じゃ、夜はみなでアルティメット・マッチを見ながら技を掛け合ったり殴り合いの真似事(まねごと)をするのが恒例行事になっていたのに。この競技の観戦はＮＧというお達しがＤＡＩ(ダイ)から軍に来たのだろう。

ＬＡを引き払うにあたっていちばん辛(つら)かったのは、エレナにシャットダウンを伝えなきゃならないことだった。

「仕事でしばらくＬＡを離れる。いつ帰って来られるかわからないから、この部屋も解約しなきゃならない」

と俺は言った。エレナはこの部屋を借りるときにオプション契約したサービスだったんだ。

「だったら、私は削除対象ね」

とサバサバした調子でエレナは言った。契約者に心的負担をかけないように振る舞うようプログラムされていたのかもしれない。

それでも、アンインストールの実行ボタンを押したあとで、

「さようなら、ケイ、楽しかったわ」

と言われたときには胸が詰まった。

俺は部屋にあった荷物を処分してホテルに移って待機した。部屋代は北京でもらった活動資金から払った。ジョーと中華を食おうと連絡したけれど、やつはこんどはインドに行ってた。ジョーだけじゃなかった。軍の連中はやたらと忙しくなって、あちこちへ飛び回りはじめていた。

いったいどうしちまったんだって思いながら、中華街で春巻きを頬張っていると、内耳フォンが鳴った。LAに戻って一週間後のことだった。

その二時間後、俺はリモサに乗った。


北京に戻って、もういちどグエンと面談した時、彼の肩書きを教えてもらった。グエン・レホイ。秩序破壊防止対策調査委員会アジア圏東アジア地域統括長。階級は中佐。驚いた。本来なら俺みたいな下っ端がテーブルを挟んで向き合えるような御仁じゃなかったから。

こんな部門があるのも初耳だった。聞いてみると、最近新たに設けられた部署で、故障(グージャン)が疑われている村や組織に潜入捜査して、場合によっては破壊することを目的に設立されたんだそうだ。やはりグエン・レホイは情報部門の出だった。だから、俺みたいな下っ端を個人面談するまでに落ちぶれちゃったんだ、と俺は思った。

どういうことかって？　当時、情報部門にいた連中は冷や飯を食わされてたんだ。だって、大統一後には、工作する相手がいなくなったんだから、活動のしようがないじゃないか。各国にあった情報機関はぐっと縮小されて、世界秩序維持軍の部門として吸収された。

さらに気の毒だったのは、諜報（ちょうほう）活動ってやつが大きく様変わりしていたんだ。昔は生身のスパイが身体（からだ）を張って情報を取ってきていた。実際にあっと驚くようなことが行われてた。そのいい例として、中国が得意とした、じっくり漬け込んでいくタイプの謀略を話そうか。言っとくけど、これって実話だからね。

1983年、京劇の女形（おやま）が逮捕され、時佩孚（シーペイフー）ってのが二十年近く、フランスの外交官から情報を取ってたってことが発覚した。ハニートラップにかかったベルナルド・ブルシコは別に女形好きだったわけじゃなくて、時（シー）を女だと信じて疑わずに夢中になってたんだって。……いや、ほんとだってば。まあね、俺もこの話を聞いたときはびっくりしたよ。

中国の諜報機関は、ベルナルドが完全に陥落したタイミングを見計らって、混血の赤ん坊を用意した。時（シー）はその子を抱いて「あなたとの間にできた子よ」と迫った。ベルナルドも時（シー）を愛してたから、「知ったことか」とは言えなかった。それで機密情報を中国に漏洩（ろうえい）し続けた。実は男だったとベルナルドが知ったのは、二人がパリで捕まった後、裁判で男装していた時（シー）を見たときだ。そりゃびっくりしただろうよ。これを身体を張っての諜報と言わずしてなんと言うのだ。…………笑ったね。ま、騙（だま）されたベルナルドのことを思うと不謹慎だろうけど、無理もないや。俺なんか爆笑しちゃったもんね。ところが、こういう粋（いき）な話は、俺がグエンと面会した頃にはもう聞かなくなっていた。〝肉弾戦〟の時代は終わってたんだ。

諜報部門では、デジタル情報空間を飛び交うシグナルをキャッチしてそれを解析するって新しい潮流が生まれていた。しかも、それをやるのはもう人間じゃなかった。なにがその仕事を引き受けたのかって？　DAI（ダイ）だよ。DAIが判断し、しかもその判断は絶対だってことになった。

で、インドネシアでランチャーぶっ放さなきゃならなくなった時点で、グエンが、これは新しいタイプのゾーンが発生しはじめた、工作員が必要とされる時代がまた来たんだ、情報機関の栄光よ再び！　なんて密かに意気込んでいるのではって思った俺は、

「だったら、そっち出身のベテランを起用したほうがいいのではないでしょうか」

といまさらながら言ってみた。情報畑の連中は、ケツが痛くなるほど長くベンチを温めてきたんだから、喜んでダッグアウトを飛び出すだろうよって考えたのさ。

「人手不足でね。組織をうんと縮小したあとだから使える手駒が少ないんだ」

なんだよ、つまり俺は苦肉の策ってわけか。

「ここからのオペレーションは君に任せる」

おいおい俺に任せてどうする。それに任せるってなんだよ。

「君はいったんDAIとの通信を切って行動することになる。それ以降、こちらから連絡を取ることはしない。君のほうからも逐一報告する義務はない。こちらとコンタクトを取れば取るほど、君の正体がバレる可能性が高くなるからな」

一瞬耳を疑ったが、たしかに、工作員だと知れたらただではすまないだろう。君の正体と任務を知っているのは、秩序維持軍では私だけになる」

「君の軍歴はバイオチップからもＤＡＩのデータベースからも消去される。

「どうしてですか」

「インテリジェンスの世界は騙し合いだからな。いいか、日本の和歌山にケイ・ウラサワというスパイを潜入させているという情報が軍関係者のある部門で共有されていたとしよう。で、もし反秩序勢力のスパイが、軍に潜入していたとしたら？　ただちに君の情報は和歌山に送られる。するとどうなる。情報を取るべく仲良く酒を酌み交わしていた君は捕らえられ、拷問を受けるだろうな。また、向こうがバイオチップ・リーダーを持っている可能性だって考えなければならない。万が一軍歴が読み取られでもしたら、やっぱり君は捕らえられて拷問を受ける」

「拷問は勘弁してください」

「スクランブル電波発信機を持っているのなら、バイオチップ・リーダーを持っていたって不思議はないだろ」

ようやく、グエン少佐が俺みたいな一兵卒とサシで話している理由が腑に落ちた。これは完全な極秘作戦だ。グエンは、情報機関にとって起死回生の一発を狙っている。ニュータイプのゾーンの調査スタイルを確立させて、情報機関の勢力を復活させようって腹だ。このとき俺はそう解釈した。

「あの、大変失礼な物言いになるんですが、万が一……」

俺がその先を言い淀んでいると、グエンは意味ありげな笑いを浮かべた。

「たとえば心臓発作かなんかで、俺がポックリ逝ったらどうするんだってことだよな」

心配していたのはまさしくそこだった。グエンは笑って「大丈夫だ」と首を振った。

「そんな事態になったら、俺が抱えてる情報一式が開封されるようになっている。君のことはそこにちゃんと記載されてるよ」

と言われても不安は消えなかった。

「もっとも、開封するのがスパイだったら一巻の終わりだがな」

冗談じゃないぞ、と俺は思った。

「その確率も完全にゼロにはならないって話さ。けれど、安全保障の任務に就くというのはそういうことだ。君が戦っていた戦場だって死ぬ確率はあっただろ。俺が死んだあとにスパイがそれを開封して君が危険にさらされる確率は、アフガニスタンで君が死んだかもしれない確率よりもはるかに小さいと思うがね」

「でも、こういう潜入捜査って俺よりも上手くやれる人間がいると思うんですが」

わだかまり続ける疑念を、もういちどぶつけてみた。

「それは俺にとっても謎だ。ただ、逆に光栄だと思えばいいのさ」

「どういう意味ですか」

「DAIが君を選んだんだから。DAIが君を使うと判断したんだから」

信じられなかった。

「その理由は俺にはわからないし、わかる必要もない。もっと言えば、わかろうとしてはいけない。俺たちに許されているのは、受け止めることだけだ」

有無を言わせぬ調子で言って俺を黙らせた後、グエンはふたたび口を開いた。

「これは俺の推測にすぎないが、君の戦闘能力を評価したのかもな。あの山岳戦で生き残った軍歴は評価の対象にならないはずがない」

「運がよかっただけですよ」

「だとしても、だ。目をつぶって振り回したパンチがたまたま当たったとしても、それでチャンピオンがダウンしたのなら、ランキングは一気に上昇するじゃないか」

俺にとって、これほどわかりやすい譬(たと)えはなかった。

「それに、空手や柔道のブラックベルトも加点されたんじゃないか」

「だけど諜報なんですよね。戦闘能力なんて必要なんですか」

「場合によっては大いに。ＤＡＩが故障(グージャン)を認め、それが危険な状態に発展すると判断した場合には、漂白(ブリーチング)に移ってもらう」

漂白。つまり、組織の徹底的な破壊。もっと言えば、皆殺し。

「だけど……」

と俺が言いかけてそのあとを濁していると、グエンがうなずいた。

「漂白にあたって応援を必要とするような場合はどうすればいいのかってことだよな」

俺はうなずいた。いくらなんでも村なり地域が、それなりの人口を抱えてる場合、ライフルひとつで漂白（ブリーチング）なんてわけにはいかない。いや、そもそも怪しまれないでゾーンに潜入するためには、丸腰で行くんだろ。全員を殴り倒すなんて到底無理だぞ。

「まず肝心なのは組織をできるだけ弱体化させておくことだ、それが君の任務になる」

「弱体化ってのは？」

「それはケース・バイ・ケースだな。まずは組織の奥深くに入っていく。そして、そこの中心人物と親しくなる。この場合の組織っていうのは明確な団体を意味しない、現地のコミュニティだと思ってくれればいい」

この点では、誰とでも仲良くなって軽口を叩けるジョーのほうが適任な気がした。

「次に組織内に亀裂を作る、トップを消すなどいろいろ方法があるが、こういうのは現場で臨機応変に君が判断してくれ」

してくれって言われても……。

「そして、最後の止め（とど）を刺す（さ）ために応援部隊がいるのなら、そのときはいちどこちらとコンタクトを取って、状況を報告すること。それから——」

あの、と俺は思わず遮（さえぎ）った。

「簡単に言うと、俺は現地に潜り込んで情報をかき集め、それをアップロードする。それを元にＤＡＩ（ダイ）が沙汰を下す、こういうわけですよね」

「そういうことだ。よこしてくれる情報については、未開化（ウェイカイホア）ゾーンのように、リストにチェックを入れるやりかたでなくていい。収集した情報を君が現場で整理してアップロードしてくれ。レポートの形式も君が報告しやすいような形にしてもらってかまわない」

「いや、そういうことをお訊きしたいのではなくてですね、あの、俺はその時、軍の登録を抹消されているわけじゃないですか。そんな人間がどうやって軍とコンタクトするんですか」

「おっと、それを説明していなかったな。すまんすまん」

と言ってグエンは右手の人さし指を持ち上げた。

この時、俺たちの目の前には、ノート大の小さなディスプレイが二台置かれていた。グエンが自分の手前のをチョイと指先で触れると、俺の手前のやつが反応し、若い女のバストショットが浮かび上がった。

「彼女が、君の現地からの情報をまとめて軍に伝える。つまり、登録を抹消された君と軍との間をつなぐのは彼女になる。要するに君のパートナーだ」

ディスプレイに浮かぶ、涼しげな切れ長の目を持つ女を見て俺は言った。

「だけど先ほど、秩序維持軍で俺の存在を知る者は中佐だけになるとおっしゃいました」

「ああ、言ったな」

「となると、彼女は秩序維持軍の軍人ではないってことですか」

首を振り、「ちがうね」とグエンは言った。

「では、彼女はどういう立場の人間なんでしょう」

「……協力者かな……言ってみれば」

歯切れ悪くそう言った後でグエンは首をかしげた。おかしいぞ、と俺は思った。

この方面の世界で協力者と言えば、相手組織に所属しつつこちらに情報を流してくれる内部告発者のことを呼ぶ言葉だったはずだ。要するに裏切り者だよ。協力者を介して軍と連絡を取り合うなんて不安だ。俺はたぶんそんな表情を浮かべていたんだろう。

「まあ協力者と言っても、これまでインテリジェンス界隈(かいわい)で使われていたのとは意味合いがちがうが。彼女も協力者という工作員だ、強いて言えば」

協力者で工作員？　つまり、情報収集そのものを協力するってことか。

「彼女には情報収集に役立つ特殊な技能があるんですか？　たとえば、僕よりも日本語が得意だとか」

グエンの目は手元のディスプレイに浮かぶ文字を追って左から右へと動いた。

「ふむ。中国語については地方の言語も何種類か喋れると書いてある。アフリカのなんとかっていう部族の言語もそこそこいける、——みたいだな」

——みたいだなってなんだよ、と俺は思った。手元の資料を見ながら喋っているだけだ。そしてその資料は、ＤＡＩ(ダイ)が用意したものだ。

「中佐、これは重大な機密事項に触れる可能性があり、危険も伴う任務です。どうして正員ではなく、準構成員を使うのですか」

「それは君と同じだよ」

つまり、彼女もまたＤＡＩに選ばれたってことだ。となると反論の余地はない。ＤＡＩの判断によって犠牲者がひとり出たときには、ＤＡＩの指示に従わなければ十人出ただろうと考えるべし、そんな時代だったからさ。彼女が選ばれた理由をこれ以上、追及したってしようがない。戦闘員の俺や準構成員の彼女が工作員に選ばれた理由は、グエンにもわからない。不可解であっても受け入れるしかないものなのだ。

「とにかくこれから君は彼女と行動を共にすることになる」

言い聞かせるようにグエンは言った。そして、

「よかったじゃないか、美人で」と余計なひとこともつけ加えた。

俺は、短く沈黙したあとで、

「彼女とはどこで落ち合うんですか」と尋ねた。

「大阪だ。あとは君と彼女の判断で行動すればいい」

「では、いつどこで？　連絡手段は？」

「向こうから接触してくる」

「ＤＡＩからデータを受け取れないのなら、この後すぐにゾーンの基本情報は送ってもらえるんでしょうか」

「いや、そちらも彼女からもらってくれ。それから任務開始まですこし猶予を与える。期間はいまからだいたい一週間だ。それまで大阪で遊んでいろ」

了解しましたと言ったが、情報機関の任務ってこんなに悠長なのか、と驚いていた。

「彼女と接触するまで、君は秩序維持軍の軍人として扱われる。軍の専用回線も使用可能だ。ただ、それ以降は、君の任務を知る者は彼女と私だけになる。ではすぐに大阪に向かってくれ」

面接は終わった。女の名前を聞きそびれたことにあとで気づいた俺は、まあ向こうから接触してくるのなら、そのときに聞けばいいや、と思った。


あくる日、民間旅客機で大阪へ飛んだ。

繁華街のホテルに部屋を取って、女が現れるのを待った。昼間は、適当に町をぶらぶらしてタコヤキというボール状の焼き菓子や、ピザみたいなオコノミヤキを食べた。うどんもトライしてみた。ＬＡよりもうまかった。ラーメンも試した。こちらも北京より断然うまい。俺は大阪が好きになった。

意外なことに、町を歩いていると、日本語が頻繁に聞こえてきた。もちろん町の案内や鉄道網の標識にあるのは英中の二語だけだ。けれど、屋台のおじさんからは「呑んでって」と日本語で声をかけられたし、カフェに入るとみなが日本語で話していた。そして大阪の日本語はやたらと訛りが強かった。ただ、なんとか理解できた。面白いのは、値段の高い場所に行けば行くほど、聞き取りやすいスタンダードな日本語になっていくことだった。

古い日本映画の専門館がかなりの数あった。それも吹き替えじゃなくて、日本語のまま、英語と中国語のサブタイトル付きで上映していた。それが結構な人出で賑わっていたので驚いた。日本人が日本語離れをするにはまだ時間が必要なんだろうなって思ったよ。

それからライブハウスでいろんなバンドの演奏を聴いた。どのバンドも演奏テクニックは確かで、サウンドは、音の並べ方が複雑で、響きもとても美しく、内向的で穏やかで、そして耳に心地よかった。それはシーランの音作りに似ていた。オールモスト・ハッピーから俺が抜けて、代わりにもっと上手なギターが入ったら、こんなサウンドになるんじゃないかって想像した。

ただ、曲ににじむ哀しみはエレナのものよりだんぜん淡かったね。エレナが書いた曲から染み出す悲しみや絶望はもっと色濃いものだったよ。それをシーランが薄めてお洒落に仕立て上げようとしてたけど、俺のギターがその企てをかなり邪魔していた。――このことを俺は大阪で確認し、そりゃシーランが俺を邪魔者扱いするのも無理ないなって納得した。

六日目の夜、ホテルの部屋でウォール・ヴィジョンの番組表をチェックしていた俺は、アルティメット・マッチを放送するチャンネルがないことに驚いた。この日は、日系のホリウチとロシア系のポゴレリチがタイトルをかけて戦うはずだったので、どうしても見たかったんだ。俺は、パブリックビューイングをやっているところはないかと検索をかけ、ファイトクラブってヤバい店名のバーを見つけてホテルを飛び出した。

店内はたいへんな熱気に包まれていた。ホリウチがチョークスリーパーでポゴレリチを締め落としたときには、店は興奮の坩堝（るつぼ）と化した。知らない人間と肩を組んで盛り上がっていたら、内耳フォンの着信音が鳴った。

――ずいぶんにぎやかにやってるじゃないか、ケイ。いまどこにいるんだよ。

「日本だ。大阪って都市だ。そっちは？」

――デリーでカレー食ってるよ。

「終わったのか」

——ああ、なんとかな。

ジョーにしてはめずらしく、声に疲労の色がにじんでた。また一悶着あったんだなと俺は思った。

——そうか、大阪か。俺はこれから北京だ。ひょっとしたらお前もいるんじゃないかと思ったんだけど、残念だな。

「おいおい、日本なんて北京から目と鼻の先じゃないか。LAに戻る途中で寄ってけよ。一杯やろう」

いつものジョーの快活さを補うように、このときは俺が明るい声を出した。

まもなく軍人としての俺のデータは消去される。俺が軍人でいられるのはあと一日かそこいらだ。その前にジョーとはいちど会って、辞めることをはっきり伝えておきたかった。

——そうだなあ。お前から呑もうなんて言うのも珍しいから、行くとするか。

ジョーは気楽な調子で応じたが、警戒する気配も伝わってきた。


翌日の夕方、着いたぞと連絡があった。

「なかなか豪勢だな、なんでこんなところに泊まれるんだよ」

ジョーは俺が宿泊していたホテルのラウンジを見渡した。退職金で豪遊してるんだ。そう言うしかなかった。ジョーは驚きを面に表さず、なるほどとうなずいて、

「さて、なにを食おうか」と話題を変えてくれた。

「天ぷらはどうだ。ＬＡよりずっとうまいぞ」

この案にジョーが乗って、俺たちはこのホテルの中にあった店の、出入り口に垂れ下がる、仕切りなんだか目隠しなんだかよくわからない布をくぐって中に入った。

品よく落ち着いた店内の、木材の皮を削っただけのカウンターの席に落ち着いて、次々と揚げられるエビやら椎茸やらレンコンやらを、口に入れていった。

軍を辞めると告げた時、ジョーはなにも言わなかった。俺もなにも言わないですんだ。

「ホリウチが勝ったんで、あんなに騒いでたのか」

てな具合に、自然と会話は前日に見たアルティメット・マッチの上に落ちた。

「だけどケイ、ホリウチは強いけれど、ファイトスタイルが好きじゃないって言ってたじゃないか」

そうだったと思い出した。どうやらあの店にいた連中がみな日系のホリウチシンパだったので、ついつい俺の中の日系の血が沸き立ったのかもしれない。

俺が古い日本映画の専門館のことを話すと、

「似たような小屋はインドでもあるみたいだぜ」と二日前までデリーにいたジョーが言った。「インド人は映画を見るならインド映画じゃなきゃって思ってる。映画に求めるものが俺たちとはちがうんだろうな」

ジョーの説明によれば、インド人ってのは、映画のストーリーは派手であればどんなに荒っぽく、またご都合主義でもいいけれど、途中で歌や躍りが入らなきゃ、我慢がならないんだそうだ。で、そういう映画はインド系の映画制作者しか作らないし、インド州にはインド映画専門館がたくさんある、というかそれしかない。デリーには情報技術関係者を中心にさまざまな人種が溢れているのに、映画館で歓声を上げているのは、インド人だけだ。ジョーはそう言ってアサリのかき揚げを口に運んだ。

「行ったことがある」と俺は言った。

ジョーは不思議そうな顔をこちらに向けて、お前とインドに出動したことはなかったけど、と言った。

「いや、インド映画専門館がLAにもあったんだ。興味本位でなんどか見に行った。見ると、なかなか面白いぜ。とにかく絢爛豪華（けんらんごうか）で、唐突に歌や踊りが始まっても、そういうものだと思って見てれば楽しいし、次の歌と踊りはいつかなって、心待ちにするようになる」

「映画はそれでいいけれど、俺は嫌だね、インドなんて」

ジョーは急に不機嫌な顔つきになって言った。

「インドの故障（グージャン）ってのはひどかったのかい」

「交戦（ジャオジャン）はなかった。けれど揉めて不愉快だった。漂白（ブリーチング）してやろうかと思ったくらいに」

「故障のタイプは?」

「いちおう未開化（ウェイカイホア）に分類されてたけど、問題になったのは差別だ」

インド社会は長い間、カーストという強烈な差別システムの上にあった。大統一後には悪（あ）しき因習と判定され、破棄されることが決まった。ところが、勢力のある連中の多くがこれに異議を唱えて抵抗した。それでも、大同世界(タートンシージェ)はこの伝統主義をねじ伏せた。

「俺は新秩序を支持するよ」とジョーは言った。「俺はこの秩序をキープしたい。俺が軍に入ったのは大統一後だ。心から差別のない世界を守りたいと思って志願し、面接のときにそう訴えた。俺は大同世界を愛してるんだ。なぜだかわかるか？」

　いつになく真剣なジョーの言葉に、俺は首を振った。

「この言い方ならどうだ――大同世界はふたつの〝俺たち〟の物語をひとつにしてくれた」

　俺はもういちど首を振って、ふたつの〝俺たち〟の物語ってなんだと問い返した。

「白人の物語と黒人の物語だ。こいつらはまったく別のものだった。白人の物語はこんな感じだ。俺はハードな世界で戦っている。この世界に責任を持って生きている。俺の成功は俺の努力の賜物(たまもの)で、失敗は俺の責任だ。たとえ俺が大金持ちでないにせよ、本当に大事だと思うものを大切にして生きているんだからそれで満足だ。――わかるか？」

　俺はうなずき、もうひとつを待った。

「俺たち黒人の物語はこうだ。俺たちには悪いカードばかりが配られる。俺たちのスタートラインはあいつらよりずいぶん後ろに引かれている。あいつらが俺たちを雇用し、俺たちはあいつらの世界に順応することで金をもらう。俺たちが成功できないのは努力が足りなかったからじゃなく、〝俺たち〟だからだ。――どうだ？」

　昔の話だろ、とは言わずに、俺はうなずいた。

「このふたつの物語はなんども再生産され、黒人は、ヒスパニック系よりもアジア系よりも、ずっと長いこと貧困から抜け出すことができないでいた。ときどき、このふたつの物語が極限にまで達すると、暴動が起きた。暴動はすぐに鎮圧され、ふたつの〝俺たち〟の物語はなおいっそう強固になった」

ジョーは日本酒の盃(さかずき)を取り、

「こんな具合に分かれていたふたつの物語をひとつにしてくれたのが大同世界(タートンシージェ)だよ」

と言って、大同世界に捧げるようにそれを持ち上げて呑み干し、カウンターに置いた。

「かつて愛国ってものがあったらしい。インドの伝統主義者も愛国者なんだろう。だけど、俺が愛してるのは国じゃない、この世界だ。大統一後にやっと俺は世界を愛(いと)しいと思えるようになった。俺は世界秩序維持軍の兵士であることを誇りに思ってる」

アフリカ系の血が流れてはいるが、比較的浅い色の肌を持つジョーは静かにそう言った。

勘定は俺が払った。腕時計みたいに手首に巻きつけたTU(ターミナルユニット)を電子レジスターに翳(かざ)した時、表示された残金を見たジョーは、

「どんな賭けに勝ったんだよ」と言いながら、ため息まじりの口笛を吹いた。

それから、ホテルのラウンジのテーブルにふたりで座って、俺は除隊の件をもういちどジョーに告げた。

ジョーは静かに受け止め、

「そうか」とつぶやくように言った。

二杯目のワイルドターキーが運ばれてきた。ジョーはそれで口を湿らせてから、

「てことは、ケイが当選しちまったってわけか」

となんの脈絡もなくそう漏らした。ジョーは俺に任務が課せられたことに気づいていたんだ。

「除隊すると軍の内耳フォンは使えなくなるな。TUの番号を教えとけ」

どう答えたものか迷っていると、ラウンジのスタッフが寄ってきて、ジョー・ジョーンズさんですね、お電話がかかっておりますのでフロントカウンターまでお願いしますと言った。ジョーは怪訝な顔つきで立ち上がり、内耳フォンを切ってたっけなと首をかしげながら、歩きだした。

視界の片隅で、ボックス席でひとり呑んでいた女がグラスを手に立ち上がり、つかつかとこちらにやって来ると、ジョーと入れちがいに前に座って、テーブルの上にグラスを置いた。涼しげな切れ長の目は北京で見た写真と同じだったけれど、ショートだった髪は肩まで届いた先で軽くカールしていた。俺は緊張した。美人だったからということもあるが、いよいよ任務がはじまるからだ。ただ、このタイミングで登場されるのはちょいと迷惑だった。別れの盃を酌み交わすまで、離れた席から見守っていて欲しかった。するとジョーが戻ってきて、

「悪いな、急に戻らなきゃならなくなった」

と言い、自分が座っていた席を占拠している女に苦情を言うこともなく、

「こんばんは」と陽気に笑いかけた。

そして、それだけで充分だとでも言うように、すぐ俺に向き直り、

「これで失礼する」と言った。

「そうかい、もう行くかい」と俺は応じた。

ポケットに手を入れながら、本当は日本語で言ってみたかったなと思った。昨日、日本映画専門館で見た『東京物語』の老人みたいに。

「これを返さなきゃ」

俺の指先からは、丸いすべすべした乳白色の石に糸を通したペンダントが垂れ下がっていた。お守りだ。出動時にジョーがいつも首にかけていて、インドネシアで、俺がロケットランチャーめがけてダッシュする前に貸してくれたやつだ。

「持ってろ」とジョーは言った。「そいつがあれば大丈夫だ。いざと言うとき守ってくれる」

おいおい、お前の死んだ妹がくれたんだろ。彼女が俺を守ってくれるなんておかしいぜ――と返事をする前に、ジョーはさっさと行ってしまった。

やつの背中がエントランスの向こうに消えるのを見送って、俺は女に振り返った。濃紺のスーツを着た女が俺の目の前で足を組んだ。

「ケイ・ウラサワね」と女が言った。「聞いていると思うけど」

俺はうなずいた。

「日本ではウラサワ・ケイのほうがいいよね。なにを呑んでるの」

俺のロックグラスの底のほうには、薄緑色の液体がわずかに残っていた。ややこしいカクテ

ルの名前は、ひと口目でもう忘れていた。

「ウォッカベースのなにか」と俺は答えた。

「呑んじゃって」

女はそう言いながら自分の手の中にあったロンググラスを持ち上げると中の赤い液体を呑み干し、腕時計を見てから、その文字盤をこちらに向けた。二つの針がてっぺんで重なり、十二時を指していた。

「ケイ、あなたのデータはいま秩序維持軍のデータベースから削除された。これからあなたは軍の命令系統を離れて、私と行動を共にすることになる」

2　エレナ

部屋に入ると、女は盗聴器発見アプリで部屋を点検し、

「ま、大丈夫だとは思うけど」

とつぶやいて、窓際のテーブルの上に置いてあったウォール・ビジョンのリモコンを摑んだ。壁に現れたのは野外ロックコンサートだった。古い映像らしく画像がくすんでいた。

女は濃紺のジャケットを脱ぎ、窓際に置いてあった椅子に向かって投げた。俺の視線は、ジャケットが椅子の背もたれに引っ掛かるのを見届けてから女に戻り、白いブラウスを魅惑的に盛り上げている胸に吸い寄せられた。その胸のボタンを女の指が外しはじめる。あっけに取られている俺を無視し、女はブラウスを脱ぎ、腰のホックも外した。スカートが床に落ちると、脇から腰にかけて流れる曲線があらわになった。女は下着姿のままベッドに潜り込んだ。

——電撃大作戦。そう呼びたくなるような鮮やかさだったね。そして、トップカバーから出した自分の裸の肩越しに、流し目で見つめてきて、中から細い腕を抜いて俺のほうに伸ばし、人さし指をくいくいと曲げた。文化圏によって身振りの意味するところは様々だし、時が経て

ば変わることもある。けれど、この仕草に限っては、古今東西、今も昔も、「こっちに来い」以外にないだろ。

本気かよ、これは適正テストかなにかか？　うっかり誘いに乗ったら、不合格の烙印を押されかねないぞ、と迷って突っ立っていると、女は掌で自分の隣をバンバン叩いた。

俺はジャンパーを脱いだ。ただしズボンとシャツは着けたまま、のそのそベッドに入っていった。すると、女はいきなり羽根布団を摑むと、向かい合っている互いの顔の上まで引き上げた。薄暗がりの中で見つめ合う姿勢になると女は言った。

「これから話すのは極秘事項だからね」

この不自然な状況は盗聴防止の名目で正当化されると言いたいらしかった。

「だから遠慮しないで脱いじゃえば？　そんな窮屈なもの着てベッドに入っていると気持ち悪いでしょ」

しょうがない、乗りかかった船だ、そんな日本語の言い回しを思い出し、こういうふうに使うのが適正かどうかもわからないままに、俺はシャツとズボンを脱いで、ベッドの外へ追放した。

「私のこと、なんて呼びたい？」

薄い闇の中で女の濡れた瞳が黒く光っていた。

「好きなのに決めていいよ。ただし私の外見にあまり似合わないのはよして。中国人か韓国人か日本人の名前だったらオーケー。あとヴェトナム人でも大丈夫。アナスタシアとかゲンゼベなんてのは、違和感がありすぎだから勘弁。ガールフレンドの名前でもいいよ。いるのならね」

いない、と俺は言った。

「まあね。DAI（ダイ）もそのへんはちゃんと調べて投入するだろうから、家族や恋人のいる人間は選ばないよね。だったら昔の彼女はどう？　好きだったけどどうにもできなかった子でもいい」

とたんに、あの朝のさびしげな笑顔が思い出され、ついその名前が口をついて出た。

「エレナか。日本人にもある名前なの？」

俺は、頭を外に出して腕も抜くと、ナイトボードのメモパッドを摑んで、ボールペンを走らせ、

「たとえばこれがそうさ」

と、〝英玲奈（えれな）〟という文字を見せた。

「それエレナって読むんだ。私には、インリンナイとしか読めないけど」

と女が不思議な顔をしていたので、中国系なんだなと思った。

「でもまあいいよ、エレナでいこう」

女は承諾した。俺のほうはと言えば、つい先日シャットダウンしたばかりのエレナがここでまた復活するのはどうしたものかと思ったし、目の前の女をエレナと呼ぶことにも抵抗感を覚えたけれど、女がもういちど羽根布団を頭までかぶりなおして、「エレナです、よろしく」と手を握ってきたときには、もうそれでいいやって気になった。

「とにかく絶対にまちがえない名前がベスト。私が自分の名前を言わなかったのは、教えちゃ

うとまちがえる可能性がちょっとでも上がっちゃうからね。それがきっかけで疑われ、潜入していることがバレたりしたら大変でしょ」

それはそうだなと思い、俺は女の手を握り返した。

「それじゃいまからゾーンについて話すね。和歌山の位置はわかる?」

「この大阪から南に下ったとこだよな」

「そう、半島が太平洋に突き出していて、その半島のだいたい西海岸と、ぐるっと回って東のある程度までが和歌山と呼ばれている。このあたりは海に沿ってすこし平地があるだけで、あとはみんな山。山また山って感じでずっと山が連なっている、ゾーンはその山奥にある」

これは別に不思議じゃなかった。ゾーンはたいてい人里離れたところにできる。

「で、いったいなにが起こってるんだ。なにが起きてこんなことになったんだ」

「ん?　こんなことってのは?」

「上官は、新しいタイプのゾーンが生まれているって言ってた。これまでにない故障(グージャン)が起きつつあるって」

「それを調査するのが私たちの任務なんですけど」

「だとしても、君はもうすこし知ってるはずだ。ゾーンに関する情報は君からもらうように言われたぞ」

女はうなずいた。

「秩序の乱れに新たな潮流が生まれつつあるってことは確かみたい。で、注目しなきゃいけないのは宗教だよね」

やはり来たか、と俺は思った。

「統一前も後も大きな故障(グージャン)を起こしたのは宗教です」

女は急に改まった。

「国境をなくして大同世界(タートンシージェ)に向けて世界が動き出して以降、統一しようとする勢力は、つまり私たちは、ずっと宗教と戦ってきた。まずは宗教国家との戦い。この戦いは、アラビア半島にあった最後の王国が新秩序を受け入れることによって決着がついた。これで国境のない、身分制度もない、差別もない、飢餓もない世界がひとまず生まれた」

「イマジン」が聞こえてきた。

大統一以降、一日の放送の最後に、宇宙に浮かぶ青い地球が映し出され、「イマジン」が流れるようになった。国境はなく、宗教もなく、ただ空があるだけで、人々はひとつになるなんてことはもう想像(イマジン)しなくてもよくなった。昔エレナは、ＩＲＡに肩入れしながらこんな曲書くなんて、と言って曖昧な笑いを浮かべていたっけ。ビートルズやジョンに詳しくない俺は「はあ?」って感じで彼女の憂鬱そうな顔を見ていた。あれは、どういう意味だったんだろう。だけど、ことはそう簡単じゃなかったのよ。もうひとりのエレナの声が聞こえ、俺の意識はまたホテルのベッドに戻された。

「〝最大多数の最小不幸〟を実現するための共通のルール、共通の言語、共通の通貨によってこの地球に平和をもたらす。激情よりも理性を、飢餓よりも退屈を、激しい逸脱(いつだつ)よりもちょっとしたズレを、めくるめく恍惚(こうこつ)よりも穏やかなまどろみを、ハードエッジな〝俺たち〟の物語よりも、多様性を容認する輪郭のぼやけた私たちのイメージを選びましたとさ。――なんてことにはならなかったわけ。わかる？」

「わかる、そのくらいは」と俺は言い、「で、宗教国家を説得したあとで起きたのが宗教過激派との戦いだよな。俺はハートブレイク・リッジの山岳戦に参加したんだ」とつけ足した。

「じゃあ、そこは端折(はしょ)ろうか。とにかく、宗教過激派の激しい反逆もなんとか封じ込めた」

「で、第二次統一が来る」

「そう。そしてこの頃から故障は、反逆から未開化(ウェイカイホア)に移行した。未開化ゾーンで起こる故障は反世界というよりも脱世界って感じ。ジャングルの中に潜んでコソコソやるようになったってわけ。ところが、この未開化段階に入ったことで、かえって扱いが難しくなった。個人が心の内で信じている限りは、その信仰を否定しないことを大同世界は謳っている。だから、前みたいに力ずくでねじ伏せるわけにはいかなくなったんだ」

だったら、ピリピリしないでほっといてやれよ。隠れてコソコソやるくらいいいじゃないか。――士気の上がらない出動になんども駆り出された兵士としてはそう言いたかった。もっともそんなことになったら、俺たちのほとんどはお役御免になったろうけど。

それに、その考えが御頭(おつむ)の外に漏れなければ、なにを考えてもセーフって建て前にも思うところがあった。そこで俺はあえて阿呆(あほ)な質問を投げてみた。

「じゃあ、『馬鹿に生きる資格はない』って考えることも自由なのか？」

「考えることはセーフだね。ていうか、考えること自体は止めようがないでしょ。ただ実行に移そうとすればアウトだし、そういう思想を持った集団がデモをしたら、軍が出動することになる」

予想したとおり、エレナがよこした回答はごく一般的なものだった。

「だけどさ、本当にそうなんだろうか」

ある噂を思い返しながら俺はつぶやいた。そうして、この先どう話をつなげようかと迷っていると、

「あの噂のことでしょ」とエレナが察してくれた。

「うん。だって、スコアってものはあるんだからさ」

俺は話のとば口をここに据えた。

DAI（ダイ）は世界市民の個人データをバイオチップに記録させ、これをもとに市民を保護し管理していた。そして、チップを駆使した管理システムのおかげで、日常生活のいたるところで煩雑な手続きが省略されて、ユニバーサル・ローンがスムーズに受け取れ、旅先で体調を崩して病院の世話になるようなことになっても、病歴、血圧の推移、血液像の数値、服用している薬、アレルギーを起こす成分などをチップから読み取らせて、最適な医療が受けられるのだ、などと謳（うた）い、そして実際できていた。プライバシーの侵害だという抗議の声はほとんど上がらなかった。日々の暮らしは便利で快適で安全なものになっていたから。利便性と快適さに魅惑された人々は、DAIに個人データを提供し続けた。

で、このバイオチップの記憶領域に**美徳スコア**（メイデ）って枠があった。日常会話ではただ単に**スコア**って呼ばれることが多かったね。で、こいつは、その人がどれだけ良心的な人間かを示す指標だった。どれだけ「善行（ぜんこう）」を積んだかが記録されてるってことになっていた。たとえば、清掃活動や防災訓練への参加、保護動物の世話や譲渡活動、植樹活動などの環境保護活動に参加すると、スコアは上がった。また、人工呼吸などによる人命救助、犯罪の取り締まりへの協力も同様だった。献血や寄付も加点の対象になった。

高い**美徳スコア**は、入学試験や就職試験に有利に働くと言われ、実際、うちは合否の決定に際してスコアを参照しますよと言うところは少なくなかった。そして、このようなスコア化が善行を促し、良心的な世界市民を生み、犯罪を抑制すると謳われていた。実際、バイオチップが埋められてからというもの、犯罪数は激減したんだ。もっとも、**美徳スコア**によって人類全体の道徳水準が向上したのが原因か、それともバイオチップの追跡機能があまりに強烈で、おまけに刑事事件に下される判決が厳罰化の一途をたどったので犯罪が割りに合わなくなっただけなのか、そこはわからない。とにかく犯罪は減った。自殺は減らなかったけど。

「もしかして、ケイが言いたいのはチップに搭載されているんじゃないかって言われている裏、スコアのこと？　なんて言ったっけ？」とエレナが言った。

「**不良スコア**（ブリャン）」と俺は言い、「でたらめだと思うかい」と尋ねた。

「まあ、やろうと思えば簡単にできちゃうことではあるよね」

エレナは微妙な言い方をした。

大統一後、未成年はみな、十二歳と十五歳になった時点で、**全世界認知能力水平調査**、英語でいえば**ワールド・コグニティブ・アビリティ・リサーチ**、略して**ＷＣＡＲ**と呼ばれる、要するに大々的なＩＱテストを受けるようになっていた。テストの目的は個々人の成績ではなく、世界市民のＩＱの平均値や分布をＤＡＩに把握させるためだと謳われていた。また、成績は受験者にフィードバックされることはなく、教師も、とにかく気軽に受ければいいと言う態度を取っていた。奇妙なことに、ＷＣＡＲが実施される度にそれはニュースになり、得点の平均値はすこしずつ向上しているって伝えられた。つまり、**美徳スコア**と**ＷＣＡＲ**との合わせ技で、人類はどんどん良心的で聡明になっているって言いたいらしかった。まあ、そんなこと知ったこっちゃなかったけどさ。

　で、実はバイオチップには、ＤＡＩだけがアクセスできて本人には見えない**闇領域**ってものがあって、さらに、この闇領域の不良スコア枠に、個々人のヤバいデータが書き込まれているんじゃないか。ま、こんな風に話ははじまるんだ。

　問題はここからだ。人類が全体的にお利口さんになっているのは馬鹿を殺してるからだってトンデモな説を唱えるやつが現れた。そいつは、ＷＣＡＲの平均値が上昇するにつれて、死産・流産が増加していることに着目した。そして、死産や流産ってのは、表に現れている数字に数倍かけたものが実際の数字だから、ＩＱの平均値の上昇と死産・流産の増加とに因果関係があってもおかしくないと主張した。

　さて、ここからさらにセンシティブな領域に踏み込むことになる。その増加している流産や死産は、WCARなんかの成績がよくない親のケースが多いし、また、凶悪犯罪者などから遺伝子を受け継いだ胎児は、かなりの確率で流れているって言うんだ。つまり闇領域の不良スコアを参照して、そういう人間の遺伝子を遺さないようにしてるのではって疑ってるわけだ。つまり、殺している、と。バイオチップを駆使して、データを読み取るだけじゃなく、不良スコアがヤバいくらい貯まっている人間の遺伝子を根絶やしにするために、宿主の肉体に働きかけ、流産や中絶を促している。――この噂が当たっているかどうかはともかくとして、技術的には実行可能だってことをエレナは言ったわけだ。

もちろんただの噂だ。そんな噂をまともに信じてたわけじゃないし、考えることさえ不健全だと思った。ただね、逆のことは大っぴらにおこなわれていたから、そのことを考えると、きれいさっぱり忘れることもできなかった。逆のことってなんだって？　つまり、推奨される産児ってものは確実にあったんだ。産めば報奨金を出しましょう、さまざまな手当もつけましょう、ぜひ産みなさいと言われる人たちがいたってことさ。それは、頭のよさげな人たち、美徳スコアが高そうな人たちだった。ところがこの、ハイスコアな人たちの産児が推奨されてるってことはあまり気づかれなかった。なぜなら、別の面に強い光が当てられたんで、それによって起きるハレーションで見えなくなっていたんだ。

スポットライトを浴びてた別の面っていうのは性的マイノリティだ。実は、性的マイノリティの権利が保障され、同性婚が正式に認められるようになったドンピシャのタイミングで、人工子宮を使った出産が医療技術として確立した。これを利用し、LGBTQどうしのカップルが、第三者の卵子や精子と交配して、子供を持とうとしはじめると、大同世界(タートンシージェ)はこれを推奨した。実はこのとき、頭脳明晰(めいせき)なLGBTQの人たちに、精子や卵子を提供するように勧誘し、提供すれば**美徳スコア**をアップし謝礼も出すというインセンティブもつけた。その結果、高い**美徳スコア**やIQを持つLGBTQの精子や卵子が別の高いIQを有するLGBTQの卵子や精子と結合し、そうしてできた子供が次々とこの世に生まれ出た。

これは画期的だと大いに注目を集めた。だって、大統一前までは、同性どうしが結婚することを認めない国や社会は多かったし、LGBTQの存在自体をあからさまに否定する国も少なくなかったからね。このような旧社会体制(アンシャン・レジーム)を乗り越えて、世界は新しい局面に向かって大きく踏み出したって物語はとても効いた。

で、このアンシャン・レジームには宗教が強く関与していた。神様は男と女を作り給(たま)われた。この世には男と女しかいない。そんなことを教える宗教がパワーを持っていた国では、性的マイノリティは〝故障(グージャン)した者〟であり、神の秩序を故障させる悪しき存在だとされていた。

宗教との激戦の末に統一を成しとげた大同世界は、統一後も宗教に対して神経を尖(とが)らせ続けた。性的マイノリティたちへ寛容な対策を取ったのは宗教撲滅運動の一環だったなんて見方もあるくらいだ。

とにかく、大同世界の反宗教的な方針と医療技術や医療機器の発展がジャストミートして性的マイノリティどうしのカップルが子供を持てるようになった。「ゲイやレズビアンが増えるじゃないか」と叫んでデモをする連中もいなかった。そんなことをしても、軍に排除され、スコアも減点されるだけだったろうけど。とにかく、これは自由と平等の新しい地平を切り拓（ひら）いた画期的な出来事だと喝采を浴びた。けれど、実は、似たような産児の奨励は、スポットライトの外側でも、性的マイノリティの人たちに限らずに、粛々とおこなわれていたんだ。つまり、逆のこと、知能の高く良心的な遺伝子をなるべく多く遺すという営為は、見えにくくはあったけれど、大っぴらにやられていたんだよ。

「わかった」エレナの声が聞こえた。「思い切ってこう考えてみようか。大同世界は、知能の低い人間はなるべく生まれないほうがいいって〝見えざる方針〟を打ち出し、密かに実行しているって」

　驚いたね。てっきりバカにするのかと思ったら、俺が及び腰で指し示した方向に向かって進み出したんだから。

「だけど、こういうことは言えるんじゃないかな」とエレナは続けた。「個人がやっていいことと、ＤＡＩ（ダイ）がやっていいことはちがう。個人はネットに書き込んだだけでもスコアが減点されるけど、ＤＡＩが実行するのはＯＫ。――どうしてだと思う？」

　こっちがしたい質問だった。どうしてだろう、と俺はそのままを返した。

「やりかたがエレガントだから。やってることは暴力的だけどそれをむき出しにはしない。権威や暴力に代わるなにかを使ってうまくごまかしてるわけ」エレナはそう言ったあとで、わかるかなってな感じで俺を見た。「そういう品のよさがＤＡＩにはある」

「品がいいって言うのか、それ」

「うん。まず確認させてよ。人間は自由であるべきだ、だけど、この世界の秩序というかシステムに適応能力のない人は、なるべく少ないほうがいい。これは誰もが内心では思っていることだよね」

誰もが？　俺は首をかしげた。すくなくとも俺はそうじゃないぜと言いたかった。だって、あのエレナもまた、この世界にうまく適応できずにいなくなっちゃったじゃないか。適応できない美しさってものがあったのに。

「あら、納得できないみたいだね」と目の前のエレナは俺の感傷におかまいなしに続けた。「だけど、昔から人は、邪魔だと思う赤ん坊を出産後に殺してたし、それは、ほぼすべての共同体で、親や社会の正当な権利だとみなされていたよ。日本じゃマビキなんて言ってたよね。じゃあ、邪魔者扱いされて殺された子供っていうのはどんな子だったかって言うと、そのほとんどは――」

言わなくていいと伝えるために、俺は首を振った。

「ふふ。ケイは露骨な言葉を口にするのが嫌なんだね。そういうところは日本人ぽいし、ＤＡＩ（ダイ）と似てるかも。ＤＡＩは、ふさわしい住人だけが暮らす穏やかな世界を作るために、昼夜を問わずエレガントにマビキしてくれているわけだ」

言い返す言葉が見つからず、俺は黙っていた。

「人間は感情的な生き物だ。でも、その感情をいったん横に置いて理性的に振る舞える人間こそが、大同世界（タートンシージェ）が理想とする市民像なんだよ。理性的であるからこそ、神がどうたらこうたら言わないで、ゲイやレズビアンどうしの結婚なんてどうでもいいじゃん、勝手にやってくれって振る舞える。どうでもいいじゃんって言うと当事者には冷たく聞こえるかもしれないけれど、結果的にはやさしさにつながるわけだよね」

そうなんだろうな、と俺も思った。大同世界はべつにやさしくもなく、寛容でもない。ゲイやレズビアンにやさしい態度を取り続けているのは、そのほうが都合がいいだけなのかもしれない。俺は生暖かい風を感じた。俺の目の先十センチでエレナが笑っていた。彼女の吐息が俺の顔にかかっている。

「あ、起きてたんだ」とエレナはまた笑った。「大丈夫？」

「大丈夫だ。で、俺たちはいったいなんの話をしていたんだっけ？」

「秩序への反逆について。新しい秩序を撥(は)ねのけようとするタイプは、一神教徒の反世界的な反逆から、アミニズム的な、密林の中に引っ込む脱世界的未開化(ウェイカイホア)に変わったって話をしていました」

そうだった。そもそも俺が、和歌山の山中でいまなにが起きてるのか教えてほしいって言って、順々に話してもらっている途中だったんだ。

「未開化タイプで起きる秩序からの逸脱は阻止するのが難しい、なぜならば大同世界は自由を認めようとするからって話をしていました。話が脱線しちゃったのは、『馬鹿に生きる資格はない』なんて不道徳なことも考えるだけなら自由だけど、実行する自由ってのはないよって私が言ったのに対して、けれどＤＡＩは実行してるじゃないかってケイが混ぜかえしたからだよ」

俺は小さくうなずいた。

「性的マイノリティの自由を認めると言いながら、実はある特定の人からは産む自由を奪っている。それは、思想の自由を謳いつつ、不道徳な思想が実行って形で頭の外へ産まれ出るのを中絶するのと同じだよね。中絶によって世界の秩序が保たれるなら、DAI(ダイ)はエレガントに子殺しをやる。そう認めてあげてもいい。それでこの話はおしまいにしない？　これ以上続けたら、いつまでたっても本線に戻れなくなるよ。まず、裏じゃなくて表、本音じゃなくて建て前の話をしたほうがいいと思うんだけど」

そうしてもらったほうがよさそうだ、と俺は思った。

けれど、この本音と建て前こそが、大同世界(ダートンシージェ)の謎を解く鍵だったってことがあとでわかる。

ただこのときの俺は、

「オーケー、話を戻してくれ。建て前の話に」と言った。

「大同世界の方針はできるかぎり自由を認めますってことになっている。だから故障(グージャン)なのか、それとも自由の範疇(はんちゅう)に収まっているかって線引きは難しい」

「だから、現地に乗り込んだ俺たちがやれることと言ったら、状況報告してDAIの判断を待つことくらいしかなかった」

「じゃあ、現地からレポートを送ったら、DAIはどんな判断を下すことが多かったの」

「警告(ジンガオ)せよ、だ」

でしょ、と言ってエレナはうなずいた。

「警告すれば、逸脱をやめて秩序世界に復帰するのが未開化タイプの特徴よね。故障歴がDAIに登録されると、監視はがぜん強まり、ペナルティもハードになるから、やがて秩序側に収まるようになる。つまり、警告をくり返せば、未開化タイプは根絶できる、そう考えていた」

「だけど、この間インドネシアじゃあ発砲してきたぜ」

エレナはこくりとうなずいた。

「そこなの。最近はそういう事例がポツポツ出はじめてる。未開化なんだと思って気楽に構えてたら、なにかの拍子で激しく抵抗しはじめるってケース。中央アフリカで五件、南米で五件、イベリア半島で一件、スカンジナビア半島で一件、朝鮮半島で一件報告されてる。そして今回のインドネシア」

「和歌山も同様のケースだと考えていいのか？」

「そこが微妙なんだな」

「微妙って……」

「和歌山は未開化とは思えない。まず、アガラへの出入りは割と自由にできている」

「アガラ？」聞いたことのない単語に俺は顔をしかめた。「アゴラじゃなくて」

エレナは笑った。

「アゴラか。古代ギリシアの広場だね。残念ながらちがう。アガラは、和歌山特有の言葉で〝我々〟とか〝俺たち〟って意味なんだって」

「ふーん。で、そのアゴラって村は人目を忍んで山の中に身を隠しているわけじゃないんだな」

「アゴラじゃなくてアガラね。――そう、未開化（ウェイカイホア）ゾーンは、ジャングルのど真ん中とか、すごい高地とか、とにかく、社会から地理的に隔絶したところにコミュニティを作る。隔絶しているがゆえに未開化する。不便にはなるけれど、それでも大同世界（タートンシージェ）から離脱したいってモチベーションが強かった」

「だけど、そのアゴラってのも人里離れた山の中なんだろ」

「もう、アガラだってば。うん、そこが微妙なの。アガラはたしかに不便な山中にある。けれど、特別に閉鎖的ってわけじゃない。山を下りると、シングウって海辺の小さな町に出る。シングウは漢字では新宮（ニューパレス）だね。で、アガラの住人は新宮（しんぐう）とアガラの間を行き来しているみたい。つまりアガラは、未開化タイプみたいに自給自足で賄（まかな）ってはいない。共同体を維持するために必要な物資を買いつけに、定期的に山を下りてる。つまり外部と接触している」

「その新宮って町からアガラに行く人もいるわけか」

「行こうと思えば行けるだろうけど、新宮の人がアガラに行く用件ってなんだろう」

「たとえば山から切り出した木材を受け取るためとか」

「ないと思うけど、そこはわからない」

「だったらそれなりには閉鎖的なんだな」

「いや、地元の人にとっては用なしの土地なんだけど、物好きの旅行客が訪れることはある」

「え⁉　観光地がゾーンに指定されたなんて聞いたことないぞ。それに、旅行客はなにを求めてアガラに行くんだ」

「アガラ独特のカルチャーがあってさ、それを楽しむんだよ」

「ひょっとして山の中に新宗教の施設でも作っているのかな」

当時、観光スポットとして人気を博していたのは、なんといっても宗教施設だった。そして、とかく宗教にはナーバスに反応するＤＡＩも、観光としての宗教は容認していた。寺院・仏閣・教会が、出し物として宗教的行為を展示することは、観光業として認められていたんだ。

「たぶん、ちがうと思うな」とエレナは言った。

「たぶん？　てことは君はまだアガラに行ったことがないのかい」

「だって明日あなたと行くんだもん」

「観光地として外に開いているコミュニティがゾーンに指定されているってのに、捜査員がまだ行ってないなんて、おかしいじゃないか」

「いや、先発隊がもう入ったんだよ。だけど、うまくいかずに引き上げて来た。そこで私たちを送り込むことにしたんだけど。先入観なしに観察させたいので、私たちには先発隊が収集した情報は渡さない。――そういうことなんじゃないの」

じゃないのってなんだ、本当のところはどうなんだよ。俺はこの女の正体ががぜん気になりだした。

「協力者？　あなたの上官は私をそう呼んだわけね。たしかにその表現だと誤解を招くかも。でも、まちがってるわけじゃない。私は軍内部の人間じゃないから」

「だけど協力はしてる？」

「うん。ただ、もうすこし正確に言うと、提携だね」

「てことは、軍と君は持ちつ持たれつってことなのか？」

「そういうこと」

「じゃあ、君は軍になにを提供してるわけ？」

「技術かな。あるいは知識？」

「なににいての？」

「それもこんどにしない？　いましてる話、この先がまだあるよ」

「わかった。じゃあひとつだけ。これまで君は軍との提携ってのをやった実績はあるのかい」

「イエス」

「それに対して軍はなにをしてくれたんだ」

「お金」

だとしたらやはり協力者か。となると、軍が買う彼女の技術や知識っていったいなんだ。俺は気になったが、そっちへ進むと迷子になるよと注意されたばかりだった。

「で、この観光と宗教との関係なんだけど」とエレナが話を戻した。「観光ってのがまた微妙でねえ」

俺は首をかしげた。

「わからない？　まず、伝統的な村落形態を保存し、これを観光資源にして観光業を営むことは問題ありません。たとえばバリ島。あの島はお隣のジャワ島がイスラムになったときも、ヒンドゥー教が残った。ヒンドゥー教には、カーストって身分制度があったんで、大統一後は当然ご法度（はっと）になったんだけど、バリ島は、観光客に『マハーバーラタ』の劇を特有の踊りやガムラン演奏で見せている。『マハーバーラタ』なんてまさしくヒンドゥーの世界で、そこにはカーストを是認する部分がないはずがない。だけど、これはお咎めなしなんだよね」

「観光地だからな。じゃあ、アガラはどうなんだ？　アガラは観光地なのか」

「観光地だね。観光客がいて、それを受け入れているんだから」

「だったら問題ないってことにならないか」

「なるかもしれない。だけどＤＡＩ（ダイ）は、いろんな情報を吸い上げた上で、捜査したほうがいいって判断した。これはなぜだと思う」

俺は首を振った。エレナは、あくまで私の想像だけどと前置きして、

「観光というネタが膨張してヤバくならないかを確認したいんだよ」と言った。

「観光のネタが膨張する？　どういうことさ？」

「これもバリ島を譬えに話すのがわかりやすいかも。ヒンドゥー教はカーストって差別制度の上に乗っかってるから、これは駄目」

「だけど、『マハーバーラタ』を見せるのはオーケーなんだろ。ダブルスタンダードもいいとこだけど、それでいいならいいじゃないか」

「うん。だけど、『マハーバーラタ』が持つ〝許されざる倫理観〟に影響された人が、そういうふるまいをするとまずいでしょ。さっきの、頭の中で考えるのは自由だけど実行したら駄目

って言うのと似てるよね。観光芸能のうちはいいけれど、実生活で発露したらアウトなんだよ」

ほとんど言いがかりじゃないかと思いつつ、そんなことってあるのかなあ、と俺はつぶやいた。

「なければ問題ない。そしてＤＡＩ（ダイ）も、バリ島体験が故障（グージャン）に発展する恐れはいまのところないと判断しているから、ほうっておいてる」

「なるほど。よくわかった。でも、問題ありの場合って、誰がどう判断するんだ」

「そこで私の出番になるわけ。私がそれを見抜いて、軍に提言をする」

そう言ってエレナは俺の唇に人さし指を当てた。

「いったいどうやって──なんて訊いちゃ駄目よ。また話が脱線しちゃうからね。でね、別に私たちは取り締まるためにアガラに行くわけじゃない、あくまでも捜査だよ」

「俺の上官は、組織を内側から破壊してもらうことになるかもしれないなんて言ってたぞ」

「可能性としてはね。実際バリ島に潜入しているエージェントだって軍人だった。いざとなったらやるつもりでいたんだと思うな」

「そんなことなんで知ってるんだ」

「私もいたから」

「……じゃあ、アガラはどうなんだ。アガラが観光ネタにしてる宗教っていったいなに教？」

「そこがわかんないの。ＤＡＩはいまの情報じゃ判断できないと言っている。だから、私たちを使うんだよ」

「でも、警戒はしてるんだよな。ゾーンに指定したんだから。俺にとって謎なのはむしろそっち、ＤＡＩの判断だよ」

「どうして」

「軍にはゾーンマップってのがある。故障に発展するおそれのある地域を示す地図ってことになってるんだけど、要するにヤバい宗教が残っていそうなところを指してるんだ。俺は軍でそう教わった。中東なんかは真っ赤っかだ。バリ島のあたりも結構赤い。けれど、日本は真っ白だぜ」

「そうか。じゃあ、ここはすこし話しておくか」

また話が脱線しそうだったけど、聞いておかないとまずい気がして、俺はうなずいた。

「つまりね、日本の宗教ってのは大きくは仏教と神道になるわけ、これはわかる？」

「まあ、そのくらいは」

「このふたつは無害だってことになってる。だから、ＤＡＩが日本のある地域にイエローカードを出したことは私にも意外だった」

「神道と仏教が問題にならないのはなぜなんだ」

それを日本人に説明する日が来るとは思わなかったな、とエレナが苦笑し、それが大統一後の世界ってやつさ、と俺は混ぜかえした。

「じゃあ、ごく簡単に。まず、神道。神道の中心は祖霊信仰、ご先祖様を神として奉る。これくらいはたいしたことない。ただ、日本はその後、西洋と対抗するために国家神道ってのを作って戦争をはじめ、近隣諸国に迷惑をかけたので、こっちはヤバい。けど、そもそも、いまは国家ってものがない。国家がない国家神道なんてありえないでしょ。だから、どっちにしても神道ってのは問題ないって私は睨(にら)んでる」

「じゃあ仏教は？」

「まあ無視していいんじゃないの。仏教にもいろいろあるけど、織田信長って大名に制圧されて以降は、あんまり権力に楯突(たてつ)いたりしなくなったんだ。日本人が暴動を起こしたのは生活の困窮が原因だよ。島原(しまばら)・天草一揆(あまくさいっき)は宗教も絡んでるけど、あれはキリスト教だからね」

「いまはユニバーサル・ローンってものもあるからな。なら仏教と神道はともに無罪ってことか」

「そうなの、この二つは除外して考えたほうがいいと思う」

「じゃあ、新手のヤバいのがアガラに育っている可能性は？」

「それについては、気になる点がいくつかある。ただ、これを理解してもらうには、アガラの歴史を軽くさらっておいたほうがいいかもね、どうする？」

　どうするどうする、と言いながらエレナが顔を寄せてきた。拒む理由がなかったから、

「そうしよう」と俺は言った。

「和歌山のあのあたりの山中にはね、伝統的な火祭りって、これは重要文化財として……」

　と説明するエレナの唇はもう俺の唇に触れて、触れながら動いていた。接触はさらに深くなり、

「……登録されているんだけれど、この火祭りを観光に来た連中の中に変な集団がいて……」

　と言ったあとはもう言葉にならなかった。完全に唇が重なりあっていたから。この状態から脱出したほうがいいのか、それともこのまま先に進んでしまうべきなのか、一瞬迷ったけれど、結局後者が選択された。


　ことの後、彼女はベッドから抜け出し、バスローブを羽織ると、ミニバーの棚から水を取って来て、窓辺の椅子から俺の上着を追放してから、そこに腰を下ろしてキャップをひねった。盗聴防止なんて嘘っぱちだったんだ。あれはベッドに誘うための口実だった。情報部門にはある不文律があると聞いていた。捜査員がカップルを装って現場に潜入する場合、実際にそういう関係になっておいたほうがよい。そのほうが身バレすることが少ないし、ハニートラップだって仕掛けられにくくなる。

　けれど、これに難色を示すのはたいてい女の捜査員だ。だから、この指示はまず女に伝えられる。もちろん、「強要はできないが」という前置きが付くが。女がオーケーなら、女から男にアクションを起こす。これは指示を受け入れたというサインだ。こうなったら、男は拒否しちゃいけない。それをやっちゃうと連携プレーがギクシャクしたり、オペレーションにいろいろ支障が出るので、そうなったコンビはいったん解散させられるんだそうだ。ただし、あまり嬉々として受け入れると、こいつはハニートラップに引っかかりやすいってレポートが女のほうから提出され、男だけお役御免になるケースもあるんだってさ。あくまでも噂だけど。

話を戻そう。

俺もベッドから下りて、バスローブを羽織りエレナの前に座った。ようやくエレナの口からアガラができた経緯(いきさつ)が語られはじめた。

ところが、これを聞いても、アガラに新手のヤバい宗教が育っている可能性についての気になる点ってものが、さっぱりわからなかった。

「だったら、もう考えないことだね。ＤＡＩ(ダイ)がゾーンに指定したって事実を受け止めて、とりあえず捜査するしかないよ」

エレナの言うとおりだった。ＤＡＩの判断はおかしいと感じても、その感覚がむしろおかしかったとあとでわかった事例はごまんとあった。ありとあらゆる情報を飲み込んで吐き出したＤＡＩの結論に勝るものはない、とみなが信じる時代だったから。


明くる日の午前中、エレナはコーヒーを飲んでから、自分の部屋に着替えに戻った。俺がチェックアウトをすませて下のロビーで待っていると、Ｔシャツの上にデニムのジャケット、下はやっぱりデニムのショートパンツって格好で下りてきた。並んで大阪の町を行く俺たちは、クルーカットの俺の髪型さえ除けば、バックパッカーのカップルにしか見えなかったんじゃないかな。

航空的士(エアタクシー)で行くにはちょいと遠いし、航空機(エアプレイン)で行くって距離でもなかったので、紀伊国(きのくに)って特急列車に乗った。

隣り合わせに座って大阪の下町が車窓の外に流れていくのを見ていた時、「これから演じる互いのキャラについて口裏を合わせておかなきゃ」とエレナが言い出した。「恋人って設定なんだから、知っていて当然のことを知ってないとバレちゃうよ」

ごもっともな意見ではあったので、誕生日や血液型や好きな食べ物を教えあい、家族構成や趣味をでっち上げ、出会いや、初デートで見た映画を決め、エレナは北京芸術学院で事務員、俺は建築現場の作業員ってことにした。

「趣味はどうする？　嘘だとかえってボロが出るからここはリアルなのでいこう」

「じゃあ俺はギターってことで」

「クラシックの？」

「いや。スチール弦のフォークギターだ。それとエレクトリックも」

「そのことは面接で確認された？」

「うん。バンドをやってたんだなって」

「なんてバンド」

「オールモスト・ハッピー」

「で、ギターの腕は？」

「リーダーにはいつも文句言われていたね。――で、そっちはどんなのを聴くんだい」

「全般的にいろいろ聴いてる」

「へえ。てことは、インドのシタールだって、ブルキナ・ファソのジャンベだって聴くわけかい」

　とからかうような調子で言ったら、

「聴きますよ、シタールだってビーナだって、ジャンベだってダラブッカだって」

　エレナはこともなげにそう言って、俺の手首に巻きつけられていたTUを指さした。

「そこに、オールモスト・ハッピーは入ってるんでしょ」

　エレナは俺の返事を待たずに、イヤホンをケースから取り出して耳に押し込み、

「人気のある順番にプレイするようにしてね」

　とややこしい注文までつけてきた。

　俺は彼女のイヤホンをTUに登録し、六曲ほど選んで再生した。エレナは目を閉じて聴いた。イヤホンがふさいだ彼女の耳から漏れるか細い音に、白いスニーカーがタンタンと床を打つ音が重なった。そのリズムがいやに正確だった。三十分ほど聴いてからイヤホンを外し、彼女が放った第一声は、

「緻密に作り込まれてはいるけど、それが仇になって歌の生々しさが損なわれちゃってるね」

　という、シーランが聞けば卒倒しそうなご意見だった。

「でも『私はエイリアン』って曲はよかったよ」

「どんなところが？」

「『私は私に投げ返されて』ってところなんか、ぐっとくるものがあった」

　ぐっとはきたんだけど、意味するところが摑めなくて、俺はエレナに訊いてみた。

「そのまんまの意味だよ、向かって行くところがないからさ、自分に戻っていくしかないんだ」

なんてエレナは言って、煙（けむ）に巻かれた気分になってる俺に、

「そんな気持ちになったことない？」

と逆に訊き返して、こっちが口ごもっていると、

「だったらしょうがないね」と笑われておしまいになった。

なのでこの時、もうひとりのエレナに、

「それってどんな意味だかわかる？『私は私に投げ返されて』って」と同じ質問を投げてみた。

「わかるよ」

「だから、どんな風に？」

「エイリアンは孤独なんだ。この星でひとりぼっちなんだよ」

「どうしてさ」

「うーん、ケイは世界が消えちゃうって感覚になったりしない？　大同世界（タートンシージェ）がぼんやりと遠ざかって、無世界（ノー・ワールド）になるって感覚」

世界がない（ノー・ワールド）だって？　未来なし（ノー・フューチャー）は、セックス・ピストルズの「女王様万歳（God Save the Queen）！」で聴けるけど、世界がない（ノー・ワールド）ってのははじめて聞いたぞ。

「行き場を失うから、自分に投げ返されちゃうんだよ。だからバンドを組んだ。そしたら、オールモスト・ハッピー（だいたい幸せ）くらいの気分にはなれる。すごく皮肉の効いたバンド名だよね」

新宮って小さな駅で降りた。地図で調べてみると、南に突き出した紀伊半島の先端にある串(クシ)本(モト)をすこし東に回り込んだところにあった。とにかく日本のメインアイランドのなかでは最も南のほうにある。

改札をくぐって駅舎を出たのは俺たちだけだった。駅前の閑散とした広場の中央には、航空(エア)的士(タクシー)の共同ポートがあって、二機停まっていた。その外側に陸送的士(ロードタクシー)の乗り場があり、さらにこれらを囲んで、鄙(ひな)びた土産物(みやげもの)屋や食堂(ダイナー)やカフェが佇(たたず)んでいた。

「なにか食べて行こうぜ」

コーヒーだけ飲んでホテルを出てきたんで腹が減っていた。

「花風(はなかぜ)」って看板を掲げた小さな食堂に入った。引き戸を開けるとすぐに、「いらっしゃい」って元気な日本語が迎えてくれた。俺たち以外に客はいない。駅前で昼時なのにとすこし不安に思いながら、真ん中に席を取った。無地のシャツに薄いカーディガンを羽織った背の低いおばちゃんが現れ、両手に持っていたコップをテーブルの上に置くと、俺が開いていたメニューにあったマグロ丼の写真を指して言った。

「これがええんや、これにしよら」

やたらと訛りの強い日本語でね。大阪ですこしは慣れたけど、このおばちゃんのはまた強烈だった。お薦めの品はこれだ、という意味はなんとか汲み取れたけど。

「じゃあ、それで」

と俺が応じると、おばちゃんは早口でなにか言いながら厨房(ちゅうぼう)に歩きだしたが、訛りが強すぎて、よくわからない。

「ちょっと、アガラの情報を取りなさいよ」

おばちゃんが厨房で料理をはじめると、エレナがテーブルの上を人さし指で叩いて言った。

「僕たちこれからアガラに行くんですけど、ここからだと、陸送的士(ロード)に乗るんですかね」

丼を運んできたタイミングを見計らって、俺がおばちゃんに声をかけると、

「いくら替えたいん?」

と合点のいかない返事が返ってきた。

おばちゃんは壁の小さな電子モニターを指さした。そこには、
1ghl = 118mr
という文字列があった。

「ほら、ここで両替できるんだよ」

とエレナに言われ、俺はようやく腑に落ちた。ghlってのは世界通貨ゲルの略式表記だ。この頃は各国の通貨は廃止され、ゲルに統一されていた。で、問題はこのmrってやつなんだが。

「アガラって地元の通貨があるんですか」と俺は尋ねた。

「あるある。マルや。118マルで1ゲルや」

つまり、さっきの式はアガラの通貨と世界通貨ゲルとの交換レートだった。

「アガラではマルしか使えないんですか」

世界共通通貨のゲルを拒絶しているのなら、これ一発でアウトだった。

「そがいなことあらへんやろけど、替えといたほうがええで。ゲルで払う言うたら、ごっつう嫌な顔されるさかい」

エレナが肘で突いてきたので、じゃあお願いします、と申し込んだ。まず、マルのアプリをTUに入れろと言われ、俺はそうした。

「ほんでいくら欲しいんよ？」

「5000ゲルほど」

そがいに要るんかいな、とおばちゃんは、俺のTUから5000ゲルを店に払わせてから、俺のマルのアカウントに59万マルをこしらえた。

「このお店もマルで支払えるんですか」

「あかんならよ」おばちゃんは首を振った。「マグロ丼と海苔巻きはゲルで払たってよ」

言うやいなや、おばちゃんは俺のTUから代金を抜き取った。

「でも、どうしてこの店で両替なんかしてるんですか」

「そのほうがあんたらも便利やろが」

「てことは、アガラには両替所がないんですか」

「そがいなことあらへんけど……」

エレナが目配せした。埒が明かないので質問を変えろというサインだな、と俺は思った。

「アガラまでは的士で行けますか」

「航空的士はできやんよ。陸送やったら的士も巴士も、村の入り口までやったら行けんことない。そっからは歩きになる。不便やの」

なんか変だな、と俺は思った。アガラは観光客を受け入れている、と昨夜(ゆうべ)エレナが教えてくれた。だから、この店が両替所になっているのはわかる。けれど、観光地なのに航空的士(エアタクシー)がアガラまで飛んでくれないのはなぜだ。うねうねしたつづら折りの山道を行くより、浮き上がって空から降りたほうが便利に決まってる。しかも、的士(タクシー)や巴士(バス)が行けるのが村の入り口までってのも腑に落ちない。

ガラガラと引き戸が開(あ)く音がした。

「――あ、いらっしゃい」

のっそり入ってきたのは熊みたいな男だった。ジーンズにチェック柄のネルシャツ。アジア系で、年齢(とし)はぱっと見で五十に届くか届かないか。身長は俺よりもすこし低く、百八十センチ弱といったところ。髪は短くて、口から頬と顎にかけて濃い髭(ひげ)を生やしていた。なんとなく、カントリーバンドでウッドベースを弾いてるおっさん、そんな印象だった。おばちゃんは中国語に切り替えて、俺たちがアガラに行きたがっていることをこの熊男に伝えた。

「おお、いいね、いらっしゃい」と熊男は英語で明るく言ってサムズアップした。

ゾーンで歓迎されたことなんかなかったから俺は面食らった。大抵は、無視されるか露骨に嫌がられた。それが「いらっしゃい」と来たもんだ。

「観光かな」

「そうです」

「ぜひ楽しんでいってくれ。日帰りかな？」

「泊まろうと思ってるんですが、宿はありますか」

「あるとも」

あるのか。やはり観光地だな。

「何日いるつもりなのかな」

「はっきりとは決めてないんですが」

「いいねえ。好きなだけいてください。なんなら祭りの日までいれば？」

熊男はサービス満点の笑顔を見せてくれた。

「祭りって？　なんの祭りですか」

と俺が尋ねたとき、熊男は水を飲んで、口が塞がっていた。

「この辺で祭り言うたら火祭りしかあらへんがな」

代わりにおばちゃんが日本語で答え、熊男に「なっ」と笑いかけた。

熊男はコップを置くと、なぜか恐縮したように、「はい」とうなずいた。

「神倉神社のお燈祭りや」とおばちゃんが言った。

俺は昨夜エレナから、

「とにかく火をじゃんじゃん焚いて神様を祀って騒ぐんだよ」

と、アガラの近くにある神倉神社のお燈祭り、通称〝火祭り〟の説明を受けていた。

「神様に火を捧げるのか、犬なんかじゃなくて」

「ばか、火だよ、火。記録映像で見たんだけど、すごかった」とエレナは興奮気味に言った。「裸の男たちが松明（たいまつ）を手にすっごく急な坂を駆け下りてくるんだけど、これが火の滝みたいに見える。山を溶岩（ようがん）が流れ落ちてくるみたいな感じって言ったらわかるかな」

ただ、神社が執り行っているのなら宗教行為だ。なんども言ってるように、宗教ってのは個人の心に収まっていればオーケーだけど、祭りとなるとそういうわけにはいかない。みんなでえいやってやってこそ祭りだ。祭りじゃ、宗教的ななにかが個人の中から外にわあって溢れ出す。それはちょっとまずい。

「だけど火祭りについては、いまのところ警告（ジンガオ）サインは出ていないんだ」

昨夜（ゆうべ）、エレナはそう教えてくれた。長い期間にわたって慣習的におこなわれている行事のほとんどに無害判定が出ていたから、これは別に不思議じゃなかった。

「せやけど、こっちは二月に終わったとこやで」

厨房のほうからおばちゃんの声が聞こえた。

このときは六月に入ったばかりだった。次の火祭りを見るのなら、半年以上ここいらに滞在しなきゃならない。また、俺たちは、神倉神社に用があるわけでもなかった。それに、おばちゃんが言ってた「こっちは」ってどういう意味だ？「あっち」の祭りが別にあるってことなのか？

「マッシャの火遊びのことならヒロさんに聞いてんか」

熊男がヒロさんだとこれで知れたが、もう片方がわからない。

「マッシャってなんですか」と俺は厨房に声をかけた。

「由緒正しい神社にくっついてる、コバンザメみたいな神社のことやがな、そやのに、やたらと派手な火遊びすんねん」

この毒舌に、ヒロさんは苦笑いで応じた。エレナが目配せをしたので、俺は英語で通訳した。するとエレナが、

「マッシャの火遊びって、ファイアー・パンクロック・フェスティバルのことですよね」とヒロさんに英語で尋ねた。

「ああ、アガラじゃ祭りって言えば、それなんだけど」とヒロさんは頭をかいて恐縮してみせる。「そうか、マッシャってのはそういう意味だったんだ」

ヒロさんが日本語がからきしだってのがこのときわかった。話す英語からして、アメリカの西海岸出身だなってすぐにわかったよ。

「ファイアー・パンクロック・フェスティバルは夏開催ですよね」とエレナが言った。

そういう野外ロックフェスがあるということも、俺は昨夜エレナから説明を受けていた。

「ああ、七月。梅雨明けにがーんと行きたいね」

「火祭りとアガラのフェス、両方楽しみに年に二回来る人もいるんですか」エレナがまた尋ねた。

「中にはね。ただ、うちのフェスは神倉神社のお燈祭りとは関係ありませんって態度を取ってる」

「どうしてですか」

「大昔は〝パンク火祭り〟なんて名乗ってたんだ。アルファベットでPUNK HIMATSURIって書いてさ」

「ええ」

「そしたら、ネイティブの人たちから『図々しい』って叱られていまの名前になったって話だ。まあ、そんな過去もあるからさ。――とにかくお燈祭りに関しては、恐れ多いというか、うちのせいで白い目で見られるようなことになっちゃまずいんで――」

そこまでへりくだる必要もないだろうにと思ったが、

「そがいなパチもんと一緒にされたら火祭りもわややがな」

とマグロ丼を運んできたおばちゃんが容赦のないことを言う。一方、日本語がまったくわからないヒロさんは、

「とにかく、おばちゃん怒(おこ)らしたらここでお魚食えなくなるんで」

と言って、丼を抱えて箸を動かしはじめた。

そういえば、昨夜(ゆうべ)エレナは、毎夏アガラで開催されているこのフェスに触れたあとで、

「ＤＡＩ(ダイ)が嗅ぎつけている危険な兆候って、こいつのことなんじゃないかなって私は思ってる」

と言っていた。

まさか、と俺は笑った。１９６９年にウッドストックではじまった頃から、ロックフェスは〝愛と平和〟を合言葉にしていた。偶然にもホテルの部屋のウォール・ヴィジョンに映ってい

たのは、そのウッドストックから十六年後に開かれたライヴエイドだった。このフェスは飢餓で苦しむアフリカの救済を目的として開催された、つまり、ＤＡＩ（ダイ）のさきがけのような催しだった。

これは冗談じゃなくて、１９８０年代頃から、ロックが目指す世界は大同世界（タートンシージェ）っぽいものになっていたんだ。大同世界体制を支えていたのはロックスピリットだと言ってもいい。そして、大統一後には、一日の放送の終わりにジョン・レノンの「イマジン」が流れるようになり、ロックは体制側に取り込まれ、体制側のプロパガンダミュージックになった。

フェスに関しても、ロックフェスと名の付くイベントのステージに上がるのは、ほとんどロックバンドじゃなくなっていた。今日はクッキーの中のおみくじが大吉だったのでハッピーよ、なんて歌うひらひらの衣装を着た女の子のボーカルグループもステージに立って、かわいい踊りを披露しながら歌った。ロックの定義なんて追及するのは野暮だけど、まあこれはロックではないよなと俺は思ってたし、フェスの名前だって徐々にロックを冠したものからミュージックフェスティバルみたいなものに変わりつつあった。

つまり、ロックもロックフェスもともに無害になってた。だから、ＤＡＩが危険な兆候をアガラのフェスに嗅ぎつけたなんていうエレナの読みは、この頃のロックの実態を知らないで難癖をつけているとしか思えなかったんだ。

「ただ、パンクってのもその解釈でいいの？」とエレナが言った。「アガラでおこなわれているのはファイアー・パンクロック・フェスティバルなんだけど」

俺はうーんと唸(うな)った。

「パンクは……ちょっとちがうかもな」

「ちがうのなら、どうちがうのか、私にも教えといて。大事なところかもしれないから」

この話の冒頭に、君らにパンクロックの話をすこしして、「やってやろうぜめちゃくちゃに(Anarchy In The U.K.)」を聴いてもらったけど、詳しい話はしなかった。だけど、どこかのタイミングでパンクの話はちゃんとしておかなきゃとは思っていた。じゃあ、聞いてもらおうか。大阪のホテルの部屋で俺はエレナにこんな風に説明したんだよ。

3 パンク村アガラ

パンクが、がーんと来たのは、1977年。最初の7だ。

この頃には、音大でもロックミュージックを教えるようになり、その技術はやたらと複雑になっていた。歌詞のほうは平和なものに、歌われる内容もやさしくなって、野外フェスのスポンサーには大手企業がつきはじめてた。そんな中、突然パンクは「ふざけんな、こんな現実は嫌だ！　俺はイライラしてるぜ！」って単純なコードを掻(か)き鳴らして叫びだしたんだ。高度な技術ややさしさに反抗する下手くそで暴力的なロック、パンクはそんな風に現れた。

そしてパンクは、心への刺さり方において、深く生々しかった。パンクロックを聴いて、自分の声を持てたと実感した者や、救われたと感じる者がいた。なぜ、刺さり方が深かったのか？　なぜ救われたと思ったのか？　うち捨てられた者の叫びが聞こえ、おぞましい魅惑と共感があったからだ。「わかる」「汚(きたね)え！」「カッコいい」が渾然(こんぜん)一体となっていた。「あ、これいいじゃん」じゃなく、「もう、これしかない！」って感じの衝撃だったんだ。

商売としても、ムーブメントと呼べるぐらいにまでには成功した。ムーブメントは、ニューヨークとロンドンでほぼ同時に起こった。脚光を浴びたのはロンドンのほうだ。セックス・ピストルズが、過激なファッションや不謹慎な言動で、物議をかもし、注目を集めた。

　ファッションと言えば、パンクが登場したとき、「しょせんファッションだ」って斬って捨てるミュージシャンやリスナーが大多数だった。まあ、当時のパンクの演奏技術は褒められたものじゃなかった。パンクを演奏（や）ってるやつらにはバンドを組んでから楽器の弾き方を覚えるって者も多かった。下手くそなのをファッションでごまかしてるなんて悪口は散々言われたみたいだ。

　それに、パンクがファッションでなかったとも言えない。パンクがロック服装（ファッション）の新しい地平を切り拓いたってことは確かだろう。プログレッシブ・ロックをやる連中の中には、安っぽいSF映画に出てくる宇宙飛行士みたいな恰好をしてたのがいたけど、それまでのロックは、髪や髭を伸ばし、裾の広がったボロボロのジーンズを穿いたり、派手なシャツを着るのが定番だった。なんにせよ、そういう身なりは現実社会を拒否するアピールになっていた。――ここまで説明すると、いままでふむふむと聞いていたエレナがバスローブの襟元（えりもと）を直しながら尋ねた。

「その現実社会って、どういう意味で言ってるの。ロックが拒否した社会ってなに？」

「そうだな、社会ってのは政府と企業だと思ってくれればいいかな」

「じゃあ、エスタブリッシュメントのことだよね」

「うーん、そう言われると正しいのかどうかがよくわかんなくなるけど、とにかく不自由な世界だ。つまり、ボロボロのジーンズも長い髪も、宇宙飛行士みたいなＳＦも、どちらもそのまで出勤したらドヤされるってことで共通してた」

　君らがもし、髪を伸ばしてジーンズを穿くことが抵抗だったってのがピンとこないなら、『イージー・ライダー』って古いアメリカ映画を見て欲しい。髪の毛を伸ばしてバイクに乗ってただけで、銃を持った田舎のオッサンに「なんで切らないんだ！」って怒鳴られてズドン。

「でも、いまじゃ長髪にジーンズでオフィスに通うビジネスマンなんて珍しくないじゃない」

とエレナはまたツッコんできた。

　そうなんだよ。『イージー・ライダー』の公開は１９６９年だ。月日は流れ、この頃の企業のオフィスでは、髪を伸ばしジーンズとＴシャツ姿の技術者が、音声入力でパソコンに指示しているなんてのは、ごくごく当たり前の光景になっていた。そしてエレナは、

「ということは、自由になるためになにより必要なのは、政治力や権力ってわけ？」

などというとんでもない結論を引っ張り出した。たしかに、俺みたいな兵士はロックバンドのワッペンを軍服に貼って出動するわけにはいかなかったけど、体制側のエリートであればあるほど、好きな恰好でいられる自由が手に入った。エレナの指摘は正しい。けれど、その正しさはちょっと切なかった。だから俺は踏ん張ってみた。

「パンクは特別なんだ。いくらなんでもパンクファッションで会社に行くのはまずいと思うね」

　つまり、俺が言いたかったのは、パンクファッションはちょっとやそっとじゃ社会に受け入れてもらえないほど過激だってことだ。パンクファッションの特徴は衣服や髪だけじゃない。

ピアスや鼻輪。さらにはタトゥーを入れるなど、自分の体に過激な加工を施していた。現実社会を憎むゴミ人間の怒りと痛み、パンクとして生きるしかないっていう決意表明がそこにあった。パンクスは、現実を拒絶し、その外に出ようとしていた。

「てことは未開化(ウェイカイホア)ゾーンと同じってこと?」とエレナが尋ねた。

「なんでよ」

「大同世界(タートンシージェ)の外に出るのが未開化でしょ。反世界じゃなくて脱世界。それに未開化ゾーンにはタトゥーを入れる者がとても多いよ」

たしかにそうだ。ゾーンに入った時、兵士はタトゥーの項目にチェックを入れなきゃならなかった。〈タトゥーあり〉なら、事細かに、タイプ、デザイン、バリエーション、共通のアイコンなどのあるなしを、めんどくせえ、なんでこんなことしなきゃならないんだよってぶつぶつ言いながら、チェックを入れていった。

「部族だからね」とエレナが言った。

「部族?」

「なるほど。パンクスって、未開化ゾーンの部族に似てるよ」

「だけど、ジャングルにひきこもってるわけじゃない。パンクは都市のロックだ。街の中で、『こんな世の中はクソだ!』って叫ばないとパンクじゃない」

「ふーん、だったら政治的ってことになるのか」

たしかにパンクは政治的だった。まず最初に女王陛下をこき下ろし、次は、アメリカとイギリスの大統領、レーガンやサッチャーを徹底的に馬鹿にした。要するにパンクは左だったんだ。ん？　右とか左とかってのがわからない？　たしかに最近は言わなくなった。それに、大統一から十年以上経ったこの時点じゃ、まさに右も左も消えていた。

なぜ右や左が消えたのか？　パンクの敵が消したからだ。パンクの敵があまりにも強大になり、パンクが位置していた左をぶっ飛ばし、ついでに右もぶっ壊して、左右のない世界を作った。つまり、パンクはボロ負けしたってことだ。

だけど、ホテルの部屋でエレナと向き合っているとき、俺は、このような流れをまだ理解できていなかった。

パンクはどうして負けたのか、どんな具合に負けたのか、それを語ることはもうすこし先に延ばしたい。そしてそのときには、大統一と大同世界(タートンシージェ)の秘密を語ることにもなる。そして、右とか左っていったいなんだって話も含めて、**あいつ**に説明してもらうのが一番いいと思うんだ。

さて、そろそろこのへんで、あの新宮駅前の食堂に話を戻そう。

マグロ丼を平らげたあとで天ぷらうどんを啜(すす)っているヒロさんに、俺は尋ねた。

「どうしてアガラまで航空的士(エアー)じゃ行けないんですか」

ヒロさんは海老(えび)にかぶりつき、口をもぐもぐさせながらうなずいて、

「じゃあ、ついでだから乗っけてってあげるよ」

と俺の質問を海老と一緒に飲み込んでしまった。しつこく尋ねようかと思ったが、

「助かります」

とエレナが横から口を出して俺のほうを見てうなずいたので、これはもういいというサインだなと思った。ヒロさんはうどんを食べ終わると、ごちそうさんとおばちゃんに声をかけて箸を置き、ＴＵで支払いをすますと、あらためて俺たちを見た。

「じゃあ、悪いけど、積み込みを手伝ってもらえるかな」

ヒロさんは、勝手知ったるって感じで花風の裏手に回り、倉庫から大小いろんな段ボールが詰まった電動パレットを引っ張り出してきた。

「うちへの荷物はおばちゃんとこで預かってもらってるんだ」

ヒロさんは電動パレットを動かしながら言った。

「アガラに届けられる荷物が全部あの食堂の倉庫に収められて、そこから運ぶんですか」

「いやいや、それだと足りないのであちこちと契約している」

ドローンの発着ポートに向かって進むパレットの後ろを歩きながら、ヒロさんが言った。俺とエレナが花風で食べている間に、ポートには大型ドローンが一機増えていて、そいつは、有人のかなりでっかい、積載量が陸送（ロード）の軽トラくらいあるタイプだった。その積み込み用後部ハッチをヒロさんはＴＵで開いた。

「ドローンでは行けないんじゃ？」

俺が尋ねると、ヒロさんはドローンの横腹を指した。赤い胴体に緑の文字で「ＡＧＡＲＡ」って染め抜かれてある。

「的士（タクシー）じゃ駄目ってことだけさ。こいつはアガラの航空車（エアカー）だから問題ない」

俺が理解に苦しんでいると、ヒロさんは荷台に上がって、

「その段ボールをどんどんここに置いていってくれ」と自分の足元を指さした。

俺はヒロさんが荷台に積みあげやすいよう、順番をアレンジして、デッキの床に次々と載せていった。箱はみんなどっしり重く、俺は中身が気になった。箱に刷られた文字を読むと、生活雑貨じゃなさそうだった。「メタルマッハ・ストーム」なんて名前はティッシュペーパーや台所用洗剤にはふさわしくないだろ。積み終わるとヒロさんは、

「いやあ、助かった。重いもの持たせてごめんな」

と言ってデッキから下りてきて後ろのハッチを閉めた。そして、こんどは後部座席のドアを開け、どうぞと手を差し伸べてエレナを乗せ、自分は操縦席に飛び乗って、俺に隣を指さした。

「そんじゃあ出発」

ヒロさんがイグニッションボタンを押した。プロペラが回って、その細かい振動が座席に伝わり、機体が浮いた。みるみるうちに眼下の共同ポートや駅周辺が小さくなり、やがて深い緑の山々が見えてきた。連なる峰の上を機体は飛んだ。

「あの、どうして航空的士（エアタクシー）だとアガラまで行けないんですか」

俺はもういちど質問した。

「俺たちの空だからさ」

どういうことだろう？

「俺たちは空も手に入れたんだ。アガラの空は俺たちのもの。空からアガラに降りられるのは、俺たちと野鳥だけだ」

空もってことはほかにもあるってことだ。俺はそちらを先に片づけることにした。

「一緒に手に入れたのは土地ですか」

こちらは昨夜エレナから聞いていたのだが、確認のために訊いてみた。

「そうそう。国から譲り受けて、俺たち（アガラ）の土地になった。そのときに交渉して空域ももらったのさ」

土地と一緒に空をもらったってこと？　でも、なんのために？

「まだ国ってものがあった時代の末期、日本は人口減少に悩まされていてね、特にこのあたりはひどくて、国も地方自治体も苦慮していた。そこで国は一計を案じ、限界集落については、移り住むか、新たに土地を開拓して五年経てば、その土地は譲渡するって政策を打ち出したのよ、なんて言ったっけな、法律まで作ったんだ」

「日本全国で実施された新ホームステッド法ですね。でも、その法律を利用して移り住もうって人はほとんどなかったって聞いてますけど」後部座席からエレナが声を張り上げた。

「まあねえ、くれるって言ったってどえらい山奥だからな。ただ、それでも昔は、集落があったんだってよ。ちっちゃな神社が残ってるのがその証拠さ。さっきおばちゃんが言ってたマッシャだよ」

マッシャってどういう字を当ててるのかな、と思って連想してみたけれど、なにも思い浮かばなかった。ただおばちゃんの態度からして、下に見てるのは確実だった。

「とにかくさ、いるのは狸（たぬき）や熊ばかりの土地だから誰も欲しいとは言わなかったんだ」とヒロさんは続けた。

「でも、みなさんは移り住んだんですよね？」

「ああ、そのきっかけが火祭りだった」

「さっき言っていたお燈（とうまつ）祭り？」

「そうそう。火祭りを見て感動した連中が、ここに移り住もうって思い立ったわけさ」

へえ。それほど魅惑的な祭りなのか、と俺は感心した。そういえばエレナも記録映像で見ただけですごいと感動していたな。

「まあ、俺は新参者だから、当時の詳しいことはよく知らないけど」

「つまりヒロさんは……そう呼んでもいいですか」

「いいよ。ヒロ・ワタナベだ」

俺と同じく日系らしい。

「ご出身は？」

「LA」

じゃあ同郷じゃないか。

「いつアガラに？」

「アガラって名乗りだした頃だな」

「それはいつ？」

「フェスの規模が大きくなった第二回目からだ。一回目はまだ小さくて、〝パンク火祭り〟なんて呼んでたんだってよ。ただ、さっき俺がおばちゃんにいじめられたみたいに、その名前（ネーミング）はないだろうぜって顰蹙（ひんしゅく）かったんで、ファイアー・パンクロック・フェスティバルに改称したんだ」

「大統一の前ですか？」

「前。中国とアメリカが、これからどうするって侃々諤々（かんかんがくがく）やりはじめた年さ。その年のはじめ、アガラに入植した連中が新ホームステッド法で土地をもらった記念に、夏にもっと本格的なフェスをやろうぜって盛り上がった。そいつを手伝ってくれって言われてのこのこＬＡからやって来たわけさ」

侃々諤々ってのは第一回中米共同会議だろう。そうするとヒロさんがアガラに来たのは２０３１年で、パンク火祭りはその前年の２０３０年に開催されたことになる。じゃあ、そこから数えると、今年のファイアー・パンクロック・フェスティバルは二十周年じゃないか、と俺は計算した。

「手伝ってくれって誰に言われたんですか？」

「仕事仲間が紹介してくれたんだ。日本のめちゃくちゃ不便なところでフェスをやるみたいで、スタッフを探しているんだけど、お前は日本人の血が流れているから適役じゃないかって言われてね。俺にも日本を見ておきたいって気持ちがあった。タツロウとかマリヤのファンだったし。日本に行くついでにシブヤあたりで古いレコードを買い込んじゃおうかな、なんて軽い調子で来たんだよ」

「タツロウって山下達郎のことですか」

「そうだよ。マリヤは竹内まりや。よく知ってるな」

「だけど、アガラでやっているフェスはパンクロック・フェスですよね」

「正式にはファイアー・パンクロック・フェスティバルね」

「覚えときます。となるとパンクロックにどっぷり浸かる生活になっちゃったわけでしょ、J－POP好きのヒロさんとしては、そこのところは大丈夫だったんですか」

「いやあ、俺もそっち方面はあまり聴いたことがないままここに来たんで、終わったらLAに帰るつもりだった。だけど、やっているうちに面白くなって、いつのまにか住み着いちゃったんだよな。ほら、あそこがフェスの会場だ」

ヒロさんが指さした先は樹木が払われ、草原になっていた。緑の海原で子供たちが白いサッカーボールを蹴って走っている。それにしても数が多い。俺はLA育ちだったので、サッカーという競技にあまり馴染みはなかったんだが、一チーム十一人で競う競技だってことくらいは知っていた。ひとつのボールに三十人くらいが群がっているのを見て、ボールが足りないのかなと思ったほどだ。

「どこ見てんだよ、右だ右」

とヒロさんに声をかけられ、俺は視線を移した。広場の端にいちだんと高く巨大なラックが組まれていた。

「ステージですか」

大きくて広い台の周辺で動いている作業員らを見ながら俺が言うと、ヒロさんはそうだよと答えた。

「もうこんな時期から組みはじめてるんですか」

「ああ、今年から常設のものをってことで、いままでよりも豪華なのを作るつもりなんだ」

「ずっと置きっぱなしのもので大丈夫なんですか？　この辺は台風は？」

「来るよ。来るなと言っても来るんだから困っちゃうよな。あはは」

笑ってすませられるものじゃないだろうに、と俺はいささか困惑した。

「観客はどこに泊まるんですか？」と後部座席からエレナが尋ねる。

「まあ半分は野営。テントを張る連中が多いな。水もトイレも用意してあるから、台風さえ来なきゃ大丈夫さ」

「でも来るんですよね」

「それもまた一興だ。夏フェスに雨風はつきものだし。それにパンクスたるもの、台風くらいでビビっちゃいけない」

変な理屈だ。けれど、運営側の方針ならしようがない。

「テントなし組は？」

「海辺の旅館だね。陸送巴士（ロードバス）に乗ってアガラの入り口で降り、そこからアガラの巴士（バス）に乗り換えるか歩くかして、会場まで来てもらう。なかには歩いて来るタフなのもいるけど」

麓(ふもと)からアガラに至る道はもともとたいへんに細く、それもかなり荒れていたから、開拓者らが一年がかりで整備しつつ広げたんだそうだ。しかも国に無断でこっそりと。同じこっそりでも、クローズじゃなくてオープンに向かうのは、未開化(ウェイカイホア)タイプとは正反対だ。ただ、こっそりはこっそりだから、あとで問題になった。で、ここも未開化タイプと正反対なんだけど、アガラは周辺の村や町とコミュニケーションをしっかり取って、悪い噂を立てられないよう手を尽くした。

それは、花風でのヒロさんとおばちゃんのやり取りを思い出してみても窺(うかが)えたよ。おばちゃんは、悪態をつきながらも、ヒロさんの来店を拒んでるようには見えなかったし。とにかく、地元の人も、そりゃあ広くなるに越したことはない、てな感じで苦情を控えたらしい。まあ別に自分たちに害があるわけじゃなし、なにかあったら自分らも利用できるわけだから、むしろお得だって割り切ったんだろうな。

地方自治体だって、山ん中にコミュニティを作ってそれがある程度の規模になれば、海辺までの道が必要なくらいわかっていた。だけど、予算もないし、対応できる人員もいなかったのでほったらかしにしていたら勝手にやってくれたよ、ラッキー、みたいな腹もあった。うわべでは、困りますね、こんなことしてもらっちゃ、と小言は言ったんだろうな。でも、最終的には、ホームステッド法で譲渡される土地にこの道を含ませて帳尻を合わせることにしたみたい。

もっとも、その道も開通した当初はまだ細くて大型車は通れなかった。フェスをやるのにこれではまずいということで、アガラの住人総出でもういちど広げ、開催の一週間前に、大型陸送巴士（ロードバス）がすれちがえるまで拡充した。とにかく、ここまで風通しがいいのなら、未開化タイプじゃないだろう。いったいＤＡＩ（ダイ）はアガラのなにを警戒してるんだろうって首をひねったね。

「ところで、なぜ陸送車両（ロード）はアガラの入り口でＵターンしなきゃいけないんですか。入り口まで広い道を通しているんだから、そのまま村に入れちゃえばいいじゃないですか」

「駐車スペースがないんだ。それに、車がじゃんじゃん走るとうるさいじゃないか」

なんだそれ、よくわからない返答だな、と思っていると、ドローンが下降しはじめた。

青い草をそよがせてアガラの航空車（エアカー）は着陸した。

車を降りて周囲を見渡した俺は、自分が立っている草原の、どこまでもサッカーボールを蹴って走って行けるほどの広さにあらためて驚いた。

聳え立つ舞台装置は横幅が広く、そこに載るステージセットは巨大で、舞台装置のまわりには足場が組まれ、防護シートが被せられていた。

いくらなんでも、デカすぎやしないか、パンクロックのフェスなんだろ、と俺は心配になった。

「最初は俺もそう思ったよ、ＬＡじゃパンク体験はライブハウスでって相場が決まっていたからね。ところが意外や意外、来るんだよ、世界中から。パンクスはしぶとく生き残ってたんだなって感動さえした。——ちょっと待ってくれ、さきにこれをやっちゃおう」

そう言いながらヒロさんは、ＴＵを取り出し、牧草地の隅に建つ倉庫のような建屋に向けた。

「マッケイセンター。物流センターだ」とヒロさんが言った。

てっきり、夏フェスで使う屋外用スピーカーなんかの保管庫だと思っていたんだが、それはそれで別個にあるんだそうだ。倉庫の扉が真ん中から左右に開いて、中から、運搬用ロボットがこっちにやって来た。細長く数珠つなぎになって進むタイプの移動式コンテナだ。軍の基地でも見かけるやつで、〝蛇〟ってニックネームで呼ばれていた。

「物流センターってことは、アガラで消費する物資はいちどみんなあの倉庫に？」

「たいていはね。ただ、今日の〝獲物〟は直接俺んちだ。さ、悪いけど、また手伝ってくれ」

蛇が近づくとヒロさんがそう言った。

俺はドローンの荷台から蛇のコンテナへの積み替えを手伝った。一列に連なるコンテナのうち、先頭からふたつは、屋根がなく、台車を柵で囲ったようになっている。「じゃあ行こうか」と言って、ヒロさんはその前のほうに、俺とエレナは後ろの台に乗った。蛇は草の上をゴトゴト動き出し、広場を出て、両脇を高く生い茂る草に挟まれた狭い土の道を、激しく身を震わせながら進んだ。揺れる荷台の上で、柵の縁に手を添えて立っていると、まるで保育士のお姉さんの押すワゴンに乗せられて外出する園児のような気分だった。

蛇は草地を抜けて、大通りに出た。地面が土からアスファルトに変わり、ゴトゴトは止んだ。通りの左右には、飲食店や雑貨店や土産物屋や家具店などが並んでいた。想像していたより賑やかで、人出は新宮駅前よりよっぽどあった。行き交う人の大半が二十代や三十代、せいぜい四十代くらいまで。そして、通りを走り回ったり、店先で呼び込みをしている子供の多さが、村の若さを印象づけた。少子化が進む大同世界(タートンシージェ)で、昼間から子供がこんなに通りにあふれているのは珍しい。そして、子どもたちもまた多くがパンクファッションで決めていた。

まだフェスは先だよな、と俺は再確認した。なのに、こんな山の中にどうしてこれだけ多くのパンクスがいるんだ。というのは、さっきも言ったけどパンクってのは、カントリーやフォークとちがって都市の音楽だったから。

——AGARA ART
突然、こんな看板が目に飛び込んできた。

「アガラアート？　なんだろ」と俺はつぶやいた。

「あとで覗きに行こう」とエレナが言い、

「マンダラも気になるし」と指さした。

AGARA ARTの下に、AGARA MANDARAという文字が読めた。

「マンダラってなんだっけ？」と俺は尋ねた。

盗み聞きを恐れてか、エレナは俺の耳に唇を近づけた。

「仏とか菩薩(ぼさつ)をひとつの枠の中に置いた図で宇宙を表そうとした仏教絵画だよ」

てことはバリバリの宗教じゃないか。ただ、仏教は無害だから無視していいって話を昨夜(ゆうべ)聞かされたところだった。俺たちを乗せ、蛇は大通りを進んだ。軒を連ねている商店の中でひとつ頭が飛び抜けた建屋が見えてきた時、そこの壁にかかったロゴを見て、俺は思わずあっと叫んだ。

どうかしたの、とエレナが言う。

「アガラって……このアガラなのか」

A GALA
AGARAではなくA GALA、そして俺にとってA GALAとはまさしく、

「あれだよ」

とロゴの横の、ギターを象（かたど）った赤いサインボードを指さした。

「ア、ア、アギャラギターだよ」

「あれは、ギャラじゃなくてガラだよ」

「え、そうなのか。だったらA GALA（アガラ）でいいのか。でも、俺たちの間ではアギャラギターで通ってるぜ」

「俺たちってのは？」

「ギタリスト。アギャラギターは安くて音がいい新興メーカーとして評判になってた。日本製だって聞いてたけど、ここで作られていたんだ」

「でも、スペルがちがうよ。AGARAとA GALAじゃ」

と訝（いぶか）しげにエレナが言った時、

「いや、アガラギターはここアガラのブランド商品だよ」

と振り向いてヒロさんが言った。俺たちの声はつい大きくなって、前まで届いていたらしい。

「最初はAGARA（アガラ）ギターにしようって話もあったみたいだけど、A GALA（アギャラ）のほうが売りやすい

ってことで、そうしたんだってさ」

「Galaはイタリア語かフランス語ですよね」とエレナが言った。

「ああ、祝祭とか、催事とか、そんな意味のな。要するにお祭りよ。アガラは火祭りをきっかけにできた村だから、当たらずとも遠からずってことで、A GALAにしたんだってよ」

A GALAギターショップを通り過ぎると、突然、蛇は頭を振って脇道に侵入し、それからまたなんどかくの字に身を曲げて、住宅街の狭い路地を縫い、とある一軒家の前で停まった。ほとんど平屋ばかりの家並みの中で、二階建ての立派な屋敷はかなり目立った。

「到着です」

ヒロさんは前のコンテナから段ボールを抱えて敷地に足を踏み入れた。俺も抱えられるだけ抱えてついて行った。エレナも小ぶりのものを持って追ってきた。

ヒロさんは正面玄関には向かわずに、側壁（そくへき）と石垣の間に延びる細い通路に入り、猫みたいに進んだ。その後ろを歩きながら、ずいぶんと奥行きのあるお屋敷だな、と俺は思った。先導者は側壁が途切れたところの角を曲がり、裏手に回り込んだ。もちろん俺もそうした。裏の壁の真ん中に赤い扉があって、ヒロさんはその前に箱を置くと、扉を開けて中に消えた。

「勝手口かな」

追いついてきてエレナが言った。位置関係からするとそうだ。だとしたら、段ボールの中身はやっぱり食料品かなにかだろうな、と考えた。けれど、足元に転がる箱の「メタルマッハ・ストーム」の文字を見て、いややっぱりそれはどうだろうと思った。

「入ってきてくれ」

中から声がしたので、扉についていたレバーを引いたけど、動かなかった。台所の扉にしては重すぎる。気合を入れてぐいと引き、中に入ると、そこは台所なんかじゃなかった。

「それ、そこに置いてくれればいい」

とヒロさんに指され、俺はフロアの隅っこに段ボールを置くと、

「どう見てもレコーディング・スタジオですよね、ここ」と言った。

上下にスライドさせるつまみがいくつも並んだ本格的な調整卓があり、その左右に焦げ茶色のスピーカーが載っかってた。

「そう見えなくもないよな」とヒロさんは悪戯っぽく笑って、「まあ、先に運び込んじまおうぜ」と言ってからエレナには、

「そこにコーヒーマシンがあるんで、濃いめのをたっぷり作っといてくれるとありがたいかな」と声をかけた。

エレナにコーヒー係を頼んだのは、運び込む荷物が重かったからだ。ひとりじゃ持てないほど重いのもあって、それはふたりがかりで運んだ。やっぱり「メタルマッハ・ストーム」って書かれたいくつかは重かったね。メタルと言えば、ヘヴィーメタル。そっち方面のロックに使う機材としてはぴったりの名前で、だとしたら重いのも当然だよな、と俺は妙な理屈をつけた。

搬入が終わり、一服しようぜとヒロさんが言って、紙コップに入ったコーヒーをエレナから受け取り、三人で壁際の長椅子に並んで飲んだ。

「やるのかい」コンソールなどスタジオの機材を見つめていた俺にヒロさんが言った。「興味ありそうじゃないか」

「やるってほどでは……」と答え、あとを濁していると、

「プロのバンドマンだったんですよ」とエレナがその先を勝手につけた。

「へえ、なんてバンドだい」

「いや、知らないと思います」と慌てて俺は首を振った。

「言ってみなよ。こう見えても一応プロだからな」

ヒロさんが熱心に言うので、俺は白状した。

「オールモスト・ハッピーだって？」とヒロさんは驚きをあらわにした。「もちろん知ってるさ」

こんな風に感動されると悪い気はしない。ただ、俺の担当がギターだって知ったときには、なんだギターか、てな感じはちょっとあった。実際、オールモスト・ハッピーはギターに難ありってよく言われてたから、慣れっこだったけど。

ヒロさんはシーランに興味があったらしく、いまはどうしているんだとか、どんな風にアレンジしてたんだとか、はては使っていた機材とか、俺が答えられないようなことまで訊いてきた。

「ヒロさんはバンドを組んだりとかは？」と俺は話題を変えた。

「いや、もっぱら録るだけさ」

ということはレコーディング・エンジニアってことだ。アガラに来たのは、サウンドマンの

腕を買われてということらしい。

「ただ、レコーディングのミキシングとコンサートのそれとじゃ勝手がちがうんじゃないですか」

「基本は同じだよ。ただフェスは年に一度だけど、レコーディングは年がら年中やってるから、俺にとってはこちらが本業だね」

「てことは、ここはヒロさんの？」

「正確には、アガラの、だな。俺ん家と一体化してるけど、スタジオ部分はアガラの公共施設だ」

「公共施設として、どうしてこんな立派なものがあるんですか」

「俺がリクエストして建ててもらったからさ」

「あの、言っちゃ悪いですけど、利用する人はいるんですか」

「おいおい、いなきゃ廃墟になっちゃうじゃないか」

「だけど不便でしょ。駅前からここまで、空からでも陸からでも、結構あるし、こだわりのあるドラマーは、自分のドラムキットを持ってくるでしょうから、そいつを運ぶのは大変じゃないですか」

「そういうときは俺が麓まで迎えに行くんだ。君らを連れて来たみたいにね。ただ、ここは基本的にはアガラパンクのためのスタジオだよ」

「アガラパンク？」

「ロンドンパンクがあり、ニューヨークパンクがあった。ワシントンD.C.も忘れちゃいけない。だけど、いまパンクの聖地はアガラだ。この村のライブハウスじゃ、毎晩のようにギグがおこなわれ、それを見にわざわざパンクスが来るんだよ」

意外だった。野外フェスの開催地ってのは、夏にイベント会場になるだけで、日頃はロックとは無縁なのが普通なんだ。だけど、ここじゃ、アガラパンクってサブジャンルができるほど、年がら年中パンクをやっているらしい。

「アガラのスタジオ・ヒロは、レゲエで言えば、キングストンのスタジオ・ワン、ジャーマンプログレで言えば、ケルンのコニーズ・スタジオみたいなもんさ」

大きく出たなと思いながら、

「どんなバンドがここでレコーディングしたんですか」

と俺は尋ねた。まあ教えてもらっても、知らないだろうとは予想してたけど、

「まずはアタオカ」

と言われたときには、なんだそりゃって思ったね。

「メタリカなら知ってますけど」

「メタリカはいいバンドだ。だけど、パンクじゃないだろ」

もちろん知っていたさ。とりあえず口にしてみただけだ。

ヒロさんは紙コップ片手に立ち上がり、ミキシング・コンソールの前に置かれた椅子に移動すると、俺たちに背を向けたままマウスをカチカチやりだした。

突然、焦げ茶色のスピーカーが炸裂し、爆音が俺たちを銃撃した。俺たちは容赦のない音の速射を浴びた。三分間の一斉射撃がやむと、沈黙が訪れた。

「聴いたことありません」俺は口を開いた。

「だろうな。昨夜録音したばかりだから」

「でも、すごい」

「だろ。どこがよかった」

「ボーカル。鋼のようなハイトーンですね。イアン・ギランもロバート・プラントもセバスチャン・バックもタジタジって感じの」

「そりゃそうさ」とヒロさんは意味ありげに笑った。俺はその意味を追及することなく、

「ドラムはヘンタイ的ですね」とまた感想を並べた。

倍速になったり、いきなり半減したり、所々で変拍子を交ぜる複雑なリズムだった。これとは対照的に、ギターは意固地になって同じリフをくり返す。不変と変幻自在が合わさって、リズムによる変奏ができ上がっていた。そして、これはパンクのイメージとかけ離れたサウンドだった。

俺の中のパンクってのはこうだった。ギターは簡単なコードをガンガン弾く。間奏で速弾きなんかしない。ドラムはオカズのフレーズなんか叩かず、基本リズムをくり返す。シンバルなんか要らないくらい。ベースはルート音を弾いてりゃいい。ボーカルはずっとシャウトし続け、過激な歌詞を撒き散らす。パンクはシンプル・イズ・パワフルな、原点回帰のロックだった。

ん？　だったらパンクってのは未開化(ウェイカイホァ)タイプじゃないかって？　そうなんだ、そこはたしかに未開化かもね、原始的(プリミティヴ)かもしれないけど。で、そんなシンプルなパンクが、アガラじゃずいぶん複雑なものに生まれ変わっていた。未開化タイプのゾーンに変化が見られるって聞かされてたけど、それと関係あるのだろうかと俺は疑った――わけじゃなかった。残念ながら、俺はそれほど勘がよくなかったし、このときは別のところに注意を奪われていたんだ。

「歌詞なんですけど、アルティメット・マッチのことを歌ってましたよね」と俺は尋ねた。

アルティメット・マッチを見せろと言え
見たいんだと言うんだ
思ってるだけじゃ駄目だ
口に出して言え

確か、こんな歌詞だった。

「ああ昨夜(ゆうべ)、これを録るんだってメンバーが押しかけてきたんだ。曲も急ごしらえで書いたって言ってた」

「どうしてそんなに焦ってレコーディングする必要があったんですか」

まさか、とは思いつつ俺は尋ね、うーんだからさ、とヒロさんがため息まじりに言ったので、まいったなと首を振った。

「とりあえず、決まっていた大会がみんな無期限延期になった。もちろんアルティメット・マッチの主催者側も逆訴訟を起こしているけれど」

「訴えたのは？」

「愛と平和のなんとかかって団体だった」

「訴訟の内容は？」

「よくわかんないが、秩序を乱しているってことなんだろうな」

「もう判決が出ちゃったんですか」

「まだ仮処分だけど、雲行きはあまりよくないみたいだ」

アルティメット・マッチは似たような訴訟をいくつも抱えていた。ただ、なんとかなるんじゃないのってファンは高を括ってた。最大限の自由を重んじる建て前があるんだから、経済活動の自由として興行が認められるはずって解釈は篦棒(べらぼう)なものでもないしって思ってた。

「そこはDAI(ダイ)がどう判断するかだよな」とヒロさんは両手を広げて肩を竦(すく)めた。

この頃、裁判の方向性はDAIが決定し、実質的に裁判官はDAIの判断を判決文として読み上げるだけの存在に成り下がっていた。そもそも、裁判官を選んでいるのはDAIだった。DAIが膨大なデータを飲み込んで検証を重ねた末に、容認できる程度を超えて秩序から逸脱している、と判断すれば、それでお終(しま)いだった。

「さて」とヒロさんがつぶやいた。「俺はこれからミックスの仕上げだ」

俺たちは立ち上がり、ありがとうございました、助かりました、と俺が言った。こちらこそ

助かったよ、とヒロさんもうなずき、

「じゃあ道を教えておこう。うちの門を出て右にまっすぐだ。広い通りに出て八咫烏（やたがらす）の像が見えたら、そこがさっき通ったバッド・ブレインズ・ストリート。道を挟んで斜め前にツーリスト・ビューローがある。宿はそこで紹介してもらえばいい」

それからくるりとデスクチェアを回してこちらに背中を向け、ミキシング・コンソールに向かったと思うと、カチャカチャとキーボードを鳴らしながら作業をはじめた。


俺とエレナはスタジオ・ヒロを出て、大通りに戻った。エレナが腕を絡ませてきて、俺たちは肩を寄せ合い、アガラの目抜き通りを歩いた。すれちがう連中の多くがパンクスで、彼らのなりはのどかな山村の景色とは溶け合わず、クルーカットの俺とセミロングの髪が肩の辺りでふわりとカールしているエレナも、パンクスの中では浮きまくってた。

とはいえ、猜疑心（さいぎしん）に満ちた目つきでじろじろ見られることはなく、パンクスからは気さくで明るい挨拶を投げかけられた。八咫烏の斜め前のツーリスト・ビューローの入り口付近に立っていると、同じ建物の中に入っているジェラートショップの、手首あたりまでタトゥーを入れて鼻ピアスをしたスタッフが、いらっしゃいと手招きした。

カウンターまでやって来た俺たちを見て、「アガラのオレンジジジェラートは絶品だよ。パンクスなら――」と言ってから「いや、パンクスでなくたって、アガラに来たなら、ギターとジェラートは試してみなくっちゃ」とにこやかに訂正した。

「オレンジ大好きなんです」

エレナがお愛想を言って、俺がＴＵでマルを払い、コーンに盛られたジェラートを受け取った。

たしかにうまかった。

「あれ見てよ」

赤黄色の氷を舐めながらエレナは、カウンターの横を指さした。

――当店のオレンジジェラートはアガラの山で採取した無農薬オレンジを使用。農薬買う金がないからじゃないぜ！

という貼り紙に俺が笑っていると、

「ちがうよ、その隣」と注意された。

――アガラではマリファナは扱ってません！　持ち込みも禁止。

「どうしてかな」

エレナがコーンの端を齧り（かじ）ながら言ったのは、マリファナはこの頃はもう合法化されていたからだ。昔からロックミュージシャンはドラッグとの関係を取り沙汰（とざた）されてきた。実際、中毒者だらけだったし、幻覚作用をバネにして表現の革新を狙った者もいた。そうして生み出された音楽を、ドラッグを用いて拡張した心で受け止める聴衆がいた。だけど、ドラッグの過剰摂取による死はかなりの数あった。ドラッグの弊害が明るみになるにつれ、ロックがポップス化して健康的になるにつれて、ミュージシャンはドラッグから離れていった。

ただ、マリファナについては、健康被害はないってわけでもないけれど、ほかのドラッグに比べると低く、ひどい幻覚作用もないと言われていた。酒や煙草(タバコ)が合法なのに、どうしてマリファナが駄目なんだ。――これは、マリファナ合法化を望む連中の決まり文句だった。

そして大同世界(タートンシージェ)は自由の名のもとにこれを合法化した。その結果、大麻はいたる所で大っぴらに栽培されるようになり、価格は暴落。なにせ自生するくらいだから、栽培も簡単なんだ。だから自給自足する連中も増えた。マリファナの栽培と吸引は、庭でプチトマトを育ててサラダに入れるくらいカジュアルになった。ただやっぱり、無職層、ユニバーサル・ローンでそこそこの生活をしながら、日がな一日ゲームやってるような連中がたしなむものだったんだ。

愛麻者(ストナー)と言えば無能力者が連想されるようになった。

エレナは、ジェラートを舐めながら黙って貼り紙を見つめていた。そして、残りを口の中に押し込むと、

「ちょっとそこらのお店を覗いてみようよ」と言って立ち上がった。

俺たちはまず、AGARA ART の看板が掲げてある例の店に入った。

アートとは大風呂敷を広げたものだな。店内を見回して俺はそう思ったね。この店の紹介に

ふさわしい言葉を探すとしたら、パンクのグッズショップってのが妥当な線だった。取り扱っていた商品が、レコード、Tシャツ、キャップ、ステッカー、ポスター、そんな類(たぐい)ばっかりだったから。

不思議だったのは、往年のパンクロックのアイテムがほとんど置いてなかったことだ。店の片隅に、レコードのエサ箱があって、短かったパンク全盛期に活動したセックス・ピストルズやクラッシュ、それにストラングラーズなんかのビニール盤が、申し訳程度に突っ込まれてただけ。その代わりと言ってはなんだが、アガラパンク、つまりここアガラで活動する地元バンドの楽曲が大量に販売されていた。売れるのかな。俺はそんな感想を抱いた。

入ってすぐ右の壁一面に、L字フックがねじ込まれ、そこにコースター大の紙の円盤が大量にぶら下げられていた。パンクファッションの客数人がこの壁の前に立って、開け放された玄関口から吹き込んできた風に揺れる丸い紙盤を眺めていた。

なんだろうと近づき、いちまい取って眺めると、真ん中に「欲しいものを三つ唱えろ」、すこし下に「アタオカ」と印字されてあった。タイトルとアーティスト名にちがいなかった。昔のミュージシャンは、ビニール盤やCDという形で楽曲をまとめて販売していた。だけど、この頃になると、いくつかの巨大な配信サイトに登録して、聴かれた時間に応じて著作権料を受け取るしかなくなっていたんだ。そんな中で、アガラはアルバムって形式にこだわっているようだった。

さて、どうやって購入するのかなと思い、俺はボール紙に印字されている但し書きを読んだ。

紙の上に特殊なインクで塞(ふさ)いである箇所を硬質な固体で削る。すると、大昔に流行(はや)ったスクラッチカードみたいに、皮膜が剝がれスマートコードとパスパターンが出てくる。スマートコードはいまのハイパーリンクコードの前身だ。さらに昔はQRコードなんて汚い模様を読んでいたみたいだけど。とにかく、こいつを読み取ると、クラウド上のデータベースに案内される。そこでパスパターンを投射すると、楽曲がダウンロードできる、という手順らしかった。

そのほか、たくさん飾られていたTシャツも、アガラパンクが中心だった。セックス・ピストルズの『どうでもいいだろ、くそったれ!』(Never Mind the Bollocks)のカバーアートをプリントしたものさえなかった。

あえて「アート」と呼んでいい商品を探すとしたら、それは絵画だった。店の壁にはバンドの肖像画がたくさん飾られていた。

演奏するパンクスを、激しく、荒々しく、反逆的で暴力的な、つまりパンキッシュなタッチで描いたものが多かった。ところが、さっきのTシャツ同様、ここでも大半を占めているのは、俺がまったく知らない、ご当地バンドのものばかりだった。

面白いなと思ったのは、パンクロッカーらを古典的な絵画の中に埋め込んだパロディ画だった。ムンクの「叫び」と同じ構図でモヒカン刈りの男がマイクを握って橋の上で絶唱しているものがあり、ブリューゲルの「狩り」をパロったものでは、雪の丘から猟銃を手に下界を見下ろしている猟師たちは、銃の代わりにギターを抱えたパンクスに替えられていた。

俺が興味を引かれたのは、「パンクスを導く女パンク」だった。これはドラクロワの「民衆を導く自由の女神」のパロディで、同じ構図でパンクファッションに身を固めた女が、三色旗のかわりにへんてこりんな旗を持って先頭に立ち、これに従う男女入り交じったパンクスの大群が後ろに描かれていた。どうしてこの絵がとりわけ面白かったのかって？　女パンクが群衆（パンクス）を率いている点がだ。

ロックってのは長い間、男が演奏（や）って女が見るって役割分担がかなり固定的だった。けれどそれは、１９９１年の夏に完全に崩れた。そのきっかけを作ったのがパンクだった。ライオット・ガールって女パンクスがワシントンD.C.に登場した。これをきっかけに、客席で叫んでいた女たちはステージに上がって叫びはじめた。そして、女のパンクは世界的なムーブメントになった。パンクは若い女性たちが生み出した初期の文化だったんだ。と同時に、消費する側に甘んじていられない女たちにとって、救済の音楽でもあった。……いや、大げさじゃない。そんな証言が腐るほどあるんだ。そう、パンクは救済だった。

ただ、こうしたおふざけの絵を鑑賞してる俺の顔には「たははは」って感じの笑いが浮かんでいただろうな。けれど、隣のエレナは、真剣な表情で眺めていた。なかでも、エレナを長い時間その前に留めさせていたのは、一枚の抽象画、というか、なんだかわけのわからない図像が描かれたポスターだった。そして、こいつは、「パンクスを導く女パンク」が三色旗のかわりに掲げていたへんてこりんな旗の図像だった。ん？　これはアガラのシンボルマークなのかと思い、俺はそのオリジナル画像を見つめた。

縦長の画紙の中央に、何重にも手書きで重ね描（が）きされた歪（いびつ）な円（えん）がある。気儘（きまま）にぐるぐるペンを回して描いたような、もじゃもじゃした毛玉のような円。よく見るとその中に、手書きの文字がいくつか隠されていた。一番目立っていたのは**Control**。ほかにも毛玉の線に埋もれるように小さな文字があった。読んでやろうと思い、顔を近づけた。**Money　Science　Energy　Information**ってのが読めた。

なんじゃこりゃと思ったけど、ポスターの下にピンで留められた説明書きを見た時、エレナが熱心に見ている理由がわかった。

――**Agara Mandala**

ははあ、こいつが曼荼羅か。

曼荼羅は仏教の宇宙観を表しているんだ、とエレナに教わった。宇宙観。宇宙はこうなっていますと図解したものなんだろう。とにかく仏教のなにかだ。だけど、例によって仏教ならまあいいやって思った。

――**Agara Mandala by Hagai**

説明書きにはそう書いてあった。ハガイって人の作なんだろう。頭の中で適当な字を当てて「羽賀井」かな、なんて想像した。

ハガイ曼荼羅はポスターでも売られていた。それに「パンクスを導く女パンク」の旗にもこれが遇(あしら)われていたし、ハガイ曼荼羅Tシャツもあった。アガラの重要アイテムにまちがいない。じっと見つめていると、もじゃけた毛玉の線の中から、Controlって文字がふと浮かびあがってくるような気分になった。

エレナに肩を叩かれ、次はどこに行こうかと訊かれたので、任務というより好奇心から、ふたつ提案した。ひとつはマーシャル・アーツ、つまりアルティメット・マッチなどで競われる総合格闘技のジム、もうひとつはアガラギターショップ。

「格闘技のジムなんか絶対にいや」

とエレナが言って、ギターが選ばれた。

アガラギターショップに置いてあるのはアガラギターだけだった。エレキが中心だが、パンクロックではほとんど使わない、ボディに空洞部分を設けたセミホロウもあったし、アコースティックギターやベースも揃っていた。

店内には、パンクには見えない恰好の客もかなりいて、チェック柄のよれたネルシャツとジーンズ姿のおじさんが、セミホロウボディを抱えて座り、クリーントーンでジャズっぽく試し弾きしていた。パンクロックのギターはやたらと歪(ひず)んでいるものだけど、パンク村アガラで製造されたギターが、ふくよかな音を出しているのは興味深かった。

ネルシャツのおじさんの滑らかな指使いを見て俺は、「上手ですねえ」と称賛した。「いちおうプロだからね」とネルシャツが答え、「どうりで」ともういちど感嘆してみせて俺は、アガラギターを買いにここまで来たのですかと尋ねた。そうだよとネルシャツは答え、朝鮮からだとつけ足した。

「噂には聞いていたから覚悟はしてたけど、ソウルから大阪まで飛んでくるより、大阪からアガラまでの陸路がたいへんだった」

ネルシャツは苦笑しつつそう言って、ウェス・モンゴメリーばりのオクターブ奏法を披露してから、自分の目の前に焦茶色のアガラギターを掲げて眺め、うんとうなずいたあと、

「もらうよ」とひとこと添えて店員に渡した。

それから、奥にある工房も見学できると聞いて、俺たちはそちらに向かった。工房は売り場よりもずっと大きくて驚いたよ。アガラギターショップをイメージしてもらうには、ショップを兼ねた工房だと紹介したほうがいいかもしれないな。

作業していた連中は、ほとんどが髪を逆立ててタトゥーを入れたパンクスだった。かつてはろくでなしの代名詞だったパンクスはみな、木材からギターのボディ部分をルーターで削り出したり、ボディにピックアップ用の穴をボール盤で空けたり、指板にフレットを打ち込んだり、ボリュームコントロールにつながる銅線を半田づけしたりして、真面目で厳格な職人の動きを見せていた。作業場のガラス窓に貼られた「木材はすべてアガラの山で採れた樹を使用しています」や「ピックアップはアガラオリジナル、コイルも当地で巻いております」と書かれたプ

レートにも、パンクには似つかわしくない生真面目さが感じられた。

ショップエリアに戻った俺は試奏を申し込んだ。何本か出してもらい、椅子に座って次々に弾いた。そして、指を動かしながら、そばに立っている店員に話しかけた。いちおう情報収集のつもりでね。

アガラ村を訪れる観光客の約三割が、ギターやベースが目当てとのことだった。都市部の楽器店で扱ってもらっていないのか、と尋ねると、マージンを取られるのが嫌なのでやってないと言った。だけど、売れる数がちがうじゃないかと返すと、通販でカバーするんだと説明してくれた。カバーできるのかと訊き返すとニヤニヤ笑いだした。できるはずないよなと俺は思った。そもそも、楽器ほど通販に向かない商品もない。弾かないで買うなんて、それがシビアな価格になればなるほど、シビアな問題になる。さらに追及すると、メインの方策は観光とのセット販売だとわかった。アガラよいとこ一度はおいで、オレンジうまいし、温泉あるよ、世界遺産も近いしね、なんて感じで試奏しに来てと宣伝しているんだそうだ。これがどれだけ功を奏しているのかわからないが、どっちにしろこりゃシロだな、と俺は思った。


「ここを捜査する意味って本当にあるのかな」

ギターショップの近くのカフェで、俺たちは円卓をはす向かいに挟んでいた。エレナはオレンジジュースのグラスに突き立てられたストローを咥(くわ)えたまま、ちらと俺を見た。

「どういうこと」

「だから、アガラってのは——」

と言ってから俺は、アガラの無罪をどう説明したらいいだろうかって考え、

「——パンク芸術家村だよ」と口走った。

さっきのグッズショップがアートなんて見得を切っていたのと、弁護してやりたい気持ちが手伝って、ちょっと大げさな表現になった。ただ、うまく言えたじゃないか、とも思った。

「というのは？」

「アガラギター、アガラパンク、アガラアート、アガラ曼荼羅はみんな売り物だ。で、何を売っているのかというと、パンクだ。アガラギターはパンクに特化してるわけじゃないけど、それでもロック経由でパンクにつながっている」

エレナはうなずいて「それで」と先を促した。

「中でも猛烈にプッシュされているのはアガラパンクというご当地パンクだ」

エレナはストローでオレンジジュースをくるくるかき回していた。どうもあまり感心してくれていないようだった。

「あのスタジオでアガラパンクが録音され、毎年夏にはファイアー・パンクロック・フェスティバルがおこなわれている」

と言ってから俺はここで、どう思う？　と感想を求めた。だけど、エレナは「どうって言われても」って小首をかしげてストローを嚙んでいる。俺は焦れた。

「つまり、芸術なんだよ」

エレナがストローを噛んだままなので、

「表現の自由ってものは認められてるわけだろ」と俺は先へ進んだ。

「いいえ、すべての表現が認められるわけではありません」

止まれ！　と急に教師に命令された生徒みたいな気分になった。

「芸術だから、人間性を鋭く抉るものだから、常軌を逸した表現も許される、芸術に誇張はつきものだ、――こういう理屈はよく言われます。さらに、大同世界が自由の領域をなるべく大きく確保しようとするのにかこつけて、この理屈を補強するんだけど――」

俺がやろうとしていたのはまさしくそれだった。

「芸術ってものを隠れ蓑にして善からぬことをやってるってこともあるからね、当然そんな姑息な手はDAIにはお見通しだよ」

「隠れ蓑？」

「すこし前の例なんだけど、SMショーは芸術だって主張した集団がいた。ケイはどう思う？」

「……芸術……と言いたければ言えばいいんじゃないの」

「SMショーの中には激しい肉体的ダメージが伴うものがあるんだけど、それもオーケーなの？」

「それだって自由だろ。見たくない者に無理やりってのはまずいだろうけど」

「だけど、DAIは過去にいくつか禁止しているよ」

驚いて、どうしてだと俺は尋ねた。

「わからない。供儀に似ているからかな、と私は思ったんだけど」

「供儀って、生贄を捧げるやつ？」

「そう、生贄の肉体を破壊することで共同体の日常が壊れ、生贄の命を捧げることで共同体は神とつながる。そういう供儀をくり返すことによって、日常の秩序に不純なもの、つまり、宗教っぽいものが染みてくるのを警戒しているのかもしれないね」

供儀とハードSM、言われてみれば、似てなくもない気はしたが、

「同じことはアルティメット・マッチにも言えると思うよ」

と足されたのには面食らった。どうしてノーマルな俺の趣味が、変態プレイと一緒にされなきゃいけないんだってね。

「痛いのは嫌だよね。だけど、殴ったり殴られたりして、完膚なきまで相手を打ちのめすことに、えも言われぬ快感を覚える者がいる。そしてこれを観てエクスタシーに達する者も」

エレナは一呼吸置いてから、テーブルに肘をついて身を乗り出した。

「これってハードSMの愛好者とどうちがうの」

開きかけた俺の口を塞ぐようにエレナは続けた。

「いや、そんなこと考えたってしかたないんだ。その判断はDAIだけができる。私たちはただ結果を受けとめるだけ。アルティメット・マッチが本当にヤバいのかなんて議論するより、DAIがヤバいって判断を下すかもって想像するほうが有効だよ。でね、アルティメット・マッチがヤバければ、それを賛美する曲を作っているアタオカも、それこそバンド名の通り、『頭おかしいんじゃない』ってことになる。だいたいこのバンド名からしてヤバくない？」

驚いたことに、いつのまにかエレナは、俺のアガラ芸術家村説に待ったをかけると同時に、アガラはまだまだ要注意だって方向に話を引っ張りはじめていた。

たしかに俺も、アタオカってのはちょっとまずいかなって気はしてたんだ。これはバカタレを意味するスラングで、発祥は日本だ。What are you, nuts?は、日本語ではAtama Okashii Yoって言う。これがATA OKA(アタオカ)になった。ところが、この言葉はそのうち反世界的意味を帯びはじめ、とんでもない陰謀論を信じるバカの代名詞になっていったんだ。

陰謀論ってなんだって？　うーん、それを話すとまたややこしくなりそうなんだけど、

…………わかったよ、簡単に説明しよう。

アメリカと中国が覇権争いをやめて手打ちし、世界が統一されたって話はしたよね。ただ、この二国のうちのどちらが中心になって大統一を実行したのかって話になると諸説あってはっきりしなかったって話もすこしした。そのとき紹介したのは、第二次南北戦争でボロボロになったアメリカは痛み分けに持ち込むしかなかったんだって説だ。これは、中国とアメリカが協力し合って世界を統一し、双方にとって都合のいい世界をこしらえたってストーリーに発展する。——おいおい、なにを言ってんだよ、中国がそんな妥協をしなきゃならない理由がどこにある？　大同世界(ターートンシージェ)は中華帝国の別名だろ。——そんな説もあった。人口じゃ中国と引けを取らないインドと組んで、数の力でアメリカを圧倒したとか、いや中国が最後に頼りにしたのは、軍事力で、ロシアと中国の核の総量で最終的にアメリカを黙らせた、とかさ。とにかく、中華系がこの世界をまとめあげたと主張する声はかなりデカかった。

いやいや、核弾頭の数じゃやっぱりアメリカが上回っていたから、これに物を言わせて、表面上は紳士的に中国を説き伏せたんだ、だから大統一後の世界も旧アメリカ合衆国の上層部が牛耳ってるんだって説も消えることはなかったけれど。

真相はわからない。ただ俺は、地球上の言語が中国語と英語になったことから考えて、米中が裏で鍔迫り合いをしながら、双方にとっての妥協点を見出して大同世界をこしらえたんだろうって思ってたし、これは世間の常識でもあった。

ところが街の片隅じゃ、突拍子もない説が語られていた。中でも一番ヤバいのが宇宙人説だ。地球は二十年前に宇宙人に乗っ取られたんだが、地球人にそれを知らせるとパニクって処置なしだから、ＤＡＩなんてものを持ち出して納得させ、支配者のいない平和な世界が実現したことにしたってお話。——そりゃこんなことを言ってれば、まあアタオカって呼ばれるさ。

最初のほうで紹介した、ウルトラ兄弟とか、巨人たちとか、アルケノーヴァってのはこの宇宙人説のバリエーションだ。少数の超超超エリートによって大同世界が支配されてるってイタい構図が同じだろ。そして、国ってものを重視しない、国なんてむしろないほうがいいって姿勢も。第二次南北戦争でテキサス州軍に資金を流して内戦を長引かせ、アメリカを疲労困憊させて大同世界に持ち込んだって荒唐無稽な説もアタオカの好物だ。そして、こんなトンデモ説を平然とばら撒く者はアタオカって呼ばれた。

「パンク芸術家村だっけ？　ケイはそんな言い方したけど、それにも無理があるよ」

エレナはさらに追い打ちをかけてきた。

「どうしてさ」

「芸術、表現の自由って観点から、ちょっとヤバい表現も黙認されるってことはたしかにある」

俺はうなずき、それでも行き過ぎはだめだよってもういちど蒸し返されるのだろうと思っていた。ところが、

「だけど、パンクロックって芸術なの？」

とエレナが言って、話は別の方向へ転がりだした。

たしかに。パンクはパンク、ロックはロック、ファックはファック、それでじゅうぶんだ。とはいえ、どこかでアガラとパンクを弁護してやんなきゃって気持ちが働いてたんだろうな。

「ただ、芸術じゃないと断定することなんかできないんじゃないの」と俺は言った。

「芸術になりたきゃ古くなきゃ駄目よ」

俺はちょっと面食らった。古くなるなんて、努力じゃできないからさ。

「古ければ古いほど芸術に昇格されるんだよ。古いものなら、大同世界（タートンシージェ）の秩序にそぐわなくても許される余地は出てくる」

「たとえば？」

「中世のカトリック教会は免罪符を発行して、つまり神の権威を笠に着て、お金を集めていました。こんなことは現在じゃ絶対に許されません。だけどＤＡＩ（ダイ）は、その権威づけに貢献してきた宗教画やステンドグラスを壊してしまえとは言わない。なぜか。古いからです。逆に、古いこと以外の理由ってなにかある？　私には思いつかない。それに比べたらパンクロックなん

てせいぜい七十年くらいの歴史しかない。毒舌が持ち味のコメディアン。度がすぎると『こらっ』ってお咎めを受ける。そんなもんだよ」

そう言うとエレナはストローを抜いて、グラスから直接オレンジジュースをくいと飲み、指で口元を拭うと、俺の足元に冷ややかな視線を送った。そこには、A GALAとボディに印字されたギターケースがあった。

「そんなもの買っちゃってさ」

アガラに肩入れしている証拠を指摘されたようで、俺はすこしバツが悪かった。情報収集だと言いつつ試奏しているうちに音のよさに惚れ込み、小さなアンプと一緒につい購入してしまったんだ。

「でもまあ、そのくらいのほうがいいか。同族だと思われていたほうがいいのよ。——いくらだったの」

「20万マル」

「1700ゲルってとこか」

高価いと思ってるにちがいない。

「これは私費で購入するよ」と俺は言った。

けれどエレナは、そうしないほうがいいと思う、と声をひそめた。

「これはあくまで活動なんだってことにしといたほうがいい。ケイがどのくらい弾けるのかは知らないけど」

最後のひとことに俺は反応した。

「一応これでも金を取っていた時期もあったんだぜ」

「プロだったってこと？　だったらなおさらだね。相手の関心を引くために、腕が立つのを披露したほうがいいと思って買った、アガラギターを弾くなら半分仲間みたいなもんだ、そう思わせたくて購入した。——これでいいじゃん。逆に趣味で買ったんだとしたら、遊んでる場合じゃないよってことになるよ」

　エレナは抜いたストローを玩具にしてテーブルを叩きながらまた考えだした。「芸術家村アガラは無害」説は瓦解しかかってはいたけど、俺はまだこだわっていた。またエレナも、無害か無害でないかの判断はＤＡＩ（ダイ）に委ねられるべきだと言って、最後の一撃は放ってなかった。そして彼女の表情は、なんとなくそれを躊躇（ちゅうちょ）しているように見えた。

「なにか気になる点でも？」と俺は声をかけた。

　エレナはストローを振っていた手を止めた。

「まだ言葉にしたくないな」

「そりゃ困るな、なにせこっちは故障（グージャン）のグの字も見えてないんだから、すこしでもセンサーが反応してるのなら、教えてもらわないとお手上げだよ」

　またストローがリズミカルに跳ねだした。

「山を下りるタイミングが難しいね」

　その意味するところを摑みかね、とりあえず俺は、どうしてだよ、と訊き返した。

「だって、信号黒洞（ブラックホール）だもん」

いまふり返ると、彼女が考えていたのは、ネットの接続なんかじゃなかったと思うんだ。だけど、このときの俺は慌てて腕に巻きつけたTUを見た。受信感度のアンテナは一本も立っていなかった。エベレストの頂上でもネットがつながる時代に、こんな観光地が信号黒洞になってるなんて、と俺の関心はこちらに移った。

「そんなの意図的に遮断してるに決まってるじゃない。ただし、ワイファイ（Wi-Fi）は強烈で高速なのが飛んでいる。アガラのサーバーを経由すればネットに接続するのは簡単だし、むしろ安いってことだよね。旅行者は問題ないだろうけど、そんなもので軍に情報送れないよ」

「ただ、いま山を下りたって、なにも報告できないだろ」

「スクランブル電波を出していることだけでも充分報告に値するよ。ただ、それだとたいした手柄にならないから、もうすこし大きなネタが欲しいよね」

面白くない物言いだった。軍と提携しているエレナは、アガラを摘発すれば報酬が取れる。どうせなら大きく稼ぎたいと思って、ことを大げさにするのはよろしくないと思った。

「少なくとも一月（ひとつき）か二月（ふたつき）は腰を据えてウォッチしなきゃ。それとも、とりあえず下山して、ネットのことだけでも報告しとく？」とエレナが続けた。

もちろん俺は、もうすこしじっくりに賛成した。

「――だよね。カップルの片っぽがすぐ山を下りるなんてことも不自然だし。……なにしてるんだろう」

エレナはストローの先をさりげなく、風に揺れる真っ赤なポピーが目に麗しい庭へと向けた。西洋人がひとり庭に面した席でペーパーバックを読んでいた。

「あの男、さっきからときどきこっちを見てる」

俺は視線を走らせ、その風貌を網膜に焼きつけてから、庭に逸らした。茶色い髪は、七三に分けられ、長髪ではないが、クルーカットの俺より長く、頭の輪郭に合わせて自然に流れ、先は軽くカールしていた。襟つきで無地の長袖シャツ。前ボタンは留めていない。歳は五十に届くか届かないか。俺たちを監視してるってエレナは言いたいみたいだが、コーヒーを飲みながら、ときどき満開のポピーに目をやって、読書を楽しんでいるんだと言われれば、そう見えないでもなかった。

「行こう」

エレナが立ち上がり、俺も立った。

男が俺たちをちらりと見て、すぐに手元のペーパーバックに視線を戻した。この動作も、俺たちを見張っているようであり、物音がしたほうを思わず見ただけのようでもあり、読書で疲れた目を休めるために上げた視線の先にたまたま俺たちがいたようにも感じられた。

「いらっしゃい。…………ふむふむ、宿を探しているんだね。で、どういうタイプがお好みかな」

ツーリスト・ビューローのカウンターでベルを鳴らして、奥から青年がひとり現れた時、俺の視線は彼の胸元に釘づけになった。蜥蜴をデザインしたTシャツなんかめずらしくないだろうって言われればそれまでだけど、インドネシアでの記憶がまだ生々しかった俺は、あの川原で会った少年が着ていたTシャツを思い出し、そしてそれは、密林の奥の石碑に浮き彫りにされたそいつと重なった。

「宿のタイプはだいたいふたつだね」

俺が呆気に取られていることなど知らず、蜥蜴Tシャツは説明をはじめた。

「日本スタイルのリョカン。畳の上に布団を敷くとリビングがベッドルームに早変わりするタイプ。もうひとつは、ペンション、ツーリストホーム、ゲストハウス、ベッド&ブレックファスト、日本語じゃミンシュクなんて呼ばれてるやつ。要するに屋敷の一部を旅行者に提供している宿泊施設だね。たとえばここ」

と見せてくれた屋敷の外観には見覚えがあった。ヒロさん家だった。

「部屋は手狭かもしれないけれど」

蜥蜴Tシャツはこぢんまりとしたツインのベッドルームの写真を見せたあとで、

「これが朝食のサンプルだ」

と言ってスクランブルエッグ、サラダ、ハム、トーストが載ったプレートの写真を出した。

「ペンション・ヒロに泊まればスタジオの割引があるよ」

蜥蜴Tシャツは俺の足元のギターケースを見ながらそう言い、オーナーのワタナベ・ヒロはアガラパンクの録音を一手に引き受けている名エンジニアなんだ、とつけ足した。

一考に値する案だとは思った。ヒロさんの近くにいれば、またなにか新しい情報を取れるかもしれない。けれど、別のタブレットを手にしていたエレナが、ここはいま空いてますか、と蜥蜴Tシャツに見せたのは、旅館でもペンションでもないタイプの宿だった。

「ああ、ダイヤルハウスね。たぶん空いてるよ。……あはは、ガラ空きだ。このコテージは田んぼの中に建っているので、アンプにつないで弾いても、苦情は来ないだろう。それにライステラスの眺めも最高だ。ナイスチョイスかも」

蜥蜴Tシャツはギターアンプを指さして言った。

「ただ、ここはDIYのパンク精神を宿泊者に求めるんだ。食事は出ない。タオルや歯ブラシは自前。部屋の掃除もトイレットペーパーの補充も宿泊者にやってもらう。――それでもいいかい」

「キッチンはついてるんですよね」とエレナが確認した。

「もちろん。冷蔵庫もあるし、鍋やフライパンなんかも揃ってる」

「食材はどこで調達できるんですか」

「うちを出てBBストリート――目の前の大通りのことね、正式にはバッド・ブレインズ・ストリートって言うんだけど――を左にまっすぐ行くと、神社の鳥居が見えてくる。〝オイワさん〟って俺たちは呼んでる。そこの境内に毎朝市が立つから、肉や野菜や果物はそこで買えばいい。そのかわり、十一時にはおしまいになるから、寝坊しちゃだめだよ」

「雑貨もその朝市で？」

「そいつは逆方向だ。通りの向かい側にちっちゃいけれどスーパーマーケットがある。トイレットペーパーやスナック類なんかはそこで買ってくれ」

「ミネラルウォーターもそこかしら」

「アガラじゃミネラルウォーターは売ってない。ダイヤルハウスは湧き水が引いてあって、蛇口を捻れば、世界の飲料水コンクールで三年連続金賞を取った水が出る」

「じゃあ、決まり」

エレナが言って、俺たちはダイヤルハウスに宿泊することになった。


段々に谷間に落ちていく棚田が眼下に見えた。水田の中を、田植機がゆっくりと進んでいた。運転席と助手席にはパンクファッションの親子が乗っている。

俺はバルコニーに据えられたデッキチェアに座って、水田の端から端まで田植機が往復するのを眺めていた。田圃の角まで到達すると、親子は降り、畦の縁に腰かけて、水筒からなにか飲みながら、稲の苗が植わった田を見てなにごとか話し合っていた。それから、農機を水の中から引き上げてまたそれに乗り、親子は畦道を村のほうに移動しはじめた。親子が乗った田植機が見えなくなると、俺はツーリスト・ビューローでもらった手書きの地図をポケットから取り出し、膝の上に広げた。

横長の地図をぶった切るように左から右へ大きな通りがあり、ＢＢストリートと太字で大きく書かれてあった。ＢＢストリートの頭には①と振られ、地図の隅に①を探すと、「アガラの目抜き通りです。数々のショップやレストラン、カフェテリア、ギターショップ、アートショップ、マーシャルアーツ道場などが並んでいます」と解説があった。

このBBストリートの右端に、さらに右方向を指す矢印があり、〝アガラ出入り口 新宮へ〟という文字が添えられていた。そして逆方向の左端には朱(あか)い鳥居のアイコンが目立った。ローマ字で**OIWA-SAN**とある。〝オイワさん〟はもちろん俗称だろうが、正式名称はどこにもない。つまり、BBストリートの東の端がアガラの出入り口になっていて、西の奥に行くと〝オイワさん〟という神社がある。このBBストリートによってぶった切られている地図の上と下、つまり北と南は、北側に**ヒルサイド**、南側には**クリフサイド**の太い文字が載せられていた。

俺はまず北側、**ヒルサイド**を見た。

一番目立っていたのは、右上の緑色に塗られた部分だった。広大な牧草地。日頃はアガラのドローン発着所として使われ、ファイアー・パンクロック・フェスティバルの開催時には会場となる場所だった。緑色に塗られたこの部分に②**ロリンズ・スクエア・ガーデン**という文字があった。

このロリンズ・スクエア・ガーデンよりさらに上に、連なる峰のイラストが載っていた。山中に位置してるアガラより北はまた高度が増すのだと知れた。なので北側が**ヒルサイド**と呼ばれているのだろう。

ロリンズ・スクエア・ガーデンの隅には、③**マッケイセンター**という文字があり、格納庫みたいなアイコンが載っていた。ヒロさんが蛇を呼び出したのはここからだ。マッケイセンターの解説を探す。「アガラの輸出入を担う物流センター。アガラは自給自足を目指しておりますが、アガラが輸入したものは、マッケイセンターから各戸、各施設に届けられます。また、水やギター、オレンジなどもここから輸出されます」とあった。アガラの外から物品が届けられ、アガラの品々も送り出される。この〝入り〟と〝出し〟の中継地点がマッケイセンターらしい。〝入りの品〟がアガラに到着したときには、「メタルマッハ・ストーム」のような特別な例を除けば、いちどマッケイセンターに保管され、ここから蛇のコンテナで一軒一軒届けられるのだろう。

　このマッケイセンターから南に下ってBBストリートに抜けたあたりに、買い物カートのアイコンが置かれていて、④**コンクリートソックス**と書かれてあった。チェックイン時にはダイヤルハウスの冷蔵庫は空っぽだと聞いていたので、さっきここに寄って、オレンジジュースやコーヒーやチップスを買い込んできた。大きな店じゃなかったけど、たいていのものはここで調達できるとわかった。解説には、「コンビニではなくスーパーです。夜は九時に店じまいをするので、お買い物はお早めに」とあった。

　さて、BBストリートの南側、**クリフサイド**には、水田のイラストが描かれていた。広狭長短の畦道が縦に横に交差して、広い水田をいくつもの四角に区切っていた。

　コンクリートソックスで買い物をすませた俺たちは、水田を貫いてクリフサイドをまっすぐ南下する畦道を、ダイヤルハウスまで歩いた。きれいに並んだ田圃は一部が埋め立てられていて、小さな旅館やペンション、テラスをしつらえたカフェやダイナーなんかが建っていた。

この水田が途切れた向こうが崖だった。南が**クリフサイド**と呼ばれているのはこの崖に由来するみたいだ。この崖っぷちに、俺たちが借りたダイヤルハウスのイラストが描かれてあった。地震で崖崩れでもあろうものなら一巻の終わりって感じがよく出ていた。実際、海外からの訪問客には、日本に地震が多いことを思い出し、現物を見てから宿替えを申し込む者がいるそうで、

「君たちは大丈夫だろうね」

と蜥蜴Tシャツに念を押された。ただ、こうして崖に向かってせり出しているバルコニーに座ってみると、崖はそんなに険しいものでもなかった。これ以上先に行けないってところからずどんと下に五メートルほど落ちてはいたけど、その下にはまた水田が、こんどは棚田になって、なだらかに谷のほうへ下りていた。

水の音が聞こえていた。外開きのフレンチドアが開け放たれていて、バスタブに水を溜める音がバルコニーまで届いていた。俺はポケットにしまうために地図を折りたたもうとして、その上隅に気になる図像を見つけた。

AGARA MAPというタイトルの横に蜥蜴のアイコンがあった。こう頻繁に出てこられるとやっぱり気になる。俺は蜥蜴をじっと見た。この地図の蜥蜴と、ツーリスト・ビューローのスタッフ、そして、あのインドネシアの村の少年が着ていたTシャツの蜥蜴、それから大きな石碑の上に彫り出された巨大な蜥蜴。これらはなんだかつながっている気がした。けれど、それをつなぐ線は見えない。それぞれの蜥蜴はまだそれぞれに蜥蜴のままだった。

谷間の上の高いところを、鳥の影がすばやく横ぎった。シルエットから、そして高度からしてハヤブサだろうなと思った。日本の古い小説や民話を読んでいると、ときどき出てくるけど、見るのははじめてだった。遠い空を、翼を広げ、滑るように飛ぶ姿は美しかったよ。

日が谷間（たにあい）に落ちて、田園の残影がさらに翳（かげ）りだした頃、浴室の扉が開く音がして、新しいシャツと短パン姿のエレナがバルコニーと部屋の境に立ち、ちょっといいかな、と言った。俺は中に入って、バルコニーと部屋を仕切るガラス戸を閉めた。

「とりあえず意見交換しとこうか」

エレナはツインベッドの片方の上で胡坐（あぐら）をかき、もう片方のベッドの上で同じ姿勢でいる俺に向かって言った。

「なんとなく不思議な感じがしない？」

「なにが？」

「このアガラ村の経済はどうやって成り立っているんだろ」

「はあ。成り立つも成り立たないも、大同世界（タートンシージェ）はたとえ働かなくたって、いちおう誰もが食えるようになってるだろ」

「世界市民として登録していればね」

「登録してない証拠でもあったのか」

「まだ」

「なんだないのかよ」

「決めつけちゃだめだよ。可能性はある気がするんだ」

「なぜ?」

「最近の故障（グージャン）発生地域では未登録者が相次いで発見されている。未開化（ウェイカイホア）ゾーンはそこまで大胆なことはやらなかった。もらうべきものはもらいつつ、ちゃっかり勝手なことしてたわけ。だけど、インドネシアのあの村の住民は抜いてたわけでしょ。これはちゃっかりじゃなくて、かなり気合が入っていると見做すべきだね」

「なるほど。で?」

「一定期間、チップ上に記録の更新がなく、死亡届も出されていないとすると、その人間はこの世界から退出したことになる。もちろん、退出ったって、宇宙に行っちゃったわけじゃない。この地球のどこかでは生きている。ただ、秩序の外側、ＤＡＩ（ダイ）のアルゴリズムの外に出たって扱われる」

「でも生きてはいるんだよな」と俺は楔（くさび）を打ち込むような口調で言った。「呼吸して、起きて、動き回って、食って、寝て、また起きて……。この世界から消えたわけじゃない」

「そういう生命活動を生きてるって呼びたいのなら。ただ、ＤＡＩはそういう生命体を人間とは扱わない。世界市民権を返上した人間は、ＤＡＩにとっては人間じゃない」

「ただ、抜くのは自由だろ」

「そうね、抜いたからと言ってＤＡＩに攻撃されるわけじゃない。ただ、なにもしてくれない、ほうっておかれる。自由だと喜ぶ人もいるけどね。それでも、そんな自由が集積して故障につながるのなら、ＤＡＩは行動に移すよ」

　自由が集積すると故障になる？　自由を求めて世界はひとつになったんだろ。なのに新しい自由が生まれて積み上がると、それが原因で故障が起きるって？

「まず、チップの除去手術をおこなっている施設を見つけたほうがいいと思う」

　俺はうなずいて、ポケットから例の地図を取り出した。

「やってるとしたらタトゥースタジオだろうな。そういえば一軒あったね」

どこ？　同じ地図を取り出してエレナが尋ねた。

「ヒルサイドの住宅街の中にある。⑦のところ。サブヒューマンズってスタジオだ」

「サブヒューマンズ……名前からしてヤバそうだよね」

「どうして？」

「抜けばＤＡＩには人間だと見做されなくなるから、半分しか人間でなくなるって意味でしょ。この村のほかの名前もバッド・ブレインズ・ストリートとか、ヤバいものが多いよ。これもそう。クリフサイドにある⑫のレストランはバッド・レリジョンだし。普通はこんな店名つけないもの。特にレリジョン（宗教）にことが及ぶとそう簡単にスルーできないんだから」

　俺は思わず笑った。むっとした顔つきになったエレナに向かって俺は続けた。

「それは買いかぶりすぎだって。サブヒューマンズもバッド・ブレインズもバッド・レリジョンもコンクリートソックスもみーんな昔のパンクバンドの名前だ。ここダイヤルハウスだって、クラスってイギリスのバンドがみんなで共同生活を営んでいた家の名前から取ったものだし、フェスの会場になるロリンズ・スクエア・ガーデンはアメリカパンク界の大物、ヘンリー・ロリンズから来てる。物流センターのマッケイセンターはイアン・マッケイって90年代パンクの立役者からのイタダキだよ。だから俺は〝パンク芸術家村〟って呼んだんだ」

「そうなの」

エレナの物腰がすこし柔らかくなった。

「そうさ、ある種のお遊びなんだ」

「ふーん。でも、どんな遊びなの、それ？」

「観光に来てくれたパンクスをニヤリとさせるための、だろうな。やっぱりアガラはパンク芸術家村じゃないのかなあ。それともこれも、三流芸術の隠れ蓑を使った偽装だと思うかい」

エレナは黙り込んだ。彼女が納得してないことは明らかだったので俺は続けた。

「アガラは未開化（ウェイカイホア）して閉じてはいない。ツーリスト・ビューローなんかも開設して、観光地の態（てい）を為（な）している。多くの観光地が伝統的な宗教を展示しているのに対して、アガラはパンクカルチャーを披露している。芸術家村が言い過ぎなら、パンクのテーマパークだと言い換えてもいい。さて、これのどこがいけない？」

「わかった」とエレナはうなずいた。「パンクが芸術未満だってことは認めるよ。ただ、未満の自由はまともな芸術より厳しくジャッジされるよ。なので、アガラパンクがなにを主張しているのかを確認しなきゃだ。芸術未満の場合、セーフかアウトかは内容次第になるからさ。ハードSMまがいの格闘技を見たいなんて馬鹿な内容がほかにないかチェックしよう」

「でも確認ってのはどうやって？」

「音源を聴きまくってもらうしかないね」

「もらう？　それって俺の担当になるわけ？」

「となるとオーディオセットがいるか」

　エレナはおかまいなしに話を先に進めた。

「売ってるのかな？　ギターアンプならあの店には腐るほどあったけど」

「だめだめ、ちゃんとしたオーディオセットでなきゃ。アートショップにあるんじゃないかな。たしかちっこいやつは貸出しもしてたよ。アガラパンク布教のためだね」

　エレナはセンシティブな言葉を使った。

「でも、借りるとなると、偽の個人データを使わないといけないから、買っちゃおう」

　ギターとオーディオを経費で買えるなんて、かえって気味悪かった。

「でも話を戻すけど、アガラの収支はどうなってるの？」とエレナは言った「どうやって自治を成り立たせているんだろう。さっきも言ったけど、ユニバーサル・ローン頼みなら問題ない。でも、もし、村人全員がチップを抜いたまま、この村を〝経営〟しているのなら、すべてを自給自足で賄っていない限り、外貨を、つまりゲルを、稼がなきゃならないね」

　口には出さなかったけど、それはないよって俺は思った。村を挙げて抜いてたとしたら、この村全体が大同世界（タートンシージェ）の秩序から逸脱してるってことだ。反ＤＡＩ（ダイ）だ。そんなことはやれっこない。

ただしアガラは、アガラ産のなにかを売って、外貨つまり世界通貨ゲルを稼いでなきゃおかしいってことは理解してた。アガラはマルという地域通貨を流通させようとしているが、アガラから一歩外に出れば、マルなんて子供銀行のお金と一緒だ。実際、花風のおばちゃんは、マルで支払う素振りを見せたとたん「あかならよ」と尖った声でNGを出したじゃないか。

アガラに来ちゃえば、なんだってマルで買える。けれど、アガラの外にある企業はマルを受け取ってくれない。当然、コンクリートソックスに並んでいる品々は、ゲルで支払って仕入れたものだ。ピックアップのコイルは自社で巻いてるってアガラギターは宣伝してたけど、コイルを巻くには銅線がいる。こいつもゲルで仕入れるしかない。ボリュームやトーンコントローラーに使う抵抗やコンデンサーも同じだ。

「つまり収支を合わせるためには、なにかを売ってゲルを獲得してるはずだよね。じゃあその売り物はなに。アガラギター、アガラの湧き水、アガラアート、あとはダウンロード販売しているアガラパンクの楽曲。ほかになにかある?」

もっともな疑問だったけど、来たばかりの俺がそんな質問に答えられるはずはなかった。

「そこんところは明日から調べていけばいいだろ」

「どうやって」

「どうやってって。……まあそれも考えようよ」

エレナは黙った。そしてちょっと間を置いてから、俺のギターケースを指さした。

「弾いてみて」

ほとんど命令するような口調だった。俺はケースの留め具を外した。

「はい、これにつないでちゃんと弾いて」

エレナがアンプを持ってきた。俺はプラグをジャックインして電源を入れた。

「なに弾けばいいのかな」調弦（チューニング）しながら俺が言った。

「ヒロさんところのスタジオで聴いたアルティメット・マッチを見せろって馬鹿な曲、あれってそんなに難しくないでしょ。弾いてみて」

それほど簡単じゃなかったぜと思いつつ、思い出しながら、リフを弾いてみた。ようやくコツを摑みかけたとき、ちょっと、とエレナに言われ止められた。

「そこどっちで拍子を取ってる？」

「どっちって？」

「そのジャジャッって刻みの頭は裏に回っていたでしょ」

えっそうだっけと当惑してると、エレナはベッドの縁（ふち）から足を垂らして床に着けた。

「ドラムはスネアが表（おもて）で入って、バスは裏拍を踏んでたね。こんな感じだったんじゃない？」

と言って床をバスに、自分の裸の膝をスネアに見立てて、あの複雑なドラミングを模倣しはじめた。いや参ったね、見事に再現できていたから。

「ほら、おいでよ」

誘ってくれたのはもちろんベッドにじゃなかった。ぐるぐる回る縄跳びの輪に入るみたいな気持ちで、俺は右手を振り、彼女が作るリズムのループに飛び込んだ。

「うん。そんな感じだったと思うな」

十六小節ほど叩いてから、エレナは手を止めた。

「人が悪いなあ。どこで叩いてたんだよ」

「あちこちで。もっともバンドってのはやったことないんだけど」

「おかしいな。それだけ叩けりゃ引く手数多のはずだぜ」

「本当にそう思う？」

「ああ、バンドってのはドラムが要だからさ。ドラマーとボーカルさえいいのが見つかればばってたいていい思うんだ」

「じゃあそこで相談」

床に着けていた足をベッドに戻してエレナはふたたび胡坐をかいた。

「私たちそれぞれどこかのバンドのメンバーになるってのはどう？」

「えっと、それはなんのために？」

「もちろん捜査のために。決まってるでしょ」

「ちょっ、ちょっと待ってくれよ」

「なによ、反対なの？」

「てわけじゃないけど、そんなことしてたら楽しすぎて任務を忘れちゃうだろ」

「なに言ってんの、あくまでも捜査の一環だよ」

「捜査になるのか、それが」

「私の経験からいうと、イエスだね」

いったいこいつは何者なんだ、とあらためて俺は思った。そういえば、大阪のホテルじゃ、時間がないからとか言って途中ではぐらかされたけど、知識と技術で軍と提携関係を結んでいると言ってた。じゃあ、このドラミングは軍と提携するための技術なのか。

夕飯は日本風のカレーライスが食べたいとエレナが言ったので、田圃の中の暗い道を歩いてBBストリートまで出て、よさそうな店を探して通り沿いを歩いたけれど、エレナの希望に叶うところはなかった。それで、脇道を入り、ヒルサイドの住宅街に、まあここならってのを見つけて、引き戸を開けた。

店内には四人がけのテーブルが四つ。そのひとつを、男ばかり四人のパンクスが占拠して食べていた。パンクファッションだらけのアガラじゃ、観光客か土地の者かの見分けがつきにくいんだけど、彼らはなんとなく地元民のような気がした。

空いたテーブルにひとり座って本を読んでいた小学四年生ぐらいの男の子が立ち上がって、水が入ったコップを持ってきてくれた。たぶんこの店の子で、手伝いをしているんだろう。よくある光景だけど、子供の髪型がモヒカンでピンクに染められているのは、他処（よそ）じゃあんまりない。

すこしアルコールを入れたくなった俺は、「ビールは置いてある?」とパンクキッドに尋ねてみた。すると、それまで自分の皿に頭を垂れていた男たちが視線を上げてこちらを見た。

その視線に非難の色はなかったし、パンクキッドも、「置いてないんです」と丁寧に返してくれた。けれど、「コーラを二本ください」とエレナが注文するまで、なんとなく失言したような空気が漂ったので、ここじゃマリファナだけじゃなくて酒もタブーなのかな、まさか、いや、ひょっとしたら、なにせパンクなんだからありうるなと思い、俺はちょっと焦った。

隣のテーブルは、コーヒータイムになっていた。男たちがぼそぼそと話すのがこちらのテーブルまで届いた。日本語で歌ってみようかなどと英語で相談している。やはりバンドマンだな、と俺は見当をつけた。

チキンカレーが運ばれてきた時、隣の四人が立ち上がって、それぞれ勘定をすませて出て行こうとした。その時、エレナが、

「この人、日本語で歌えますよ」と声をかけた。

スキンヘッドの男が振り返って俺を見てふっと笑い、

「じゃあいちど飛び入りで歌ってもらおうかな」

と軽く手を上げてから、出て行った。

扉が閉まるのを見届けてからエレナが、

「あらら、軽く流されちゃったね」と肩をすくめた。

「なんだよ、ボーカルなんかやったことないぞ」

「だったら練習するしかない。あのギターでオーディションに受かれば、それに越したことはないんだけど」

俺にとっちゃかなりキツい一撃だった。

ダイヤルハウスに戻ると、エレナはベッドのヘッドボードに背中を預けてPCでなにか書いていたけれど、三十分後には膝の上からそいつを追放して毛布に潜り込み、すぐに寝息を立てはじめた。昨晩みたいなことはあるんだろうかと思っていた俺は、ほっとしたんだか落胆したんだかよくわからない気持ちでギターを抱え、バルコニーに出た。シビアな言葉でギターの腕を査定された俺は、夜気にあたりながら二時間ばかりリフの練習をしてから、隣のベッドで眠った。

明くる朝、また俺たちは畦道を歩いてBBストリートに出て、西にどんどん歩き〝オイワさん〟って神社に向かった。毎朝そこの境内に立つという朝市に、朝飯を調達しに出かけたんだ。ツーリスト・ビューローを通り越してすこし歩くと、小さな鳥居が見えてきた。〝オイワさん〟って名前が気になってた俺は、どこかに正式な名前がないかと思って探してみた。

鳥居の二本の太っとい柱の上部を横に貫く二本の木。この横木を一枚の板が真ん中で縦につないでいた。これは神額という、神社の正式名が書かれている看板だってことはあとで知った。そして、そこにはこう書かれていた。

穢岩神社

穢岩神社？　なんか変だ。穢岩神社のニックネームが〝オイワさん〟なのはわかる。親父は、いちどは〝おイセさん〟に行きたいって言ってた。日本最大の神社の伊勢神宮のことだ。これと同じだ。それに、〝オイワさん〟のイワも納得できた。鳥居をくぐって正面にある本殿の横に大きな岩が置かれていたから。だけど、穢なんて穢れを意味する語がついているのが解せない。神社という神聖な施設にこれほどふさわしくない字もないだろ。普通なら、大岩とか御岩とか奥岩とか女岩じゃないのかと思い、もういちど鳥居の向こうに出て、神額を見上げると、やっぱり穢岩だったんだ。

「なに見てんのよ、行くよ」

エレナはただそうひとこと残して、朝市で賑わう境内の奥へと向かった。

大きなテントの下に台が並べられ、その上に置かれた籠や什器に、さまざまな物品が陳列されている。よくある朝市の光景だ。俺は、モヒカン刈りの兄ちゃんが小さなスピーカーからレゲエを流している店の野菜を手に取った。葉には張りがあり、茎はしなやかで、肌は程よい湿り気を帯びていた。となりの台には、大きな茶色い鶏卵があって、店番の男の子が、

「うちで放し飼いにしている鶏に産ませたんだよ」

と自慢気に言った。その卵の殻は分厚く、大きさは不揃いだけど、大きくて、割ると濃い黄身が出てきそうだった。

「焼きたて焼きたて」

とピンクのボブカットの女の子が声を張る。どの台にも子供がひとりはいて店の前を通る人に声をかけている。女の子の前にできたバタールの山は、あちこちから伸びた手で、標高はどんどん低くなっていった。これは美味いにちがいない、と俺も思わず手を伸ばす。外皮にはまだ温もりがあり、パリっとしていて、それでいて軽く、焼きたてのいい香りがした。

この時代はね、世界のいたるところで、新鮮な食材を提供する朝市が観光スポットとして人気を集めてたんだ。各地の観光地ではかならずと言っていいほど、採れたての野菜を宿に持ち帰ってサラダを作るとか、魚市場で魚を買ってその場でさばいてもらって刺身で食べるなんてのが流行っていた。

ここアガラの特徴は、店番のパンクファッションで、パンクスと新鮮野菜、パンクスと放し飼いの鶏に産ませた鶏卵、パンクスと焼きたてのバタールやサンドイッチ、なんてコンビネーションが斬新だった。またこのアガラでは、典型的なパンクファッションとはまたちがった衣服でキメたニュータイプが棲息していた。

昔のパンクスの衣装はスリムな形状で、穴が空いているとか擦り切れているとか汚れているとか、見るものに不快と不安を与えるようなところに特徴があった。髪型だってそれまでロックミュージシャンが肩まで伸ばしていたのに対して、パンクスは刈り上げて立てた。モヒカンやスキンヘッドにする者もいた。そこには抜き身のヤバさがあった。

ところがアガラには、威圧感をまったく与えない、おおらかな、それでいてやはり普通じゃないタイプがいた。ぱっと見、南欧の民族衣装みたいで、オールドファッションのパンクがスリムなのに対して、こちらは、身体の線を隠すようにゆったりとして丈は長く、端切れを寄せ集めたものをつなぎ合わせたりもして、色は総じて明るかった。中に着ているのはたいてい麻だけど、パンクＴシャツを着て首から髑髏(どくろ)のペンダントをぶら下げてたりもする。裾がやたらと広がったズボンを穿(は)いている者もいたけれど、これも70年代の若者が好んだベルボトムとはちがって、腰のあたりからダボダボで、どこかで見たことあるなあと思い出したのは、祖父(じい)ちゃんの袴(はかま)だった。

　こんなファッションがパンクと呼ばれることなんてなかったんだけど、できたての梅ジャムや搾りたての牛乳を売ってた女は、「パンクスを導く女パンク」Ｔシャツを着て鼻ピアスをし、バッド・ブレインズを鳴らしながら、「美味しいよ！」とシャウトしていたから、これは新手のパンクなんだろうな、と俺は思った。

　思い返すと、パンクスはジャマイカのレゲエを愛好していた。髪の毛ツンツンのパンクとドレッドヘアのレゲエ、黒くくすんだ色を基調にしたパンクと、赤黄緑の明るいラスタカラーのレゲエ。前のめりのエイトビートと、四拍子の裏の拍を意識したリズム。というようにパンクとレゲエは外見上は似ても似つかないものだったけど、パンクはレゲエに接近した。そして、このふたつは体制に屈しないでＤＩＹでやり抜こうって精神が共通していた。

　とにかく、アガラでは、ギラギラした古典的なパンクファッションと、のんびりゆったりした、ここが日本だからそう思うのかもしれないが、どことなくアニメっぽい、独自のパンクフアッションが交じり合っていた。そして朝市じゃこのニュータイプが似合った。

俺たちは、玉葱とレタス、卵四つ、そしてオレンジふたつとバタールをひとつ買い、ＢＢストリートを戻り、コンクリートソックスに立ち寄って、パスタだの米だのベーコンだのコーヒーだの調味料だのを調達してから、畦道を抜けてダイヤルハウスに戻った。

サンドイッチを作ろうとエレナが言うので、俺は水を張った鍋に卵を沈めた。それから、フライパンを温めてからベーコンを焼き、卵が茹で上がるとフォークの背で潰してマッシュド・エッグを作った。エレナは、バタールを縦に裂いたところに、レタスと玉葱を切ってドレッシングを軽く振り、俺が用意しておいたマッシュド・エッグとベーコンを一緒に挟み込んだ。その間に俺がコーヒーを淹れた。前夜のギターと疑似ドラムのセッションよりずっといいコンビネーションだった。俺たちは、バルコニーのデッキチェアに横並びに座って食べながら、この日の動きを相談した。


まずツーリスト・ビューローに行った。カウンターに蜥蜴Ｔシャツがいて、どうだいダイヤルハウスは、と気さくに声をかけてきた。素晴らしい眺めで気に入ったよ、と俺は返事し、練習スタジオを探しているのだけどどこかにないか、と尋ねた。アガラパンクを名乗る数多のバンドがあり、立派なレコーディング・スタジオもあるくらいだから、音合わせする練習スタジオだってあるにちがいない、と俺たちは踏んだ。ところが意外にも、

「練習スタジオっていうのはアガラにはないな」と言われてしまった。

じゃあアガラのバンドはどこで練習するんだい、と俺は尋ねた。

「まあ自宅だね。メンバーのひとりくらい、農機具を保管するでっかい倉庫を持ってるから、そこを改造してスタジオにしている。スタジオというほど立派じゃないけど、電気が引いてあって、ある程度のスペースがあればそれでいいわけさ。そしてここじゃ、そのくらいのスペースを確保するのは簡単さ。なけりゃ建てればいいし。もちろん小屋を建てるには木材がいるけれど、ご覧の通りここは山の中だし、木はうなるほどあるからね」

そうかもしれないが、小屋となったらプラモデルを作るようなわけにはいかないじゃないか。

「技術と人手の話かい？　アガラで石を投げれば木こりか大工に当たるんだ、あはは」

そりゃあ、漁師には当たらないだろう。林業従事者が多いのも土地柄だろう。けれどなんでそんなに大工が多いんだよ。

「プロもアマも含めればの話さ。アガラじゃ、小屋を建てるぞって言えば、手の空いてる連中がみんな集まってきて、せーので建てちゃうんだ。だいたい三日くらいで建っちゃうよ」

そうそう、よく知ってるね。これ、アーミッシュの〝バーン・レイジング〟に似てるだろ。え、君は知らないって？　じゃあ、詳しいことは彼女から聞いてもらうとして、軽く説明しとこう。キリスト教にメノナイト派ってのがあってね、アメリカのペンシルベニア州なんかに住んでた。いまも住んでるのかもしれない。この人たちは文明を拒絶して、自動車や電気を使わず、移動には馬車に乗り、夜はランプを灯(とも)した。そうそう、言ってみれば未開化(ウェイカイホア)タイプだ。………ぜんぜんアガラと似てないじゃないかって。そうなんだ、アガラは電化製品ばんばん使うし、航空車だって持ってるからね。でもみんなでせーのでやるって点は似てるんだよな。アーミッシュは、竜巻なんかで仲間の納屋が倒れると、村を挙げて一気に建てちゃう、つまり村人全員大工さんってわけだ。――ん？　なんで俺がアーミッシュのことなんか知ってるのかって？　軍の研修で教わったんだよ。

実はアーミッシュの人たちは、信仰を理由にチップの埋め込みを拒否した。だけど、DAIは彼らを修理しようとはせずに〝無問題〟の認証を与えた。例によって理由はわからない。けれど軍の教官は、その理由を考えることは無駄じゃないぞと言って、俺たちに『目撃者』って古い映画を見せた。この映画に〝バーン・レイジング〟のシーンが出てくるんだ。俺はこの映画の中でこのシーンがいちばん好きだ。

それでアーミッシュがなぜDAIのお目こぼしに与れたのかはわかったのかって？　大体のところはね。アーミッシュは暴力を徹底的に否定する人たちだから、ほうっておいても問題なしと判断されたんだよ。つまり、無害。仏教と同じさ。おっと、話がずれちゃった、元に戻そう。

「――でも、どうして練習スタジオなんか探しているんだい？」と蜥蜴Tシャツが訊いた。

今朝、ダイヤルハウスのバルコニーで、ドラムセットにずっと座っていないから練習したい、とエレナが言いだした。打楽器は一通りやったけれど、ドラムは専門ではないんだとも言った。

「それなら、スタジオ・ヒロに相談するのがいいんじゃないかな」

「いや、レコーディングじゃなくて、勘を取り戻すための練習なんだ」

「わかってるよ。ただ、レコーディングが入ってなければ、あのスタジオに置いてあるのを叩かせてくれる。それが一番手っ取り早いし、ここからも近い。ただ、問題はスタジオ・ヒロはのべつまくなしに稼働してるってことだ」

そういえば昨日もヒロさんは、これからミックスの仕上げだと言って忙しそうにしていた。

「でも、心配することないだろ。ヒロさんとこが駄目なら、どこかのバンドのドラマーん家に行って、ちょっと叩かしてくれって頼めば叩かせてくれるさ」

その開けっ広げぶりに俺は思わず苦笑した。

「そして、さっき言った練習スタジオ用に小屋を建てるのは大抵ドラマーさ。家の敷地のあいてるところに建てちゃうんだ。それで、バンドがどこで練習しようかって話になると、大抵ドラマーん家でやろうぜってことになる。なにせドラムキットを運ぶのは手間がかかるし、セッティングにも時間をとられるからね。ただ、第一候補としてはヒロさんとこがいいと思う。キットがいくつも置いてあるので、好きなのを選べる。それが駄目ならまた考えようよ」

こんな場所が故障を起こしてるなんて考えにくいんじゃないの？　そんな思いを込めて俺はエレナを見た。エレナは俺の視線をぶった切って、蜥蜴Tシャツに、スタジオ・ヒロの空き状況を調べてもらえますかと尋ねた。ああいいよ、と蜥蜴Tシャツは気軽に応じ、その場で電話をかけてくれた。

「午後一から一時間くらいなら自由に叩いてもらってかまわないってさ」

俺たちは礼を言い、ドラムスティックを買うために、ギターショップに駆け込んだ。ついでにギターに必要なものがあるなら買っちゃえばとエレナに言われ、俺はひずみ系のこれまたアガラブランドのエフェクターを、店員の薦めでいくつか買った。

　それからアガラアートに向かった。エレナは壁にかかっている丸いボール紙を手当たり次第に取ってレジに持って行った。なにせ、これからバンドのオーディションを受け、メンバーになって潜入しようっていうんだから、早めにアガラパンクのリズムの癖を掴んでおきたかったんだろう。俺は俺で、昨夜エレナから、アガラパンクがなにを歌っているのか、どんな主張をしているのか調査しろって言われてたので、そのためにも音源は必要だった。

　お買い上げありがとうございます、こちらからハガイ曼荼羅をダウンロードしてください。

店員がそう言って、スマートコードがついた小さなカードをくれた。アガラパンクの音源を購入した客にはハガイ曼荼羅の画像ファイルをくれるんだそうだ。なぜそんなものがサービスになるのかよくわからないが、とりあえず礼を言ってポケットに入れた。

　とりあえずこれで当座の音源は確保できた。問題はオーディオ装置のほうだった。エレナは展示してあったシステムの中からいちばんよさそうなのを店員に指して、自分のＴＵから抜いた音源を再生してもらった。これがまたわけのわからない音源でね、おそらく、現地にレコーディング機材を持ち込んで録音したものだろうが、理解できない言語で合の手を入れながらの女たちの合唱が延々と続くってシロモノだった。楽器は手拍子だけ、あとは虫の声。エレナはじっと腕を組んで聴いていた。そして、お気に召さなかったらしく、ちょっと考えますと言って、店を出た。

畦道を引き返しながら、俺はエレナに、どうして買わなかったんだと尋ねた。音場感がイマイチだったから、あれならTUで聴いたほうがいい、なんて専門家っぽい意見を返されて、ケイの耳にはどう聞こえた、と逆に訊かれた。どうもこうもあんな音源じゃわからないよ、とごまかし、あのお経みたいなのはいったいなんだと尋ねると、森の中でのピグミーの合唱だなんて言うもんだから、参ったね。

部屋に戻ると、すぐにエレナは購入した音源を自分のTUに取り込んで、イヤホンを耳に入れると、スティックを握って、曲に合わせて枕をバシバシ叩きだした。

そのそばで、俺は円盤の但し書きを読んだ。これらの音源は、購入者のデバイスにしかダウンロードできないようになっていて、俺が自分のPCに入れられるのは、ハガイ曼荼羅の画像だけだとわかった。ということは、オーディオ装置も買わなかったし、アガラパンクの主張を調べる宿題は先送りだな、しめしめ、なんて思ってた。それで、曼荼羅の画像なんてもらってもと思いつつ、せっかくなのでと思い直して、店でもらったカードを取り出し、そいつをダウンロードした。このとき、そのファイルの重さにすこし驚いた。PCのディスプレイ上で見る限り、ただの画像ファイルだったんだけど。

やることがなくなったので、俺もギターとアンプとアイスコーヒーのグラスを持ってバルコニーに出た。デッキチェアに腰かけ、アンプを足元に、グラスをサイドテーブルに置いて、ギターを抱え、目の前に広がる水田に目をやった。

整備が終わり、田植えを終えたばかりの梅雨入り前の田圃は、緑色に波打っていた。それにしてもおかしな任務だな、と思いながら俺はチューニングしていた。ジャングルの中で蚊に食われながら野営するよりよっぽど快適だし、こうやってギターを抱えてデッキに寝転べるなんて、ほとんどパラダイスで逆にビビッちゃうよ、と思った。それから、適当に弾き慣れたフレーズを指慣らしに弾いてから、アイスコーヒーのグラスを取ろうと身体(からだ)をひねった時、隣のバルコニーに視線が泳いで、人影が視界に入った。驚いたね。だって、デッキチェアに寝そべっていたのは、昨日カフェで見かけた例の西洋人だったから。

俺と相手までの距離は三メートルほどあったので、無視を決め込むこともできたけど、もろに目が合っちゃったんで、

「うるさくてすいません」

とギターのボリュームを下げて俺は言った。

「いや、ぜんぜん」

男はサイドテーブルに置いていたレモネードらしきグラスを口に運んでひとくち飲むと、腹の上でペーパーバックを開き、俺など存在しないかのように、読書に耽(ふけ)りはじめた。

うーん、これはどういう状況なんだろうか。

昨日のカフェで見かけた男が今日はとなりのコテージにいる。この程度の偶然は観光地じゃよくあることだ。本来なら気にしない。けれど、任務の真っ最中だとそう暢気(のんき)に構えていられないだろ。さて、男がここにいるのは単なる偶然か、偶然を装って監視しているのか、いやそ

れとも、相手はこちらの正体をもう見破っていて、下手な動きをするな、手を引いたほうが身のためだと注意するために現れたのか、まずそこを見極めなきゃって思った。

「なにをお読みになってるんですか」

男は視線を本に落としたまま反応しなかった。無視したのかそれとも俺の声が届かなかったのか、判断がつかない。すると男が急に思い出したように顔を上げて俺を見て笑った。歯並びのよい白い歯を見せて。旅先での解放感がその白さに表れているようにも見え、読書を邪魔された不快を皮肉まじりに伝えているようにも見えた。

「読書中にすいません」ととりあえず俺はつけ足した。

男は、満面の笑みを浮かべたまま、まったく気にすることないさ、とでも言うように首を振った。これもまた、素直にそう受け取っていいのか皮肉なのかわからない。俺は男の手の中のペーパーバックのタイトルを盗み見ようとした。その視線の動きを察知した男は、表紙を、隠すのではなく、こちらに向けた。

『やさしい心（A Gentle Spirit）』

そう。ここで、例の小説の登場だ。ドストエフスキーってロシアの作家が書いたものだってことは話したよな。ただ、このときの俺にはそんな知識すらなかった。温和に人と接するための指南書か、それとも〝紳士的な精神〟を教示する自己啓発本の類（たぐい）か、なんて思ってた。

「面白いですか」

「うん、もう何度も読み返してる」

白い歯を見せて男はまた笑った。なんとなく信用ならない白さとさわやかさのような気がしてきた。

「昨日、お読みになられていたのもそれですか」

俺は賭けに出て、カフェで目撃していたことを相手に知らせた。そしてその返事から、この男がそこで俺とエレナを見ていたのかどうかを探ろうとした。

ええ、と男はうなずいた。

「あなたは女性と一緒でしたね。とてもきれいでやさしそうな女だった」

男はそう言って笑い、

「あの庭に咲いていたポピーよりもずっと」

とぬけぬけとつけ足した後、また白い歯を輝かせた。

「奥さんかな」

「いえ、ガールフレンドです」

「本当にやさしそうな美人で羨ましい」

偽装カップルとは言え、連れを美人だと褒められるとちょっと嬉しかった。ただ、やさしくはないぞあれは、とは思ったけどね。

「僕が不躾に見たので、彼女はすこし居心地悪そうだった。謝っておいてくれると嬉しい」

いえそれには及びません、と俺は言った。まあそう言うしかないじゃないか。

「ご旅行ですか」と俺は尋ねた。

男は首をかしげた。

「そちらは?」

「そんなところでしょうかね」

こっちもはぐらかしてやる、と思った。

「アメリカから?」

そうです、と俺は言った。喋る英語でそう判断されたんだろう、そっちはドイツあたりのヨーロッパ人だな、と俺も負けじと推理した。

「アガラではなにを楽しんでるのかな」

妙な訊き方をするな、と思いながら、

「ギターを買いました」

と言って俺はアガラギターのボディを軽く叩いた。男は深くうなずき、

「弾くのかい」

「すこし」

「アガラと言えばパンクだけど、さっきのはちがうよね」

「ええ」

俺が弾いていたのは、サザンロックの「我が故郷アラバマ(Sweet Home Alabama)」のイントロだった。パンクがご所望ならこれを食らえとばかり、「やってやろうぜめちゃくちゃに(Anarchy In The U.K.)」のイントロを弾いてやった。

「そんなパンクの時代は終わったし、吐き捨てて終わるようなパンクはなにももたらさなかっ

たね」

男はシビアなコメントを発表した。俺はだんだん薄気味悪く思えてきた。だいたいそっちこそ、プーケットで休暇を楽しむ投資銀行の社員みたいな恰好で、こんなところでなにしてるんだ。

「アガラにはどのくらいの予定で？」と男はまた訊いた。

これもまた面倒な質問だった。

「これと言って決めてはいないのですが」

「そうですか、気に入ったらずっといてください」

急に村長みたいな口ぶりになった。

「そちらはご旅行ですか」逆に俺は尋ねた。

「まあアガラは旅人が作ったような村なので」

なんだよ。玉虫色の答えでごまかすんじゃない。

「このコテージにずっと宿泊しているんですか」

と追及した。昨日見かけなかったのはたまたまなんだろうか？

「いや、あちこちを泊まり歩いてる」

ならば、こちらの正体を探るために隣に部屋を取ったってこともあるな。

「楽しいですか、アガラは」と俺はまた尋ねた。

「楽しいというか、まともだね」

「まとも？」

「ええ、来たばかりじゃそう感じられないかもしれないが」

「まともとは？」

「それについてはもうすこし経ってから話したほうがいいだろうな」

長いつきあいになることを前提にしたこの口ぶりも不可解だった。

「あなたがまともだと感じられれば、こちらの解説は必要なくなるし、そうは感じられないとしたら話したってしょうがない。だけど、そのときは話してあげますよ」

混乱したけど、まともだと感じられなければ、まともである理由を解説してやるよってことらしかった。突然、俺の脳裡（のうり）に、インドネシアの村で見たカンドゥリブランって白人の遺体が浮かび上がってすぐ消えた。もしかして、目の前のこの男も抜いているのか。この男が言うまともは、抜いてDAI（ダイ）の管理下から抜けることを意味しているのか。抜いて抜ける。なんだか語呂がいい。俺は心の中でこっそり笑った。

「インターネットがつながらないのが不便ですよね」

まともじゃないでしょこれはってニュアンスがなるべく伝わるように言ってみた。

「サーバー経由でつながるさ。山の中だから電波が届いていないだけだろう」

「山の中だからつながらないなんてありえませんよ」

咎める調子が声に表れないように、笑いながら俺は言った。

「そう言われてみれば不思議だな。このくらいの山の中ならつながっても不思議じゃないんだが」

　男は突然こちらの言い分を認めた。俺は面食らいつつも思い切って、

「ひょっとしてスクランブル電波を張って、つながらなくしているのでは」と鎌をかけた。まともな返答を期待していたわけじゃない。ただ、相手がどうはぐらかすのかを見定めたかった。男は、ゆっくりとサイドテーブルのグラスに手を伸ばし、レモネードをひとくち飲んでから言った。

「この世の中、しみがあったほうがいいと思いませんか」

　しみ。インターネットがつながらない場所、つまりＤＡＩが描く世界図に調和しない点。ＤＡＩのアルゴリズムにとってのバグ。そんなものを指してるのは確かだった。そして、そんなしみがあったほうがいいのでは、と男は俺に尋ねていた。同意を求めるような口調で。この質問は誘惑であり、踏み絵だった。もちろん俺は、「思わない」と答えるべき立場の人間だ。けれど、このときは任務の真っ最中だった。アガラへのシンパシーを表明したほうが情報が取れると考え、こう答えた。

「かもしれません」

　男は満足そうにうなずいてから、ただね、とつけ加えた。

「しみなんてものはつい消してしまいたくなるものなのさ」

　困惑したよ。ほんのすこし前かがみになったら、そこにいいジャブが飛んできた。アガラをしみに譬え、あったほうがいいと言った舌の根も乾かぬうちに、そんなものは塗りつぶしてし

まいたくなるんだ、と来たもんだ。

「まあそれが人間ってものでね」

なんだそりゃ。

「そう言われても……そもそもどんな連中なんですか、しみがあれば塗りつぶしたくなるような人たちって」

俺はとりあえずこの話題を続けることにした。

「それはもちろんＤＡＩ（ダイ）だろ」

さらりと言いやがった。こんなにあっけらかんとＤＡＩ批判をするような人間はこの時代にはあまりいなかった。それに、この男はまるでＤＡＩが人間みたいな口を利いていた。俺は思ったよ。ひょっとして、こいつアタオカ？　ってね。

「しみができれば拭き取る、そうするとこんどはまた別のどこかにできる。それをまた拭き取る、そしてまた……そのくり返しさ」

男は立ち上がった。

「まあ、くり返せるうちはくり返すのがいいと思ってるんだろうけど、そのうち我慢ができなくなるかもな。さ、僕はすこし寝るんで失礼する」

男が背を向けると、頭頂部から流れる長い後ろ髪が目に入った。男はそれを後ろで束ねていた。急に休暇中のバンカーには見えなくなった。

部屋に戻ると、まだエレナはスティックを振り回していた。俺は部屋の隅に立って、エレナの軽快なドラミングを見学していた。気がすむまでやった後、エレナは首を回して、恍惚とした顔をこちらに向けた。

俺はまずアイスコーヒーを冷蔵庫から取り出して注ぎ、そのグラスをエレナに差し出した。昨日カフェで見かけた男とバルコニーで再会したよと伝えると、口元にグラスを運ぼうとした彼女の手が止まった。

俺は男との会話の内容を伝えた。

「なんてこと」エレナは驚いてつぶやいた。「まるで故障を起こすんだって言ってるようなものじゃない」

「そこまで言ってることになるのかな」と俺は首をひねった。「しみがあったほうがいいとは言ったけど」

「その人、自分は旅行者だとは言わなかったわけね」

「そうじゃないとも言ってなかったけどね。で、旅行者の場合と旅行者じゃない場合とでは、どっちがヤバいんだ？」

「旅行者じゃない場合だよ。旅行者ならまだいい。ネットがつながらない辺鄙なところに出かけて、ああこういうのもいいな、なんて思うのにたいした罪はないから。でもアガラの住人が、しみはあったほうがいいなんて言うのは、アガラはしみだと宣言しているに等しいよ」

それは大げさだろうと笑おうとした俺は、ちょっとのんびりしてる場合じゃないよ、とハッパをかけられた。

「マークしなきゃ、その人」

「向こうがこちらに接近して来てるとしても？」

エレナは首をかしげた。

「昨日のカフェで、あいつは自分の視線をわざと俺たちに気付かせたのかもしれない」

君がきれいだったのでつい見とれてしまったんだってよ、という男の言い訳は省いた。

「そして、ついさっきバルコニーでまた会ったのも、向こうから接触してきた気がする」

「その目的は？」

「そりゃやっぱり、俺たちの素性を探るためだろうよ」

「そこをはっきりさせるためにも、もういちど接触するべきだね。ただケイが言ったことを含めて考えると、こちらから接近しなくても、また向こうが動いて来るとは思うけど」

「じゃあ、そういう状況になったとして、どうやったら向こうの意図、つまり俺たちを監視しているのかどうかを見極められると思う？」

「こうなったら単刀直入に切り返しちゃおう」

「どういうこと？」

「そいつが旅行者じゃなくて、このアガラの――、あ、名前なんていうの、そいつ」

言われてようやく気づいた俺は、聞きそびれた、と小さな声で言った。

「まったくもう、なにやってんのよ。――だからさ、しいってのは世界の秩序を乱すことなんですか？　あなたはそれを善きことだと思ってるんですか？　もしそうだとしたら大問題ですよって言ってやるのよ。そいつがアガラの住人だとしたらオタつかないわけないじゃない」

　それはたしかに単刀直入だ。

「だけど、そんなつもりはないって言い返されたらどうすんだ。——ていうか絶対そう言うぜ。いまのところ故障（グージャン）の兆しとして報告するネタはなにもないから、そこから先は手詰まりになっちゃうぞ」

「なに言ってんの、スクランブル電波を出してるだけでレポートに値するよ」

　まだその証拠は摑んでないぜと言おうとしてよした。出してるんだろうなとは俺も思ってたからさ。問題は、これをどの程度深刻な事態だと判断するかだ。例えば、インドネシアのあの村とアガラは関係あるのだろうか？　外見上はなにもないように見える。けれどスクランブル電波は共通している。この共通点は受け流していいのか、それともここは拘泥（こだわ）るべきなのか。わからないので俺は別の方向にこの話題を進めた。

「ただ、これまでの経験から言わせてもらうと、スクランブル電波はお目こぼしになると思うぜ」

　施設やコミュニティの運営主体がネットを遮断するのはかならずしも違法にはならなかった。実際、映画館やコンサートホールはスクランブル電波を出していたし、宗教儀式をショーとして見せていた教会や寺院などの宗教関連施設も、同様だった。多少の警告（ジンガオ）は食らうだろうが、うまく取り繕えば、厳しい修理（リペア）に処せられることはないと思った。

「じゃあ、隣の男については放置しとけばいいわけ？」

「いや、旅行者なのかどうかは確認するべきだと思うな」と俺は言った。

「じゃあそうしよう。ただ、先に言っとくけど、きっとそいつ村人だよ。しかも中心人物で決まり」

「なぜそう思う？」

「勘」

がくっと来た。そこは勘じゃ困るぜ、と言いたいのを堪え、

「ヒロさんに訊いてみよう。たぶんなにかわかるさ、こんな狭い村なんだから」

「いいね。それで、私の予感が的中して、たとえば村長だったとしたら？」

「そりゃあ、仲よくなって、酒でも酌み交わしながら……ああ、ここはアルコール禁止か、とりあえずさっきのバルコニーの会話の続きをやるってことになるのでは」

「いっそここに移住したいんだって持ちかけてみたら」

「猛烈なこと言うなあ。俺はそろそろビールが恋しいよ」

「じゃあ、その男からなにを聞き出したいか、ほかになにか考えて」

「そうだな。彼が旅行者であったとしても、アガラに対してシンパシーを抱いていることは確かだと思う。その情が湧いてくる出所はどこなのかは突き止めたいね」

エレナは腕を組んで、じっと俺を見た。

「ということは、ケイは考えを改めたってことだね」

「ん、どうして？　そんなことはないと思うけど」

「だって、さっきまでは、アガラはパンク芸術家村で、問題視するには当たらないって意見だったじゃない」

「それもまだ撤回したわけじゃないよ。ただ、さっき男と話して、念のために確認したほうがいいなと思っただけさ」

「だとしても、すこしは軌道修正したんだよね。その理由は？」

「あいつのファッションだよ」

「あの服装がどうだって言うの？」

「パンクからかけ離れすぎてるんだ」

「それが気になるのはなぜ」

「ロックってやつは音とファッションが対になってる。しかも、パンクほどファッションと音を合致させたがるロックもない。ここアガラじゃ70年代や80年代のパンクファッションに加えて、オーガニックな新種も加わっているけど、どちらにしてもパンクスならそれらしき恰好をしているものなんだ。けれど、あいつを見て連想するのは広告代理店の社員くらいだもの」

「つまり、その人はパンクじゃないってこと？」

「じゃないね。彼がパンク芸術家村アガラの村長だという確率はきわめて低い。もしあんなのが村長だとしたら、パンク芸術家村は偽装だよ」

「偽装？　偽装ってのは裏になにかが潜んでいるってことだよね、なにがあると思うの？」

「わかってればとっくに話してるさ」

「いや、わからないのは裏になにかあるって考えるからじゃないの？」

「ん？　どういう意味だ」

「裏じゃなくて、表に見えているものがヤバい、そう考えるべきだよ」

「いや、よくわかんないな」

「つまり、大っぴらに売られているアガラパンクがヤバい、アガラパンクそのものがガチでヤバいってこと」

「おいおい、たかだかアルティメット・マッチを見せろって叫んだことくらいで、そこまで嫌疑をかけるのかよ」

「いや、それはひとつの例に過ぎない。そういうひとつひとつもヤバいけど、いちばんヤバいのはアガラパンクのネットワークだと思うね」

「ネットワーク？　なにとなにとがつながってヤバくなってるって言うのさ？」

「そこはまだ見えない。ほかはみんな見えているのに。つまり、物を隠したいときは目につくところに置けってことだよ」とエレナはつけ加えた。

「聞いたことないぞ。そんなこと誰が言ったんだ」

「オーギュスト・デュパン。『盗まれた手紙』。読んだことない？」

なんだそれはと訊いたら、古い古いミステリーだと言った。そんなもの当てになるもんか。

とにかく、エレナが言いたかったのはこういうことだ。アガラは観光地としてパンクカルチャーを展示している。無害化されて見えるパンクのなかに実はヤバいものが潜んでいる。だけど、俺たちはそれを目の当たりにしながら、芸術家村だなんて呼んですましている。そして、剝き出しになったなにかとなにかが結びついたときに、ヤバさはますます増幅する。——なんじゃそりゃ、さっぱりわかんねえぞ。いまじゃ解禁されたマリファナもNGで酒さえも呑めないアガラは、ちょいと過激なファッションと乱暴な歌詞を除けば、アーミッシュの村と同じじゃないか。げんなりして、ちょっとこの女大丈夫かよ、と思った。

スタジオに入っていくと、ヒロさんは「なんだ君らか」って驚いて、叩くのがエレナだとわかると、へえ、ぜひお手並み拝見したいな、とニヤニヤした。

好きなのを叩いてくれればいいよと言われたエレナは、トラッキングルームにあった一番ぼろっちいラディックのドラムキットを選んで、セッティングをはじめた。

俺はコントロールルームから、エレナがチューニングしているのをガラス越しに眺めながら、ヒロさんと話した。ダイヤルハウスに部屋を取ったと言うと、あそこは最初期に入植した連中が建てた小屋だよと教えてくれた。

「へえ、あそこにみんなで暮らしてたんですか」

「ああ、ひとつのコテージに二十人くらい一緒に寝起きしていたそうだ。だから割と広いだろ。まあ、広いったって二十人はないだろって俺は思うね。連中は寝ながらモッシュしてたって笑ってる。でも連中はその当時がいちばん楽しかったって懐かしがってるよ」

「入植第一世代で、いまもダイヤルハウスに住み続けている人もいるんですか」

あの男のことを思い出しながら俺は尋ねた。

「いや、もう住んではいないね」

「だとしたら、あそこに寝泊まりしているのはみんな観光客なんですね」

ヒロさんはうーんと唸って、

「空いてるときは自由に使ってるみたいだけど」

「誰が？」

「だから最初期に入植した連中だよ。あいつらの特権なんだってさ」

「なんの目的で？」

「ま、気分転換だろ。あそこは棚田が見えて見晴らしがきれいだし」

突然、モニタースピーカーからドラミングの基本フレーズが聞こえはじめた。チューニングを終えて、エレナが叩き出したのだ。

あれ、と不思議そうな顔をして、ヒロさんがコンソールのつまみを確認した。そして、合ってるよなとひとり言のようにつぶやいてから、立ち上がった。コントロールルームから消えると、ほどなく、ガラスの向こうに現れた。そしてエレナが叩くそばで、しばらく腕組みして聴いていたが、ふと踵を返し、視界から消えると、またこちらに戻ってきた。

「この子、音でかいよ」

コンソールの前に腰かけながらヒロさんが言った。

そうか。つまみの位置に対してスピーカーからの出力が大きいので、おやと思ったヒロさんは、確認しにガラスの向こうまで行って来たわけだ。

「リズムもしっかりしてるし」

ヒロさんが熱心に聴きはじめたので、俺はあの男の素性を訊くタイミングを逃した。

またヒロさんが立ち上がってトラッキングルームに行き、エレナになにか話しかけた。モニタースピーカーからの音では会話の内容まで聞き取れなかったが、ヒロさんの言葉にエレナがうなずくのがガラス越しに見えた。ヒロさんがこちらに戻る間に、エレナはヘッドフォンを被りスティックを握りなおした。

コンソールの前に戻ったヒロさんが、

「じゃあまずは通して聴いてみて」

と言って、昨日みたいに曲を流した。ただ、ボーカルは録音されておらず、カラオケの状態だった。ギター二本とベースとドラムスの編成で、ドラムスはコンピュータの音源を使って打ち込んだとおぼしき無機質で折目正しいものだった。パンク特有の荒々しくざらざらした感覚を支えるビートとしては似つかわしくなかった。

「わかったかな」曲が終わるとヒロさんがマイク越しに言った。

ガラスの向こうで、エレナが首を縦に振った。ヒロさんが訊いたのは、曲全体を把握できたかという質問だった。じゃあ、頭に一小節クリック入れるから、とヒロさんが言い、エレナがまたうなずき、ふたたび曲が流れた。

曲が激変した。エレナのドラムで、だ。ビートに肉体が現れ、グルーヴ感はがぜん増した。ヒロさんはエレナがいま叩いているドラムをすでに録音されたギターとベースにミックスして、モニタースピーカーから流してたってわけさ。

曲の途中で、ヒロさんはコンソールの上に載せてあった、TU用の小さなキーボードを引き寄せ、テキストを打つような動作をしてからまた脇によけた。

曲が終わって、「もう一曲やるかい」とヒロさんがエレナに尋ねた。「やります!」とエレナが言って、別の曲で同じプロセスがくり返された。

コンピュータのドラム入りの曲がまず流れる。曲を覚えたエレナが、こんどはドラムレスのバージョンを聴きながら叩く。するとスピーカーから、エレナが叩くドラムに差し替わった楽曲が流れる。

これがくり返された。曲が終わるとヒロさんはすぐ、もう一曲やるかいと言い、やりますとエレナが言う。エレナは七曲ほど叩いたと思う。三曲目で、ギターやベースのケースを肩から下げた男四人が現れ、前の録音が押しているのでちょっと待っててくれ、とヒロさんに言われると、ソファーに俺と並んで腰を下ろした。このあとレコーディングするバンドマンみたいだった。

床を足でタップしながら聴いていた隣の男が、複雑なフィルが入るところで、「おお」と感嘆の声を漏らした。

ギャラリーはさらに増えた。全員スキンヘッドにそり上げて革ジャンを着た三十代くらいの男たちが五人来た。つづいて女が三人。こちらは、全員が四十代ぐらい、奇抜な柄のワンピースやら革のジャケットやらジーンズやら、てんでばらばらの服装で現れた。最後にもうひとり、例の「パンクスを導く女パンク」Tシャツを着て、アガラ特有のパンクファッション、麻の上着とダボダボの袴みたいなズボンを穿いた女がやって来た。彼女のTシャツの下のほうは大きく突き出ていた。

もう座れる場所はなく、何人かは壁際に立って聴いていた。妊婦を立たせるわけにはいかないので、席を譲ろうとしたら、俺の隣に座っていたモヒカン刈りが先に立って彼女を座らせた。

最後の曲が終わり、マイク越しにヒロさんが、お疲れ様、これで終わりだ、と声をかけ、ありがとうございました、とエレナがヘッドフォンを外した。

エレナがドラムキットから立ち上がるのを見て、最初に来た男四人もソファーから腰を上げてガラスの向こうに移動した。中のひとりが「よかったぜ」って感じでエレナの前で親指を上に向けていた。

「ちょっと聴いてみるかい、ちゃんとミックスしてないんだけど」

こちら側では、ヒロさんに声をかけられ、女たちが空きができたソファーに座る。なんとなく立ちそびれてそのまま尻をつけていた俺は、彼女たちに挟まれることになった。

突然、最初に聴いた曲の、エレナのドラムバージョンが流れた。さっき、叩かせたときに録音していたらしい。

聴き終わったタイミングで、エレナがコントロールルームに戻って来ると、女たちは拍手で迎えた。エレナは、キョトンとしていたが、ヒロさんから、叩いてもらったのは彼女たちの曲なんだと教えられ、ソファーに座っている女パンクスに引き合わされた。

彼女らは口々にエレナのドラムを褒めた。特に妊婦のメンバーが、自分はドラム担当なのだが、こういう状態なので、ドラムパートを打ち込みで仕上げるしかなくて残念だった、と事情を説明し、さっき聴かせてもらったけれど、自分はこんなにうまく叩けないと思った、とまで言った。

モニタースピーカーから、楽器を手にしたバンドマンらがガラスの向こうで出す音が流れてきた。ここじゃなんだから外に出てもうすこし話しましょうよ、と女たちがエレナを誘い、おまけみたいに俺もついて行った。

アガラギターショップの真向かいにある、蔦に覆われたカフェに入って、ふたつくっつけてもらったテーブルを六人で囲んだ。

四人の女たちの中でショートバングを真っ赤に染めたのが、ボーカルのユイですと自己紹介し、このユイが、黒髪をアシンメトリーボブにしているベースのミウ、ピンクの髪を四人の中ではただひとり肩まで伸ばしたギターのモモ、そして「パンクスを導く女パンク」Tシャツを着たお腹の大きなドラマーのジュンを紹介した。

「予定日はいつごろですか」とエレナが訊いた。

「それが、フェスのあたりっぽいんだよねえ」

と本人に代わってユイが言ったので、どうやら彼女がリーダーっぽかった。

「で、私たちこの四人でバンドをやっているの」

とユイがジュンの「パンクスを導く女パンク」Tシャツに添えられた文字を指した。妊婦が着ているのは、彼女らのバンドTシャツらしい。どれどれと俺はその文字を読んだ。

スクリーミングウームス。俺は口に含んだジュースをぶっとやりそうになった。セックス・ピストルズってバンド名はいまも強烈だし、同時期に活動したバズコックス（唸る巨根）ってバンド名もヤバい。そんな初期パンクの栄光にあやかろうとしたのか、それとも洒落でこの名前にしたのか。どちらにせよ、スクリーミングウームス（叫ぶ子宮）にはまいったよ。

それからユイが、アガラに来た目的を尋ねた。ただブラブラするために、とエレナが答えた。永遠のトラベラーってやつだね、とモモが言って、そういうつもりじゃないんだけど、とエレナがごまかす。

この時代には、これと言って目的のない長い観光旅行を続ける人間が多くなっていた。一昔前には、先進国の若者によく見られた、働いて貯めた金で、物価の安い発展途上国でのんびり暮らし、金が尽きたらまたホームタウンに戻って貯金して、というスタイルは、世界統一以降に激変した。

ユニバーサル・ローンで、働かなくても食えるようになってからは、誰もが気儘に旅に出られるようになり、用事があって外出することはほとんどなくなったが、あてどない旅に出ることは一般的になった。旅行先で金が尽きるという心配もない。ホームタウンに戻る必要もなくなったので、気の向くままに世界中をぐるぐる回り続ける〝永遠の旅行者〟という連中が生まれた。母国が消えたついでに故郷も消えたってわけだ。

そして、こういう連中が好んで訪れるのは、宗教と所縁の深い土地や施設と相場が決まっていた。昔日本の四国という島では、霊場八十八か所をぐるぐる回る、〝四国お遍路〟っていうのがあったんだが、そいつを地球規模でやっていたわけだ。

でも最近じゃ、〝永遠の旅行者〟は減って、どこかに腰を据えるスタイルが流行りだしているみたい、とユイが言い、アガラはいいところだよ、気候は温暖だし、空気はいい、おいしいお米が穫れるし、みんな親切、子供は元気、と推薦した。

たしかにそうだけど健康的すぎてパンクっぽくないな、と俺は違和感を感じた。そう、アガラにはこういう〝新種〟が交じっていた。この蔦に覆われたお洒落なカフェもそうだ。店内には、スリムで尖っているんじゃなくて、むしろ牧歌的な、オーガニックでゆったりした恰好をしたのが目についた。妊婦のジュンはそんな袴みたいなボトムを穿いていた。中央から距離をとり、自分たちの手で物を作って気儘に生きようとするDIYスピリットをパンクから継承しつつ、常に周囲に毒を撒き散らしている刺々しさが影をひそめた新種。朝市で梅のジャムや搾りたての牛乳を売っていた女もこんな恰好をしていたな。あとで聞いたところによると、やはりこれは、ボヘミアンパンクと呼ばれる、アガラ発祥のニュータイプだった。

それはともかく、アガラ、たしかにいいところだね、とエレナが応じていると、女たちは、そうでしょう、いいところなのよ、とますますプッシュし、ついにヤバい質問を投げてきた。

「しばらくアガラに腰を据えるってプランはないのかな？」

エレナが俺の顔を見た。俺はとたんに喉の渇きを覚え、ビールが呑みたくなった。

「夏のフェスにはどうしても出たいんだ」とユイが続けた。「フェスのステージでコンピュータの打ち込みをバックに弾いたり歌ったりするのはダサすぎでしょ」

たしかに。思わずそうつぶやいてしまった。本当にそう思ったから。だよね。ほかにもやむなく打ち込みで録音した曲があるんだ。それらをブラッシュアップして、ファイアー・パンクロック・フェスティバルで披露したい。とにかく、バンドのピークを夏のフェスに持って行きたいの。そのためにはいいドラマーがいる。ロックの基本はドラムでしょ。——喋るにつれ、ユイは興奮していった。

「今年のフェスはまた特別だからね。パンク火祭りから数えて二十回目、常設ステージができてリスタートする初回になるわけだから」

エレナをここに連れて来た理由はひとつしかなかった。

「スクリーミングウームスで叩いて欲しいんだけど」

エレナはまず礼を述べた。それから、自分が叩くとなると、夏フェスまでと考えていいのかと言って、様子を見た。

すると、妊婦のジュンが、

「アガラに定住して、スクリーミングウームスの正式メンバーになる気はないの」

と訊いてきた。ジュンは、アガラに残ってメンバーになってくれるなら、ダブルドラムスでもいいし、自分はパーカッションに回ってもいいとまで言った。それだけエレナのドラムに惚れ込んだのだろう。

するとエレナが、いや自分はむしろパーカッションのほうが得意だから、と言った。モモがパーカッションのタイプはと訊き、エレナは、ティンパニーやスネアなどのクラシックで使われる打楽器や、ラテンのコンガやアフリカのジャンベなどのエスニック系の太鼓、ビブラフォンやマリンバなどの鍵盤打楽器も、と言った。音大の打楽器科でも出てるんだろう。なら上手いはずだよ、と俺は恐れ入った。自分の腕に自信があったからメンバーになって内部に潜入するという妙ちくりんなアイディアを捻り出したんだ。しかし、こうも見事に決まるとはね。

「私でよければ喜んで」

任務を考えれば、この答えしかありえなかった。

ただ、ここでまたエレナに対する新たな疑問が浮かんできた。それだけの腕があるのに、なにを好き好んでこの女はこんなところでスパイなんかやっているんだろうって。


こうしてエレナの潜入先は決まった。

長期滞在に備えなければならなくなったので、フェスまでダイヤルハウスをブックしようとツーリスト・ビューローに行って、こちらの意向を伝えたところ、蜥蜴Tシャツは、胸の前で腕を交差して×印を作った。

「フェスの期間だけは、どの宿ももう何年も前から予約で埋まっているんだよ」

意外な人気に驚きつつ、しかたがないので、フェスの前々日まで部屋を押さえ、前金で払うことにした。

　できればマルで払ってほしいんだと言われ、世界通貨のゲルをアガラの地域通貨マルに両替しなければならなかったんだけど、これはツーリスト・ビューローのカウンターで難なくできた。しかもレートは１ゲルが１２０マルだったから、こちらで替えるほうが花風よりもお徳だった。おばちゃんが店での両替を薦めたのは、やっぱり手数料が狙いだったみたいだ。ということで、フェスに出演することが決まったエレナのベッドは、フェス前夜からフェスが明けるまでは主催者が確保してくれるよって蜥蜴Ｔシャツが言うので、それを信じることにして、野戦に慣れた俺は、宿が見つからなければ、野宿でもすりゃいいやと思っていた。

　その一方で、夏フェスを待たずしてこの任務が終わる可能性も考えた。エレナのレポートを読んだＤＡＩ（ダイ）が、故障（グージャン）の判定を下し、秩序維持軍が入ってくる。おそらく空からだ。そうなったら、制空権がどうのこうのと言っても無駄だ。アガラの空は大量のムササビで覆われる。グエンは、俺の個人データを軍のデータバンクに復活させる。晴れて兵士に戻った俺は軍に合流し、警告（ジンガオ）だか修理（リペア）だかの処置に加わる。漂白（ブリーチング）はどうだろう。まさか夏フェスごときでそこまではしないだろうな。そして俺はエレナと一緒に軍用ヘリに引き上げられ、いったん北京に連れて行かれて、事の次第を報告し、俺はＬＡに戻る。そこでエレナとはお別れだ。俺がＬＡに帰る前夜は、任務の完了を祝って一緒に食事し、もういちど寝る。——そんな勝手な妄想を膨らませ俺はニヤついていた。その一方で、こんな魅力的な展開にならないこともわかっていた。内部に潜り込んでいろいろ調べたけど、結局ただの観光地でしたとレポートして大阪あたりからＬＡに飛ぶんだろうな、という見通しも胸の内で立てていた。

そうなると、フェスまでどう毎日を過ごせばいいのかのほうが、前夜からのベッドなんかより、よっぽど切実だった。先にも言った通り、俺は日がな一日あてもなくぶらぶら過ごすってのが性に合わない人種だったし、エレナからもオーディションを受けろとうるさく言われていた。だけど、ギタリストってのはだいたいどこのバンドも間に合っているものなんだよ。

エレナが、この人はギターを弾くんだとスクリーミングウームスの連中に俺を売り込んで、いいバンドがあったら紹介してやってほしい、と頼んでくれたときも、ギターはねえ……みたいな鈍い反応しか返ってこなかった。たしかにそうだろうな、と俺も思った。ギター工房を見学した時、点検のために試奏している店員のほうが俺よりずっとうまかったんだから。だったら練習しろとエレナは言うけど、腕はそうとうに錆びついていて、錆を落としたところで、たいしたものは出てきそうになかった。

一方、エレナは、私たちと同じ職場で働かないか、とメンバーのひとり、妊婦のジュンにスカウトされた。広範囲で深い情報を取れるチャンスだったから、エレナはこれを受けた。

誘われた職場は、てっきり、カフェか、宿泊施設か、はたまた共同農場か、まあそんなところだろうって思ってた。だけどこれが、アガラエネルギー開発機構（Agara Energy Development Organization）だなんていうご大層な組織だったので俺は耳を疑ったね。ただ、ＡＥＤＯ（アエド）の社屋はどう奮発しても立派と呼ぶには躊躇（ためら）われるシロモノで、ロリンズ・スクエア・ガーデン、あの牧草地の端っこにポツンと建つ掘っ立て小屋だった。

ただし、業務内容に関しては、家畜の排泄物のメタン発酵によるバイオガスエネルギーの研究という立派なもので、ジュンはここのCTOを務めていた。

もともと彼女はこの方面の専門家で、昔は世界農業食糧機関の研究者として働いていたんだそうだ。このことをエレナから聞かされた俺は、マジかって思ったよ。というのは、世界農業食糧機関は大同世界の公的組織だったからさ。どんな痩せた土地に暮らす人でも、腹いっぱい食える世界になったのは、WAFOが、品種改良やら土壌の肥沃度を高める技術を開発するなどして、頑張ったからだっていうのが通説だった。そうそう、こいつはいまのIFASO、国際食糧農業安全機構の前身だよ。でさ、そこで研究者として働いてたってことは……、そうなんだ、ジュンはバリバリDAI側の人間だったたってわけだ。それが、どうしてこんなところでパンクバンドのドラマーなんかやってんだっていう、エレナに対して抱いたのと同じ疑問が湧いた。


俺が主夫生活をはじめるのとほぼ時を同じくして、日本列島は梅雨入りした。

山間のこの村も雨に浸された。俺はエレナより先に起きて、ぬかるんだ畦道を歩いて、〝オイワさん〟の境内に立つ朝市に出かけた。鳥居から穢岩神社の社殿まで続く参道脇の垣根には紫陽花が咲いていて、水彩画のような青を滴らせていた。

子供が店番をしているスタンドで野菜や卵を買い込み、帰ってくると、エレナを起こし、彼女がシャワーを浴びてる間に手早く朝飯を作って食べさせ、送り出す。ひとりになってからは、部屋の掃除や洗濯をした。エレナがべつに嫌がらなかったので、彼女のも一緒に洗ったよ。コンクリートソックスで買った物干しロープを部屋の中に渡して、そこにふたりのＴシャツやパンツやジーンズや俺のトランクスやエレナのブラジャーやショーツを干した。

一息つくと、バルコニーのデッキチェアに腰かけ、雨に濡れた棚田を眺めた。この頃、パンク親子はポンプを使ったり、溝（うなて）を掘ったりして、水位の調整をやりだした。最初はミスマッチだと思ったパンクファッション親子と農作業の取り合わせも、違和感なく眺められるようになった。

洗濯物が乾くとすぐに取り込み、丁寧にたたんで備えつけのチェストにしまった。たたみ方に関してはエレナにいろいろ注文をつけられたけれど、文句も言わず、なるべく言いつけ通りにしたよ。空いた時間にはギターの練習。すこしずつ勘は取り戻したけれど、オーディションにはことごとく落ちた。

夕方になると、傘をさしてぬかるんだ畦道を歩いてコンクリートソックスまで行き、食材や調味料を買い足して、夕飯を作り、自分は先に食べてエレナの帰りを待った。

エレナは仕事が終わってからも、ＡＥＤＯ（アエド）の片隅に建てられた小屋に移動して音合わせをしたり、曲を作ったりしていた。毎日練習するなんて見上げたものだと俺は感心した。そんなわけでエレナの帰宅時刻は遅く、しかも練習後に、打ち合わせも兼ねてメンバーらと食べて帰ってくることがあった。こちらが、中華料理が恋しいんじゃないかって気を使い、回鍋肉（ホイコーロー）なんか作って待っていたのに、食べてきたなんて言われると、「なんだそりゃ？」ってなったりもした。

「そういうときはひとこと連絡してくれればいいじゃないか」と俺は不平を言って、その後で「こりゃ完全に主夫状態だ」と心の中でつぶやいていた。

そんなふうに二週間が過ぎた。

「だんだんわかってきたんだけど」

ある夜、練習を終え、雨の中をダイヤルハウスに戻って来たエレナは、シャワーを浴びてからベッドの上で胡坐をかいて、濡れた髪をバスタオルでごしごしやりながら言った。

「外貨獲得の馬鹿にできない部分って楽曲販売なんだって」

アガラパンクのネット販売が？　意外に思った俺は尋ねた。

「たいした金にはならないんじゃないのか」

「なるんだってよ。売り上げは年々伸びてるって言ってたし、すごいのは売れた曲数じゃなくて利幅だよ。アガラパンクはレコード会社を通してないから、利益率が抜群にいいんだって」

そんなものかもって半分くらいは納得できた。俺が知らなくたって売れてるものは売れている、そんな時代だったさ。ひとつになった世界の中で、人の好みは多様化していた。誰もが知っている有名人は減り、俺は知らないがあいつが知っている、誰も知らないようでいて、俺はこっそり愛でている、そんなアーティストが、八百万の神々のように存在し、こんなものが売れているのかと思うものがバカ売れしてる現象は珍しくなくなっていた。

「それから、外貨獲得に関していちばん貢献しているのは、なんといってもファイアー・パンクロック・フェスティバルだね」

たしかにヒロさんも、手伝ってはじめて人気のデカさに驚いたって言ってた。それに、ロリンズ・スクエア・ガーデンは広い。あそこが埋まるとしたら収益もでかいだろう。けれど、パンクにそんなパワーがあったのか？　だとしたら世界はまたすこしずつ変わりはじめているのか。それにしても――

「こんなど田舎でなあ」と俺は思わずつぶやいた。

「不便なことがかえって、情熱を掻き立てるみたい。参加者は年々増えてるそうだよ」

「入場料はいくらなんだ」

「フェスそのものは無料なんだって」

「無料？　だったらなんの稼ぎにもならないじゃないか」

「寄付という形で受け取るみたい」

「寄付？　大体一口いくらなんだよ」

「規定はない。寄付したい人が寄付したい金額だけ払えばいいみたい。多く払ったからといって前方の席を確保できるとかそういう特典もなし」

確かに、入場料を取ってでかい集会を開催するのは管理が大変で、そうとうな人手もいる。1969年に開催されたウッドストックは、最初は入場料収入で経費を賄い、あわよくばひと儲(もう)けしようと企(たくら)んでいたらしい。まあ、これは当然だよな。ただ、運営側がド素人だったことと、前例のない大コンサートだったこともあり、次から次へと押し寄せる観客の波を制御できずに、途中からゲートを開放し、フリーコンサートに切り替えて大赤字を被(こうむ)った。こんなことになるのなら、アガラのように最初から寄付制にしたほうがいいのかもしれないが……。

「だけど、そうなったら誰も入場料を払わなくなるなんてことはないのかい」

「私もそう思ったんだけど、無料で参加している人って、ほとんどいないんじゃないかって言ってた」

「どうしてわかるんだよ」

「パンクスってのはそういうものだからって」

「そういうもの？」

「いくら寄付は自由だと言っても、誰も払わなきゃ来年開催されなくなる。そうならないためにも、ちょっとは払わなきゃって思う連中だってことよ」

パンクスがそんなまともな考え方をするのかよって思わないではいられなかった。

「いや、それこそがパンクスなんだってユイは言ってたよ。特にアガラパンクは、セコイことをするな、気高く生きろってメッセージを叫ぶパンクだからって」

まさか俺がエレナから、パンク精神を講釈されるとは思わなかった。

「ずいぶん真面目なパンクだな」

とちょっとからかい気味に言ってみた。真面目なパンクなんて真面目な不良みたいなものだ。

だけどエレナは、そうなのよ、と力強くうなずいた。

「毎日練習してるんだけど、メンバー全員すごく真面目なんだよね」

たしかに、エレナの帰宅時間から考えて、彼女らが練習熱心なのはまちがいなかった。先代ドラマーのジュンから、ここはこう叩いて欲しいとリクエストされたり、エレナが叩くリフに変えたほうがいい、などと全員で話し合って決めたりもしていると聞いた。さらに新曲に関しては、エレナのほうから、ギターとベースとドラムのフレーズの組み合わせ方なんかを提案することもあるって言ってた。

「まあ演奏面もそうだけど」とエレナは言った。

「いまはボーカル入りで練習してるんだけど」

ほかにはなにが、と俺は訊き返した。

そういえば、スタジオ・ヒロで聴いたスクリーミングウームスのデモは、ボーカル未収録の、いわゆるバックトラックだった。

「てことは真面目なのは歌詞の内容がってこと？」

「そうそう、歌詞がさ」

「誰が書いているんだ」

「まずユイがどこかから持ってくる」

「どこかからってどこよ」

「それはわかんない。で、これはどうかなって感じで、みんなに配る。あとは曲に合わせて全員で修正したり足したりして完成させていく」

作詞を担当してるのがほかにいるわけだなって俺は直感した。

「で、その歌詞が真面目だと」

「そう、全曲が〝愛〟の歌なんだ」

それじゃあパンクじゃないじゃん。俺はそう思った。パンクに真面目さがあるとしたら、ラブソングを捨ててヤバい現実と向き合い、「ふざけんな！」ってシャウトするところにあった、これは最初のほうで君たちにも話しただろ。だいたいさ、ラブソングが真面目なら、この世の中にあふれているポップスはみんな真面目になっちゃうぜ。「この世界が愛おしい」と歌う愛の歌は、大阪のライブハウスで飽きるほど聴いて、そして俺はマジで飽きた。

「それから〝負けないぞ〟ってものも多い」

「負けないぞって、なにに？」

「システム」

システム？　システムって聞けば、大昔の人なら、巨大で冷たくて無機質で味気ないものを想像しがちだったけど、この時代だと、すぐ思い浮かべるのは、まずＤＡＩだった。たしかにＤＡＩはとてつもなく巨大だったけど、そんなネガティブなイメージでは捉えられていなかった。ＤＡＩのおかげで、自由で平和で平等な世界になったって、みながありがたがってたくらいさ。なので、システムに負けるな、なんて歌ったら、パーちくりんな歌だと思われただろうし、反世界的だと受け取られかねない、そんな時代だったんだ。

「いやいや、歌詞にある〝システム〟ってのがＤＡＩを指しているかどうかはわからないよ」

とエレナが言った。

あら、いやに慎重だな、と俺は思った。エレナなら、このあたりは当然、

「システムに負けない？　それってＤＡＩには負けないぞって歌ってるってことだよね、しかもバンドでだよ。つまり、反ＤＡＩ的な集団活動だ」

なんて話を広げちゃう気がしていたからさ。

「かといって安心しているわけでもないから」

エレナはそうつけ足した。その声は、開け放したフレンチドアから入って来る雨の音と交じりあい、しんみり聞こえた。

「ケイはいま暇だよね」

屈辱だったが、事実ではあった。この日も俺はオーディションに落ち、もうこうなったら、夏フェスのメインステージ設営のバイトにでも使ってもらおうか、なんて自棄になっていたところだったんだ。

「ここに来た初日に、アガラパンクがなにを歌ってるのか調べて欲しいって言ったの覚えてる？」

もちろん覚えていた。ただ、先日、アートショップで売られてたオーディオ装置をエレナが気に入らないって言って買わなかっただろ、だから俺には聴く術がないんだ。だって、あのとき買った音源はみんなエレナのＴＵに入れちゃったからさ、と言い訳した。実際、楽曲の売り上げが外貨獲得の手段になっているだけあって、アガラパンクのコピープロテクションは強固にでき上がっていた。もっとも、こんな言い訳したら、じゃあ自分で聴くぶんは自分で買って自分のＴＵで聴けばいいじゃないのと言われそうだったけど、エレナは、

「そうだった。それでね、ケイにはＰＣのほうに楽曲を取り込んでもらいたいんだ」

と意外な反応を見せ、

「使ってもらいたいアプリがあるから」とエレナは続けた。

へえ、どんなアプリなんだって当然俺は訊いたよ。

「イミシン」

「イミシン？」

「日本語じゃないかな。日本人が開発したって言ってたから」

〝イミシン〟って音から変換できる日本語は〝意味深〟しか思いつかない。なんだよ、意味深って？　なにするアプリなんだ？

「これを使うとアガラパンクの歌詞をかなり正確に分析できる。なのでケイが頭を捻ることもなくなるよ」

「へえ、アプリが分析してくれるのか？　どうやって？」

「そのために、ケイには作業をしてもらわなきゃならないんだけど」

なんだよ、アプリが分析官で、俺は作業担当者かい。いつまでたっても未開化（ウェイカイホァ）ゾーンでレポートを書く身分から抜け出せないな、と俺は内心苦笑した。

「まず、歌詞をかき集めて、そのテキストをイミシンに読み込ませる。イミシンには歌詞のインポートの機能がついているから、そんなに手間じゃないと思うよ」

「一曲か二曲ならそうだろうけど、かき集めるって言わなかったっけ？」

「そうなの。曲数は多ければ多いほどいいから、よろしく。でも、曲を聴きながら手で書き留めていくわけじゃないので地獄ってほどじゃないでしょ」

「じゃあ煉獄ってとこかな。いや、宗教っぽい譬えはやめようぜ。それで？」

「次は、その曲の音声ファイルをイミシンにインポートする」

「イミシンが曲を聴いて歌詞を抜き出してくれればよさそうなものじゃないか」

「アプリ側でサウンドから歌詞をテキストに起こしてくれって話ね。実はイミシンにはその機能もちゃんとついてる。だけど、どうしても誤変換が出る。だから、ここは慎重に〝教師あり学習〟でいきたい。正しい歌詞のテキストを参照させて、修正をかけてほしい。——もう、文句言わないでやってよ、暇なんでしょ」

「やるよ、やる。それでイミシンってやつは、歌詞を読み込んだ後、なにをしてくれるんだ？」

「よくできたアプリでね、曲の中でドミナントにサウンドしている単語を抽出してくれる。さらにその単語の曲中での重みも計ってくれるんだ」

「重みってなんだ？」

「たとえば、曲の構成なんかを考慮した上で、サビの部分で使われる単語は重視して、そこで使われている言葉には、通常よりも大きな数値をつける。これが重みです」

「へえ」と俺は驚いた。「だけど、曲の構成からサビを検出するってのは、Aメロ、Bメロと続いて次の展開部分のCメロをサビだと判断するんだろうけど、いきなりサビをぶつけてくる曲だってあるぞ」

「そこも大丈夫。イミシンは音程やメロディや音圧レベルも含めて判断するから、そういうまちがいはまず犯さない」

　そりゃすごいなとは言ったが、俺はさほど驚かなかった。店内で流れるBGMくらいなら、それ用のアプリに、〈ドーナッツショップ〉〈朝十時〉〈雨〉〈ボサノヴァ〉〈日本〉〈九月〉なんて打ち込むだけで、それらしいものを勝手に作ってくれるようになっていたので。

「そのイミシンのデータをDAI（ダイ）に送ると、読み込んだDAIが故障（グージャン）の危険度を判断する。すくなくとも、判断の重要な材料にはなる」とエレナは続けた。

　ここでも、ヤバいかどうかを判断するのはDAI、こっちはたんなる作業員って役回りだったけど、もう憤慨したってしようがないと思い、わかったやるよ、と俺は言った。

「お隣さんは？」

　突然、エレナが話題を変え、男がいた小屋のほうの壁を顎で示した。俺は首を振った。あれからぷっつり姿を見せない。三日後に韓国人の女の二人連れが二日（ふつか）ほど泊まっていったが、彼女たちが出てからは、隣室に人の気配はなかった。

「村で会ったりもしない？」

「いや、いちども」

　広い村じゃなかったから、ふいにどこかで出くわしても不思議じゃなかった。俺は外出するたびにそれとなく男の姿を探した。男を見かけたあのカフェの前を通りかかると中を覗いてみたりもした。ポピーの赤で染まっていた庭は、紫陽花の薄紫に塗り替えられ、雨に濡れていた。こんな庭を眺めながら読書するのも乙じゃないかと思ったけれど、男が座っていたその席には、たいていボヘミアンパンクスが陣取って、雑談したり、オムレツを食べたり、オレンジジュースを飲んだり、ときには空席だったりした。

やっぱり旅行者だったんだよ。変わり者で、穿ったことを言ってみたかっただけ。「世界にはしみがあったほうがいい」だなんて、ちょっと斜に構えた物言いをしたけど、だからと言って本気だったわけでもなく、ただの気障。そして、それをこちらに覚らせないまま去って行く。

——こんな風に俺が説明すると、

「そうかもしれない」

となんとなくエレナも同意した。

明くる朝もまた雨だった。俺は傘をさして、ぬかるんだ畦道を歩いて朝市まで行き、卵と野菜を買い足して戻った。サラダとスクランブルエッグを作ってエレナを起こし、食べさせて送り出すと、ふたたびダイヤルハウスを出て、アートショップに向かった。エレナに言われた作業をはじめるにはまず、アガラパンクの楽曲をどっさり買い込む必要があった。

「まずはアタオカですよ」

なにから聴くべきか指南を仰ぐと、開口一番、ショップの兄ちゃんはそう言った。俺はアタオカの全アルバム七枚とシングル十二枚を買った。エレナが参加したスクリーミングウームスもアガラの代表的バンドのひとつだそうだ。アガラには女のパンクスが多く、全体の三割強が女性バンドで、男女混合しているバンドも二割くらいある、とショップの兄ちゃんが教えてくれた。

それからあとは、兄ちゃんに勧められるまま、「ポップで聴きやすい」と言われて買い、「これは中国語で歌っていて、メロディもそれっぽい」と言われて買い、「アヴァンギャルドならこれ」「ベースがいい」「ヒロさんの最高録音」「このドラムん家(ち)が作る豚の燻製(くんせい)は最高」「アガラ初のキッズパンクバンド平均年齢十一歳」「ポスト・アタオカって言われてる」「なぜかイタリア人に受けてる」「ボーカルは四オクターブでる」「サックス入ってる」「ドロドロしてる」「青春している」などと言われるがままに買い込んだ。最後には、あとはバンド名とかルックスとかで選べばいいでしょう、と言い残し、兄ちゃんは、別の客に呼ばれて行ってしまった。

「研究熱心だな」

聞き覚えのある声に振り向くと、ヒロさんの屈託ない笑顔があった。

「今日はひとりかい」

エレナは昼は勤務、夜は練習ですと報告すると、ヒロさんは、そうだった、とうなずいた。

「あの日、スクリーミングウームスに加入させるつもりで、彼女に叩かせたんですか」

「別に企んだわけじゃない。こっちが策を講じたって、お姉様方は言うこと聞いちゃくれないからな。ただ、これはいけるんじゃないかと思って、メールは打っといた。実際困っていたからね」

ということは、やはりそのつもりはあったってことだ。そういえばと俺は思い出し、ヒロさんに相談した。

「そこそこ鳴ってくれるオーディオセットを探しているんですよ。ここらへんだとどこで手に入りますかね」

楽曲をパソコンに取り込んで、それを聴くとなると、パソコンからの出力を鳴らしてくれる装置が必要だった。ヒロさんは、へえもう定住することにしたのかい、とからかうように言った。いやいやとりあえずフェスまでなんですが、ただ、あいつは音にうるさくて。そう言うとヒロさんはすぐに納得し、

「あー、じゃあ、昔うちで使っていたのを持って行けよ」

と言ってくれた。もちろん飛びついた。アンプ内蔵型（パワード）なので使い勝手もよさそうだし、デジタル音源をアナログに変換するユニットもつけてくれるって言う。プロのエンジニアが使ってたんだから、音だっていいだろう。ヒロさんと傘を並べて俺はスタジオ・ヒロまで歩いていった。

けれど、これだよと言って見せてくれたのは図体がかなりデカく、ダイヤルハウスのデスクの上に載せるには無理があった。

「じゃあスタンドも貸してやるからそいつも持ってけ。音がいいのは保証するから」

結局ありがたく拝借することにして、ところでこれはどこのブランドなんですかと尋ねたら、実はアガラ産だ、設計者は俺なんだと言われたときには驚いたね。

「ここらへんの自宅スタジオにはほとんどこいつが入ってる。このスタジオとほぼ同じ音が出

るから重宝されてるのさ。アートショップでも置いてもらっているんだけど、品切れしてたんだな」

　とヒロさんは自慢げに言い、自信作だったから外でも売れるだろうって皮算用してたんだけど、ギターほど売れなくてね、モニターとして貸し出しするから、いいと思ったら宣伝してくれ、と言い足して、また笑った。

　けれど、アガラ産だと知ると、キャビネットの表面にちょこんと付いている蜥蜴のアイコンがやはり気になった。

「これってアガラのシンボルなんですか」

「まあそうなんじゃないのか。みんな好きだよ、なぜか知んないけど」

　ヒロさんの口調は他人ごとみたいだった。

「村中で人気があるってことですよね」

「おうよ。大事にするっていうか、敬うっていうか、可愛がるって言うか――」

「――拝んだりは？」

「そこまでやったら変態だろ。でも蜥蜴はあちこちで見かけるね。俺なんか最初は、アガラってのは蜥蜴のことだって思ってたくらいだ」

「ちがうんですか」と俺はいちおう確認した。

「ちがうよ。アガラってのは〝俺たち〟って意味の日本語だ。いや日本語ってったって、このあたりでしか通じないようなローカルなものらしいけどな」

それは知ってたけど、こう折に触れて蜥蜴に出てこられると、なんだか妙な気持ちになって、釈然としなかった。

「アガラは蜥蜴だってヒロさんが誤解したきっかけってなんだったんですか」

「きっかけって言われてもなあ……。もう覚えてないよ。――なんでそんなこと訊くんだ？」

「えっと、アガラってのはもともとは〝蜥蜴〟を意味していた。それが転じて〝俺たち〟になったってことはないんですかね」

「ん？　そりゃどういう意味だい？」

「もし、ここの人たちが、自分たちはアガラ、つまり蜥蜴の末裔(まつえい)だと考えているのなら、蜥蜴(アガラ)＝(イコール)俺たちになるので、アガラの意味が俺たちで定着したってこともあるんじゃないかと思って」

俺は冗談めかしてそう言った。ある特定の動植物を自分たちの先祖だと信じるトーテミズムは宗教とつながっている。返事次第じゃ警戒しなきゃならなかった。

「よせやい、気持ち悪い」ヒロさんは顔をしかめた。「蜥蜴ってのは、不気味でクールな感じがするからさ。ただそれだけだ」

「えっと……どういうことですか」

「だからそんなところがロックっぽいのさ。そう言えば昔、空飛ぶ蜥蜴(フライング・リザーズ)ってバンドがあったじゃないか、日本にはそのものズバリ、紅蜥蜴(リザード)ってのもあった。知らないかな」

どちらも名前くらいは、と俺は言った。

「蜥蜴なんか拝みゃしないさ。ここで拝むのは曼荼羅だよ」

「曼荼羅、あのもじゃもじゃの毛玉みたいなへんな図像を？」

「ああ、曼荼羅を拝むことは推奨されているんだ」

「どうしてですか」

「もう気づいたと思うけど、アガラじゃ酒とドラッグは御法度だからさ」

「ええ、そうみたいですけれど、いまじゃマリファナだってお咎めなし、暇な連中はみんな退屈しのぎに吸ってますよ」

「それがだめなんだよ、ここじゃ」

「ええ、どうしてでしょう」

　ヒロさんはちょっと困ったように笑った。

「だけどまあ、ケイの場合は、持ち込んだものを吸うくらいは、オーケーなんじゃないかな。一応まだ観光客なんだし」

　俺は余計にわからなくなった。観光客は異教徒だから、とでも言いたいのだろうか。中東に駐屯中、俺たちは基地の外に出かけて食べることがあった。アッラーを唯一絶対の神だと信じていない俺たちが注文すれば、酒はたいてい出てきた。これと同じか。

「ただ、彼女の場合はまずいだろうなあ」

「そりゃどうして」

「正式加入じゃないかもしれないが、バンドで叩いてるじゃないか。それにスクリーミングウームスはアガラの代表的なバンドだからな」

「バンドマンだと駄目な理由は？」

「バンドマンってのはアガラじゃ、なんていうのかなあ、気高い存在なんだよ」

「はあ、気高い……ですか」

「バンドマンってのは、草や酒に手なずけられちゃいけないんだ」

「あの、パンクにはストレート・エッジって運動がありましたよね、あれですか」

「うん、まあ、物流倉庫にあんな名前をつけるくらいだからな」

やっぱり。初日のカレー屋で覚えた予感は的中した。ロックシーンはドラッグの過剰摂取による死を神話化したがるけど、これを腐敗だとみなして拒んだパンクがあった。酒もドラッグもカジュアルセックスにも背を向け、コーラをがぶ飲みして、スポンジケーキを食いまくるというちょっと童貞っぽいこの運動は、ひとつのムーブメントと呼んでいいくらいになった。その動きの中心にいたイアン・マッケイの名前が、アガラの物流倉庫につけられている。

「つまり、そういう酩酊状態で問題を誤魔化しちゃいけないってことなのさ」

「それ、ヒロさんの意見ですか」

「いや、アガラパンクの基本方針だ。だから、スクリーミングウームスのドラマーが酒呑んだりしちゃまずいのさ」

「その方針って誰が？」

「俺が来たときにはもうそういうことになっていた。ドラッグや酒よりも曼荼羅を見て瞑想しろって」

　話が急に曼荼羅に戻った。

「てことは、あの曼荼羅って瞑想に使うものなんですね。みんなマジでやってるんですか」

「おうよ。曼荼羅瞑想は下駄を履かずにジャンプ力を上げるためのトレーニングだ」

「ヒロさんも？」

「やるさ。ミキシングやマスタリングなんてのも集中力がいるからな。曼荼羅をじっと見つめて座っていると、耳の感度が上がる。ほんとだぜ。瞑想が心の健康にいいことは脳科学的に証明されているらしいぜ」

　瞑想は脳科学がお墨付きを与えてくれた、心をスッキリさせて合理的な精神をはぐくむ健康的な娯楽だと言いたげだった。アガラが瞑想を推奨していることは、大同世界（タートンシージェ）の秩序を健全に保つことに貢献している、とさえ考えていそうだった。

「ちなみに、ヒロさんは、どんな曼荼羅を見て瞑想してるんですか」

「俺はごく普通のやつを使っている」

「ひょっとしたらハガイって人の？」

「そう、それ。ハガイ曼荼羅」

「どうしてアガラじゃあれが一般的ってことになってるんでしょう」

「あー、そいつもちょいあとに来た俺にはわからないな。このアガラができたのとほぼ同時に作られたんだってよ」

「だれが作ったんですか」

「by Hagai ってあるんだからハガイだろ」

「ハガイは人？」

「だろ。そう書いてあるんだから」

「日本人ですかね。あまり聞かない名字ですが」

「まあな。けど、日本人の名字って、ものすごくたくさんあるじゃないか。ムシャノコウジなんて日本人じゃないだろうと思ったんだけど、小説家にいるんだろ。最初聞いたときはなんじゃそりゃと思ったぞ」

「武者小路実篤（むしゃのこうじさねあつ）ですね。でも、初期の入植者の中に日本人以外の人間、たとえば西洋人はいなかったんでしょうか」

「朝鮮系やアフリカ系はいたみたいだけどなあ。なんども言ってるけど、俺は二回目のフェスからこっちに来たんで――」

「曼荼羅っていうくらいだから、ハガイ曼荼羅ってのは仏教に関係があるんですかね」

「そもそも仏教ってものが俺にはちんぷんかんぷんだよ。それに、あの図の中には仏とか菩薩とかそんなアイコンは入ってないじゃないか」

たしかに、やたらと抽象的だった。

「ここの部分はなになにを表してるなんていう、定番の解釈ってのはないんですか」

「ないだろ、そんなもの」

「でも、うじゃうじゃした毛玉みたいな線の隙間からControlなんて字が見えるじゃないですか。あとMoneyとかEnergyなんてのもありますよね。あれはなんですかね」

そう言ったもののヒロさんは、へえ、そうなんだ、気がつかなかったな、なんて言うものだから、俺は肩透かしを食った気分になった。

「曼荼羅を名乗っている限りなにかを意味してるはずなんですよ。曼荼羅ってのは宇宙観を表す図なので」

俺はエレナの講釈を受け売りして食い下がった。

「宇宙観ときたか。さっぱりわかんないな」

「言ってみれば世界の観方（みかた）ですよ。世界はこんな風になってるんだっていうことを示すのが曼荼羅です」

俺は当てずっぽうを言って続けた。

「世界はこんなふうになっている、か。うーん」

ヒロさんは唸ってしまい、俺も密かに唸っていた。気になりはじめてたんだ。この世界はいったいどうなっているんだって。

「だとしたら、ケイは訊く相手を間違えてるね」とヒロさんが言った。「俺はそういうのを追究するタイプじゃないからさ。ありがたそうなものを見つめて、ありがたい気持ちになれればそれでいいんだよ。気になるのなら自分で試してみればいいじゃないか。あれだけ音源買ったならアートショップで画像ファイルをもらえるはずだ。プロジェクターで壁にでっかく投射してるやつもいるみたいだぜ」

ええ、もう前回カードもらってPCに取り込んであります、と俺はうなずき、じゃあそろそろ、と暇乞い（いとまごい）をした。

借りるスピーカーの大きさから考えて、ふたつ抱えてダイヤルハウスまで歩くのはキツかった。さらにこれを載せるスタンドも持っていくとなると、四回は往復しなくちゃならない。さらにマズいことにこの日は雨だった。

蛇に乗っていけばとヒロさんが言って、コンテナがつながっている例の運搬車を呼んでくれた。二連結の小ぶりのが来て、スピーカーとスタンドは後ろの車両に積んで蓋をし、俺は傘をさして先頭に乗った。どうやら、アガラ民はこれをタクシー代わりに使っているようだ。

畦道をゴトゴト走り、ダイヤルハウスに着くと、まず積み荷が濡れないように荷台から手早く軒下に移し、それから先頭カートについているリターンボタンを押して、蛇を帰した。

スピーカーとスタンドを部屋に運び込み、俺は部屋を見回した。さてどこに設置しようか。ベッドの向かいの壁を背にして置くのがいいと考えた。そうすれば、ベッドのヘッドボードにもたれて足を投げ出したときに、頭がふたつのスピーカーの真ん中に来る。というわけで、ベッドが俺の仕事場になった。

購入した楽曲をダウンロードし、エレナの言いつけ通り、それらをイミシンってアプリに読み込ませた。歌詞もインポートして、音とテキストとがリアルタイムでリンクするよう設定してから、ＰＣに取り込んだ音源をガンガン鳴らしまくった。借りたスピーカーの音質は申し分なかったよ。

最初は、パンクばかり聴くのはキツいかもって思ってた。けれど、ファッションでもボヘミアンなんて新種が交じっていたように、アガラパンクはバリエーションが豊富で、本当にこれがパンクロック？　って首をひねりたくなるようなスタイルも多かったから、そんな不安も徐々に薄らいでいった。

驚いたのは編成だった。パンクは、ギター、ベース、ドラム、ボーカルというロックバンドの基本的なフォーメーションで押し通すのが一般的なんだけど、サックスやラテンパーカッション、アコースティック・ギターを加えたものも結構あった。

ただ、シンセサイザーらしき音やピコピコした電子音は皆無だった。プレイヤーの肉体が音に刻印されているって表現が適切かどうかはよくわかんないんだけど、聴けばプレイしている姿が目に浮かぶような音作りが全体を貫いていた。

奏者が身体（からだ）を動かして音を発するイメージがもっとも強烈な楽器といえば打楽器だ。ロックで言えばドラムス。それぞれのロックには独自のリズムのスタイルがある。パンクはハードコア化して、速さを追求した。逆に言えば、速さへのこだわりがスタイルの狭さにつながってしまったとも言える。

アガラに着いてすぐ、ヒロさんのスタジオで聴かせてもらったアタオカの「アルティメット・マッチを見せろ」も速かった。高速・爆音・シャウトが基本姿勢だと思っていた俺のパンク観に合致していた。ところが、アガラパンクをどんどん聴いていくと、ぐっとテンポを落とした曲もたくさんあったんだ。おやと思い、また、この多彩さが、大量に聴かなきゃならない俺にとってはありがたかった。

たとえば、レゲエのリズムを取り入れた曲がかなりあった。当然、テンポは遅くなる。だけど、ビートを構成する一発一発の音は重く強烈だった。グサッ、グサッと土に鍬を打ち込むようなタメの効いた重いリズムでこちらに迫ってくる。スローな曲でもボーカルはシャウトし続け、やさしく包み込むようなバラードはなかった。アガラでは、ボヘミアンな新手のパンクファッションが出現していたように、新しいパンクの楽曲群も生まれていた。それは一聴するとパンクに聴こえないような代物だったけど、やはりどこかパンクだった。

雨期の間ずっとアガラパンク研究の日々は続いた。俺はエレナがまだ寝ているうちに朝市に買い出しに行き、朝食を作って送り出し、午前中の主夫仕事をすませてから、アートショップに行く。その日イミシンに取り込む楽曲を買い足すためだ。コンクリートソックスで、保存食とコーヒーやジュース、そして日用雑貨を買ってダイヤルハウスに戻ると、あとはひたすら、イミシンに楽曲と歌詞を読み込ませては、それらを聴きまくった。

疲れたらバルコニーに出て、コーヒーを飲みながら、雨の水田を眺めた。パンクファッションの親子はあいかわらず水位の調整に余念がない。

エレナは、ダイヤルハウスに帰ってくると、まず浴室に直行し、シャワーを使った。そして、俺とは逆にすっかり短くなった髪をタオルで拭きながら、浴室から出てきた。エレナの髪は、俺がイミシンの作業に取りかかった日に、ベースのミウによって切られていた。そしてエレナは、パジャマ代わりにスクリーミングウームスの「民衆を導く女パンク」Tシャツやハガイ曼茶羅Tシャツを着るようになっていた。彼女の変貌は、アガラパンク村への潜入が深まりつつあることを物語っているようだった。

　俺が楽曲と歌詞を読み込ませると、イミシンは更新した評価を吐き出した。そのアルファベットと数字の羅列をどう読んでいいのかわからない俺は、

「どうだ、問題はありそうか」とエレナに尋ねた。

　エレナはあるともないとも言わなかった。

　肩透かしを食った気分で聴き続け、さらに一週間ほど経ったころ、梅雨が明けた。亜熱帯の強い日差しが畦道を瞬く間に乾かし、朝市に買い出しに行く途中で、ぬかるみに足を取られるのを気にしなくてもよくなった。

　バルコニーに出ると、水田が、夏の強い日差しを跳ね返して輝いていた。パンク親子は、水の中に足首まで浸かって、トンボのようなT字形の道具を押しながら、田圃の端から端までを往復していた。たぶん草取りをしていたんだろう。

　帰宅したエレナにイミシンのデータを渡し、食べかけのステーキに取り掛かろうと、椅子に座り直したときだった。

「十日後にライブをやることになった」

いつものように浴室に消える前に、エレナが言った。

エレナがバンドの曲を覚え、新しいドラミングで改良も加えたので、いちどお披露目して聴衆の反応を見ようってことになったんだそうだ。

「どこでやるんだ」

「音霊(おとだま)ってライブハウス。BBストリート沿いに、八咫烏(やたがらす)の像を通り越してずっと行って、オイワさんのちょっと手前を右に入って少し歩いたところ」

「キャパはどのくらい?」

「400くらいだって」

「結構な広さだな。そんなに急に決めて集まるのか」

「私もそう思ったんだけど、人気のハコだから大丈夫なんだってさ。観光に来てアガラパンクを聴きたい人はとりあえず音霊(おとだま)を覗くみたいだよ」

ニューオーリンズでデキシーを聴きたきゃ、バーボンストリートのフリッツゼルズに入るようなものか。

「それに、こんど入ったドラムがいいって評判が立っているから、行ってみようって人も多いんだって」とちょっと嬉しそうにエレナが言った。

それは結構ですねと俺は言って、皿の肉を頰張った。

「それで、メンバーからなにか情報は取れたかい」

「驚いたことがひとつあった」

　エレナの口元には悪戯（いたずら）っぽい笑いが漂っていた。

「妊娠してるスクリーミングウームスのドラマーの旦那さん、誰だと思う」

　答えは簡単だ。この村でエレナと俺が共に知る男はほぼふたり、蜥蜴Tシャツともうひとりしかいなかった。

「ヒロさんなのか」

「びっくりしちゃったよ」

　俺のほうはそうでもなかった。スタジオでエレナが叩き出すと、彼女らはすぐにやってきた。その反応の速さから、バンドとヒロさんとのパイプの太さは明らかだった。それに、このあいだショップで会ったときも、エレナがバンドに溶け込んでることもヒロさんはすでに知ってるみたいだったし。

「ケイのほうからなにかわかったことってないの」とエレナが訊いた。

　俺は肉を平らげてから、皿とフォークとナイフをシンクに持って行き、テーブルに座り直した。

「こっちはこっちで曲を聴くだけで大変で、村を嗅ぎ回ってる余裕なんかないよ」

「そんなことしてって誰も言ってない。アガラパンクを聴いてどう思ったのかを聞かせてよ。反秩序的な匂いは嗅ぎつけられなかった？　このあいだ話した真面目さについては？　とにかくアガラはゾーンとして指されたわけだから、そうなった原因の一端が歌詞に反映されていてもおかしくないはずだよ。そこはどうなの?」

「いや、いまのところは問題ないわけね」

「反逆的とか暴力的ってことはないわけね」

「ない。パンクは反逆が持ち味なのにもかかわらず、だ」

ここでもういちど、パンクってのは、苛立ちや怒りを吐き出し、自分たちを抑圧してくる状況に抗議したロックだったことを思い出してほしい。世の中はクソだ、俺はイライラしてる、ふざけんな! ロンドンは燃えてるぜ、なんて感じさ。だけど、アガラパンクを浴びるほど聴いて感じたのは、「アルティメット・マッチを見せろ」が例外的に反抗的な曲だと思えるほどに、みんな、なんて言ったらいいのかなあ、そう、真っ当だったんだ。

「真っ当? どういうこと」

「愛だよ」

「愛?」

「うん。前に、スクリーミングウームスは愛ばかり歌ってるって教えてくれたじゃないか。それを聞いて俺は、パンクなのにと思ったけれど、それはスクリーミングウームスに限った話じゃなかった。アガラパンクはラブソングのオンパレードだ」

自分を嫌うな、と励ます曲があり、自分とは似ても似つかない者にも思いやりを持たなきゃだめだ、と諭すような曲もあり自然への賛歌もあった。宇宙の神秘に思いを寄せつつ、自分の手の中のオレンジに不思議を感じるという、凝ったものを演奏っていたのはアタオカだった。

男と女という境界線はあっていいけれど、それが消える瞬間だって必要なんだとシャウトしていて、これはどのバンドだろうとクレジットを見たら、スクリーミングウームスだった。

　これを問題視して取り締まろうなんて無理だ。そんなことをやれば、大同世界（タートンシージェ）が持つ三つの回転軸のうちのひとつ、〝自由〟がほぼ完全に消えることになる。

「じゃあ、ないわけね、故障（グージャン）の兆候は」

　俺はすこし考えてから、

「愛が反秩序的でないのなら」と言った。そして「だけど、それはイミシンが判断するんだろ。俺はただの作業員だぜ」とつけ足した。

「……だとしても、ケイの見解は聞いておきたいな。ここだけの話として」

「だからないよ。故障の兆候なんてなにも感じられない」

「本当に？」

「ない」

　正直に言うと、嘘が交じっていた。愛こそが大同世界がもっとも恐れるものだ。俺はそう感じはじめていた。けれど、「どういうことそれ」とツッコまれたら、きちんと説明できる自信がなかった。だから俺は言った。

「歌詞の内容からすれば、アガラパンクよりも昔のパンクのほうがよっぽど過激さ」

「だけど、いかにも過激そうなやつよりも、隠然と過激なほうが怖いかもよ」

「そりゃどういう意味だ」

「だからそのままの意味だって」

このとき俺は、はぐらかされたなと苦笑した。だけど後でふり返り、エレナも同じことを感じてそう言ってたんだって思った。愛を歌うほうがよっぽど過激で、愛こそが大同世界（タートンシージェ）にとっての脅威なんだって。

「イミシンはどう判断してるんだ」俺は話題を変えた。

「なにが問題でなにが問題でないかはイミシンは判断しない。ある手続きにしたがってデータを整理するだけ。データを読み込んで最終的に判断するのはＤＡＩ（ダイ）だけだよ」

知ってるさ、そんなこと。俺はすこし苛（いら）ついた。ゾーンの兵士だって、秩序から逸脱しているかどうかの判断は許されてなかった。俺たちができるのは、フォーマットにしたがって、状況をデータ化して送ることだけだった。そして、ＤＡＩの沙汰があるまで現場で待つ。そして俺の立場はアガラに来ても変わっていなかった。

イミシンのデータは、兵士がゾーンからＤＡＩに送っていたものと役割としては同じだった。なので、判断するのは自分の仕事じゃないって理屈はわかる。だけど、俺たち兵士は送ったデータについて意見交換などしなかったのに、エレナは歌詞についての個人的な意見を俺に求めてきたじゃないか。こいつは矛盾してるぜ。

「イミシンのデータはＤＡＩに送ってるのか」

「もちろんまだだよ。山を下りないと無理でしょ」

またふとインドネシアのあの村が脳裡に甦った。密林の奥に閉じこもっていたあの村と、観光地として外に開かれたアガラとは、まったく別ものだと思っていたけれど、だんだんどこか似はじめていた。インドネシアでは、ＤＡＩの判断を仰ぐため、現場からコンタクトを取ろうとしてもつながれず、逆に撃たれた。今回だって、ＤＡＩとつながるためにはアガラから出なければならないとエレナは言い、俺が溜めたイミシンのデータは埃を被りはじめている。ひょっとしたらインドネシアのあの村の進化形がアガラなんじゃないだろうか、なんて妄想していると、シャワーを浴びるからと言って、エレナが浴室に消えた。水を使う音がすうっと立って、外のカエルと虫との合唱と交じり合った。

俺はベッドに移動し、マットレスの上で胡坐をかくとＰＣを立ち上げた。天井についていたプロジェクターが起動し、ふたつのスピーカーの間の壁が、照射された光で白く光った。と思ったらこんどは文字が氾濫した。歌詞だ。ＰＣから出力されたアガラパンクの歌詞がプロジェクター経由で壁に映し出されていた。

俺はベッドの足元へと腰をずらしていき、視野の上下左右いっぱいに文字が占めるようになるまで前進してから、壁に意識を集中させた。

読むのではなく、見た。そして、心中で「見た」と言いながら、その視覚情報を心に焼きつけた。それから、「ページダウン」と声に出した。すると壁にまた新しい文字群が氾濫した。ふたたび俺は見た。一点に集中するのではなく、なるべく視野を広く取って。そして「見た」と内言してから、大量の文字群の画像を心に焼きつけ、また「ページダウン」とつぶやいた。まだそいつらは、〝情報〟と呼べるほど明確な意味を持ってはいなかったけど、俺の心になんらかの形で格納された。

左の耳から、浴室から漏れ聞こえる水の音が、右の耳から、ひんやりした空気に交じって漂ってくる虫とカエルの鳴き声が、両目からは、大量の文字群が、心のゲートをくぐり、俺の受容体（レセプター）を刺激して、ある意識を呼び醒（さ）ました。俺は水音と虫とカエルの鳴き声を聞きながらも無視し、意識を文字に集中しつつ、また「見た」とつぶやき、画像を心に焼きつけた。

なにをしてるんだって？　イミシンがアガラパンクの危険度を教えてくれないなら、勝手に探ってやるって思ってね、一曲一曲、一行ずつ意味を追うんじゃなく、バンドも曲もごちゃまぜにしたまま、歌詞の大群を、浴びるように見て、俺の心がどう反応するのか観察しようとしたんだ。

聴覚と視覚に続いて、三つ目の感覚が起きた。触覚だった。それは俺の肩の上で生まれていた。胸と髪にタオルを巻いたエレナが俺の肩に手をかけていた。

「なにしてるの」

そう訊かれた時、俺の心に、大量に取り込まれた文字群からひとつの単語が浮き上がった。俺は壁にふり返って、その言葉を探し、見つけ、つぶやいた。

このつぶやきを聞き取ったエレナは怪訝な顔をして光る壁を見た。そして数秒後、彼女も大量の文字群の中にそれを見つけ、壁に近づき、指さした。

Control

エレナは文字を見つめて黙って立っていた。そして、その前後の単語と合わせて、

「コントロールならお手のもの。金、エネルギー、情報、なんでもござれ」

と読み上げ、そして黙った。

彼女はひとつ手を叩いた。ぱん。まだ湿り気を帯びた手が打ち合わされて起きた拍手に反応し、照明が落ちて、文字はさらにくっきり浮かび上がった。

闇の中で光る文字に交じって、タオルを巻いたエレナが浮かび上がる。エレナの白い肌と白いタオルの上にも、文字は身をくねらせて貼りついた。

エレナの指さす位置が下がる。指の先の文字列を俺は読んだ。

Peformed by ATAOKA

Composed by ATAOKA

Lyric by Hagai

演奏と作曲はアタオカ。

そして作詞はハガイ。

またハガイだ。そして、これでハガイが人間であることが確定した。それから、**コントロール**って言葉は要注意だと思った。ハガイ曼荼羅にも紛れ込んでいたしね。エネルギーもマネーも同様。いや、まずはコントロールだ。どういう意味なんだろう。

コントロールって単語はほかのバンドの曲にもあっただろうか。いやいや、愛(love)とか、仲間(friend)とか、諦めるな（Don't give up）、なんてのが断然多かった。もちろん、ちゃんと数えたわけじゃなくて俺の印象だ。けどコントロールよりも多かったのは確実だった。なぜコントロールが俺の意識の中で頭をもたげたのだろう。

　俺はふとパソコンに手を触れた。闇がいちど支配したあとに前より強く光が氾濫した。壁とエレナの身体に新たに照射されたのは、ハガイ曼荼羅の画像ファイルだった。もじゃけた細い細い線に埋もれるようにして、エレナの胸のあたりにControlという文字が拡大され、歪みつつはっきり見えていた。アガラ曼荼羅は、アガラアートショップで見た実物よりもはるかに大きく引き延ばされ、そして、この画像ファイルは恐ろしく高解像度なものらしく、そうなってもすべての線のエッジはクリアに保たれていた。ダウンロードしたときに異様に重く感じられたのはこのせいだったんだなと思った。俺は細い糸を拡大してみた。糸の中から虫が湧いてきた。虫が列をなしている、と思ったそれは文字だった。恐ろしいほど細かい文字列。その細かい文字群の中で、Controlという巨大な文字が女王蜂のような存在感を放っていた。俺はControlの横に這うように連なる文字を読んだ。

コントロールならお手のもの。金、エネルギー、情報、なんでもござれ

　歌詞だ。ハガイの歌詞が恐ろしく細かい字で渦を巻くようにして書き込まれ、距離を取って眺めると毛玉のように見える、そのうじゃうじゃした糸の中にControlやScienceやMoneyや

Informationといった巨大な文字が置かれてある。これがハガイ曼荼羅の構図だった。

突然、派手な音とともにすべてが消えた。ランプが切れたのかと思ったら、ベッドに置いてあったＰＣ画面の発する光が床を照らしていたので、落ちたのか、またなぜと思った時、俺の首と胸に柔らかい感触が伝わった。タオルを解いたエレナの身体が密着していた。彼女と肌を触れあわせるのはひさしぶりだった。肌と肌が触れあう圧力が増し、俺の体のある部分が反応した。俺はコントロールを失い、コントロール下に落ちた。悪くなかった。「なんでもござれ」の中にこいつは入ってるんだろうか、と俺はちらと考えた。

「ＬＡに戻りたい？」

終わったあと、ベッドの中でエレナが俺の肩に頭を載せながら尋ねた。

「まあ、ずっとここにいるってわけにもいかないからな」

「だよね。もうすこしデータが溜まったら、いちど山を下りるよ」

だいたいどのぐらい先をエレナが想定していたのか、これもいまとなってはわからない。北京で同じ疑問を、グエンに投げかけたときには、

「それはＤＡＩ（ダイ）次第だ」と言われた。「ＤＡＩがこれでよしと言ったらそこで終わる。現地に着いて翌日にもういいと言われるかもしれないし、一年二年かかるかもしれない」

この理屈でいけば、十年経っても終わらない可能性だってある。そう言うとグエンは、理屈としてはそうだ、と苦笑しながらうなずいた。

「ただ、そう心配しなくていいさ。ひょっとしたら君の情報を待たずに結論が下されるかもしれない」

　どうしてですか、と俺は思わず前のめりになった。

「ほかのところからも情報が集まりはじめているからな。君と同じ任務を帯びた者が、すでにいくつものゾーンに入っている。同時多発的に、類似のエリアから情報が集まりだすだろうから、ドミノ倒しのように、続けざまにバタバタと結論が出る可能性はじゅうぶんある」

　そう願いたかった。警告（ジンガオ）して帰ってこいという程度のものであって欲しいと思うのは、これまでゾーンに出動したときとはまるでちがっていた。

「ギターは練習してるの」とエレナが言った。

「まあ適当に弾いてはいるけれど、どうして？」

「もっと練習してどこかのバンドに入らなきゃだよ。そうすれば情報が取れる。私のだけじゃ物足りないだろうけど、ふたりぶん合わせれば情報価値はぐっと上がるだろうから、ＤＡＩ（ダイ）の結論を引き出すことができると思うな」

「練習したって、そんなに上手くはならないんだよ、俺みたいなのは。俺より上手いのは田んぼで鳴いているカエルくらいいるし」

　まあねえ、とエレナは半ば同意した。音楽は、持って生まれた才能がものを言う。努力したって才能のないやつは駄目だって現実を、エレナだって知らないはずがなかった。

「あーあ、フェスのボランティアでもやるかなあ」と俺は言ってみた。

「ああ、ロリンズ・スクエア・ガーデンの。あそこだったら人手はいくらでも欲しいだろうね」

「実はちょっと考えてたんだ。今年はフェス開催二十周年で立派なステージを作ってるだろ。あそこの作業員で働けないかな。そしたら、情報だって多少は取れるんじゃないかな」

ありかもしれないね。エレナはそう言ったが、あまりいいアイディアだとは思ってなさそうな声音だった。

「コントロールってなんだろう」

ふと思い出して、俺はつぶやいた。

「自分にとって好ましい状態に対象を置くこと……かな」

「対象ってのは人間なのかな、物なのか」

「ケース・バイ・ケースでどっちもだね」

「じゃあ、人間の場合の話をしようか。こちらにとって好ましい状態に相手を固定することがコントロールなら、相手にとって好ましい状態にするのはなんて言うんだ」

「それは親切ってやつじゃないの」

「親切か……」

「もしくはお節介？」

思わず俺は笑い、エレナも笑った。俺たちは、思いつかなかったのだろうか。それとも躊躇ったのだろうか。そのときの気持ちはうまく思い出せない。ともかく俺たちは、愛という言葉を口にしなかった。

コントロールという語は、喉に刺さった小骨のように俺の中で引っかかり続けた。そこで、ちょっとした路線変更を試すことにした。聴くのはハガイ作詞の曲だけに絞ったんだ。とは言っても、ハガイはアホみたいに大量の歌詞を書いていたので、それを聴くだけでも大変だったんだけど。ハガイの詞はへんてこりんなものが多かった。というか矛盾してた。俺の耳にはいちどはそう聞こえた。

〈コントロールならお手のもの。金、エネルギー、情報、なんでもござれ〉は「楽園を遠く離れて」って曲の歌詞だった。俺たちは楽園を離れて長い間かけて遠くまでやって来て、なんでもコントロールできるようになったけど、結局、最後にコントロール不能の俺だけが残ったって、ものすごいハイトーンで絶唱して終わる。な、変な曲だろ。

ほかには、覚醒を呼びかける「目覚めろと呼ぶ声がする」があったと思ったら、無理やり叩き起こされてもまどろんでいようぜって誘う「目覚めるな」って曲もあった。「僕たちの好きな戦争」では、戦うんだ、と鼓舞したかと思ったら、「涙の絆（きずな）」になると、戦いをやめてみんなで泣こう、なんて意気地（いくじ）のないことを叫んだり、「熱い影」では屈服するな！　と猛（たけ）り立っていたくせに、「輪廻（りんね）を信じられるなら」では死んだふりをしてるのが得策さって弱腰になる。猪突（ちょとつ）猛進して砕け散るような潔さはない。白と歌ったかと思うと今度は黒よとはぐらかすのがハガイ作詞作品の特徴だった。アタオカの代表作と言われているアルバム『アタオカⅡ』では、「つながれ」と「つながるな」が二曲続けて収録されていて、この攪乱（かくらん）戦法を隠そうともしていなかった。

「つながれ」はわかりやすい。連帯せよ、仲間を思いやる気持ちを持てってメッセージだ。ところが、そんな熱くたぎった血に冷水を浴びせるように、つながりすぎると絡め取られてしまうよと歌う「つながるな」は注意喚起を呼びかけていた。

絡め取られてどうなるのかっていうと、ここで例のワードが出てくる。コントロールだ。つながるとコントロールされちゃうよってわけさ。あれこれコミットすると、本当のことが言えなくなるから、孤独に生きる勇気と、ひとりで生きる覚悟を持て、なんてメッセージソングにも聞こえるが、ちがう。これはひっかけなんだ。「つながるな」は、アガラがネットにダイレクトに接続しないことを指している。接続したが最後、手繰り寄せられ、コントロール下に置かれてしまうぜって警戒する歌だ。――俺はそう思った。

そして、ふたつ合わせると、「つながれ、つながらないために」という不思議なメッセージができあがる。じゃあ、コントロールしようとしているのは誰なんだ？　こう考えていくと、答えはＤＡＩ（ダイ）以外にない。つまり、**やつら**だ。**やつら**の正体はわからない。ただ、強欲なのは確実だ。ハガイはそう考えている。その証拠に歌詞には、欲望を意味する言葉がさまざまなバリエーションで使われていた。greedy　avaricious　predatory　ravenous　rapacious……。強欲でしかも強い。そんな**やつら**の像が曲を聴くにつれて浮かんできた。

アタオカの曲の歌詞はすべてハガイによるものだった。メンバーを確認すると、ボーカルのルイ、ギターのアネリ、ベースのシェイダ、ドラムのヒョンの四人編成で、ここにハガイはいない。キング・クリムゾンって昔のプログレバンドにはピート・シンフィールドって作詞家がついていたけど、ハガイはアタオカ専属ってわけじゃなくて、アガラパンク全体に歌詞を提供しているみたいだった。

ハガイ作詞の曲を聴き続けて三日後、エレナが加入したスクリーミングウームスの初ライブの日になった。俺は日の入り前にダイヤルハウスを出た。畦道を歩いて水田を突っ切り、ＢＢストリートに出ると、穢岩（おいわ）神社方面に向かって人の流れができている。その足取りから、ひょっとしてみんなライブの客なのかなと思って一緒に歩いていると、はたしてそうだった。人の波に乗って、ＢＢストリートからヒルサイドに流れ、狭い路地を五分ほど漂った俺は、住宅街の中に〝音霊OTODAMA〟と書かれた看板（ボード）を見つけた。流れてきた人はみな、看板の横にある階段を下りて行った。

俺はその場に突っ立って、この看板（ボード）を眺めた。そこには「ソールドアウト／満員御礼」と書かれたマグネットプレートが貼りつけられてあった。俺は首をかしげ、その斜めに貼られた札（ふだ）を見た。盛況でなによりだとは思ったが、その理由は、共演するバンドにもあるみたいだった。出演の文字の下には四行あった。一番下のスリーピー・アイズという名前の横には〝ゲスト〟と赤字が添えられていた。それから、牛島フルスイングというバンドがその上に来て、スクリーミングウームスは上から二番目だった。そして、ヘッドライナーはアガラパンクの代表格のアタオカ。

ポケットに手を突っ込み、エレナから買わされた、この頃にはもうめずらしくなっていた紙のチケットを取り出した。中に入ると、当然のことながらフロアに椅子はない。暗がりの中にすでに結構な人数が肩を触れ合わせて立っていた。バーカウンターはなく、後方中央はミキシングブースになっていて、調整卓の前にはヒロさんが腕組みして座り、フロアをぼんやり見つめていた。会場の隅には、喉が渇いたら勝手に汲んで飲んでくれって感じで、でっかい給水器が備えつけられてあった。数名が早々と頭上でコップを振り、水をかぶって気合を入れていた。

会場が混みはじめた。俺は場内を見渡して、パンクのライブ会場にしては女性が多いなと思った。少なく見積もって四割はいたよ。中にちらほら「パンクスを導く女パンク」Tシャツを着たのがいた。

いよいよ場内が暗くなって、下手(しもて)からひとりの男がひょこひょこ出てきた。蜥蜴Tシャツはマイクの前に立つと、喋る前にシャツの蜥蜴をつまんでくいと持ち上げた。その茶目っ気あるしぐさに会場から笑いと拍手が起きた。やはりアガラでは蜥蜴は特別な意味を持っているのか、それとも、この男のマスコットロゴなのを承知している馴染み客のリアクションなのか、よくわからない。蜥蜴Tシャツは、ひさしぶりにアタオカがアガラに戻ってきて音霊(おとだま)に出るので、早々にチケットが売り切れ、なんとか見れないのかって問い合わせが殺到してたいへんだったと裏話を披露した。蜥蜴Tシャツの話からすると、アタオカはワールドツアーに出ていて、世界各地で公演してきたみたいだった。それが、パンクの聖地のロンドンやニューヨークじゃなく、北米だとテキサス、その他は、南米や東南アジアやアフリカや北欧だった。なんだかパンクっぽくないところばかり回るなあと思っただけで、ニュータイプのゾーンが発生しているところだってのはこの時点では気づかなかった。蜥蜴Tシャツは、それから、スクリーミングウームスは新しいドラマーを入れて、新曲を披露するって言うからこちらも楽しみにしてくれ、と煽り、拍手と歓声が収まるのを待った。

「今日最初に登場してくれるのは、スコットランドからのゲストだ。ぜひ温かい拍手で迎えてほしい。スリーピー・アイズ！」

アコースティックギターを提げて下手から出てきたのは、ネルシャツとジーンズ姿の髪の長い爺さんだった。ありゃりゃと思っていると、中央に置かれた椅子にどっかと座り、ギターを抱えたので、これはどう見てもパンクじゃないし、バンドですらない、大丈夫なのかと心配した。音叉を使ってチューニングしている。いまどき、こんなものを使うギター弾きもめずらしい。

「立ってやると間違えるので座ってやらせてもらうよ。早く踊り出したくてたまらないのかもしれないが、体力を温存しといてくれ」

爺さんはどう見てもフォークシンガーだった。パンク村でフォークを演奏る。アウェイもいいところだ。ただ、「引っ込め！」とか「帰れ！」なんて野次は起きない。この会場の雰囲気がまた不思議だった。いったいどんな音が聴けるんだろうという期待と緊張とちょっとした不安が混じり合い、フロアにどんより漂っているみたいだった。一方、爺さんのほうはなんども音叉をギターのボディに当てて糸巻きをいじりながら、

「スリーピー・アイズなんてバンド名ぽい名前でひとりでやってる。まるで詐欺だよな。ただ、たぶんこの名前でアガラに呼んでもらえてアタオカと同じステージで演奏れてるんだろうから、ラッキーだったよ、ふぉふぉふぉふぉふぉ」

などと最後は変な声で笑いながら、会場から笑いと拍手をもらっていた。このジョークに笑いで反応できなかった俺は、ハガイ作詞のアタオカの曲、「目覚めるな」に引っかけたジョークなんだろうかと訝しんだ。

咳払いをひとつしてスリーピー・アイズは歌いはじめた。シャウトしないで訥々と語るように歌うフォークソング。声はよく通った。噛みしめるように歌う歌詞は胸にすっと染み込んだ。詩の内容もまさしくそんな風だった。

区切られている柵さえ取れば水は混じり合ってひとつになれる、だから柵なんか取っ払おう。ひとつの秩序でひとつになった大同世界を讃えているようにも受け取れる。ところが、また別の像が浮かんできた。ひとつになるってのは、それはあなたと私の垣根がなくなるという意味だ。混じり合うのは個々の肉体という垣根を越えた心だ。濃密なロマンスに浸る快楽を歌っているようでもある。そう思って聴くとずいぶん艶かしい曲だった。と同時に、アタオカの「つながれ」みたいなメッセージソングにも聞こえるなと思ったら、歌い終わったスリーピー・アイズが、こんなことを言った。

「いやあ、自分で歌っていていい曲だと思ったよ、ハガイの詞のおかげかもしれないが」

曲が終わったときの拍手や口笛はお義理ではなく心からの喝采のように聞こえたが、スリー

ピー・アイズがこう言ったときには、いちだんと会場が沸いた。拍手を浴びながら、スコットランドから来たフォークシンガーは、

「でも、メロディもいいだろ。こっちは俺さ」

とつけ加え、次の曲もハガイの詞に自分がメロディーをつけたと紹介した。

どういうことよ。ハガイがアタオカ以外のアガラバンドに詞を提供していることは知っていた。だから、てっきりアガラパンク御用達の作詞家だと思ってた。それがどういう経緯で、スコットランドまで飛んで、フォークソングに変身しちゃったんだろう。

「じゃあ、もう一曲、ハガイに詞をもらって書いた曲を聴いてもらおうかな。いま歌った『水のように』のあとでなにかいい詞はないかと探していたら、これはどうだいって言われたんだ」

誰に？　ハガイにかよ？　と俺の口から声が漏れたが、それは会場の歓声と口笛にかき消された。ひょっとしたらハガイはスコットランド出身で、アガラに来てパンクに出会ったんだろうか？　俺の脳裡に突然、隣のバルコニーのデッキチェアに身を沈めていたあの男の顔が閃いた。スコットランド出身だって言われても不思議じゃない目鼻立ちだった。パンクにはとうてい見えなかったが、フォークギターでも抱えれば、広告代理店の社員からシンガーソングライターくらいには変身できそうだった。

「この曲はね、ケルトの民話から取ってるらしい。らしいってのは実は俺もよく知らないんだ。先祖代々スコットランドに住んでいるのに恥ずかしいんだけどさ。なので、本当にケルト民話がベースになっているのかどうかもわからない」

会場がどよめく。

「あはは。調べてみようかとも思ったんだけど、野暮だと思ってやめたよ。そう思わないかい」

ここでまた会場が沸いた。なぜそんなに受けるのかって？　いや、まったくわからなかったよ。ケルト民話かどうかさえあやしい詞をもらって曲をつけ、ケルト民話から着想を得た曲だと言って、スコットランドのフォークシンガーが歌う。これは、俺の感覚じゃ、ジョークだ。

ところがスリーピー・アイズはこんなことまでつけ足した。

「ただすごくそれっぽい、スコットランド人の俺から見ても」

それっぽい？　ケルト民話っぽいってことか？　会場がやんややんやと沸く中、俺はひとり首をかしげていた。

「とにかくアガラに来て驚いたのはやっぱり暖かさだ。スコットランドは冬が寒いんだよ。その気分がうまく現れている。で、ちょっと季節外れだけど、この曲を歌わせてもらうよ」

その「カルノラの冬」って曲はなかなか長かった。

カルノラってのは神らしい。けれど、さほど知恵が回るわけでもなく、力もたいして強くなかった。ただ、カルノラは人間に対する同情心はすごく強かった。あまりにも厳しく長い冬を支配する神々に人間たちが苦しんでいるのを見て、冬の神々に戦いを挑む。

ここで、アルペジオ奏法が激しいストロークに切り替えられ、ときにはギターのボディもドラム代わりに叩かれて、緊張感あふれる戦闘シーンが、巧みに表現された。メロディーに乗せて語られる壮大な物語に俺もまんまと引き込まれた。録音がないので、聴いてもらえないのが残念だ。

スリーピー・アイズはビブラートをかけず、シャウトもしないけれど、はっきり前に声を放つような歌い方に変えて、この戦いを歌い上げた。果敢に戦ったカルノラだったけど、弱点だった左の肩を狙われ、奮闘空しく敗北する。ただ、彼が負わせたダメージによって冬を支配する神々の力は弱まる。長い冬が終わって春が訪れる。五月になると人々は春の訪れに感謝して、カルノラを祀る。

曲の最後は、春の光の中で人々が輪になって踊っている様子が、口笛とギターと足踏みで表現され、会場もこれに足踏みと手拍子を合わせて盛り上がり、最後のコードが静寂に消えたあとは、また大きな喝采が起きた。スリーピー・アイズは満足そうに会場を見渡し、足元に置いていた水のボトルを取ってひとくち飲んでから、口を開いた。

「じゃあもう一曲、ハガイが書いてくれた曲を歌おうか。これは正真正銘アイルランド神話から着想を得てるって言ってた。まあハガイが言うことだから、あまりあてにはできないけど」

スリーピー・アイズは笑いが収まるのを待ってから、では、「ジャーミッドとグラーニャ」を聴いてくれと前置きして歌いはじめた。

若い男女の逃避行を歌うこれまた長い歌だった。

アイルランドの王家の娘グラーニャが、城に出向いた折に王に求愛されるが、城に集っていた騎士団の中の若い騎士ジャーミッドに一目惚れして、これを拒む。彼女は魔術まで使ってジャーミッドと相思相愛の仲になり、ついには駆け落ちする。

中盤はアイルランドの中を逃げ回る様子が歌われる。と同時にグラーニャの妊娠が発覚する。逃避行中の妊娠なんて、めでたいんだか不運なんだか判断に苦しむところだ。ふたりはついに追手に捕まり、ジャーミッドは瀕死(ひんし)の重傷を負う。グラーニャは助けてやってくれと王に懇願するが聞き入れられず、ジャーミッドはグラーニャの腕の中で死んでいく。

聴きながら俺は、吟遊詩人(トルバドゥール)って呼ばれることが多かったドノヴァンってスコットランド出身のフォークシンガーを思い出した。吟遊詩人ってのはすごーく昔、どのぐらい昔かって？ 勘で言っちゃうけど、十二世紀くらいじゃないかな。とにかくめちゃくちゃ昔、吟遊詩人(トルバドゥール)はギターみたいな楽器をジャンジャカ鳴らしながら、貴婦人を慕う騎士の物語を歌ってたんだってよ。いまのなんかはまさしくそんな感じの曲だった。

「昔はね、アコースティックギターを抱えて歌ってればフォークシンガーだって呼ばれてたけど、これぞ正真正銘のフォークソングだよ」

会場からまた歓声が上がる。よくわからないコール&レスポンスだった。取るに足らないつぶやきに、大げさに応答し、盛り上がるために盛り上がっているみたいな。

次が最後の曲だ。用意していないのでアンコールは求めないでくれよ、と言ってまた笑いをかき立ててから、ステージの男は、次に出演するバンドのためにすこし賑やかにやりたいので助(すけ)っ人(と)を呼ばせてもらおう、と続けた。すると、スクリーミングウームスのモモはアコースティックギターを手に、そしてエレナがでかいタンバリンのような太鼓と撥(ばち)を携え、ステージに現れた。

モモはギターを抱いてから、座ってアコギ弾くなんてひさしぶりと言った。スリーピー・アイズは、立って弾いてくれたっていいんだぜ、と言ったけれど、モモは、後半のステージまで脚を残しておかなきゃ、と言って座ったままカポタストをセットした。次にスリーピー・アイズはエレナを指さした。

「彼女が持っているあの太鼓を見てくれるかな。あれはバウロンって言ってスコットランドやアイルランドで使われる太鼓だ。ヨーロッパをツアーするときは、現地で叩ける人間を見つけるんだけど、日本じゃちょっと無理かなと思いながらも、いつもステージの最後はこの曲で締めるので、いちおう持ってきたんだ。で、探してもらったところ見つかったって言うんでね、ちょっとリハーサルで手合わせしたら、実に上手に叩いてくれた。彼女でレコーディングをやり直したいと思ったくらいさ」

スリーピー・アイズがそう言うとモモが、

「スクリーミングウームスに新加入したドラマーのエレナ」

と紹介した。会場が大いに沸いて、エレナは手を振ってこれに応えた。

「じゃあ、この曲でお終いにしよう。『ハロウィン』って曲です」

まず出だしはモモのギターのストローク。これにスリーピー・アイズがリコーダーのような縦笛で、ケルトっぽい旋律を加味する。そして、エレナがバウロンってでっかいタンバリンみたいな太鼓を撥で叩いて、うねりのある低く力強いリズムを繰り出し、ギターとリコーダーに絡んでいった。

前奏が終わると、スリーピー・アイズは笛を置き、ギターをかき鳴らし歌いはじめた。

さあ、冬だ
旧(ふる)い時間と新しい時間が混じり合うよ
死者と生者もまた混じり合う
扉を開けて招き入れ
交流するんだ
貧しい食物を分け合い
ともに語ろう
小さな灯火(ともしび)の下で
長い冬をともに

歌唱の部分が終わると、モモのギターのストロークをバックに、スリーピー・アイズの縦笛とエレナのバウロンとのインタープレイが会場を沸かす。縦笛が主旋律に戻ってインタープレイを終わらせ、スリーピー・アイズは、ギターに持ち替えると、モモのギターのストロークに合わせて弦の上で腕を振った。二台のギターの力づよいストロークによる和声とエレナが打ち鳴らすバウロンのリズムとが合わさって、楽曲は最高潮に達して、フィニッシュ。
歓声の中、スリーピー・アイズは、エレナにも拍手を送るようにジェスチャーした。エレナは、ケルト文化の伝統に敬意を表するかのように、バウロンを頭上に掲げながら、喝采を浴びた。

三人は立ち上がり、舞台の袖に引っ込んだ。

場内の灯りが薄く点灯し、司会役の蜥蜴Tシャツが出てきて、スリーピー・アイズ！　とコールし、ギターはスクリーミングウームスのモモ、バウロンを見事に叩いてくれたのは新加入のエレナだと紹介した。そして、最後のハロウィンって曲の作詞もまたハガイだとつけ加えた。トイレへの出口や、ウォーターサーバーに人が動きだした時、俺は狐につままれたような気分でその場に突っ立っていた。いくらなんでも受けすぎじゃないかと思ったんだ。どうしてアガラのパンクスは、ケルティック・フォークにこんなに敏感に反応するんだろう。

パンクとフォーク、このふたつを橋渡ししていたのはハガイだった。スコットランドからやってきたフォークシンガーがオープニングアクトを務めたことは、ハガイを鎹にすれば理解できる。でも、どんな経緯でハガイがスコットランドのフォークシンガーに歌詞を提供したのか？この謎は俺の中で燻った。と同時に、俺は穿ったことも考えていた。会場がやたらと受けていたのは、ハガイの詞の表面の意味よりももっと深いところにあるなにかを汲み取っていたからじゃないかって。

たとえば、「ジャーミッドとグラーニャ」って曲では悲愴な逃避行が歌われていたけれど、新しい季節の訪れも感じさせてくれた。最後まで王の求愛を拒んだ女のお腹には新しい命が宿っている。この子が生まれ、世の中を変えてくれるかもしれない期待に満ちたエンディングだった。最後の「ハロウィン」も、めぐる季節の中で、新しい時代が到来しているようにも聞こえた。

ＤＡＩ(ダイ)はアガラをゾーンとして指した。故障(グージャン)が起きている可能性があると判断したってことだ。ただ、その兆候を探しにきた俺たちは、なにも見つけられずにいる。だけど、ひょっとしたらそれは、古い新しさにあるのかもしれない、と俺は思った。大同世界(タートンシージェ)以上に新しくてよいものは生まれてこない。大同世界は人間社会の最終形態であって、マイナーチェンジはあるが、これを越えるシステムはない。これがＤＡＩの見解だ。けれど、スコットランドから来たフォークシンガーは古い神話を引っ張り出し、季節が巡ると、新しい芽がかならず吹くと歌った。これを、古い物語で現在(いま)を書き換えようとする試み、新たな世界に向かって歩み出す一団が上げた狼煙(のろし)だって解釈するのは、穿(うが)ちすぎだろうか？

ステージに、牛島フルスイングのメンバーが現れた。歓声が上がると同時に、人がステージに向かって波のように押し寄せ、さっきとはちがう興奮が充満した。

ギターとベースにプラグを差し込み、アンプのボリュームを確認してから、いきなり爆音でダッシュすると、鮨詰(すしづ)め状態の観客が、互いに体をぶつけ合って踊り出した。ハイテンションのエネルギーが発散され、会場がうねる。モッシュだ！　気がつくと俺はピットの中央、荒れ狂う波の真っ只中で揉まれていた。

もみくちゃにされながら、どこかに退避できる場所がないかと会場を見回した。パンクのライブ会場には、モッシュから逃れるためのセーフティーゾーンが用意されてあるはずだった。

俺は、フロアの両サイドが穏やかに凪いでいるのを発見した。そちらに泳いで行こうと体をひねった時、男がいた！

　ダイヤルハウスのバルコニーで言葉を交わしたあの西洋人。まだいたんじゃないか！　てっきり山を下りたと思ったぞ！　俺はモッシュ圏域から抜け出そうと、体をひねった。けれど、荒れ狂う波の只中で、簡単には身動きが取れなかった。なんども大波に押し戻されながら、岸に近づこうとしていると、男と視線がぶつかった。

　男は笑った。その白い歯を見た時、俺は声に出して言った。

「お前、ハガイだろ！」

　充満する爆音の中で、この声を聞くものはいなかった。男はやはり笑っていた。俺は、激突してくるパンクスの衝撃を逃がしながら、セーフティーゾーンへと向かった。けれど、あともうすこしというところで、男はくるりと背中を見せて、会場後方へと歩きだした。その先に出口がある。まさか帰るんじゃないだろうな。焦っていると、大きな波にどんと当たられ、俺はまた押し戻された。まずい。そう思いながら投げた視線が、会場を出て行く男の背中を捉えた。

　なんとかフロアの出入り口から脱出して抜け出た狭いロビーに男の姿はなかった。トイレにいてくれればと思ったが、誰もいない。

　思い切って階段を上がり、音霊を出た。ライブハウスの前の通りは暗く、ひんやりした空気が立ち込めていた。街灯のないアガラの夜は暗い。ＢＢストリートでは、店から漏れる灯りが通りをぼんやり照らしてくれるが、ここ住宅街じゃそれもない。だから、エレナなんか、朝に家を出るとき、懐中電灯を忘れずに持って行ってた。ダイヤルハウスまで帰る夜の畦道では、足元を照らす必要があったんだ。

　俺は地下から漏れ聞こえる重低音を聞きながら、暗い通りに立ち、両方向を見渡した。男が向かったのはきっとBBストリートだ、と思って踏み出す前に、念のためにと思ってヒルサイドのほうに首を回すと、なにかが光った。

　光が点滅していた。囁(ささや)くように瞬(またた)いていた。思わず、光のほうに靴先を向ける。歩きだすと、光も向こうへ動きはじめた。明らかに俺を誘っていた。走って一気に追いついてしまおうかとも考えたが、よしたほうがいいと思った。なのですこしずつ距離を詰めた。点滅する光は、前後上下に揺れながら、見え隠れしている。きっと手にした懐中電灯をぶんぶん振りながら歩いていたんだ。地面がその光を照り返し、その中に、前を行く男がぼんやり見えるときがあった。おそらくは革製だと思われる茶色くて小さなバッグを肩からたすき掛けにし、それを背中に回している。穿いているのは、チノパン。着ているのは、襟(えり)つきの無地の長袖シャツ。すこし長めの後ろ髪は束ねられ、カールして首筋に落ちていた。あいつにまちがいない。どうして会場の外に連れ出すんだ。目が合ったときに「やあ」と手を上げて、ロビーのほうを指さしてくれれば、焦ってモッシュの海で溺れそうにならずにすんだのに。

　通りはさらに暗くなり、足は動かしているものの、進んでるのかさえ覚束(おぼつか)なくなった。真っ暗なスポーツジムでトレッドミルの上を歩いているみたいな気分だったよ。どこへ行くんだろう。これ以上ヒルサイド方面に行ってもめぼしいものはなにもないぞ。ツーリスト・ビューローでもらった地図を頭の中で思い描きながら、俺はすこし不安になった。突然、夜風が頬をなで、草の匂いが鼻をつき、スニーカーの底から伝わる感触が柔らかくなって、俺は思わず足を止めた。

草原にいた。見上げると、満天の星があった。ムササビで滑空しているときに見たインドネシアのあの空に負けないくらいの星の数だ。視線を下げると、前方はまた闇に支配され、男の手の中の懐中電灯だけが光を放っていた。突然、その光がぐるぐる回りだした。来いというサインだと理解し、また足を前に繰り出す。前方の揺れる光以外に網膜を刺激するものがなにもない空間を、俺は歩いた。ロリンズ・スクエア・ガーデンにいることだけは確かだと思って。夏フェスの会場になるくらいなのでやたらと広い。いったいどこまで歩かせるつもりなんだ。

ふと、前を行く光が停まってこちらに振り向き、俺の目を直撃した。眩(まぶ)しくて手をかざしたよ。ふいに光は俺から離れ、こんどはほど近い場所を照らした。懐中電灯が作る光の輪の中に、木製の粗末なテーブルと椅子があった。

男は、テーブルに近づき、懐中電灯を喇叭(らっぱ)口(ぐち)を下にして、天板の上に立てた。すると、光源が喇叭口から移動し、こんどは軸から光が周辺に放射され、ランタンみたいに周囲をぼんやり照らしだした。

やはり、あの男だった。

「ま、かけてくれ」

反響するものがなにもない草原の中で男の声はか細かった。俺は椅子を引いて、

「なんでこんな所にこんな席が」と尋ねた。

男は手を上げて斜め上空を指さした。闇の中にうっすら見えたのは、巨大な建造物の影だった。夏フェス用のステージを見上げ、俺はいつのまにかロリンズ・スクエア・ガーデンの前方まで来ていた。

「ここは作業員の休憩場だ。弁当を広げたり、コーヒーを飲んだりするためのテーブルさ」

「だったら、セルフサービスってことだな」

「ああ、フェスがはじまればたくさん出店が並ぶけど、いまは持ち込みだ。だから持ってきた。コーヒーでいいかい」

男はたすき掛けにしていた小さな革のバッグから魔法瓶とマグカップをふたつ取りだし、注いだあと、湯気のあがるマグをひとつ、俺の前に置いた。

「最初からここに呼び込むつもりだったのか」

と俺は尋ねた。男は薄く笑って自分のを持ち上げてひとくち飲むとまたテーブルに戻した。

「そっちこそ俺を探していたんだろう」

お待たせしたね。いよいよ、**あいつ**と俺が呼んでた御仁にすべてを語ってもらうときが来たよ。うん？　最初登場したときから、この男じゃないかって思ってた？　まあそうかもしれない。ただ、そんなことはどうでもいいんだ。謎はそんなちっぽけなところにはない。これから明らかにするのは、世界はどうなっているのかってでっかい謎だから。またすこしややこしい話になるよ。だから、俺たちもコーヒーを淹れよう。

4　ようやく登場したあいつの長い話

遠慮することないさ。インスタントで悪いけど、眠気覚ましにはなるだろう。あともうすこし喋(しゃべ)んなきゃいけない。これが終わったら飯にするから頑張ってくれ。

さて、あの夜の話に戻ろう。ちょうどこんな感じで、テーブルの上にマグを置いて、俺は男と向かい合ってた。コーヒーが注がれたマグから湯気が立って、ランタンの淡い光の中でそいつはやたらと白かった。

「……そういえば彼女のステージを見なくていいのか」

男は薄い笑いを口元に漂わせてた。誘い出しておきながら、なに言ってやがる。

「俺があそこにいてもなにができるってわけでもないからな」

そう答えた俺の口調は前と比べてずいぶんぞんざいなものになっていた。

「だったら怪しい男を追跡したほうが賢明だってことか」

俺は無視して黙っていた。

「さすがは北京芸術学院。打楽器ならなんでもこなすんだな、彼女」

「……そのキャリアは本当なのか」

「おっと、ガールフレンドがどこの大学を出たのかくらいは口裏を合わせておかなきゃな」

俺はあっさり墓穴を掘った。だから、畑ちがいのシロートを使ってもろくなことないんだよ、と思った。

「猿芝居はもういいだろ」

男は笑った。この余裕綽々って感じの笑いが男の素性を闇の中に包み隠していた。この男がハガイなのか。それともアガラ首脳陣のひとりなのか。どちらにしてもあまりいい状況ではない。ただ、こちらをとっ捕まえて拷問する気はないみたいだ。

「打楽器科だったんだが、突如として学者の道を歩みはじめたらしいね」

明かされたエレナの経歴は、前半は予想通りだったが後半は意外なものだった。学者？　なにを研究してるのだろう、しかし、そもそもこの男の言うことを鵜呑みにしていいのだろうかと思い返し、俺は迷った。

「ところで――」男が急に改まった。「北京で君を面接したのは誰だ」

答えていいものか迷っていると、

「レホイかい？」と重ねて訊かれた。

それがグエンのファーストネームだと思い出すまで、すこし間が必要だった。

「レホイはいま大変な状況なのさ」

男がハガイだと思っていた俺は、当てが外れたことにがっかりすると同時に、これで正体がほぼ確定した、とほっとした。

「あんたが、先発隊で先に入ったんだな」

「そういうことだ、もうかなり経つが」

「で、現時点でのあんたの役割はなんなんだ」

「君らを見守ることさ。困ったことがあったら助けるつもりだし、変な方向に走らないように監視もしている」

「つまり、先に潜入して、俺たちを待っていたってわけか」

「そうさ。いまかいまかと待ちわびていたよ。こっちには君らみたいな技能がないんで、手詰まりになってね。レホイに泣きついて応援を要請したんだ」

叩けたり弾けたりするのを寄越してくれ、とグエンに言ったんだとしたら、俺がこんな目に遭っているのは、お前のせいだぞ、と抗議しようとした時、

「とにかくいまレホイは大変なんだ」と男は話題を戻した。「君がインドネシアで体験したような、ニュータイプの故障（グージャン）が各地で起きているのは聞いてるよな」

「ああ、インドネシアのあとすぐ北京に呼ばれて、ここに送り込まれたんだ」

「光栄だと思うべきだな。その同時多発的故障の中心は東アジア、しかも日本じゃないかってＤＡＩ（ダイ）が注意喚起しはじめているんだから」

「同時多発的なのに、中心だなんて矛盾してるじゃないか」

「たしかに。ただ、中心はないように見えて実はあるなんてのは、ＤＡＩがまさしくそうだろ。

正式名称を思い出してくれ。分散型自律機関（Decentralized Autonomous Institution）だぜ。分散してるって言われても、大同世界（タートンシージェ）で軍にいれば、権力はＤＡＩに一極集中しているとしか思えないのでは」

それは日頃から俺たち兵士が痛いほど感じていたことだった。

「そのＤＡＩに、東アジアが怪しいぞって注意されてるんだから、地域統括長としては焦って当然さ」

「だったらレホイは、もうちょっとマシなのを選ぶべきだったな」

このとき俺は、自分のことを指してそう言ったんだけど、

「たしかに、彼女は正規の捜査員じゃないからな」

と男はエレナのことだと誤解したみたいだった。

「そして彼女が得意とする演奏参与調査ってのがどの程度のものなのか、俺にもよくわからない。ただ、いまのところは見事にやってるじゃないか」

「演奏参与調査ってのは？」

「聞いてないのか。言葉の通りだ。現地の演奏に加わりながら調査する。音楽人類学のフィールドワークの調査法らしい」

音楽人類学。言葉を聞いても、いったいなにを研究する学問なのか、とんと見当がつかなかった。

「一緒に演奏するとなにがわかるんだ」

「現地の音楽と宗教との関係だ。彼女の専門は音楽における宗教性なんだってよ」

俺は首をかしげた。

「じゃあ、もうすこしだけ説明しよう。宗教にまつわる音楽ってものがある。教会で歌われる賛美歌が神に、雨乞いの歌がその土地の神に捧げられるように。彼女は音楽が生まれる場に参加して、それを調べるわけさ」

なるほど。アートショップのオーディオ装置で鳴らしたピグミーの森の中での合唱は、神に捧げる歌だったんだな。ひょっとしたら、あのコーラスにエレナの声も交じっていたのかも。すくなくとも手拍子くらいは叩いていそうだ。ともあれ、バンドに潜り込んで捜査しようって提案は、彼女が研究で使う手法だったようだ。

「はあ。で、参加するとなにがわかるんだ」

「気持ちだろうな。現地人の気持ち。一緒に演奏し、歌ったりしていると、雨乞いをする村人の気持ちになって、より詳細なレポートが書けるんじゃないのかね」

「もすこし詳しく言ってくれ」

「そうだなあ。不合理だけど信じようとする心。信じることによって生み出されるなにか。そんなものが、演奏という形でコミュニティに参入することによって、ヴィヴィッドに描写できるようになるんだろう」

なるほど、軍が彼女を雇う理由はこれか、と俺は納得した。俺たち兵士は、現地に入っても、オラオラと銃で威嚇することしかできない。けれど、エレナは、現場と溶け込み、現地人の気持ちになって調査できる。たしかに、こんな人材は軍にはいない。

「だけど、彼女がより詳細なデータを収集できるとして、そんな情報もらって軍はどうしようってんだ」と俺は尋ねた。

「ジャッジのために使うんだろう」

「なんのジャッジに」

「暗黙の宗教（implicit religion）、宗教の代理母（surrogate）、呼び方はなんでもいいが、これはもう宗教だって考えるしかないってレポートが彼女から上がれば――」

　暗黙の宗教？　宗教の代理母？　なんの専門用語だよ。

「――それを踏まえてＤＡＩ（ダイ）はジャッジする。黙認か、警告（ジンガオ）か、修理（リペア）か、はたまた漂白（ブリーチング）してしまうのか」

「漂白するって？」俺の声が思わず裏返った「ゾーンに出動したことはなんどもあったけど、漂白の指示なんて受けたことないぞ」

「インドネシアがあっただろう」

「ちがう。あのときは、ＤＡＩとの交信ができなくて、俺とジョーが勝手に応戦してそうなっただけだ。それに殺したのは三人。ほかの村人にはかすり傷ひとつ負わせてない。漂白とはちがうさ」

「ただ、反撃されて射殺したことは確かだ。つまり警告は受け入れられなかった。そして殺した、そうだろう」

　いや、警告する前にいきなりやられたんだから、状況はもっとひどいとも言えた。

「グエンは大変な状況だって言うけど」俺は話題を戻した。「情報機関なんて、いまはＤＡＩの指示で動くしかなくなっているんだろ。どうして俺が選ばれたんだって訊いたら、ＤＡＩが選んだんだからしょうがない、みたいな態度だったぜ。自分で工作員の選定もできないんだから、大変な状況になったって、ＤＡＩの指示を寝て待てばいいじゃないか。焦ったってしょうがないぜ」

「それはどうかな」と男は笑った。「レホイが君を選んだ可能性だってないわけじゃない」

俺は驚いた。

「なんだよ、だったらグエンが嘘をついたってことになるぜ」

「嘘ぐらいいくらでもつくさ」

「えっ」

「レホイは食わせ者だからな」

おいおい、いったいなにを言い出すんだ。

「情報機関なんて化かし合いが商売みたいなものだ」

「……待ってくれよ、じゃあ、なにを信じりゃいいんだ」

「そこが狙いだったのかもしれないな。ＤＡＩが出した結論ならそれは最適解だと受け止めなきゃならない。ＤＡＩが君を選んだと言えば最適任者は君になるんだから」

「狙いってなんだ。俺はまさしくそんな風に説明されたんだけど、嘘だって言うのかよ」

「素直だな。レホイならそれを口実にするくらいはやるさ」

「おいおい、グエンが自分の意志で俺を選び、それをDAIの選択だって体裁にしたって言うのか。もしそうならレホイは俺に嘘を――」

と言いかけて、そうか嘘くらいはいくらでもつく男なんだとさっき言われたばかりだと思い出し、

「なら、なんのためにそんな手の込んだことをするんだ」と話の流れを変えた。

「さあな。それに、DAIが君を選出したと見せかけて、実は選んだのはレホイだってのは、あくまでも俺の想像で、可能性としての話だから」

「可能性でものを言っていいのなら、いくらでも言えるじゃないか。星の数ほどある可能性の中から、DAIじゃなくてグエンが俺を選んだ可能性を持ち出したのはなぜだ」

「さっき言ったように、やつが食わせ者だからそう言ったまでさ。そのくらい教えてやらないと君が気の毒だと思ったからだ」

こんどは懐柔するような口調になって、わかったよ、そうむくれるな、と男は笑い、またこう尋ねた。

「面接でレホイにされた質問でおかしなものはなかったか。つまり、こんなこと訊いてなんになるんだろうって不思議に思った類のやつさ」

俺は考えた。

「やっぱり一番突拍子もなかった質問はあれだな、プロのバンドマンとしてのキャリアを訊かれたことだ」

「まあ、それは絶対に訊くだろう」

「でも、どうせなら技量の程度をもうちょっと確認すべきだったよ。俺をギタリストに迎え入れるバンドなんてないと思うぜ」

「ただ、ロックバンドに在籍していたキャリアやロックに関する知見がピックアップの理由になったのはまちがいない。そこは君のほうが彼女より勝（まさ）ってる点だ。それに、後手に回ると大変なので、贅沢言ってる余裕がなかったのかもしれない」

たしかにグエンは面接の終わり際にそんな台詞を吐いた。

「そうして君は選ばれた。パートナーとして彼女が選ばれたのは、音楽と宗教の専門家だからだ」

「あんたとグエンとの関係は」と俺は尋ねた。

「長いつきあいだとだけ言っておこうか」

その冷笑含みの意味ありげな口ぶりで、俺はなんとなくふたりの関係を察知した。

「名前を訊いてもいいかな」

「コードネームなら」

「グエンにもらったんだな」

男がうなずいたので、やっぱりねと思った。

この男はグエンが手塩にかけて育てた捜査員だ。身寄りのない不幸な生い立ちの子供たちの中から、見込みのある子をピックアップし、幼少期から徹底的に訓練して、プロ中のプロとして鍛え上げる、そういう伝統が情報機関にはあった。

　もっとも、こういう〝作品〟は統一以降はもう作られなくなっていた。どんな境遇の子供であっても、平凡な人生を送る権利があるという考えが徹底されたし、そのような人員が必要な状況は過去のものだという認識も広がっていたからね。歳恰好から判断して、男は最後の世代なんじゃないかって気がしたよ。

「フェスタス」と男は自分の名を告げた。

　変な名前だなとは思ったけど、不思議なことに名前がつくと、男のいかがわしさ、得体の知れなさはかなり目減りした。

「とにかく警戒すべきは宗教だ」とフェスタスは言った。「アガラではロックと宗教が融合してるんじゃないかってＤＡＩ（ダイ）が疑いはじめてるんだろう」

　それなりに説得力のある説明だったけれど、

「だけどさ、アガラパンクに宗教性を探したって無駄じゃないかなあ。どのバンドも神様なんてひとことも歌ってないぞ」と俺は言った。

「それは甘いね。宗教のようには見えないけれど実は宗教だってものがあるって疑うべきなんだ」

　似たようなことをエレナも言っていたなと思い出し、

「てことは、やっぱりエレナはアガラのパンクの宗教性をマジで調査しているってことなのか」

「それが彼女の専門だからな」

「宗教のようには見えないけれど実は宗教って、いったいどういうものなんだ」

「それは専門家に訊いてくれ」

「訊くさ。けど、あんたがどう思っているかを教えてほしい」

「わかった。どこまで納得してもらえるかわからないが、やってみよう」

フェスタスがふと指を持ち上げ、俺を指さした。

「君ら兵士はお守りを身につけて出動することがあるだろう」

その指先は俺の首にかかっているジョーからもらったペンダントを指していた。つるつるした乳白色のうずらの卵みたいな石に糸を通したやつ。インドネシアのあの村の広場で、俺がロケットランチャーを取りにダッシュする前、こいつをつけてれば絶対に弾に当たらないと言って貸してくれ、別れ際に大阪でくれたものだった。

「お守りってのは宗教なのかよ」

「そりゃそうだろう。神々を祀る神社が売っているんだから」

「だけどこれは、戦場に行くときに妹が作って兄に持たせたものだぜ」

ジョーの妹が聖母マリアの生まれ変わりでもない限り、このペンダントに宗教性なんてあるはずがない、あるのは兄を気遣う妹のまごころだけだ。

「なるほど、たしかにそうだな」フェスタスがうなずいた。「ただ、宗教性がないとは言い切れないぞ」

「どうして？」

「不合理だよ。つまり理性的じゃないってことだ」

「なんでもかんでも理性的でなきゃいけないのかよ」

「だから程度によるのさ。世界市民は自由で平等だと言うが、と同時にＤＡＩ(ダイ)は合理的・理性的であれと世界市民に求める。合理的でないがゆえに、人間を不平等に扱う。また、ＤＡＩが宗教を警戒するのは、不合理なのに人を惹きつけるからだ。そういう意味ではお守りってのは、その発行元が神社であろうが妹だろうが恋人だろうが、合理性からは逸脱している。ひょっとしたらＤＡＩは、モンサンミッシェル修道院を背にして写真を撮っている観光客よりも、肌身離さずお守りを身につけている兵士のほうを問題視するかもしれないな」

つまり、フェスタスは、いかにも宗教然(ぜん)とした立派なものを崇(あが)めるよりも、取るに足らない不合理ななにかを密かに信仰しているほうが危険だ、荘厳な宗教施設よりもお守りのペンダントのほうを警戒すべし、教会の賛美歌よりもアマゾンの密林で歌われる雨乞いの歌のほうが、レナード・コーエンの「ハレルヤ」よりもアタオカの「エデンから遠く離れて」のほうが、ヤバいって言いたいらしかった。いや、らしいじゃなくて言いたいのだ。さっきフェスタスは、宗教のようには見えないけれど実は宗教だってものがあると言ったじゃないか。これはまた、いかにも過激だとふるまっているより、こっそり過激なほうが要注意だと言ってたエレナの意見にも重なって聞こえ、こうなると、エレナもまた観光地化した修道院より妹がくれたペンダントのほうがヤバいって言いそうな気もしてきた。暗黙の宗教。宗教の代理母。――さっきフェスタスが口にしてた言葉はこのことを指しているんだろうか。

「あくまでもアガラパンクの中に宗教的な危険があるって言いたいんだな？」

「いや、しつこいようだけど、それを調べるのが君たちのミッションだって言ってるだけさ」

そんなことどうやって調べればいいんだよと俺は思った。

「彼女はうまくやった。残るは君だ。部屋で音源を聴きまくるのもいいが、ギターとアンプまで買ったんだから、もうすこし練習して、どこかに潜入してほしいね」

「それを期待されてもなあ」

「じゃあ、いざってときのために、もうひとつの技術を磨いておくんだな」

「なんだよそりゃ」

「兵士としての戦闘能力さ。空手と柔道のブラックベルトは伊達(だて)じゃないはずだ。そういえばアガラにはＭＭＡのジムがある。行ってきたらどうだ」

「だけど、〈故障(グージャン)あり〉の判定が出たとしても、沙汰としてはせいぜい警告(ジンガオ)止まりじゃないのか」

「いや、そうとも限らないだろ」

こういう言い方って、とりあえずそう言っておいただけなのか、それとも本心からの発言なのかが、わかりにくい。だから俺は尋ねた。

「個人的な考えでいいから、聞かせてくれ。警告以上の事態に発展する可能性があるのかどうか」

「警告以上か……、どんな状況をイメージしてるんだ」

「俺たちがレポートを送った後、故障という評価がＤＡＩ（ダイ）から下される」

「それはもちろんあるさ」

「修理（リペア）は？」

「あるだろうな」

「さらに漂白（ブリーチング）しろという命令が来る」

フェスタスがうつむいて考え、ふと顔を上げてから、

「ある」

なんて言ったもんだから、俺は言葉を失った。

「もっとも、幼い子供には罪がないからそこは漂白じゃなくて修理にするだろうが。さて、アガラはパンク芸術家村だって言っていた君としては、納得できないかい」

「そうだな。漂白はいくらなんでもって気がする」

「じゃあこんどは君の目に映るアガラを教えてくれ」

いいとも、と俺は言って唇を舐めた。

「その土地で歌われているロック民謡がアガラパンクだ。このご当地ソングとギター工房と小さな温泉とオレンジを観光資源にして自治を営んでいるエリアを、ヤバい宗教の巣窟だと決めつけて漂白するなんてのは、いくらなんでもやりすぎだ。たとえアガラパンクが反世界的なメッセージを歌っていたとしても」

「……いやそれは甘い」

きっぱりした返答に、なぜだと聞くのが一瞬遅れた。

「ワクチンを拒否してるからな」

「ちょっと待ってくれ、ワクチンを射つ射たないは自由のはずだぜ」

「建て前では。ただ、DAI(ダイ)が作ろうとするこの世界に反抗的だってことは確かだろう」

「だけど、建て前がそうなら漂白(ブリーチング)は無理だろ」

「確かに。じゃあ逆に君に訊きたい。ワクチンは無料(ただ)だ。それなのになぜ射たない」

「それは射ちたくないからさ」

「なぜ」

「さあな」

「**コントロール**だよ」

ずん！　その言葉は俺の鳩尾(みぞおち)あたりをしたたかに殴りつけた。あまりにも不意だった。

「コントロールこそがDAIの技術の中核にある。コントロールすることによって人々の安らかな生活が維持されている。また、DAIが人々に合理的であれと求めるのは、そのほうがコントロールしやすいからだ」

「それはわかってるって。DAIのコントロールを拒否することが反世界的だってこともある程度は認めてもいい。だけど、ワクチン拒否をそこまで目の敵にするのはなぜだ」

「きっかけがワクチンだったからさ」

「きっかけ？　なんの」

「コントロールする技術が革新的な発展を遂げたきっかけさ。例のウイルスの大流行だ。あれはいつだったっけ、三十年以上前だから、若い君は知らないだろうが、聞いたことくらいはあるだろう」

もちろん、と俺は答えた。ゾーンからＤＡＩにレポートを送る時、長い長いリストのはじめのほうにワクチンの接種／未接種の項目があった。実際、未開化ゾーンでは未接種の項にチェックを入れることは珍しくなかった。

「瞬く間にウイルスが世界中に広がり、人と人とが会えない状況になって大混乱になった。いまふり返ってみると、スペイン風邪や、ペストほど強烈なウイルスってわけでもなかったんだがね。後年、〝ただの風邪〟は言い過ぎだけど、〝かなりタチの悪い風邪〟程度だったたって見解が一般的になった。けれど当時の人々は恐れた。なぜかって？　罹っている人がとても多く、そして自分もいつ罹患するかわからず、そうなったら、ある一定の確率で死ぬからだ」

それは俺が知るこのウイルスの常識と符合していた。

「でもこんなことは当たり前で、人が死ぬ可能性なんていつだってある。航空的士に乗ったってあるし、自宅のプールで泳いでも足が攣れば溺れて死ぬ。夜床に就いて、心臓が停止して、そのままそれこそ眠るように死ぬなんてこともないとは言えない。けれど、これらのイメージは、思い描くことはできるけど、遠くでぼんやり霞んでいるものだった」

「どうしてだ」

「いちいち報道しないからさ。そんな死もあるかもしれないが、身近に起こらない限りは、大抵の人は見ないですんでいた。ところが、このウイルスについては、今日の感染者は何人だ。誰々が死んだ。というニュースがひっきりなしに流され、人々の心に、このウイルスという細菌に感染して死ぬというイメージが鮮明に焼きつけられることになった」

フェスタスの口元に漂う笑いを見ていると、なんだか、いちいち報道したのは、そんなイメージを焼きつけるためだったって言ってるような気がしてきた。

「ただ、この時代はもう、人命を持ち出せば、ほとんどの反論はねじ伏せられる世の中になってた。人の命ほど尊いものはない、人命のためだと言えば、大抵のことはまかり通った。だから、人と人は接触を避けるべきだってことになり、人は会社に行かなくなり、レストランで食事をとらなくなり、経済活動が止まり、マネーの循環がスローダウンし、金融システムがその遅さに痙攣しはじめた。そして、この状況を打破するためには、ワクチンしかないってことで世論がまとまった。それで、ほとんど効きもしないワクチンが急ごしらえで製造されたんだよ」

「え、当時は効かなかったのかよ」

「いまだって効くのかどうか怪しいものさ。何回射ったたって、立派に罹患するじゃないか」

「だけど、射ったほうが重症化リスクが軽減できるって話だぞ」

「そういうことにでもしなきゃ言い訳が立たないからだろ。ただ、もうさすがにそんなこともなくなったが、開発当初のワクチンで重症化した例は結構あった」

「それはデマだって話だぜ」

「だから、デマでなきゃ困るわけさ。あれだけ大量にばら撒いちゃったんだから。ワクチンの危険を煽るような人間は陰謀論者にしておかなきゃまずいだろ」

「ちょっと待て。じゃあ、効きもしないワクチンはなんのために射ってるんだ」

「そこが肝心だ。人々の心に焼きつけられたイメージを描き換えるため、これにつきる」

わからない。そうつぶやいて、俺は手元のカップを引き寄せてひとくち飲んで続きを待った。

「さっきも言ったように、当時の人々の心には、ウイルスに感染し、一定の確率で死ぬというイメージが刷り込まれていた。このイメージが、人々を引きこもらせ社会を麻痺状態に陥らせた。社会を正常な状態に戻すためには、イメージの描き換えが急務だった。つまり、なんとかしなきゃいけないのはウイルスよりもイメージのほうで、ワクチンが効く効かないなんてのは二の次だったんだ。だってもともとたいした強毒性はなかったんだから。本来なら、適当に気をつけて、死ぬときは死ぬ、死ぬやつは死ぬ、でよかったのさ」

決めつけが過ぎるなと俺は思った。ウイルスの毒性についてのジャッジがあまりにも楽天的なのも気になった。

「となると、ワクチンを開発したとしても、ただそれだけじゃ駄目だったんだ。地球上にワクチンをあまねく行き渡らせることが必要だった。なぜならば、この当時は、国境はまだあったけれど、人は国境を越えてさかんに移動していたからね。遠くから新たな変種がいつ運ばれてこないとも限らない。つまり、このイメージはある二律背反を作っちゃったんだ。生きるってことは常に死の確率の中で生きることにほかならず、死を怖れてばかりいてはなにもできない。だけど、なにより尊い人の命を危険にさらすことは人倫に悖る。こんなぐあいに身動きが取れなくなっちゃったわけさ。そしてこの状況は強烈なコントロール技術を確立するには都合がよかった」

あまりにもわけがわからなすぎたけれど、本当に喋りたいのはこの先にあるのだろうと思い、俺は黙って聞くことにした。

「まず、『死を怖れていてはなにもできない』のほうは若干分が悪かった。とにかく『なにより尊い人の命』ってのは、どえらいパワーワードだったからね。そして、地球上のどこに住んでいようがどんな命だってみな平等に尊いんだというお題目とともに、世界中にワクチンがばら撒かれはじめた。ここで重要なのは、このときからすべての命はみな平等に尊いってことになったってことだよ」

「そんなの、そのずっと前から常識だったはずだぜ」

「ああ、言論空間ではね。ただ現実はそうじゃなかったさ。ニューヨークのウォール街のバンカーたちの命は、アフリカのガーナの小さな村で布を織っている老女の命よりも大事に扱われていた。実際、ウイルスが世界中を覆った頃はまだ、まともな近代医療の世話になれるのは世界人口の10パーセントくらいしかいなかった。だけどこの時、すごく頭のいい連中が、地球上の人の命はみんな尊いんだとさりげなく宣伝しはじめた。実態はそうじゃなかったにせよ、そう口裏を合わせるのがまともだって空気が支配的になっていたから、これは効いた」

呆れた理屈だったが、その先を聞きたかったので、俺は黙っていた。

「次に解決すべき課題は、このワクチンをどうやってあまねく配布するか、だ。むしろこちらのほうが難題だった。効く効かないなんていうのは曖昧にごまかせる。効いちゃいないのに効いたって思ってる人や、勝手に治ってワクチンのおかげだと信じてる連中はいまもいる。だけど、届いてないのに届いたという人はいない。どの地域で何人が感染しているか、足りていないエリアの特定と必要な数、それを最も効率よく配布するにはどのルートを選択するべきか、これらに瞬時に答えを出すシステムが必要になった。そして、頭のいい連中はそれを作った。感染者とワクチンの量と位置を把握し、必要な人に必要なだけのワクチンを回すシステムがかつての国連に提供された。これはとても優れていたので使わない手はなかった。いいことだとみんなが思った。ここが重要だ。善きことをもたらす技術なんだから使うべきだ。そしてこの技術っていったいなにをするためのものかと言うと――」

その先を言ってみなとでも言うようにフェスタスは俺を見た。あの言葉が俺の口から漏れた。

「**コントロール**」

ぱちん。フェスタスが指を鳴らし、満足そうにうなずいた。

「つまり、ワクチンの配布を契機に、コントロールが急ピッチで強化されていったんだ。ファックスを使って感染者の数字を報告していた日本は、マイナンバーなんてパーソナルカードを作って個人情報を管理しようと躍起になった。さて、次はなにをコントロールしたと思う？」

わからない、と俺は言った。答えを聞きたくてうずうずしていたから、考える時間が惜しかった。

「健康。健康であるということは善きことだ。だったら健康になるためのデータはもっと取ったほうがいい。この理屈はわかりやすいだろ。一日の運動量、脈拍、血圧などの情報を日々吸い上げて、健康でいられるためのアドバイスと薬剤を送るために使われている技術は、実はまったく同じなんだ。血糖値が基準値を超えたら、すぐに処方箋が出され、そのデータを転送すれば、薬が自宅まで届くことを人々は歓迎した。なぜなら人の命は尊いから、健康であることは善きことだから。そしてできたのが――」

フェスタスはまた、その先を促すように俺を見た。

「バイオチップ」

ぱちん。指を鳴らす乾いた音が草の上で起きた。

「これらは基本的にみんな同じ技術、コントロールの技術によって遂行されている。そして、この導入にも、ほとんど異議は出なかった。この技術のおかげで、生活が安全に保たれ、疾病手当が速やかに振り込まれるんだから。これが大統一後にDAI（ダイ）に発展し、飢餓根絶プログラムやユニバーサル・ローンをもたらすわけさ。つまり、**DAIの本質はコントロールだ**」

コントロールという語が、ハガイ曼荼羅やハガイの歌詞の「コントロール」と結びつき、俺の心を乱した。

「ところが、アガラはワクチンを拒否している。罰則規定はないものの、非接種はやっぱり反DAIだ。そして、その反DAI的行為を個人じゃなくて集団でおこなっていることがまた問題だ。これに宗教が絡んでくると大問題になる。スクランブル電波の散布も見過ごせない。さらに、手術してチップを抜いているとなるとどうだ。ここまで揃ったら、最も過酷な矯正処置をDAIが指示しないとも限らないさ」

「ちょっと待ってくれ、抜いてるやつがいるってのは調べがついてるのか」

「いるさ。少なからず」

「どうやって調べたんだ」

「ツーリスト・ビューローで相談してみな。抜きたいんだけど、と。すぐに紹介してくれるよ。怪しげなタトゥーショップじゃなくて、ちゃんと医学部を出た村の医者をね」

　フェスタスの笑いが苦く歪(ゆが)んでいたので、思わず俺は訊いてしまった。

「まさか、抜いたのか？」

「しょうがないだろ」

「まじかよ」

「そうしないと信用してもらえないからさ。いろいろと不便なことはあるがね」

　俺は戦慄した。俺だって、身バレ(アウト)しないよう、チップから軍の履歴を消してもらっている。ただ、抜くまではしていない。まだ世界市民としてこの大同世界(タートンシージェ)に登録されている俺には、複利厚生を受ける権利が残されている。けれどフェスタスは、その権利を捨ててまで、捜査のために抜いた。筋金入りの捜査員だ。それを知ってるのはグエンだけだろう。もしいきなり、グエンが卒中かなんかでポックリ逝っちまったらどうするんだよ。

「それは大丈夫さ。たしかに、潜入前までのデータは空にしたけれど、バックアップはとってくれてるはずだ」

どうやら、任務が終われば新しいチップに入れて、そいつをまた埋め直してもらうつもりでいるらしい。たしかにそのくらいの当てがないと、こんな大胆な捜査はやれないだろうって思った。

「最近生まれた子供は、バイオチップを埋め込んでさえいないようだ。彼女が加入したバンドのドラマーは妊娠中だけど、出産してもＤＡＩ(ダイ)に届けを出さないだろう」

「それは子供にとっては不幸なことなんじゃないか」

「ある種の虐待になる。昔、信仰の自由がいまよりも大っぴらに認められていた時代には、カルト宗教を信仰する家庭で育った子供の不幸が問題になった。もしチップなしで育てられた子供が、アガラを出て都市で生活したいと思ったら、大変な苦労をすることになる。というか保護してやらないと生きていけないんじゃないか」

だとしたらアガラがやっていることは許されるべきではない。こうなると、さっきフェスタスが、幼い子供は対象外になるだろうって言ったのは、罪のない子供を救出する作戦の一環だったと主張して漂白(ブリーチング)を正当化する方便のように思えてきた。

「しみ」と俺はつぶやいた。

美しく整った世界に紛れ込んだ汚点。穏やかな風景の片隅に記されたしみ。

「そう、しみだ。そのしみがひとつやふたつなら、見ないようにすればいいだけかもしれない。けれど、思春期の肌にできたニキビみたいにあちこちで噴き出して繁殖しているのなら話は別だ」

思春期のニキビならほうっておけば自然に治るだろって揚げ足を取ろうとしたがよして、

「そういうしみができているところってどこなんだ」と俺は尋ねた。

「たとえばスコットランド」

「……スコットランド。てことは――」

「そうだ。今日のゲスト、スリーピー・アイズの出身地だ」

「うん？　どういうことだ。つまり――？」俺は自分に問いかけるようにつぶやいた。

「スコットランドに、アガラみたいなケルト民謡村があるかどうか？　これはまだ確認が取れていない。けれど、スコットランドのある辺鄙な地域を、ＤＡＩがゾーンとして指したことは事実だ。そして、そこからゲストとして歌手が呼ばれ、パンクロックとは似ても似つかぬスタイルにアガラの住民たちが拍手喝采を送っている。このことをどう思う？」

この疑問は俺もフロアで感じてはいたが、

「それは……パンクばっかり聴いててさすがに飽きがきていたので、新鮮だったとか」とはぐらかした。

「そうかもしれない。じゃあ、作詞がハガイだってことは？」

こいつもむしろ俺がしたい質問だった。

「そして、しみどうしがハガイの詞を潤滑油にして、連動しはじめたとしたら？」とフェスタスはたたみかけてきた。しみが連動？

「ハガイ作詞の第一作はアタオカの『俺たちアタオカ』だ。だから、ハガイがアガラを拠点にしていることはまちがいない。そのハガイの詞に曲をつけてスコットランドのフォークシンガーが歌っている事実をどう考える？」

「世界はひとつなんだから交流するほうが自然だろうが」

自然かもしれないが、と言ってフェスタスはふと建設中のステージに目をやった。俺もつられてそちらを見た。すでにそこには、出演者の後方を飾る巨大なバックウォールが立てられていた。けれど、ランタンの灯りはかぼそ過ぎ、暗い影しか見えなかった。

「もうニキビじゃなくなるかもしれないな」

ニキビじゃなくなったら何になるんだ、しみがつながったら何になるんだ、その答えを聞くのが怖くて、俺は視線を戻した。

「ハガイってやつの正体は突き止めたのか」

「いや、まだだ。そもそも個人なのかそれとも集団なのか、それさえよくわからんね」

「なぜ集団かもしれないとまで疑うんだ？」

「ハガイ作詞の曲が多いからさ。やたらめったら作詞している。そして、アガラが主催するミュージシャン組合の会員になれば――」

「え、そんなものがあるのかよ」

「あるんだ。登録すればハガイの詞はフリーで使える。だから同じ詞にちがうメロディーをつけた楽曲もあるみたいだ。英語と中国語で歌われていることもある。むしろ、それを調べてもらいたいと思うからこそ、こうして身分を明かして近づいてるんだ」

ふう、と俺はため息をついた。荒唐無稽な話ばかり聞かされ、ちょっと整理したくなったこともあって。

「あんたがイメージしてるのは、こういうことかな。ハガイによって書かれた詞がどこかで大量に保管されてあって、アガラ・ミュージック・ソサエティなんてのの会員になれば、誰でもそれを使って作曲していいってことになっている――？」

「まさしく。さらにつけ加えると、ハガイってのは著作権使用料も放棄している」

「なんでそんなに気前がいいんだ」

「そいつも調べてくれ」

「ハガイの詞で曲を作っているミュージシャンは世界にどのぐらいいるんだろうか」

「少なくとも、ＤＡＩ(ダイ)がゾーンに指定したエリアにはかならず複数名いる」

「つまりスコットランドにはさっき見たスリーピー・アイズ以外にあとひとりいるってことか」

「スコットランドは全部で五名だ、それは確認した」

「そんなにハガイの詞で曲を作ったら、みんな似てきて困るだろうに」

「そこも不思議なんだが、君はアタオカの新曲を聴いたかい」

「『アルティメット・マッチを見せろ』ならデモで聴いたよ。えっともう発売されたんだっけ」

「今日だ。おそらくライブじゃ今日の音霊(おとだま)でお披露目だろう。それで、俺も音源で聴いてみた。あれもハガイの作詞だ。同じ人間が書いたものとは思えないね。とにかくバリエーションが広い、というか広すぎる」

そう言われると、ハガイの集団説が急に説得力を帯びてきた。

「いまや、ハガイの歌詞はパンクだけじゃなくて、さまざまなスタイルで歌われている。つまり、どんなスタイルにもマッチする歌詞がアーカイブに用意されているってことだ。ブルースロック、ロックオペラ、フォーク、プログレッシブロック、ラーガロック、インディオロック、アフロロック、さまざまな大衆音楽がハガイの詞を用いて表現されはじめている。北欧やドイツではゲルマン神話や英雄伝説になぞらえた仰々しく壮大なロックオペラが人気だし、インドではマハーバーラタや輪廻(りんね)思想を取り入れたラーガロックが流行っている。南米のアマゾンではもっとすごいことが起きてるぞ。自分を人間だと思っているジャガーと、ジャガーのことを人間だと思っている少女の物語が、連歌のようにさまざまなミュージシャンによってバラバラに歌われながら、まとめると壮大な神話が浮かびあがって、これに地元の聴衆が熱狂している。これらもみんなハガイの作詞だ。そしてこれらのエリアをＤＡＩ(ダイ)はすべてゾーンに指定して、捜査員を送り込んでいる」

それがどうした。たかがロックだ。ロックミュージックが世の中を変えてやるとシャウトしたことは、ごまんとあったが、変えたことはいちどもなかったんだから。

「たしかにな。たかがロックだ」とフェスタスは言った。「世の中を変えてきたのは金と科学と軍事力さ」

だったら、ほうっておけばいいじゃないか。

「ただ、世の中を変えたことはなかったとしても、人間を変えたことはあっただろう」

それはあったかもしれない。いや、あった。たしかにあった。

「それが芸術ってものだ」

エレナには芸術未満と貶（おとし）められたパンクをフェスタスは格上げしてくれた。けれどそれは、アガラパンクを危険なものとして監視対象に置くことでもあった。

「この大衆音楽運動が動きだしたとき、パンクというスタイルが選択されたと言っていい」

それは、大衆音楽が無害化されても、そうなってたまるかと宣言したロックがパンクだったからだ。パンクほどリスナーの心に深々と突き刺さる音楽はない、ほとんど唯一救済になり得る音楽がパンクなんだ。――俺はそう言うべきだった。けれど、実際にはまったく逆の言葉がこぼれた。そこまでパンクを警戒する必要なんてないと思うけどな。パンクなんて所詮はファッションだった。それにブームの期間も短くて、早々に消えてしまったんだから。

「たしかにな。そういうふうに見くびりたい気もするよ」とフェスタスは首を振った。「ただ、もう似たような動きは、小説や詩、絵画や彫刻にまで広まっているからな。その中のいくつかがハガイに影響を受けたと認めている。絵画や彫刻に協力者としてハガイの名前を自分のサインの横に添えるなんてことも起きている」

驚きのあまり、俺は言葉を失った。

「そのハガイがいるのがここアガラだ」

フェスタスは闇の中のバックウォールに視線をやったまま言い、そしてまた視線をこちらに戻してから、

「では、問題の焦点はなんだと思う」と俺に尋ねた。

問題の焦点？　俺は考え込んだ。とにかくあちこちに話が飛びすぎていてよくわかんなくなっていた。

「故障（グージャン）しているかどうかの決め手はなんだ。いや、DAI（ダイ）はなにを決め手にするだろうか」とフェスタスは質問を重ねた。

「宗教だ」

俺は、軍で教わっていたとおりに答えた。フェスタスはうなずいた。

「だけど」と俺は後を継いだ。「ロックを聴き続けてきたリスナーの直感で言わせてもらえば、パンクロックが宗教だなんて考えるのは、パンクロックを知らないがゆえのまちがいだと思うね」

「そうかい。じゃあとりあえず、パンクロックは宗教じゃないとしておこうか」

「さっきの暗黙の宗教（implicit religion）や宗教の代理母（surrogate）なんかを持ち出して話をややこしくするのもよしてくれよ」

俺がそう釘を刺すと、フェスタスは、ふむ、じゃあ、別の話をしよう、と言った。

「パンクは宗教の敵の敵だ。これはどうだ？」

「宗教の敵の敵？　じゃあ味方じゃないか」

「そうなるだろ」

「ありえないと思うけど、じゃあ、そのパンクロックの敵ってのをまずはっきりさせようぜ、なんだいそいつは」

「ハードコア化した自由主義。――とでも言っておくかな」

「うん？　〝ハードコア化した〟ってとこがわかんないな。パンクだってハードコア化したけど、パンクはパンクだ。だからハードコア化したって自由主義は自由主義だろ」

フェスタスは黙ってニヤニヤしていた。

「だとしたらへんだな。パンクは自由主義の敵、自由の敵ってことになっちゃうぜ。ロックが自由を敵に回すわけがない。どこまで本気だったのかはわからないが、ロックは自由を目指す音楽だったんだから」

「いや、自由主義は、パンクが生まれた直後、ハードコア化してパンクの敵になった。――こう考えるべきだ」

俺が首をかしげて黙り込んだので、わかった、説明してみよう、とフェスタスが言って、目の前のマグカップを取ってひとくち飲んでから、

「自由主義が大事にするのは、個人、理性、合理だ」と言った。

ややこしい議論がはじまりそうで、俺はちょっと怖じ気づいた。

「自由主義は、民主主義や資本主義とセット売りされることが多い。そして個人としての人間を大事にするからヒューマニズムとも相性がいい」

だったら、パンクの敵にはならないじゃないか。なにが言いたいんだ、こいつは。

「まったく問題ないと思うけど」と俺は言った。

「ああ、ただこれはハードコア化する前の話だ」

「ハードコア化すると、どんな自由主義ができ上がるって言うんだ」

「それを話しているのさ。じゃあ、頭の中に曼荼羅を想い描いてもらおうか」

「ここで曼荼羅かよ」

「大丈夫。文字数の少ないテキスト曼荼羅だから、ハガイ曼荼羅よりずっと簡単だ。——さあ、目を閉じてくれ」

観念して目を閉じると、真っ暗になった。フェスタスの声が聞こえた。

「横長の紙を思い描いて、まず真ん中に縦に**自由主義**と書いて、置いてくれ」

俺は素直に従って、

「書いた」と言った。

「いいね。じゃあその下に、こんな言葉を追加してくれ。**個人**、そして**理性**だ」

俺は、そうした。そして、「書いた」とまた言った。

自由主義

個人　理性

「よし、次はそのずっと左側だ。**社会主義**って書いてくれ。そして、それよりさらに左端に**共産主義**だ」

俺は目を閉じたまま、言われた通り、まぶたの裏に浮かぶ白い紙のかなり左寄りに**社会主義**、そしてさらにそこから左へ進んだところに**共産主義**という文字を置いた。こんな具合だ。

自由主義　　　　　　　　**個人　理性**

社会主義

共産主義

「左側を目指すのが革新と呼ばれる勢力で、左翼とも呼ばれてた懐かしい人たちだ」

右のほうはどうするんだ、と俺が言うと、

「右はまだ空白でいい。ここから文字が増えていくから、つらければ社会主義は消してくれ。じゃあ次はいちばん左端の共産主義の下に、**進歩**、**平等**と書いてもらおうか」

俺はがんばって、注文に応じた。

自由主義　　　　　　　　**個人　理性**

共産主義　　　　　　　　**進歩　平等**

「**平等**はすこし大きくイメージしてくれ。とにかく左翼の人たちの合言葉は**平等**だ」

オーケーと俺は言って、そのようにした。

「そして左に行けば行くほど個人ってものの優先度は下がる」

目を閉じたまま、俺はうなずいた。

「じゃあ、もういちど左の共産主義から真ん中の自由主義に戻ってくれ」

俺は、瞼（まぶた）の下の眼球を左から右に動かした。

「そしてこんどは自由主義からさらに右へ行ってみよう。空白にしていた右の端っこに**伝統**って文字を書いてくれ」

書いた、と俺は言った。

「じゃあその下に、こう書くんだ。**宗教　領土　歴史　文化**」

多すぎるぜと文句を言いつつ、いままで書いた文字が消えないように意識を集中させながら、イメージを焼きつけた。

伝統　　　　　**宗教　領土　歴史　文化**

自由主義　　　**個人　理性**

共産主義　　　**進歩　平等**

「いいか、じゃあ、次は真ん中の自由主義をハードコア化してみよう。自由主義の頭に**新**をつけてくれ」

「えっと、つまり**新自由主義**？」

「そうだ。そいつをすこし大きく思い描いてくれてもいい」

くそ、だんだん複雑になってきたぞ、と思いながらもトライした。

伝統　　　　**宗教**　**領土**　**歴史**　**文化**

新自由主義　　**個人**　**理性**

共産主義　　**進歩**　**平等**

できたと俺は言った。

「よし、その曼荼羅を見ながら聞いてくれ。新自由主義が本格的にスタートしたのは１９７９年だ。マーガレット・サッチャーがイギリスの首相に就任した年だよ。１９８１年にはロナルド・レーガンがアメリカの大統領になった。このふたりが**新自由主義政策**を推し進めたんだ。これをパンクは執拗（しつよう）に攻撃した。その証拠を探したければ、その頃のパンクロックのライブのチラシを見るといい。しつこいくらいにこのふたりが茶化され、攻撃されている」

知っていた。有名なフライヤーだ。円形フレームにサッチャーの写真を収めて目を削り取り「お前はもう死んでいる(YOU'RE ALREADY DEAD)」なんて文字で囲んでいるデザインが目の前に浮かんだところで、いったん俺は目を開けた。

「ちょっと待ってくれ、自由主義がハードコア化して新自由主義になったって言うけど、これってどういうことなんだ」

「ハードコア化なんだから、徹底的に容赦なく自由を追求するのさ」

「するとどうなる？」

「市場の潜在力を存分に引っ張り出せるってことになっていた」

「うーん、わかんないや」

「自由の反対はなんだ」

「拘束とか束縛……？」

「まちがいじゃないが、経済政策において、自由の反対は**規制**だ。だからハードコア化した新自由主義は規制を取っぱらおうとする。儲けるためにやれることならなんでもやれ。もちろん、人殺しや人身売買なんかは駄目だけど、たとえば売春は、自分で自分の身体を売るわけだから、自由だ。この場所が住みにくけりゃ海の向こうに移り住んだっていい。勝者がぼろ儲けするのもいいし、敗者がスッカラカンになるのもしかたない。自由競争というフェアプレイの中で負けたんだから、その敗北は自己責任。——冷たいように聞こえるかもしれないが、こちらのほうが、市場の力を最大限に活用して、結果的に社会が活気づく。こう考えるんだ」

ジョーが聞いたら激怒するだろうな、と俺は思った。「昔のアメリカには自由競争なんてなかったんだよ。俺たちは、何世代にもわたって、すごく後ろに引かれたスタートラインから走らされてたんだから」とやつが怒りをあらわにしたのは一度や二度じゃない。

「その新自由主義に対してパンクはどう抵抗したって？」

「まあ簡単に言っちゃうと、口汚く罵っただけさ」

がっかりした。まあ、そんなところじゃないかと予想はしていたけどね。

「で、そのパンクの悪態をあんたはどう思ってるんだ」

「当たってるんじゃないのか」

「だけど、ハードコア化した新自由主義がいまの新秩序社会を作ったんだろ」

「そうとしか考えられない。さあ、さっきの曼荼羅をもういちどよく見てくれ」

俺は目を閉じて、真ん中に新自由主義、左に共産主義と平等、右に伝統と宗教を置いた図を再現した。

「じゃあ、真ん中の新自由主義の文字を大きくするんだ」

「大きくするって？　もうさっきやっただろ」

「もっともっと。文字に空気を入れて風船みたいに膨らませてくれ。とにかくでっかくして、左の共産主義も右の宗教も画面の外に押しだしちゃうんだ」

素直な俺はそれに従った。心の視界を**新自由主義**のでっぷりした文字だけが占拠した。

「つまり、新自由主義が右も左もはじき出して世界を独占したのさ」

俺はまた目を開けた。

「どうやって？　戦法を教えてくれ？」

「戦法か。さすが軍人だな、そして面白い質問だ。まず左。共産主義とは戦うまでもなかった。自滅したんだ。ソ連が勝手に崩壊してくれた。そして、これを見てヤバいと思ったもうひとつの共産主義国の中国は、慌てて路線変更した。改革開放路線というお題目を掲げて、共産主義を骨抜きにし、その上で共産党一党独裁体制だけはキープした。つまり共産主義は看板だけになったのさ。これはもう資本主義の勝利と言っていい。実際、恥も外聞もなく共産主義をかなぐり捨ててから、中国はどんどん発展したよ」

この手の説明は軍でも聞かされていたので、理解は難くなかった。じゃあ次は右だ。伝統と宗教だ。これはどうなったんだ？

「右の攻略法は、細かくジャブを打ちまくったってことだな。宗教はヤバいっていうキャンペーンを張りまくって、伝統に固執してると進歩できないというお題目をことあるごとに唱えたんだ。パンクがフルスイングなら、小刻みに打つジャブ。パンクが穴蔵みたいな小さなライブハウスで汚い言葉を撒き散らしているときに、巨大メディアやSNSを通じて、落ち着いた声で言ったわけさ。――自由とか多様性なんてね」

「で、そのジャブは効いたのか」

「効いた効いた。なにせ新自由主義ってのはパンクに比べるとはるかに図体がでかいから、たとえジャブでもストレートみたいな破壊力があった。だけど倒し切れなかった。伝統ってやつは、なにくそとばかり、こちらに突進してきたんで、泡食っちまったんだ」

イスラム過激派の猛反撃を指してそう語っているのは明らかだった。

「だけど、どうして倒せなかったんだろう？　宗教なんて、満潮の波に飲み込まれる寸前の砂の城なんじゃなかったのか。あともう一発、いいのを当てれば、床に転がして10カウント聞かせられると思ってたのに」

「それは君が西海岸の大都市で育って、故郷と同じように他所を見ているからだ。同じアメリカでさえ、俺が生まれたテキサスならまた見え方もちがうだろうね」

テキサスか。大統一の前に第二次南北戦争を起こしたあのヤバいとこ。

「実際、テキサスは昨日ゾーンに指定された。ニューメキシコと一緒にね。ついに北米でゾーンが発生したぞ」

言葉を失っていると、フェスタスは続けた。

「南米大陸じゃゾーンは増加傾向にあったんだけど、それが徐々に北上する形で増えて、メキシコにまで達して、ついに……ってわけだ」

大昔、自分たちをメキシコから切り離してテキサス共和国として独立宣言し、すったもんだの果てに、アメリカ合衆国の二十八番目の州に収まったテキサスは、こんどはメキシコからのゾーンの波に飲み込まれたってことか。

「歴史に逆行してるな」と俺は言った。

「逆行ね。その理由はなんだと思う？」

「……宗教だって言うんだろ。本当なんだろうか」

フェスタスがうなずいた。けれど、やっぱりピンとこなかった。

「たしかにテキサスは信仰心が厚すぎてやっかいなエリアだったけど、それでも、堕胎の合法化、同性婚の合法化、移動の自由の波に押されて、過激さは影をひそめたと思ってたんだ」

「テキサスはゾーンに指定された」

もういちどフェスタスは事実だけを告げた。

「宗教が人類に与えてきた役割は終わったって安心してたんだよな。それは君だけじゃない。ワクチンを契機に情報技術を加速し、合理化を進め、コントロールを強化していった**やつら**も、宗教は死んだと判断した。ところがどっこい死んじゃいなかった。君も中東で嫌と言うほど味わっただろ」

「ああ。で、宗教がしぶといと知ったとき、その連中はどうしたんだ」

「これがなかなかうまい手を使ったんだ。右をつぶすために左を復活させた」

「左？　連中は右も左もつぶしたんだろ？　いや左は自滅したんだっけ？」

「そう自滅だ。だけど、**やつら**は左のオイシイ部分を取り出して餌としてさし出したんだ」

「左のオイシイ部分ってなんだ」

「さっき、頭の中で描いてもらった図を思い出してくれ。共産主義の下になんて書いてもらったっけ？」

もういちど俺は目を閉じ、さっきの図を再現した。

共産主義　　　　進歩　平等

「平等か」

ぱちん。フェスタスが指を鳴らす音が聞こえた。

「そう平等だ。共産主義が実現しようとした平等ってやつを、共産主義の敵だった新自由主義が適当にアレンジして実行してしまった。**やつら**は平等がいいだなんて思っちゃいなかった。だけど、うまくやるためには、平等ってやつを宣伝したほうが得策だって考えたわけさ」

情報局の連中はひねくれて口が悪いのが多いとは聞いていたけど、フェスタスの悪たれ口を聞いているとなんだか妙な気分になった。けれど、その理由を考える余裕はこのときの俺にはなかった。

「不平等のために平等をある程度実現してやったってことかい」と俺は尋ねた。

「その通り。自由競争の結果、不平等が生まれるならそれでいいってのが本音なんだが、いろいろとうるさいから、平等という飴をやっとけって考えた。そのほうがやつらが画策する不平等やコントロールが注目を浴びないですむ。嘘をつくならでっかい嘘を、オーギュスト・デュパンの『盗まれた手紙』じゃないけれど、ものを隠すときには見えるところに置けってことさ」

聞き覚えのある台詞（せりふ）だったが、面食らっていた俺はいつどこで誰に聞いたのか思い出せないでいた。混乱する頭の中でフェスタスの声が響いた。

「そして**やつら**は、グローバリゼーションの波に飲み込まれちゃえば、平等でそこそこ快適な暮らしができますよっていう魅惑的な爆弾を、宗教の色合いが強い地域、『ゾーンマップ』の赤いエリアにどんどん投下した。そこに住む人たちは総じて貧しかった。エアーコンディションの行き届いた文化住宅、井戸まで汲みに行かなくてもコックをひねれば水が溢れ出る水道、腕が棒になるほど揉んだり擦ったりしなくてもスウィッチひとつで洗い物をしてくれる洗濯機、二十四時間部屋を明るく照らしてくれる電灯、食料を長期保存してくれる冷蔵庫、食い物がなければとりあえずこれを食っておけと送られてくる冷凍食品……。最低限の文化的で健康な生活とやらは、彼らにとっては夢のような贅沢品だったはずだ。これはある意味、平等ってやつの実現のように見えた。だからきっと右側の端にいる連中は宗教を捨てて、ぐっと真ん中に寄ってくるだろうって考えた。つまり舐めてたんだ、君のようにね。だけど、連中は右から真ん中に寄らず――」

「撃ってきた」と俺は言った。

ばずっ。マックスが撃たれたときの音が聞こえた。携帯食のバーをくわえたまま横たわっていたマックス。**ひゅん**。また聞こえた。そのあとは、**ばたっ**、だ。**ひゅん**、**ばたっ**。こんどはザンビディスが死んだ。インドネシアの密林の奥の村で。

俺は目の前のテキスト曼荼羅の中央、ハードコア化した自由主義の下に添えられた言葉を見た。

新自由主義　　個人　理性

個人と理性か。俺の仲間は戦場で血を流して逝った時、個人だったのか。あいつらの死はどこにもつながっていなかったのか。

マックスもザンビディスも、なにを守ろうとして死んだんだろう。俺たちは理性ってやつを死守しようとしていたのか。そして理性はマックスやザンビディスの死になにか意味を与えてくれただろうか。そして、マックスの頭部から流れる血を見たときに俺が感じた、心の中に冷たい風が吹き抜けるようなあの感じを、理性はどう説明してくれる。死んだのはマックスであって俺じゃなかったのに、なぜあの感じが俺の心に起きたんだ。そうなんだよ。フェスタスの声が聞こえた。なぜか嬉しそうだった。

「人間ってのは死ぬからな。死ぬとわかってて生きるなんて現実は、理性ではなんともしようもないから、どこかで跳躍が必要なんだろう。死にもの狂いの跳躍が」

自分だけは死を免れているような、死が他人ごとみたいな声だった。

「人間ってのは不思議なもので、不合理なものを性懲りもなく手放したがらない。死ななくなったときにはじめて、人は宗教の世話にならなくてもよくなるのかもしれないな」

死ななくなると人間は宗教を必要としなくなるんだろうか。いや、死ななくなると人間はずっと生きてるんだろうか。わからなかった。それは俺がバカだからか、それともわかりようのないことを考えているからなのか、そいつもわからなかった。さ、もういい、楽にしてくれ。

フェスタスにそう言われ、俺は目の前のテキスト曼荼羅を消して、目を開けた。
「アルケノーヴァはこれまでにもさまざまな手口を使ってコントロールしようとしてきた――」
アルケノーヴァ。フェスタスがこの問題含みの言葉を使いだした時、さっき感じた口の悪さの違和感が判明した。情報機関の捜査員だっていうのに、この男の口ぶりは反ＤＡＩ(ダイ)・反秩序的な色に染まっていた。……ああ、そう解釈することもできた、反世界集団に潜入するなら、このくらいの姿勢のほうがむしろいいのかもってね。実際俺はそう考えて、続きを待った。
「アルケノーヴァはさまざまな手練手管(てれんてくだ)を駆使して世の中をコントロールしてきた」
コントロールならお手のもの。金、エネルギー、情報、なんでもござれ。例の歌詞の一節を心の中で口ずさみながら、俺は自分からまた目を閉じて、こんどはハガイ曼荼羅を思い浮かべた。そして、もじゃもじゃの毛玉のような線の間に埋もれるようにしてあった、
――**Control**
をまず見つけ、
――**Energy**
――**Science**
――**Money**
――**Information**
も確認した。

「じゃあ、まずは**エネルギー**からいこうか」

　まるで俺の瞼(まぶた)の裏を見ているみたいに、フェスタスが言った。

「エネルギーを生み出す資源として重要なのは、なんといっても石油だ。アルケノーヴァは、中東の王国を手なずけて、強大な軍で王政をバックアップし、国王が民衆を弾圧しても、油田確保のためにそいつを守り、世界のエネルギー供給網をコントロール下に置いた。石油ってのはね、いつでも金に換えられる資源だったんだ。地下から札束が噴き出しているようなものさ。金を政界にバラ撒いて、事実上、ずっと院政を敷いてきたってわけだ」

　つまんねえ。よく耳にするアタオカ論じゃないか、と俺は思った。次は科学だな、と言ってフェスタスは続けた。

「**科学技術**はエネルギーと政治に深く関わっている。科学技術が熱をエネルギーに変えたんだ。石油が埋まっていると見当がついていても、技術がなければ掘り出すことはできない。中東の石油が欧米の技術の管理下に置かれたのはこういうわけさ。で、いちばんパワフルなエネルギーを生み出す科学が原子力だ。原子力エネルギーは発電などで生活インフラを支えることもあれば、軍事にも結びつく。古代から、軍事と科学技術とは深く関係し、コントロールの基本中の基本だった。だから、アルケノーヴァは科学者を囲い込む。そして一方で、科学技術で社会を便利にし、それを世界中に行き渡らせ、人々をメロメロにするんだよ」

　だんだん面白くなってきたぞ、と思いながら俺は目を閉じていた。こんな話を面白いと思っていいんだろうかとは思いつつ、俺はハガイ曼荼羅の中からひとつ選んで、次はMoneyについて話してくれと言った。

「いいだろう。コントロールと言えば、なんと言っても**マネー**だ。新自由主義ってのは、マネーによるコントロールさ。そのためには、どんな手段を使ってでも金（マネー）を稼ぐ自由を保障し、つまり、規制を取っぱらって、稼いだ金（マネー）でなんでも買える世の中にしないといけない。マルクスは『貨幣は平等主義者（Levellers）だ』って言ったらしいな。とにかく人間は金を持てば、生まれや性別、出身地にかかわりなく平等になれた。金さえ持っていれば、自分の好きなところに行き、そこで好きな自分になって暮せるようになった。つまり、自由や平等ってのはマネー主義だ」

　金さえあれば自由になれる。自由になりたきゃ金を持て。――そういうことか。でも、いま俺たちが話してるのは自由じゃなくてコントロールについてだろ。マネーを使ったコントロールっていったいどんなものだ。目を閉じたまま俺が尋ねると、そこだよ、とフェスタスが言った。その声は微（かす）かな笑いに染められていた。

「借金を負わせることだ」

「借金を負わせる？」その言葉の意味を推しはかろうと、復唱してみた。

「そうだ。金を貸す。借金が生まれる。貸した側と借りた側は対等でなくなる。アンバランスな関係を使ってコントロールするんだ」

「もうちょっと具体的な例で説明してくれないか」

「戦争。借金を負わせる方法としていちばん効果的だったのが戦争だよ。とにかく戦争っての
は金がかかるし、戦争当事国は自国貨幣の信用がガタ落ちするので、よそからなにも買えなく

なるんだ。そこを狙って外貨をどんどん貸しつける。これがまた儲かるし、戦争に負けでもして債務不履行になってくれたら、それを理由に相手を言いなりにさせるのさ」

「なんか、金儲けのために戦争を起こしてたみたいな口ぶりだぞ」

「いや、まさしく。『そろそろもう一儲けしたいから、どこかで戦争やらせないと』てな感じでドンパチやりそうなところをいつも探してたし、そうなるように焚きつけてたんだ」

いや、こいつマジでアタオカだなと思いつつ、

「じゃあ、そうやってボロ儲けできたのに、どうして平和路線に切り替えたんだ」

と俺は突っ込んだ。ぱちん。また指を鳴らす乾いた音が聞こえた。

「そこなんだ。2020年頃にロシアを突いてみたら、ウクライナに侵攻してくれたんで、これは儲かるぞって喜んだ。実際かなり儲かったんだ。だけど、ブチキレたロシアが本気で核を使おうとしたんで、もうこの方法はヤバいからよそうってことになった。それで、通貨を統一する方向に切り替えたんだ。ゲルへの通貨の統一はアルケノーヴァにとって都合の悪いこともあったんだが」

「都合の悪いことってなんだ。戦争当時国へ借金させるってやり口が使えなくなるってことはわかるが、これは織り込み済みだったんだろ。そのほかにはなにが？」

「要するに儲かればいい、利益が出ればいいわけだ。じゃあ利益ってのはどこから生まれるのかって言うと、それは差だ」

「差？」

「ああ、差。差異。利益は差異から搾り出す。最初は、同じものが場所によって値段がちがうことで、その差を利用して利益を出してた。あっちで買うといくら安いから、それを買ってこっちで売ってその〝差〟をポケットに入れる。商業資本主義ってやつだ。また、ちがう場所の貨幣と貨幣を交換したところから生じる〝差〟を利用して金を増やすこともやってた。これは為替(かわせ)だけど、通貨を統一しちゃったんでこの手はもう使えない。ただ、差は場所じゃなくて時間の中にだって作ることができる。先物商品とか証券とか株なんかは時間によってその値に差異ができるから、**やつら**は情報の力でそいつをぐわーっと膨らませて自分たちの懐に入れながら、その一方で、自分たちで発行したゲルを貸し付けて借金を負わせ、相手をコントロールしていったわけさ」

「うん？　自分でこしらえた金で相手をコントロールする？　なんか勝手すぎないか」

「勝手がいいからやっているんだ。通貨をひとつにすれば、ゲルだけをコントロールすればいい。ゲルを発行しているのは、GUB(ガブ)、世界統一銀行(Global Unity Bank)だ。ここの株主は一切公表されていない。アルケノーヴァが大株主だとしたら？　マネーによる操縦桿(コントロール・スティック)は**やつら**に握られてるようなもんだ、あはは」

なにがあはは、だ。睨みつけてやろうと思い、俺は目を開けた。ところが、目の前のフェスタスの顔は意外と真面目だった。

「ただ君が憤慨するように、金を貸しつけては借金をさせて、債務者である相手をコントロールするなんてことをずっと続けると極悪人だってバレちゃうからな。そこで連中は、通行権ってやつを駆使しはじめた。大同世界（タートンシージェ）を魅力的に思うならば、ゲルを使うしかない。ゲルを使い続けさせるために一定程度までは惜しみなくゲルをバラ撒く。ユニバーサル・ローンなんてその代表さ。そして、通貨がゲルしかない状況になれば、ゲルだけコントロールしてりゃいい。ゲルをコントロールすれば世界をコントロールできるってわけだ。やってることはまさしくアルケノーヴァ（新たな設計）なのさ」

「じゃあ、逆にアガラが意固地になってマルって通貨を使っている理由はなんだ」

ぱちん。フェスタスが指を鳴らした。

「君はどう思う」

「遊びじゃないのか。観光という非日常のゲームを楽しむための」

「なるほど。そう割り切ってもいい。ただ、マルが野良マネーでゲルが立派だとも限らないんだ。ゲルにもマルにもモノとしての価値はない。ゲルやマルが貨幣として価値を持つのは、みんなが価値があるものとして受け入れるという、どっちが原因でどっちが結果かわからない堂々巡りによるものでしかないからね。要するにどっちも不安定だってことさ」

「だけど、不安定だと困るじゃないか」

「そこで通行権だ。マルはアガラ圏外では使えない。マルじゃ麓（ふもと）の食堂で丼一杯だって食わせてもらえない。だから、通行権としては、マルは取るに足らない野良マネーだ」

「だから俺は遊びじゃないかって言ってるんだよ。ただ、ちょいとばかりアガラは意固地になって使い続けているだけなんだって」

「でも、こういう風に考えたらどうなる。アガラで暮らすためには、事実上マルを使うしかない。けれど、アガラが魅力的だと思い、ここをしょっちゅう行き来したいと思う連中は、喜んでゲルをマルに換えるようになる」

「そんなやついるのかよ」

「いないと思うか？」

俺は黙った。

「たしかにまだ少ないだろう。ただ、アガラが魅力的だ、アガラに暮らしたい。しいみたいなアガラに長く滞在したいと思う人間が増えれば、ゲルはマルに取って代わられる。これは差異による儲けを狙ったものじゃなくて、通行権・参加権・居住権を求めての動きだ。だから、この動きが活発化すると、マルをゲルで買い戻すことは難しくなる」

「そんな心配する必要があるのかい」俺は呆れながら訊いた。

「アガラ単体だとありえないだろうな」

「単体ってのはどういう意味だ」

「似たような動きが、世界各地のニュータイプのゾーンで起こりつつあるからだ。それぞれのゾーンがそれぞれの地域通貨を持とうとしている。こいつらが連動して、ごっそりゲルのコントロール下から抜けるようなことになれば、笑っていられなくなるぞ。まあ、マネーの話をするとどうしても長くなるから困るよな、そろそろ次に行こう」

俺はため息をつきながらうなずいた。

「さて、最後は**情報**だ。情報は**科学**とも結びつくし、**マネー**とも結びつく。紙幣も硬貨も持たない世界通貨のゲルなんてのは完全に情報だからね。**やつら**は情報工学を徹底的に研究して、さらに社会心理学なんかも応用し、人々をコントロールする。たとえば、大同世界(タートンシージェ)はいいものだという感情を掻き立てるような情報をさりげなく置いたりして、人々を洗脳していく。一日の終わりに『イマジン』が流れるのは、国境が消え、世界がひとつになってよかったねって情報で人々の脳内情報をくり返しくり返し上書きしていくためだ。とりわけ熱心に宣伝されるのは平等だ。さっきも言ったように、平等は素晴らしい。大同世界は平等を約束します、人として生まれたからには餓死するような人がいる世界はよくありません、って主張しながら、人々をそうだそうだとうなずかせる。主張するだけじゃない。ちゃんと実行もする。まあ、よっぽどのひねくれ者でなければ、賛成するさ。だって正しいんだから。正しいってのは曲者(くせもの)だ。情報によるコントロールは**正しさによるコントロール**なんだ」

「正しさでコントロールされるなら、そのコントロールは正しいってことになるだろ」

「そう思うかい」

「ああ」

「じゃあ、アルティメット・マッチはどうだ」

「アルティメット・マッチはまちがっているって言うのかよ」

「暴力はいけない。現実的に選手が死んだり、後遺症に悩む者も出ているわけだから、規制しましょうという動きになっている。まあ、そんな顔をするな。俺も好きだから、なんとか反論を捻りだしたい。だけど、現役選手や元選手らの、慢性外傷性脳症(まんせいがいしょうせいのうしょう)での認知機能の低下や記憶障害、関節痛や関節炎、神経痛、などが取り沙汰されている中で、パーキンソン病を発症させて、身体が思うように動かなくなり苦しんでいる当事者に、いまはこの競技をやったことを後悔していると語らせてキャンペーンを張られると、俺が見たいんだからやらせろなんて単純な主張は――

「――理性的じゃないって葬られるわけか」

ぱちん。フェスタスはまた指を鳴らしてうなずき、ところがだ、と続けた。

「人間が理性で考えた正しさなんて糞食らえという連中がいる。それどころか、アルケノーヴァがしかけた、エネルギー、金、情報というさまざまな手口のコントロールの術中にはまることのない連中がいた。宗教の信者だ」

「だけど、信者だって、訳のわからない教義にコントロールされてるじゃないか。信者からの献金目当てのマインドコントロールが問題になった時代だってあっただろ」

ぱちん。とフェスタスの指がまた鳴った。

「だからこそ、DAI(ダイ)は宗教を極端に警戒するんだ」

論点をすり替えられたような気がした。だけど、面倒な議論に疲れていた俺の頭はそれをクリアに理解できなかった。

「いま、アガラは新しい形の宗教を生み出そうとしている可能性がある。この新しい宗教によって、共産主義が目論(もくろ)んだものの、自滅して、星の塵(ちり)と散った真の平等ってやつを、もういちど実現させようとしている。これはさっきのテキスト曼荼羅で言うと、右と左の融合だ。経済システムではなく、宗教的ななにかによる平等。さあ、もういちど目を閉じてくれ。真ん中の新自由主義をアガラに書き換えるんだ。そして、その下にこう書いてくれ。宗教、領土、貨幣、文化、平等、脱コントロール、そしてアガラ、つまり俺たち、と」

アガラ

宗教　領土　貨幣　文化　平等　脱コントロール　俺たち

十秒ほど見つめてから目を開けた。そして、もう終わりにしたいと思った。

「とにかく、アガラが宗教かどうかは、俺たちが状況をレポートして出して、それをもとにＤＡＩが判断を下すのを待つしかないんだな」

「まあ、そうなっていると言ってもいい」

「そうなっている？」

「アガラの動きの本質は宗教なのか。——これをジャッジするのはＤＡＩだってことになっている。そう信じたければどうぞってことさ」

「でも、本当はそうじゃないってあんたは思っているわけか」

「ふふふ、その可能性はさっき示したよな」

「どの可能性だよ。可能性の話ばかりされてわかんなくなっちゃったぞ」

「さっき、君の人選は誰がやったんだって話をしたじゃないか。グエンはＤＡＩが選んだと言ったらしいが、実は君を選んだのはグエン本人かもしれないぜって話もしただろ」

「ああ、そうだったな。で？」

「それと同じように、君らのレポートを読んだ後、ＤＡＩ（ダイ）が漂白（ブリーチング）の指示を出すように見せかけて、実はグエンが出す可能性だってあるんじゃないか」

「おいおい、グエンはなんのためにそんなことをするんだ」

「アルケノーヴァを喜ばすためだな。そしてその時、その指示が奇天烈（きてれつ）で不可解なものであったとしても、ＤＡＩの判断だと主張すれば、非難を浴びなくてもすむわけさ」

「ちょっと待てよ。アルケノーヴァらが世界地図を眺めながら、この世界を自分たちの楽園にするための策をめぐらせてるみたいなイメージで話してるぞ」

「そういう絵が浮かんでいるのなら本望だ。大同世界（タートンシージェ）ってのはアルケノーヴァにとっての楽園さ」

やっぱりこいつアタオカだわ、そう思いながらも俺は訊かずにはいられなかった。

「じゃあ、ＤＡＩってなんだ」

「偽装。正しさを偽装するための言い訳さ」

「冗談じゃないぞ、そんなやつに指示されて漂白するなんてまっぴらごめんだ」

「いや、それは大丈夫じゃないかな」

「大丈夫なわけがないだろ、なに言ってるんだお前は」

「第二次世界大戦中のドイツに、アイヒマンってナチスの中佐がいてね、こいつはごくごく平凡な小心者だったんだが、ヨーロッパ中のユダヤ人を根絶やしにしろって命令を受けると、せっせとアウシュビッツに送ってた。あれこれ考えずに、命令だからと割り切れば、漂白だってなんだってできるみたいだぜ」

馬鹿野郎！　どうして平和・自由・平等を掲げる大同世界が全体主義国家と一緒になっちゃうんだよ。俺は叫ぼうとしていたのに声が出なかった。

「ま、可能性の話だ、あくまでも」とフェスタスが慰めるように言った。「みんな可能性さ」

畜生、世界はひとつになったんじゃなかったのかよ。どうして大同世界なのに、こんなにたくさん世界の見方があるんだ。どれかに決めてくれよ、頭がぼんやりしてくる！

「そろそろ終わろうか」

フェスタスの声はやたらと遠かった。そうしてくれ、と言おうとしたが、声が出ない。

「彼女のステージを見せてやれなくて申し訳なかったな。いまごろ音霊じゃ、アタオカがアンコールを浴びながら、ステージに出て行く頃だろ。そして、『アルティメット・マッチを見せろ』をぶちかます」

俺はうなずいて相槌だけ打った。

「最後にこれだけ言っておこう。アルケノーヴァは、金を手にして贅沢がしたいなんてチンケなこと考えてる連中じゃない。そのくらいの金はとうの昔に手に入れている。じゃあ、**やつら**はなにをしたいのか、ずっとなにをやり続けているのか。コントロールだ。コントロールに尽きる。やつらはコントロールしたいという欲動に突き動かされて動いている」

どうしてコントロールなんか……。

「エデンの園を追放されて以来、追放された人間は、過酷な自然に立ち向かい、自然を手なずけてコントロールすることによってエネルギーを取り出し、やがて、コントロールを人にも向けるようになった」

よせ。それだけ言うのがやっとだった。

「なぜ**やつら**は使い切れないくらいの金を貯め込むんだ？　コントロールするのに有効だからという以外の説明が思いつかない。コントロールして増やし、コントロールできる状態に対象を固定する。その欲動に**やつら**も絡め取られているのさ。**アルケノーヴァがコントロールできないもの、それはコントロールしたいという心の奥底にある見えない衝動だ**」

ぱちん。フェスタスが指を鳴らした。

俺は気を失った。

インターミッション

おかえり。なにを食べてきたのかな。……カップラーメン？ そうか、もうこんな時刻かあ。そりゃ開けてる店もないな。長い話になって申し訳ない。俺かい？ こっちはもう年だから、ビスケットなんかをちょいと齧ればじゅうぶんだ。…………ちょっと待ってくれ、いま止めるよ。…………うん？ ああ、かけてたのはマイナー・スレットって1980年代のバンドだ。リーダーはイアン・マッケイ。アガラの物流センターはこいつの名前から取ったんだろうって話はしたよね。ストレート・エッジっていう、煙草もドラッグもアルコールもカジュアルセックスもなしでストイックに行こうぜってパンクのムーブメントについても話しただろ。その中心人物がこいつだ。アルコールやマリファナを禁止していたアガラはこれをマイルドに受け継ごうとしてたんだろうな。かけてたのはバンド名と同名の曲だ。聴いてみるかい？ 二分足らずの短い曲だし。ハードコア自由主義に対抗して自由を叫んだ、ハードコアパンクの代表曲だ。

♪ ♯ ♬ ♩ ♪ ♫ ♭

……な。アガラの曲みたいに聞こえるだろ。うん、イアン・マッケイは「ほうっておいてくれ」って歌ってた。俺もそうするつもりだった。せいぜい「ちっぽけな脅威（Minor Threat）」じゃないのって思って。ところが、そうもいかないんじゃないか、これは「増大する脅威（Growing Threat）」であって、見過ごしているとヤバいことになる。そう考え直さざるを得ないようなことが、このあと起こるんだ。うん、俺の長い話もいよいよ終盤だ。話をもういちどロリンズ・スクエア・ガーデンの芝の上に戻そう。じゃあ再開するよ。コーヒーは勝手にやってくれ。

5　やさしい心

突っ伏していた顔を上げた時、草の上には夜間の冷え込みでできたこまかな朝露（あさつゆ）が、山間（やまあい）から昇ってきた朝日を受けて、キラキラ輝いていた。

七月とはいえ、山間部の早朝はすこし肌寒かった。諜報畑をずっと歩いてきただけあって、見事な催眠術だと感心はしたけど、こんなところに放置するなんてと腹が立った。

テーブルの上には、マグカップや魔法瓶、ランタン代わりの懐中電灯はなくなって、代わりにペーパーバックが一冊置かれていた。

『やさしい心（A Gentle Spirit）』

カフェの席やダイヤルハウスのバルコニーでやつが読んでいた本だ。なぜ残していったんだろう。俺に読めとでも？　手に取ってページをめくった俺は、これは社交の指南書なんかじゃなくて、ドストエフスキーって古いロシアの物書きが書いた小説だと知った。

立ち上がり、ズボンのヒップポケットに突っ込んで歩き出そうとした時、俺の口から思わずあっと声が漏れた。

アガラに来た初日にここに降り立ったときには建築中だった夏フェス用のステージが、ほぼ完成していた。舞台を抱き込むように立つ巨大な建造物を覆っていたシートは、昨夜の闇とともに取っぱらわれ、全体像が剝きだしになっていた。

広いステージの奥には、木製パネルでバックウォールが築かれ、その上部には大きくＡＧＡＲＡと弧を描くように掲げられていた。問題はその下の壁面だ。

巨大な蜥蜴がへばりついて這い上がろうとしていた。俺の頭の中で、これまで見てきた蜥蜴のすべて、インドネシアの川べりであった少年とツーリスト・ビューローの兄ちゃんが着ていたＴシャツの蜥蜴、ロケットランチャーで破壊した見張り塔の背後から現れた巨大な石碑に彫られた蜥蜴、AGARA MAPの隅の蜥蜴のアイコン、ヒロさん作のスピーカーに貼られた蜥蜴のシール、これらが瞬く間に結合した。

なぜ蜥蜴なのか、蜥蜴が意味するところはなにか、ずっと抱いていた謎が、朝の光の中で暴かれた。

蜥蜴はみなちょっとだけ尻尾が短かった。

蜥蜴は尻尾を切り落とされても死なない。切り落とされてもまた生える。

蜥蜴は復活と再生のシンボルにちがいなかった。

なにが復活し再生するのか。朝日に照らされたステージを見れば、一目瞭然だった。木製の屋根は、切妻造りという、棟から前と後ろに葺き下ろされた藁葺きだった。これを支える柱は朱色に塗られていた。

神社にしか見えなかった。

俺は神殿に向かって歩き、草が生い茂る地面からステージに登る梯子に足をかけた。舞台に登ると、中央奥の壁に真ん中から左右に開く巨大な引き戸が見え、それはすこし開いていた。俺はその間を抜けて奥へと歩を進めた。

薄暗くがらんとした中に入って、切妻造りの屋根の裏を下から見上げると、板で組まれた均整の取れた平面は滑らかな仕上げが施され、何本もの梁が、天井の中央から両側に流れる垂木の端に向かい、水平に渡されていた。俺はお目当てのものを見つけようと視線を彷徨わせた。あった。探していたものは、棟木のすぐ下、一番高い所に飾られていた。

穢岩神社　拝殿

見るなり俺は踵を返し、観音開きの扉を抜け、朝の光が照りつける舞台に戻ると、そこからえいやと飛んで、なんとか足を捻らずに草の上に着地して、走り出した。

BBストリートに出て、通りを右折し、朝市に向かっている人らを次々と追い越した。

朱い鳥居が見えてきた。俺は、太い柱を上で貫いて横たわる二本の木の真ん中あたりを見た。

そこには真新しい神額が掲げられ、新たに二文字書き加えられていた。

穢岩神社　本殿

見るなりこんどは、ＢＢストリートを逆方向に向かって走りだした。アガラ村の入り口まで来たときには心拍数は目一杯上がっていた。あいにくと客待ちの陸送的士（ロードタクシー）は見えない。巴士（バス）はいま出て行ったばかりで、次が来るまであと二時間あった。こうなったらと思い、俺はそのまま、アガラ村を出て、つづら折りの斜面を駆け下りはじめた。

脚をもつれさせながら、転がるように坂道を走った。そして実際、三度ほど転んだ。大した怪我をしなかったのは単にラッキーだったからだ。

走り続けて二時間後、目の前に新宮の駅前広場が開け、花風の店先で水を撒いていたおばちゃんと目が合った。

「あら、下りてきたん？　アガラのお祭りまでおるんちゃうん？」

挨拶代わりのひとことだったが、まともに答えるには複雑すぎる質問だった。俺は、荒い息を吐きながら、勝手に店の引き戸を開けた。開店までまだだいぶあるので誰もいない。俺は中央の席の椅子を引いて倒れるように腰かけ、荒い息を吐いた。汗がテーブルの上にポタポタと落ちる。

「なにそんなに急いでんの」

おばちゃんは水のグラスをテーブルの上に置いたあと、腰に手を当て俺を見下ろした。

「マ、マグロ丼ください」と俺は言った。

「そやな」おばちゃんは納得したように笑い、「山ん中におったら、お魚食べとうなるわな」と言い残して、厨房に引き取った。

俺はテーブルの水を飲み干してから立ち上がり、カウンター越しにおばちゃんに声をかけた。

「あの、アガラには昔集落があったって言ってましたよね」

「ああ、昔は二十世帯くらいあったそうやで」

手を動かしながら、おばちゃんは言った。

「あそこにオイワさんって神社がありますよね、それってアガラができる前からあったんですか」

「ああ、オイワさんな、あったあった。いまもあるんちゃうの」

「ええ、そのオイワ神社の漢字を教えてもらっていいですか」

「漢字？　ああ、これやがな」

おばちゃんは近くのボールペンをとって紙類を探したので、俺はカウンターに右手をついて、左手でその甲を指した。おばちゃんは、「ええのんか」と言いながらボールペンを俺の甲の上で走らせた。

――小岩神社
「これ、コイワじゃなくてオイワと読むんですか？」

「読まんことないわな。小野小町(おののこまち)って知らんか？」

「あ、そうですね」

「春の小川はさらさらゆくよ。――この歌知らんの」

「知ってます」

「ほんまやったら小岩(こいわ)神社や、マッシャやねんからそれでええんやけど、まあプライドってものがあるわな、それで大きいみたいな感じもするんで小岩(おいわ)神社ゆうてんねん」

「あの、この前も聞いたんですけど、マッシャってなんですか」

「コバンザメみたいな神社やがな。それ以上、説明できへんから、自分で調べ。漢字はこうや」

おばちゃんがまた俺の手をカウンターの上に押しつけて、その上にボールペンで書いた。

――末社
「神倉(かみくら)神社はこれ」

おばちゃんがまた書いた。

――摂社(せっしゃ)

「こっちのほうが格上なんよ」

俺は、TUを取り出した。ここまできたら、アガラのスクランブル電波の影響は受けないので使えるはずだ。俺はネットに接続し、単語をふたつ調べてから、

「あの、末社の上に摂社があって、その上に本社があるんですよね、神倉神社の本社はなんですか」とまた尋ねた。

「なに言(ゆ)うてんの。熊野速玉大社(くまのはやたまたいしゃ)に決まってるがな」

「世界遺産の？」

「せや。――はい、できた。持ってって」

おばちゃんがマグロ丼をカウンターの上に置いた。俺は自分の席にそれを持って行き、TUの画面に視線を落としながら頑張った。

本社ってのは同系の神社の中で、その中心となる神を祀る社（やしろ）のことだ。会社でいえば本社（Headquarters）で、漢字で書くと同じになる。で、摂社ってのは本社に付属し、その祭神と縁故の深い神を祀る神社のことだ。関連企業だと俺は理解することにした。もっとも神倉神社の場合は、神代（かみよ）の昔にコトビキ岩（いわ）ってでっかいのに神様が降り立ったって神話があるから、こっちが大本（おおもと）だとも言えるのだけど、この辺を深く追及していくときりがない。とにかく、本社は本社、摂社は関連企業だ。そして、末社。末社も本社に付属してその支配を受ける小さな社のことで、ランクとしては摂社の下になる。おばちゃんが、「こっちのほうが格上や」と言ったのはこの序列のことで、もともとは、

熊野速玉大社―神倉神社―**小岩（おいわ）神社**

――だったってわけだ。神倉神社のコトビキ岩に比べて小岩神社の岩が小ぶりなのもこの序列に合致している。

だけど、アガラの住人は小岩（おいわ）神社を穢岩（おいわ）神社と改め、

熊野速玉大社―神倉神社―**穢岩神社**

――にアレンジした。

じゃあ、小を穢にした理由はなんだ。穢岩という単語でなにを表そうとしたんだ。この謎を解くには、岩がキーワードだ。穢岩の岩はロックだろう。ロックミュージックのロック。そして、通常なら神社には似つかわしくない〝穢〟はパンクの意味にちがいない。大昔、ヨーロッパ各地で「ゴミ野郎」などと、ろくでもない存在の呼び名として使われ、時を経て1970年代のイギリスで、ゴミをまとったような恰好でロックを演奏りはじめたパンクスや、パンクロックを形容するものを〝穢〟で表現し、ロックを表す岩とつなげて穢岩とした。

穢岩神社と改めることで、〝オイワさん〟をパンクロックの神殿にしたわけだ。そして、ロリンズ・スクエア・ガーデンに新たに建ったステージセットも、夏フェスの舞台装置と見せかけた神殿だ。そういえば建造中の天井近くに掲げられた神額には〝拝殿〟とあった。境内に朝市が立つ〝オイワさん〟が〝本殿〟となる。俺は、このふたつのちがいを調べた。

本殿　神社で神霊・神体を安置してある社殿

拝殿　礼拝が行われる社殿

つまり、こういうことになる。

穢岩神社　本殿　パンクの神霊を守っている場所
穢岩神社　拝殿　パンクの礼拝ファイアー・パンクロック・フェスティバル開催地

そういえば、神倉神社の火祭りに感動した連中が、山野（さんや）を切り拓いて開村し、夏フェスを開催するようになったことを考えると、次のような関係だって浮き上がる。

熊野速玉大社　世界文化遺産　観光
神倉神社　火祭り　観光
穢岩神社　ファイアー・パンクロック・フェスティバル　娯楽

つまり、娯楽や観光と見せかけて、新たな宗教を興そうとしているのだ。神倉神社の火祭りと同様の宗教的祝宴が、ロックフェスの形を借りてここアガラで催されているのだ。

そして、それは宗教による新たな反逆でもあった。アフガニスタンの山岳地帯でイスラム過激派が、アラーの名を唱えながら銃を構えて突進してきたのとはまたちがうやりかたで、大同世界（タートンシージェ）に対し、ノーを突きつけようとしている。これ以外の解釈はない、と思った。

アルケノーヴァらは、左の自滅に乗じて、右もつぶし、新自由主義という設計思想で世界を統一してコントロールしようとした。そのコントロールにアガラは不思議な抵抗を試みようとしている。ただそれは、大同世界(タートンシージェ)側からすると故障(グージャン)だ。DAI(ダイ)はそう判断するにちがいない。

ガラガラガラと引き戸が開く音にはっとして、顔をあげた。

「お、珍しい人がいるじゃないか」

ヒロさんは俺を見つけると、ちょっと戸惑(とまど)いがちに、隣のテーブルに座った。

「なにしてんだい、こんなところで」

その声にはいつものような快活さが影を潜めていたし、

「昨日は急に帰っちまったみたいだけど」

なんてややこしい質問までされ、俺は答えにまごついた。

「いつものでいいの」

おばちゃんが英語で割って入ってきた。ああ、お願いします、とヒロさんが言うと、

「それはあんたと同じでしょ」

と水のグラスを置きながらヒロさんに言って、

「マグロ丼を食べに来たに決まってるじゃない。あんな山の中じゃロクなお魚が食べられないんだから、なあ」

と最後は俺に同意を求めた。俺はうなずき、マグロ丼を食いながら考えた。ヒロさんは知らないのだろうか、熊野速玉大社―神倉神社（火祭り）―穢岩神社（ファイアー・パンクロック・フェスティバル）というリンクを。〝末社の火遊び〟とおばちゃんに馬鹿にされても、アガラ(うち)

のフェスなんて、由緒正しい神倉神社の火祭りとは関係ありませんよって下手に出てたのは、ただのご機嫌取りだったのか？　それともあれはカムフラージュか。

「ここにはどうやって来たんだ」

ヒロさんが声をかけてきた。嘘はかえって墓穴を掘ることになると思い、

「駆け下りて」と答えた。

とりあえず驚いてから、ヒロさんは笑った。笑うことにしたように。

「そんなに、マグロ丼への欲求が切迫していたのか」

「マグロ丼にはそれだけの価値がある」

堅苦しい英語でおばちゃんがまた介入してきた。

ヒロさんはそれ以上言わなくなった。それがまた別種の緊張となって俺を圧迫し、マグロ丼の味をわからなくした。

ヒロさんが先に食べ終わり、俺のぶんの勘定も払った。なぜだ、と思い、また緊張した。ヒロさんは支払いをすますと、もういちど椅子に尻をつけて、コップの水をしみじみ飲んでから顔を横に向け、

「帰りは乗っていけ。その代わりまた荷積みを手伝ってくれよな」

親切のようでいて、命令にも聞こえる口調だった。

ヒロさんが先に出た。俺のマグロ丼はまだすこし残っている。慌ててかき込んでいると、ヒロさんの空いた丼を下げに来たおばちゃんが、店先の開いた扉から、ヒロさんの背中が離れた

のを見届けて、俺に向き直った。

「宗教ちゃうの」

俺は耳を疑った。

「宗教やってるんやったら言わなあかんで。あんなん、ちゃんとしたやつとちゃうさかいにな」

さてどう答えたものか、と俺は困惑した。さらに、

「そっちのほうがたち悪いんやで」

と言い募られると、おばちゃんは市民の義務感からそう言ってるのではなくて、実はこの店は秩序維持軍情報部の出先機関になっていて、おばちゃんは連絡係なのでは、いやいやこの店はアガラと協力体制を敷いていて、俺がアガラにとって不都合なことをチクる人間かどうかを調べるためにカマをかけているのかもとも思い、わけがわからなくなった。そして、おばちゃんの次のひとことでさらに混乱した。

「あちこちでおかしなことが起こってるんやて」

「あちこち?」

「せや、あちこちや。インドとか南米とか、アフリカとか、ほかにもある言(ゆ)うてんねん」

「おかしなことってなんですか?」

「そんなん難(むつか)しゅうてよう説明せんわ」

俺は、訛りが強すぎてよくわかりませんてな態(てい)で首をかしげ、箸を置いて外に出た。

ヒロさんは前と同じように、裏手の倉庫から段ボールの詰まった電動パレットを引っ張り出

していた。そいつを、ドローンの発着ポートのほうへ動かし、俺に手伝わせて荷積みをすますと、操縦席に乗って、俺が助手席に来るのを待ってから、イグニッションボタンを押した。

「フェスタスとはどんな話をしたんだ」

離陸して水平飛行に移った時、ヒロさんはいきなりこんな風に切り出した。

バレてたのか、と俺は焦った。もっとも、あのライブハウスで、ヒロさんはミキサー席、つまり会場全体を見渡せる位置にいた。ギグがはじまってすぐにフェスタスが会場を出て、続いて俺が消えたならば、そう想像するのは自然かもと思い、落ち着こうと思った。ただ、しらを切るか、それとも認めるかの二者択一でしかこのときの俺は考えられなかった。問題は、情報局の工作員だというフェスタスの素性(すじょう)をヒロさんが嗅ぎつけているかだ。

「どういう人なんですか、あの人は」

とりあえずこう答え、様子を窺(うかが)うことにした。

「本人はなんて名乗ったんだ」

「曖昧にごまかされました」

「なるほど」

こんな返事で納得するのはおかしいと思い、墓穴を掘ることになるのを覚悟しながら、

「気になりますか」と尋ねた。

「ああ、なにせ注目に値する人物だからな」

微妙な言い方だったので、

「どんな風に」とその先を追った。

　また沈黙があってから、

「ここだけの話だぞ」と釘を刺された。

　こんな前置きに、いやです、お喋りだから言います、という返事はありえない。

「わかりました」

「音楽以外には興味がないんだよ、俺は」

「ええ」

「手伝ってくれと言われてここにやって来て、食い物は美味いし、気候もいいし、景色はきれいだし、家もくれたし、スタジオまで建ててもらったんで、ついつい居着いちまった。それまでパンクはあまり聴いたことなかったけど、俺はそれだって音楽のひとつだと思って偏見はなかったんだ、いまだってタツロウやマリヤと同じように聴くわけだ」

　山下達郎や竹内まりやとアガラパンクを並べて、同じ音楽だと呼ぶのは、まちがってはいないけどかなり無理がある気がした。ただ、ムキになって反論するほどの意見でもなかった。けれどもヒロさんが、

「そういう意味じゃ、完全にアガラ色に染まっているわけじゃなくて、なんて言ったらいいのかね、ま、準会員みたいなものさ、俺は」

「フェスタスは？」と俺はここに食いついた。

「フェスタスはちがう。あの人は正会員だ」

「地味で目立たない存在ではあるんだが……俺よりもちょっと後に村にやって来て、いつのまにか中心人物になっていた」

「どんな風に」

俺は驚いた。そんなに長い期間潜入しているのか。

「とにかくフェスタスは正会員だ。村の運営に熱心で、コンピュータにやたらと詳しくてね、村の情報ネットワークのインフラはだいたいあの人が作ったんだ。よその車両を村に入れないようにしたのも、インターネットをアガラのサーバーを介してでないとつながらないようにしたのもフェスタスだ」

まじか。それだけやれば、信用を得られるだろうよ、と俺は呆れた。

「それから、アガラ上空の空域を、日本政府が買い戻したいって言ってきたことがあったんだ。そりゃあ金次第だろって意見も村の中にはあったんだが、あの人が強引に拒否の回答を送って交渉を終わりにしてしまった。不思議なのは、あの人はほとんど音楽を聴かないんだ。本は熱心に読むけどね」

「どんな」

「詳しいことはわからないな。古い小説だったり詩だったり、もっと難しいものを読んでることもあるみたいだけど。それも普通だったら電子書籍で読むのに、紙の本をレストランやカフェで読んで、読み終わるとそこに置いて行くんだよ。まるで誰かに読ませようとしているみたいに」

俺は尻のポケットにツッコんだ『やさしい心』にそっと手を当てた。

「ちょっと不安なんだ、この先アガラがどこに向かっていくのか」

俺たちの眼下には濃い緑の山林が広がっていた。

「あのおばちゃんだって、愛想よくしてくれてるが、警戒心がふと表に出ることがある」

「なにを警戒されていると？」

「それが謎なんだ。たしかにパンクスはいろいろ問題を起こしたし、十秒ごとにファックを入れないと喋れないような行儀の悪い連中だった。だけど、そんなの大昔の話じゃないか。アガラのパンクスは恰好こそ似たり寄ったりだけど、あれはコスプレみたいなものだ。ボヘミアンパンクスなんて、自然との調和なんて言って、自給自足に近い生活でつつましく暮らしている」

ヒロさんの奥さんはアガラ発の新種、ボヘミアンパンクでキメていた。彼女はバイオマスエネルギーの研究者だから、そういう恰好が自然との調和につながって平和だという主張もわからないではなかった。だけど、ちょっとちがうぞ、とも思った。コスプレなら勤務時間が終わったら、さっさと着替えるべきだ。ミッキーマウスの着ぐるみ着たまま家に帰るディズニーランドの従業員はいない。それなのにアガラのパンクスはタトゥーまで入れて、抜いてるのもいるって言うじゃないか。パンクにとってファッションは人生の選択だった。

「ひとつ質問していいですか。アガラじゃ、相当の数の人が抜いてるって聞いたんですけど、ヒロさんはどうしてますか」

「フェスタスがそう言ったのか」

ここで俺は、思い切って一歩前に出ることにした。

「フェスタス自身も抜いているそうですよ」

沈黙が生まれ、ヒロさんがそれを破った。

「子供がいるんだ、ふたり」

奥さんの大きなお腹を思い出しながら、三人目ももうすぐですね、と俺は言った。

「上の子は来年埋めなきゃいけない」

だとしたら九歳だ。大同世界(タートンシージェ)の法律では、成人がバイオチップを抜くのは勝手だが、子供が十歳になれば、親は埋め込みの施術を受けさせる義務を負っていた。

「そうしてやればいいでしょう」

当然そう言ったよ。もしアガラが埋めないって掟(おきて)を定めているのなら、決定的にアウトだから。

「もちろんさ」とヒロさんはうなずき、「だけど、女の子だから絶対ダメだって言うんだ」

意味がよくわからなかった。

「埋めたら流されるって……」

いかい、い

一瞬考え、言わんとすることを理解した俺は、

「えっ、信じてるんですか」と驚きとともに尋ねた。

ヒロさんが暗に匂わせたのは、ＩＱが低く不良(ブリャン)スコアが高い者が子供を持とうとすると、バイオチップが作動して流産させるってトンデモな噂のことだ。

「本人も笑いながら言ってるんでね、信じているかどうかはわからない。ただ、不良スコアで私の上を行くのはユイくらいだなんて笑われても、こっちはぜんぜん笑えやしないさ」

奥さんはインテリですよね、と俺は確認した。たしか、世界農業食糧機関(WAFO)の研究者だったはずだ。つまり、インテリでエリートでもとは秩序側だった。彼女が、不良スコアの高得点保持者だなんて、そんなものがあるとしての話だけど、なかなか信じられなかった。

「だけどいまはパンクだから」ヒロさんがぼそっと言った。

ああ――。意表を突かれた俺の口から、納得からか、驚きからか、正体のわからない声が漏れた。そして、こりゃジュンさんは抜いてるなと確信した。抜いている人間が子供を産み、その子供にも埋め込まないとなると、これは大問題だ。

「産むことは抵抗だ。なにがなんでも産んでやるなんてパンクっぽくすごまれると、こっちはどう答えたらいいかわかんなくなるよ」

ヤバいことになってるな、と俺は焦ると同時に、どうしちまったんだよと呆れてもいた。だいたい、この頃の女たちは、インテリであるほど一個人として生きることを選びはじめてたってのに。Ohitori-sama(おひとりさま)なんていう、昔の日本のフェミニストが使った語が復活し、アジアや南米の都市部で流行語になったりもしていた。そんな時代の流れに、ジュンさんは思いきり逆走しているようにしか見えなかった。

「それもあいつひとりがいきり立ってるわけじゃなくて、〝とにかく産もう〟〝どんどん産もう〟はアガラの方針でもあるんだ」

そういえば、やたらと子供の姿が目につくなと思っていたけど、そういうわけだったのか。

「教えてほしいんだが」

眼下にロリンズ・スクエア・ガーデンが見えてきた時、ヒロさんが言った。

「万が一、ここが反秩序的だと判断されるのなら――」

されるだろうな、と俺は思った。抜いた人間が相当数集まってどんどこ産み、産んだ子供にチップを埋めないなんて言語道断。すくなくとも修理(リペア)の処置は食らうだろう。

「――俺は山を下りなきゃならない。ジュンは残ると言うだろうが。たとえフェスの当日でも、俺はそうする。で、どうなんだ、聞かせてくれ」

どうやらヒロさんは本当に準会員で、アガラのパンクカルチャーにどっぷり染まっているわけじゃないみたいだった。エンジニアだもんな、と俺は思った。『どうでもいいだろ、くそったれ!』(Never Mind the Bollocks)を録音したクリス・トーマスだってパンクじゃなかった。エルトン・ジョンだって、ピンクフロイドだって録音してる。だから、アガラがパンクという形で新しい宗教を興そうとしていることをヒロさんが気づいてないのは不思議じゃない。そして、俺の正体についても完全に見破っているようには見えなかった。

「俺もフェスタスも軍から派遣された捜査員だ。まちがいなく故障(グージャン)だと診断される。逃げたほうがいい」

そう言って教えてやりたい気にもなった。けれど結局、俺の口から出た答えは、

「故障と認定されても、改善すれば、大きな処罰はないと思いますよ」に留(とど)まった。

「それはそうなんだが――」とヒロさんは言い淀んだ。「困ったことに、パンクスってのはやるときはやるんだよ」

「つまり、反抗するってことですか」

「そいつが売りだからな」

ヒロさんは口を歪めて笑った。

ドローンは下降をはじめ、草地に着陸した。俺はヒロさんと荷降ろしをはじめた。

「あの箱の中身はなんですか」

作業を終えると、俺は尋ねた。会場の外枠になっている草のフェンスに向かって、ヒロさんと並んで立ち、向こうから蛇が現れるのを待ちながら。ヒロさんはふり返って山を背にした穢岩神社の拝殿を顎で示し、

「フェスのために追加した機材だ」と答えた。

「重たかったですね。『メタルマッハ・ストーム』って書いてあるのが、特に」

「ああ、重かった。とても。俺の気分みたいだ」

蛇がこちらに這ってきた。

蛇に乗って、BBストリートに出たところで降ろしてもらった。スタジオまで同行して一緒に中に運びましょうかと言ったけど、「いいんだ」と言われた。前よりも重かったのに、とは思ったものの、俺は俺でやることがあったので、それではここで、と言ってクリフサイドに足を踏み出した。

　ダイヤルハウスに戻ると、まだ寝ているエレナを肩をゆすって起こした。すぐに山を下りてもらい、データをＤＡＩ（ダイ）にアップしてもらわなきゃならなかった。

「うう。いま何時よ？」

「もう九時過ぎだ、起きてくれ。話がある」

「九時？　三時間も寝てないよ」

なぜそんなに夜更かししたんだと訊くと、ライブ後、打ち上げがあったんだ、とエレナは言った。

「で、どうだったんだライブは」しょうがないから俺は訊いたよ。

「え、見てなかったの？」

「ああ、ちょっと急用ができて」

「急用ってなによ」

「それをいまから話す」

「信じられない、盛り上がったってレベルじゃなかったよ。大（おお）トリのアタオカの演奏もすごかった。打ち上げのときには、ケイの話も出てたのに」

「俺の話ってなんだ？」

「それを先に話す？」

「いや、こっちが先だ。いまコーヒーを淹れる」

「じゃあ、朝ご飯もお願い」

俺は大急ぎで卵を溶いて、中にチーズとソーセージを細かく切ったのを混ぜてスクランブルエッグを作り、コーヒーを淹れると、エレナをダイニングテーブルに呼び寄せた。

食べ終わった皿を下げ、コーヒーのおかわりをマグに注ぎながら、俺は話しはじめた。

エレナは目をこすりながら聞いていたが、ポピーが咲いていたあのカフェと隣のバルコニーで見かけた男は、フェスタスというコードネームを持つ秩序維持軍の情報員だったと打ち明けた頃から、眠気が飛んだみたいだった。

俺は、思い出せる限りのすべてを語った。大同世界(タートンシージェ)の成り立ちについての新説、ウルトラ兄弟、アルケノーヴァ、コントロール、エネルギー・情報・マネー、ニュータイプのゾーンの同時多発、ワクチン接種の拒否、尻尾が短い蜥蜴の意味、火祭りで名高い神倉神社の末社だった小岩神社を穢岩神社に改名してパンクロック(穢岩)の神殿に仕立て上げ、こちらを本殿、ロリンズ・スクエア・ガーデンに建造中のスタジアムは拝殿としたこと、かなりの人数が抜いていて、しかもどんどん子供を産み、埋めないまま放置する、そのひとりがジュンだ、と言ってから最後に、

「DAI(ダイ)の判断を待つまでもなく、まちがいなくアガラは故障(グージャン)している」と断定した。

このとき俺はてっきり、エレナが慌てて立ち上がり、下山の準備に取り掛かってくれるものと信じてた。ところが、

「おかわり」

と空になったマグを俺のほうに突き出して、動こうとしない。これにはなんでよってなった。

とりあえず俺は立ち、サーバーにたっぷりコーヒーを作ってマグに注ぐと、エレナの前に座り直して、続きを待った。

エレナはゆっくりとコーヒーを、三口(みくち)ほど飲んで、

「もうすこし様子を見よう」

と来たもんだ。

「なぜ？」と当然俺は訊いた。

「ここで動いたら相手の思う壺(つぼ)だから」

「思う壺？　どういう展開になるって言うんだ」

「それはわからない」

「わからないって、そんな……」

「ただ、気になるからそうしようって言ってるだけ」

「様子を見るって、どのぐらい？」

「すくなくともフェスが終わるぐらいかな」

「なぜそんなに悠長に構えてられるんだ」

「すぐ動くほうが危ないからだよ。第一、そのフェスタスが情報局の人間だって確証がないじゃない」

「それを証明させるのは無理だろう。なにせ潜入前に軍歴に関するデータはおろか、チップだ

って抜いてるんだから」

「だから、相手にとってはそれが都合がいいわけ」

「どういう意味だよ」

「鈍いね。自分は潜入捜査員だって証明しないでもいいってことよ。つまり、実はアガラ側（サイド）の人間が潜入捜査員だって偽装して、こちらにカマをかけてる可能性も疑わなきゃ」

「いや、その理屈は通らないな。フェスタスは俺を面接した上官の名前や君が北京芸術学院で音楽人類学を学んでいて、演奏参与って研究法のスペシャリストだってことまで知ってたぞ」

　さすがにここまで追い詰めたら、考えを改めてくれるんじゃないかと思ったんだが、意外や意外エレナは平然としていた。

「困ったねえ。じゃあ、もっとまずい可能性も考えるべきだな、こりゃ」

「なんだ、もっとまずい可能性って？」

「二重スパイだよ。彼は先にアガラに潜入した。だけど、身バレしてチップを抜かれ、情報局に戻れなくされた上で、ほかの捜査員をあぶり出す餌の役割を担わされている。——なんてことも考えなきゃならない。もっとも、抜いてるなんて言ったって、本人がそう言ってるだけじゃ、当てにならないけどね。餌をぶら下げられて、寝返ったのかもしれない。とにかく、そこまで喋ったんなら、聞かされた私たちがどう動くかを絶対どこかで見ているよ」

　情報局の生え抜きじゃなかった俺は、エレナの言うことが、ハッタリなのか、それともその道のプロなら考慮すべきことなのかが、わからなかった。

「だとしてもだ」と俺は言い返した。「いまから山を下りて大阪に戻り、そこからこれまで溜め込んだ情報をDAI(ダイ)に送っちゃえばいいじゃないか。それならすくなくともとっ捕まって拷問されることはないだろ」

「ケイはそれでいいかもしれないけど、私は困る」

「どうして」

「私は正員じゃなく、軍と契約して仕事をしてる身だから。フェスタスが教えた私の経歴はその通りだけど、だからこそ、専門知を生かして精製した情報を送らないと得点にならない。そうしないと次の仕事に差し障りが出る」

まずいことに、エレナの主張はもっともらしく聞こえた。

「言っとくけど」とエレナは言った。「私がいますぐ動かないのは、慎重を期したいだけなんだ。ケイの報告をみんな見当外れだと思ってるわけじゃないよ。特に、〝オイワさん〟が元々は〝小(ち)っこい岩〟って書くのを〝小(シャオ)〟を〝穢(フォエイ)〟の字に変えて、〝穢岩(おいわ)〟って読んでパンクロックを表してるって見破ったのはお見事だったよ。中国語じゃあ、〝小(シャオ)〟も〝穢(フォエイ)〟も〝お〟なんて発音しないからね、私には気づきようのないことだった。摂社の神倉神社の火祭りと末社の穢岩神社のファイアー・パンクロック・フェスティバルが相似形になってるって読みも鋭い」

と、急に褒めたと思ったら、

「だけど、そのフェスタスって男が気になる。そいつがカードを配る手つきがさ」

とすぐに釘を刺してきた。

手つき？　どの手つきだよ。フェスタスとの会話はやたらと長くて、置かれたカードも一枚や二枚じゃなかった。怪しいと感じるのはどのカードを扱うときの手つきだ？

「まずはアルケノーヴァだね」とエレナが言った。「秩序維持軍の情報部員が、そんな言葉を口にするのはおかしいよ。そんなやつはアタオカに決まってる。この場合のアタオカはもちろんアホな陰謀論者のことね」

いや、そうなんだけどさと言って、そのあとに続ける弁護を俺が口にする前に、エレナは続けた。

「ワクチンの話もそう。これもアタオカっぽい。ウイルスが流行ったときに、ここがチャンスとばかり効きもしないワクチンを全世界に配布し、そのとき構築した流通管理システムがＤＡＩ（ダイ）の基礎技術になったたって珍説を披露したわけよね」

フェスタスはたしかにそう言った。

「それもアルケノーヴァが大同世界（ターートンシージェ）を支配しているって話につながるでしょ。これなんかまさしくアタオカだよ。とにかく、一介の潜入捜査員が話すような内容じゃない」

いや、そうなんだけどさとまた思いつつ、やはり言葉は出てこなかった。

「ほかもヤバいよ。エネルギーや金融や情報テクノロジーを駆使して、アルケノーヴァがやろうとしてることはコントロールだって言い、楽園を追放された人間の心の深部には、コントロールの欲動が巣食っていて、人間はコントロールしたいって衝動だけはコントロールできないって話だったんでしょ」

「ちょこっと聞いただけで、よくそんなに上手くまとめられるなあ」と俺は感心したが、

「感心してる場合じゃない」とピシャリとやられた。「だって、楽園追放って旧約聖書のエピソードだよ。めっちゃ宗教的な説明じゃない。故障（グージャン）が起きてるかどうかをＤＡＩが判断するときに、一番注目するのはなんだったっけ？」

「宗教です」教室で指された生徒みたいに俺は言った。

「それなのに、なんでそんな説明になるのよ。カードを配る手つきが気になるって私が言ってるのはそういうこと」

「なるほどね」ようやく納得し、俺は頭をかいた。

「それに、潜入捜査官なら、世界がひとつになったのは、自由で平和で平等な世界を実現するためって説明してそこで終わりにするべきでしょ。コントロールしたいって欲望が大同世界を作ったんだっていう解説自体が反秩序的で反ＤＡＩだよ」

「でもさ、グエン・レホイや君のキャリアまで知っていたんだから、潜入捜査官であることはまちがいないんじゃないかなあ。それに、コントロールへの欲動と大同世界の関係は、目から鱗（うろこ）が落ちるようだったけど」

「それが洗脳なんだってば」とエレナが言った。「お前に世界の見方を教えてやるってことだよ。アタオカに言われちゃおしまいだね」

アタオカ。俺はつぶやいた。フェスタスはアタオカなのか。軍の捜査員じゃなくて陰謀論者なのか。アタオカ。もういちどつぶやいた。そして俺は、自分でも思いがけない話をはじめて

しまった。

「アタオカってバンドがあるじゃないか。アガラパンクの代表的バンドって言われている」

「なに寝ぼけたこと言ってんの。もちろん知ってるよ。だって昨日ライブ見たんだから」

「そうだったな。どうだった？」

「どうだったって……。それ、いましてる話と関係あるの？」

「あるような気もするし、ないような気もする。とりあえず聞いておきたい」

「すごかったよ」

「すごくよかったってことだよな」

「うん。それで？」

「音楽人類学者として、君はいろんな所で合奏し、ご当地で奏でられている音楽と宗教性について研究してきた。そうフェスタスが言ってたけど、まちがいないんだよね」

「それはさっき認めた」

「で、その人類学研究ってのは、ただセッションしたあとで、昨夜みたいに打ち上げに参加したり、一緒に飯を食ったりなんかするんじゃないの」

「するよ、しすぎるのはよくないんだけどね」

「よくないのはなぜ？」

「あまり同化すると、相手を客観的な対象として見られなくなるから。研究者には越えちゃいけない一線ってものがあるんだ」

「つまり同化するのはまずい？」

「いや、一緒に演奏するんだから同化はするの。そうしないとまともな演奏にならないから。だけど、しすぎるのはよくないってこと」

「ある程度同化しないと、音楽における宗教性なんてわからない。それは単純に外から見たり、インタビューするだけだとレポートできない、自分で感じることによってこそ明らかになる。

――こういうことかい」

「そう言ってもいい」

「なら、あえて矛盾を冒していることになるよな」

「矛盾？」

「相手を観察して該当する項目にチェックを入れるだけってのが俺たち兵士のやりかただった。ゾーンに立ち入ると、未開化（ウェイカイホア）と呼ばれる人たちや彼らの生活を見ながら、用意された調査リストにチェックを入れて、写真や動画も添付しＤＡＩ（ダイ）に送った。確実な判断が下せるまで、ＤＡＩはチェック項目をどんどん追加し、その度に俺たちはその項目を埋めてまた送り返す。この〝行って来い〟の作業を延々やって、やっとＤＡＩから通達が来る。ま、ほとんど〝警告（ジンガオ）しろ〟だったけどね」

「それは私のやり方とはちがうよ」

「だからこそ軍にとって君は〝提携〟するに値する人間だった。君はまず相手に近づいて一体化する。一体化することによってなにかを感じ取ることが大事なんだろうな。そして、また次のステップがある。君が観察するのは、君の中に生まれたなにかだ。そこに宗教性があるのかないのか、どんな宗教性なのか、ヤバいとかヤバくないとか濃いとか薄いとかさ。――こんな感じなんだろ」

エレナは肯定も否定もせず、黙ってマグカップに口をつけてから、

「で、矛盾ってなに？」と言って俺の目を見た。

「相手と自分が融合するのが一体化。相手から自分を引き離してやるのが観察。音楽における宗教性なんてことを調べようと思ったら一体化しなきゃなんない。この宗教がヤバいのか無害なのかを調査するために、とりあえず入信しちゃうみたいなもんだ。かといって、ガチで入信してしまったら、そっちの人になっちゃって、そんなやつが書いたレポートなんて使い物にならない。だから、そのほんのすこし手前で踏みとどまる。矛盾と言って悪ければ、かなり難しいことをやってるとは言えるよね」

「言いたいことはわかる」

「だけど今回、俺たちがＤＡＩ（ダイ）にあげるレポートにはチェックリストがない。現場が現状を報告するのに最適だと思うフォーマットで書けばいいと俺は北京で言われた。専門知識を要するレポートを書けるかどうかを調べもせずに、ギターが弾けるとか、空手や柔道のブラックベルトなんかで抜擢（ばってき）するのは変だと思わないか」

「変だとしたら、なんなの」

「きっと、俺が書けなきゃ君が書くと判断されたんだ。いやいや、北京での面接を思い返すと、

俺よりも先に君が選ばれてた。そして、これはヤバいと思ったら、現場を弱体化させ壊滅させるもろもろのオペレーションはこちらに一任するとまでグエンは言った。つまり俺たちは、ジャッジは君、破壊は俺という役割分担で結成されたチームなんだよ」

エレナが黙り込んだ。続けるよ、と俺は言った。

「とりあえず、昨日のスリーピー・アイズについて教えてくれないか。演奏参与してみて、あのステージと客席との間に発生した宗教性についてレポートを書くとしたら、どんなものになる？」

すこし考えたあとでエレナは言った。

「濃密な宗教的空間があった、と書くだろうね」

「なるほど。じゃあ、アタオカについてはどうだった？」

「私はアタオカのギグには参加してないよ」

「うん。ステージに上がってなにか叩いたわけじゃないけど、客観的に観察していたってわけでもないだろ」

「どういう意味？」

「アタオカのステージはどこで見てたんだ」

「スクリーミングウームスのメンバーと一緒にフロアに出て」

「だったら、演奏中はずっとみんなと踊ってたんだろ」

ファンであり、短いながらもパフォーマーでもあった俺は、パンクの聴衆がなんとか演奏者と一体化しようとしゃにむに身体(からだ)を動かすことを知っていた。

そうだよ、とエレナはうなずき、ひとりだけぼーっと立ってたら変だもの、とつけ足した。

それが言い訳であることを問いただす必要はなかった。

「君は、熱狂する空間に自分を投げ入れて身体でリズムを取っていた。だったら、これも演奏参与だろ」

そうだね、と彼女は認めた。

「じゃあ、演奏参与したという前提で、アタオカのステージについてレポートを書くとしたらどんなものになるか教えてくれないか」

「ある種の宗教性が発露していた……」

「じゃあ同じだ。スリーピー・アイズと。スコットランドのフォークとアタオカのパンクは等しくヤバいってことになるじゃないか」

ある意味では、とエレナは言った。

「どちらのステージにも宗教性が発露しているって君は感じた。なら、どうしてこの線でレポートを書かない」

こんどは黙った。彼女が口を開くまで我慢くらべみたいに待っていてもよかったが、俺はなぜか、答えを聞かなくてもいい気持ちになって話題を変えた。

「ところで、暗黙の宗教(implicit religion)って知ってるかい」

「その言葉、誰から聞いたの」

「フェスタスさ」

エレナはすこし考えてから口を開いた。

「一見すると宗教みたいに見えないけど、宗教と同じように機能するものだよ」

「宗教と同じ働きをするなら、それは宗教だと理解していいのかい？」

「機能主義的に見ればそうなるね」

「じゃあ、これはどうかな、暗黙の宗教があるのなら、暗黙のパンク(implicit punk rock)ってのもあり得るんじゃないか」

「暗黙のパンク？」

「パンクに見えないけれども実はパンクってやつさ。スリーピー・アイズのスコティッシュ・フォークなんかはパンクには見えないけれども、パンクだよ、あれは」

「どうしてフォークをパンクにしなきゃいけないの」

「詞だ」

「詞？」

「ハガイの詞に曲をつけていることが気になる。ハガイの詞がアガラネットワークでさまざまな場所のさまざまな音楽で使われ、その歌や曲がパンクになる」

「アガラパンクは暗黙の宗教、宗教には見えないけれど宗教性を湛(たた)えたなにか。その宗教性をハガイの詞がはぐくんでいる。なら、ハガイ作詞のフォークは暗黙のパンクになりうる。だから、暗黙のパンク・イズ・暗黙の宗教。――こういう理屈？」

「百点」と言って俺は笑ってみせた。

「だけど、音楽の宗教性なんていたるところにあるもんだよ。スコットランドのフォークソングを暗黙のパンク（implicit punk rock）だなんて無理矢理パンクにする理由はなんなの？」

「パンクが特別だからさ。心の亀裂に埋め込むとパンクはすごく効く。刺さり方がハンパない。そういう意味で、俺は昨日のスリーピー・アイズの歌と演奏をパンクと呼びたいんだ」

　エレナは黙って考え込んでいた。

「パンクが力を失っていった原因のひとつは、そのスタイルが飽きられたからだ。あのきったないファッションは、それになじめなかった人たちを排除してしまった。けれど、暗黙のパンクなら、一聴するとパンクには見えないし聴こえないけど、パンクのように刺さるってことがあるかもしれない。アガラじゃボヘミアンって呼ばれる牧歌的なファッションでパンクを名乗る連中がいて、スクリーミングウームスじゃジュンがそんな感じだけど、あれもそうだ。おまけに彼女はバイオマスエネルギーの専門家ときた。昔はそんなエコでインテリなパンクなんていなかった。つまり、なんとなく心地よく聞き流すつもりでかけたＢＧＭが心に刺さり、心をかき乱されて、世界の見方が変わってしまうような音楽、それが暗黙のパンクだ」

　思うがままに吐き出した自分の言葉に、俺ははっとした。そうか、オールモスト・ハッピーって暗黙のパンクだったんだ。そして、ああ、どうして俺はあの時、あのカフェで、エレナにそう言って、カバーに同意してやれなかったんだろう。と激しく悔やみつつ、言葉を継いだ。

「それに、パンクじゃないものをパンクに仕立て上げたい理由はほかにもある。それはアガラがDAIと戦うにあたって、連合が必要だって思っているからだ」

「DAIと戦うにはパンクスにならなきゃいけないの」

「そういうことだ。フェスタスはこんな話もした。アルケノーヴァは新自由主義ってのを操って、右も左もぶっ壊し、世界を統一したって。エレナはこの見立てをどう思う？」

「そのこと自体はわかるよ。アルケノーヴァっていかがわしい語を横に置くとすれば」

「オーケー。じゃあ、ここからは俺の見立てを話そう。で、その新自由主義をパンクは昔から攻撃してきた。でも結果はボロ負け。パンクは負け犬として生きるしかなくなった。けれどいま、パンクはここ和歌山の山奥でふたたび根を張ろうとしている。そしてその根はどんどん深く広く延び、海底の下を進んで世界各地にまで届いて、大洋の向こうで別種の樹を育てている。それぞれの樹は地下で根を絡まり合わせつながっている。そして、土中でつながる根に宗教的なエキスが通い、さまざまな場所の樹に養分を送っている。新自由主義が葬り去ったつもりの宗教を、アガラパンクはそれと見せない形で復活させ、反秩序を企てようとしている」

コーヒーを飲もうと、マグカップに口をつけたが中は空だった。俺は立ち上がり、コーヒーマシンからカラフを取って来て、エレナと俺のカップに注ぎ足しながら言った。

「先頭に立って、それを押し進めているバンドの名前がアタオカだってのもイミシンだよ」

エレナはマグを取り上げ、目で先を促した。

「日本語由来の、アルケノーヴァを信じるような頭のおかしなやつを意味するこのバンド名を聞いたとき、斜に構えて道化っぽく見せようとしてるんだなって思った。大昔のバンドでボケ役(The Stooges)ってのがあったんだけど、その類(たぐい)かなと」

俺は、カラフをマシンに戻して腰かけ、マグを取った。

「だけど、これはマジだ。アルケノーヴァが世界を牛耳っているぜってメッセージを発散するためのあえてのネーミングなんだ」

「だとしたら完全に反ＤＡＩ(ダイ)であり、反秩序ってことになるよ」

ぱちん。フェスタスの真似をして指を鳴らしてみた。おまじないのつもりで。エレナに気づいてもらいたかったのかもしれない。けれど、なにを？　アガラの反秩序性か。それとも、エレナが反秩序に肩入れしていることへの警告をか。

「逆に、昨夜(ゆうべ)のアタオカのパフォーマンスについて君に訊きたい。反秩序的で反ＤＡＩ的な気配はなかったかい？」

質問の後にできた沈黙からはヤバい匂いが漂った。

「アタオカのステージで、コントロールって言葉はまったく聞かなかったかい、コントロールなんかされてたまるか、なんてメッセージは一切なかったかい」

エレナはやはり黙っていた。あったはずだ、と俺は言った。

「そんなメッセージが爆音で発せられる中で君は踊ってた、ノリノリでね」

ノリノリってところくらいは否定したかっただろう。けれど、アタオカのパフォーマンスはすごかったとさっき彼女は言ったばかりだった。

「演奏参与して、君は同化していた。アタオカパンクカルチャーに。アタオカが反秩序で反Ｄ

AIだとしたら、同化した君も同じだ」

「ケイはどうなの」とエレナは口を開いた。「ワクチン配布の技術がDAIに発展した、だなんてことを真に受けたんでしょ」

「その反論こそ俺が待っていたものだ」

エレナは怪訝な顔つきになった。

「俺も同化しかかってる。このダイヤルハウスみたいに崖っぷちに立っている」

エレナが黙っているので、ずっと腑に落ちなかったんだ、と俺は言った。

「情報部員としてまともな訓練を受けたことのない俺がどうして選ばれたんだろうって。DAIが選んだんだから受けとめるしかないってグエンに言われたときも、DAIが参照したデータが杜撰だったんだなって思った。フェスタスから、実はグエンが選んだのかもしれないぜって言われたときも、もうちょい慎重に選ぶべきだったと呆れた。でも、そうじゃないんだって思いはじめてる。これは狙い通りの人選で、それはほぼドンピシャだったんだ」

「どういうこと」

「俺や君は同化しやすい気質で選ばれた。俺たちはパンクっぽいって思われたんだ」

見開かれ、瞳孔が広がるエレナの目の中に浮かぶ俺を、俺は間近で見ていた。

「うまく刺激を与えてやれば、反DAI的な感情が育つような人間として選ばれたんだよ。俺たちが選ばれたのは音楽。音楽につい感応してしまう感性ゆえにだ。そして、フェスタスが仄めかしたように、DAIが選んだように見せかけ、実は選んだのはグエン・レホイだったと考えるほうがわかりやすいんじゃないか」

「ということはあなたを選んだ上官は――」

「アガラ側(サイド)ってことになる。そして子分のフェスタスもだ」

俺は、インドネシアで撃ち殺したあのカンドゥリブランって白人を思い出した。バイオチップが検出できなかったあの白人と、アガラで抜いたフェスタス。

「つまり、私たちは反秩序勢力に加担することを期待されたってこと?」

「ああ。そして、この作戦は見事にハマりかかっていた」

彼女が黙っていたので俺は、

「ただ、まだハマったわけじゃないさ」とつけ加えた。

「でもグエンは、私たちをどうやって発見したの」と彼女は言った。「つまり、うまく刺激を与えてやれば、反DAI(ダイ)的な感情が育つような人間として私たちをピックアップできたのはどうして?」

「DAIの技術を使ったんだろう。俺が出動するときはたいていジョーってやつと同じチームになる。つまり、DAIは俺とジョーのスコアを照合しつつ、機動的なコンビだと判断してた。このDAIの技術を使って、グエンは君と僕とを選んだ。――ありえないかな」

「……いや、あると思う」

「てことはグエン・レホイがやってることもコントロールだな。コントロールによる脱コントロール。『目には目を歯には歯を』かよ」

「グエン・レホイ？」とエレナが言った。「ヴェトナム人なの？」

「そうだとは思ったけど確認してない」

「で、親子のような部下がフェスタス」

「ああ情報機関では、見込みのある者を幼い頃からマンツーマンで指導して、プロに育て上げるってことがあるんだ」

「じゃあその二人、反秩序・反ＤＡＩで結ばれた同志だね。グエン・レホイの漢字はどう書くの？」

「いや、わからないな」

「たぶんこうじゃないかな。――ちょっとそこに書かせて」

「えっ……たしかなのか？」

「ほぼまちがいないだろうね」

俺の目は、『やさしい心』の背表紙の空きスペースに書き込まれた二文字〝祝祭〟に注がれていた。

「じゃあフェスタスっていうのは？」

「それはもう、まさしく祝祭（フェスティバル）だよ。スペインに多い名前だったと思う。つまり、ふたりは同じ符号を使ってるわけ」

「じゃあ、カンドゥリブランってのはわかるかな」

エレナは首をかしげた。

「インドネシアでゾーンに指定された村には白人がいてね、そいつは現地でそう呼ばれてたみたいなんだ。普通のインドネシア人の名前じゃないんだってさ」

「どのあたり？　インドネシアの」

「スマトラ島」

エレナは立ち上がり、ベッドの枕の下からタブレット版のTUを取って戻ってきた。

「あの辺はローカル言語がたくさんあったんだよね。ありすぎるくらい」

それから、アチェ語かなあそれともムシ語？　なんて言ってTUをいじっていた。そして、これじゃないの、と言ってタップしたらTUが喋った。

〔カンドゥリブラン〕

と聞こえなくはなかった。俺が勝手にカンドゥとリブランの間に休符を入れていたその音は、カンドゥリとブランで区切られていたけれど。

「これだった？」

と訊かれても、グエンからその名を聞かされただけの俺は、

「どういう意味なんだ」と逆に尋ねた。

エレナはまたタップした。こんどは英語が流れた。

〔村の霊を敬う祝宴、村の祭り、収穫祭〕

「要するに祭りじゃないか」驚いて俺は言った。

「そうなってくるとハガイってのもやっぱり気になるな」

「日本人の名前だと考えて、俺が思いついたのはこの字だった」

「ふーん……中国人に見せたら羽賀井と読むだろうね」

「ただ、この名前から思い浮かぶものはなにもなかったんだけどさ」

「あれ、いま気づいたんだけど、それユダヤ人かも」

「ユダヤ人？」

「そう旧約聖書に出てくる預言者」

「なにか意味があんの、そのハガイって」

「だからこれも、フェスティバル、祝祭の意味だよ」

「……たしかなのか」

「鈍かったな。旧約聖書の中に『ハガイ書』ってのがあるんだ」

驚いた。こうなるとたまたま音が似てたってわけじゃないだろう。

「ハガイは預言者、つまり神の言葉を預かる人だよね。じゃあ、どんな言葉を預かったでしょう」

「わかるわけないだろ」

「ロリンズ・スクエア・ガーデンにへんてこなステージが建てられてるんでしょ」

「ああ」

「神はハガイにこう言われたの。『言い訳してないで、さっさと神殿を建てなさい』って」

俺は呆然とした。アガラがロリンズ・スクエア・ガーデンに建造中なのは穢岩神社の拝殿じゃないか。

すべてが明らかになった、そんな気がした。

深いため息が聞こえ、顔を上げると、エレナがついと立った。

「もうちょっと寝る」

「え？　レポートはどうする」

驚いて、俺は尋ねた。

「眠すぎて書けない。それに、もうすこし頭を整理する時間も欲しいし」

と言って、エレナはさっさとベッドに潜り込んだ。

やはりそうか、と俺は思った。時間が欲しいなんて嘘だ。彼女の中で、アガラの容疑はとっくに固まっていたんだ。昨夜のフェスタスとのやり取りの打ち明け話は駄目押しでしかなかった。ただ、彼女はそれを報告したくない。アガラを存続させたいから。いまやエレナは俺以上にアガラシンパだ。演奏参与を通じて、俺より濃密にアガラに関わった彼女は、半分入信するつもりが、完全にアガラ色に染まってしまった。

一方、フェスタスは、彼女のいまの状態を見抜いていた。そしてその上で、自分の反大同世界（タートンシージェ）観、反秩序の思想を俺に披露した。俺がそれを彼女に話すことを見越した上でね。そうして俺たちふたりがともにアガラに完全に同化することを狙ったってわけだ。

エレナはレポートを書かないで眠ることを選択した。さっき俺は、まだハマったわけじゃないと言ったけれど、彼女はもうアガラ側（サイド）に堕（お）ちていた。

だけど俺はちがう。まだ完全に堕ちちゃいない。それに、グエンやフェスタスのクーデターに利用されてたまるかという気持ちも芽生えていた。ジョーほどではないにせよ、俺は俺で世界を愛していたから。彼女がレポートを書かないなら、俺が書いて出すしかない。けれど、彼女が提出を拒んだら、軍とのつながりを断たれている俺はどうしたらいい？　いや方法はある。もういちど山を下りておばちゃんに事情を話し、一般市民からの〝通報〟という形にしてもらえば、俺のレポートは軍に届くだろう。よし、これでいこう。

それから、さてどう書けばいいんだろうって考えた。項目にチェックを入れることしかやってこなかった俺にこんなにも複雑な込み入った状況を説明できるだろうか。だけどやるしかない。俺はＰＣを抱えてバルコニーに出た。デッキチェアに座ってそいつを膝の上に載せ、しばらく青々と輝く棚田を見下ろしていた。それから蓋を開け、ワードプロセッサーを立ち上げ、音声入力モードにセットすると、付属マイクに向かって話しはじめた。

さて、そのときの初稿がまだ手元に残っている。君らにもコピーを渡しておこう。

音声入力で、しかも下書きだから、論旨は迷走気味だ。ところどころ余計な文字が残っていたり、語調が変になっているところもあるけど、勘弁してくれ。タイトルは適当につけた当初のまま。執筆者名は俺が軍の登録を抹消されていたからブランクになってる。じゃあ、読んでみようかな。

中華圏日本州和歌山に発生したアガラ型故障（グージャン）　またはアガラパンクの宗教性とその脅威について

I．アガラパンクはなぜ宗教だと言えるのか　またはパンクが賭ける〝力〟とはなにか

えーっと、結論を先に申し上げると、アガラは宗教を復活させようとしている宗教的政治結社であります。

アガラでは、日々、パンクロックを演奏する、その演奏をリスナーとして体験するという宗教的行為が営まれており、くり返されるパフォーマンスによって、新たな反大同世界（タートンシージェ）的世界観、反秩序的思想を産み続けております。

アガラでパンクを演奏（パフォーム）する、それを受けとめる、またアガラパンクスとして生きるということは、自覚的・決断的行為であり、その行為が目指すところは、大同世界の統治技術であるDAI（ダイ）の支配からの脱出、脱コントロールなのです。

まず、指摘しておくべきなのは、その戦略の巧みさです。アガラは、このような宗教的行為（宗教体験）を、観光地という表面（おもてづら）とその下のパンクカルチャーという二重のパッケージでカムフラージュしています。

まず観光から説明させてください。大同世界では、観光資源として認定されれば、伝統的な宗教は無害化したと見做され、その歴史的価値を強調して商売することは商行為として認められる傾向にあります。

アガラはこの既成事実を巧みに利用します。世界遺産、熊野古道の近くに位置していること、また風光明媚（ふうこうめいび）な土地であることから、観光地の体裁を取ることに成功しています。

そして、この穴場的な観光地をふと訪れた、パンクなどに興味のない人々も、パンク的宗教ウイルスに感染させてしまうというところまで意図しているのかどうか、それはよくわからないんだけど、まあね、個人的にはそうじゃないかしらと疑ってはおりますがそれはともかく、まず注意しなければならないのは、オープンな観光スポットとパンクロックという、宗教とは似ても似つかないものの合わせ技です。この意外な取り合わせによって、反秩序的な宗教行為をカムフラージュすることに成功しているのです。オーギュスト・デュパンの『盗まれた手紙』（未読だけど）ではありませんが、〝隠したいものは目の前に置け〟的な戦略で、〔観光地＆パンク→宗教〕というヤバい企てを堂々と隠しているのです。

冒頭で、アガラはパンクで宗教を復活させようとしていると申し上げましたが、もともとパンクロックというのは宗教を攻撃することを売りにしていました。なので、ロックミュージックに詳しい人であるほど、それはちょっとおかしいぞと首をひねられるでしょう。

たしかに、パンクというロックのスタイルが東南アジアで勢いづいてきた頃には、イスラム教国であったインドネシアのパンクスは、シャリーア（イスラム法）と戦う姿勢を明確に打ち出していましたし、ヒンドゥー教徒が大多数を占めていたネパールでは、カースト制度の最下層に置かれた少女がパンクに目覚め、自分のアイデンティティをパンクロッカーに見出そうとしている、そんな記録映像を見たことがあります。

なので、当初は俺も、「アガラパンクは宗教的要素を孕(はら)んでいるのではないか」という見通しをパートナーが立てたときには、「まさかそんなことは……」と呆れたわけです。では アガラは、パンクなんぞに興味のない者が、このような「まさか」を狙った上で、パンクからある種の宗教性を生み出そうとして、アガラパンクなるサブジャンルをでっちあげたのかというと、そうではないと思うのです。パンク村アガラを作ったのはやはりパンクスだった、アガラはパンクスの村にほかならない。

アガラの近くで開催されていた火祭り(正式名はお燈祭り)を観光したパンクスがこれに感染して、火祭りにパンクとの近さを感じ取った。簡単に言えば、火祭りはパンクだって思った。そして、パンクのパフォーマンスをくり返すことによって宗教っぽいものが胎動しはじめる、全力疾走でパンクすれば、その猛進の中に宗教が生じる、このように考えた誰かが、「パンクによる宗教復活作戦」としてアガラという土地を開拓したのではないか。

根拠のないことを無責任に書くなという叱責がいまにも飛んできそうですが、書きます。なぜなら、アガラの重大な戦略のひとつが「見えにくくする」ってことにあるので、根拠のないことでも書いておいたほうがよいのです。まあ、これは大同世界(タートンシージェ)も同じ手を使いますが、ははは。

けれど、こんなややこしい戦略を立てるパンクスなんて普通はいません。パンクは混沌(こんとん)とした闇雲な力(force)に重きを置くロックなので。だから、アガラはパンクっぽくないとも言える。だけど、パンク。このややこしさがアガラの戦略なのです。

では、戦略家はいったい誰なのか？　パンクロックの歴史を振り返って、すぐ思いつく戦略家は、セックス・ピストルズを売り出したマルコム・マクラーレンです。このようなプロデューサーをアガラで見つけようとすれば、ハガイという、膨大な詞（それはパンクのみならず他ジャンルにも及ぶ）を書いている者（複数説あり）がまずは怪しいのですが、彼（ら）についてはその詳細を明らかにできておりません。けれど、マルコム・マクラーレンが新しいファッションで金儲けを狙った仕掛け人だったのに対して、ハガイは正真正銘のパンクだという気がしてなりません。というのは……あれ、話がズレはじめてるな。いかんいかん。ハガイについてはあとで詳しく話すことにして、まずは、「パンクロックというパフォーマンスをくり返すことによって宗教が胎動しはじめた」点について、思うところをもうすこし述べておきましょう。

　これは、「アガラパンクは宗教を孕(はら)みつつある」ということです。

　孕む。そう、孕んでいるという表現がしっくりきます。また、覚え立ての言葉を使えば「アガラパンクは宗教の代理母だ」と言い換えることもできる。奇(く)しくも、パートナーが潜入したのは、スクリーミングウームスというバンドで、加入のチャンスは、スクリーミングウームス(叫ぶ子宮)のドラマーが孕み、代理のドラマーを必要としたことによって生まれました。妊娠によって捜査が進展したことは、象徴的だと言えるでしょう。

　と同時に俺は、この偶然の意味を語ることにためらいを覚えています。それは恐れからくるためらいです。突拍子もない発想なので、まんまレポートすれば、アタオカ扱いされること確実じゃないかという……。ただ、ここは勇気を持って報告すべきでしょう。突拍子もない発想とは次のようなものです。アガラの女性パンクの妊娠と出産という行為は、「アガラパンクは宗教を孕んでいる」ことを象徴している。と同時に、大同世界への抵抗の表現でもある。つまり「産むことは抵抗だ」というポリシーをアガラは掲げている。そして、産み落とすのは、宗教的ななにかだ。——以上の連想を荒唐無稽だと一笑に付すことなく、見解のひとつとして受け取ってもらえることを望んで止みません。

「産むことは抵抗だ」というスローガンを体現するように、スクリーミングウームスのドラマーは、現在三人目を出産しようとしています。彼女は、バイオチップが、不良スコアの高い者の遺伝子を根絶やしにするために、宿主の肉体に働きかけ流産させるという噂を信じており、来年十歳になる長女には埋め込みの施術を受けさせないつもりだと聞いています。

アガラは絵画もさかんで、パンクカルチャーを取り込んだ絵を描いている絵描きがかなり多くおります。このアガラアートの中に、ドラクロワの「民衆を導く自由の女神」を模した「パンクスを導く女パンク」という絵があり、ライブ会場でもこのデザインのTシャツを着ている者を多く見かけました。女パンクスが、産むという行為でアガラを反秩序・反DAIに導いている気がしてならない俺は、あの絵の女パンクスの腹は出っ張っていたほうがより正しいと思うのです。

しかし、このことはいったん後回しにして、「いかにしてパンクロックは、暗黙の宗教たりえるのか」、もっと簡単に言えば、「どうやってパンクは宗教に変身できるのか」について、私見を述べさせていただきます。

　今回の任務を受け、我々チームは、演奏参与という方法で、このパンク共同体の深部へとアプローチしようと目論みました。しかし、卓越した演奏技術を誇るパートナーとは異なり、俺のスキルは高度化した現代パンクの水準には届かず、またいつの時代もロック界隈ではギタリストは供給過剰気味であることも影響し、この手法は断念せざるを得ませんでした。そこで、楽曲を大量に聴きまくることでアガラパンクの中に秘められた宗教性を探る、という捜査に方向転換したわけです。

　パートナーからは、イミシンというアプリを使用するよう言いつかりました。このアプリは、アガラパンクの歌詞から宗教にまつわる単語、〝信じる〟とか〝祈り〟とかを引っ張り出し、その数をカウントし、その語がどの程度の重みをもって楽曲内で使われているのかを計測してくれるスグレモノです。

　俺はこのイミシンに、アガラパンクの歌詞と音声ファイルを大量に読み込ませました。ただ、アガラパンクを大量に聴いたイミシンがどう判定したかを、パートナーは教えてくれません。そもそもイミシンは、なにが問題でなにが問題でないかの判断はしないのだ、と言うのです。イミシンの仕事は、ある手続きに従って、ＤＡＩが読みとりやすいよう、データ変換して整えるだけ。そのデータを参照してジャッジするのはあくまでもＤＡＩ。──とまあこういうわけです。当初は、なるほどそうか、と思っていたのですが、現在では、彼女の消極的な態度は、イミシンが出した判定を俺に知らせたくないからだ、と疑っております。

つまり、パートナーは、イミシンの解析結果を知っている。すくなくとも薄々わかっている。ただ、その結果は、彼女にとってははなはだ不都合なものであるが故に、教えたくないのです。なぜなら彼女は変わってしまったからです。

彼女は、イミシンを使った作業を俺に言いつけたときには、「アガラパンクは宗教を孕んでいる」（彼女はこういう表現をしませんでしたが）という自分の見立てとイミシンの判定が合致することを望んでいました。つまり、当初の彼女は、いまの俺と同様の見解を持っていた。そして、イミシンは彼女の見立ては正しいと判定した。けれどいまの彼女は、「アガラパンクは宗教を孕んでいる」と理解はしているものの、イミシンがそう判定することを望まなくなっている。つまり、イミシンが出した結論ははなはだ不都合なものになってしまった。それは彼女が変わったからです。

彼女に変化をもたらしたのは、彼女が得意とする演奏参与という手法によるものです。彼女はこれまで、未開に近いエリアの宗教性を、当地の音楽から感知し、それを言語化して軍に報告してきました。ところが今回、彼女はアガラパンクと適切な距離を取ることができずに巻き込まれ、完全に一体化してしまった。ミイラ取りがミイラになった。知らないうちに〝入信〟してしまったのです。

しかし、ここで俺が演奏参与のチャンスを得られなかったことが幸いしました。パンク愛好家の俺が演奏参与していたら、あっという間に入信していたでしょう。俺がオーディションに落ちたことで、二人もろともアガラ側（サイド）に堕ちないですんだわけです。そして俺が、パートナーを観察した上で、当初の「アガラ芸術家村」説を撤回し、「アガラパンクは宗教を孕んでいる」説に軌道修正できたのは、ギターがヘタだったからです。

あれ、また話が脱線しかかってるな。なに話してたんだっけ？　そうだそうだ、「どうしてパンクロックなんてものが宗教に変身できるのか」についてだった。あぶないあぶない。話を戻しましょう。アガラパンクを大量に聴きながら、俺は意識を「なににについて歌っているのか」に集中させました。そうすると、アガラパンクがどんな感情をリスナーに呼び覚まそうとしているのかが徐々にわかってきたのです。作業をはじめたときに俺が意識していたのはここまででした。けれど、いまふり返ると、パンクのリスナーにどのような感情が芽生えるのかについては、俺はもうとっくに知っていたのです。

たったいま、俺はとっくに知っていた――などと書いて、ほかの捜査員なら無理だったろうと仄めかしました。これは単に自慢したかったってこともあるのですが、俺の履歴を紹介するイントロとしてそう申し上げたのです。俺はパンクロッカーでした。パンクロックが過去の遺物になりかかっていた時代に、パンクバンドを組んだ高校生は、パンクロックによってどのような感情がリスナーに呼び起こされるのかを身をもって体験し、そして、いまもかろうじてそのフィーリングを覚えているのです。

さて、ここで俺は二つの問いを立てたい。一つめ、なぜパンクは時代遅れになったのか？　二つめ、それなのになぜ俺はパンクをやろうとしたのか？　――です。

まず二つめから考えると、当時の俺はどこかで〝救い〟を求めていました。なにからの救いなのか。それにパンクロックバンドはどう答えてくれたのか。これが難問です。この難しさは、一つめの問い、パンクロックがなぜ時代遅れになったのかということに関係しています。

俺の家は、リッチとまでは言えないものの、貧困に喘いでるというわけではありませんでした。また、世間を見渡しても、深刻な貧困は解消されつつありました。俺がパンクバンドで活動していたのは、飢餓で苦しむ人口がゼロになったと国連が発表した前年です。アメリカで長年放置されていたアフリカ系やアメリカ先住民の貧困問題も、パワフルな福祉政策によって解消されつつありました。

戦友のジョーは、アフリカ系の自分たちが貧困から抜け出せなかった原因をこんな風に説明してくれたことがあります。俺たちが状況から抜け出せなかったのは〝俺たちの物語〟に縛られていたからだ、と。俺たちはどう転んでも黒人（もうこのような言葉は使われなくなりましたが）だ、貧乏くじを引かされ、ずっと後ろに引かれたスタートラインから、「あいつら」が〝自由競争〟と呼ぶレースを走らされてきた――みたいな物語を彼らは、アフリカ系だけが集まるコーヒーショップやバーでくり返しくり返し語り、語ることで慰め合い、「だから俺たちは自暴自棄になっていいのだ」「〝俺たち〟と〝あいつら〟の間には埋めがたい溝があり、その溝は越えられないんだ」と確認し合ってきた、確認し合うことで、俺たちはますます〝俺たちの物語〟に縛られてきた、と。

そしてジョーは、このような小さな〝俺たちの物語〟を解体して飲み込んでくれたのが大同世界が語る大きな〝平和と自由と平等の物語〟だったと言うのです。そしてジョーはこの物語を愛するがゆえに、秩序維持軍に志願したそうです。つまり、ジョーにとって、大同世界の大きな物語は〝救い〟だったのです。

なので、そうおいそれと〝平和と自由と平等の物語〟に文句をつけることはできません。平和と自由と平等は圧倒的に正しい。絶対的に善きことです。この文句のつけようのない正しさを片方の手で我々の目の前にちらつかせ、もう片方の手をまったくちがうことのために動かしているのでは、などとつぶやけば、周りからアタオカ認定を受けることは確実です。アタオカは、アタマオカシイヨという日本語が縮められたスラングで、「なにとち狂ったこと言ってるんだ」という意味であり、多くの局面で陰謀論者を指します。とにかく、絶対的な正しさとは、「平和と自由と平等が達成されるならば、もう片方の手でなにをしようといいじゃないか、それ以上に大事なことなどあるのか」というある種の言論弾圧と同じ役割を果たすのです。

けれど、大同世界の政策によって、〝俺たちの物語〟が解体し吸収されたことは、アフリカ系の人たちの〝俺たち〟の絆が消えたことも意味します。

ジョーは〝俺たちの物語〟がなくなったことはよかったと俺に言いました。なくなってどこが悪い、アフリカ系どうしで傷を舐め合う吹き溜まりのカフェやバーが消えたってかまやしない、というわけです。

ただ、消えた〝俺たちの物語〟は〝黒人の物語〟だけではなかった。ユニバーサル・ローン制度によって労働人口が激減したり、大部分の労働がリモートになったことで、会社(company)の中で同朋意識(company loyalty)を育(はぐく)むことは困難になり、会社単位の〝俺たちの物語〟も消えた。もはや勤務先の〝俺たちの物語〟を語れるのは、超々巨大企業のトップエリートだけでしょう。残っているのは、俺たちはコントロールしている側だという選民意識の上に築かれた〝ウルトラ兄弟の物語〟だけなのです。

さて、会社の物語が消えたなら、残るのは、〝国民の物語〟です。たとえば〝アメリカ人の物語〟、〝日本人の物語〟、〝ロシア人の物語〟なんてのはだいぶ前から不安定になっていて、かなり無理があったみたいですが、それでもあるにはあった。ところが世界が統一され、国境が消えたことでこの物語もほぼ解体されてしまいました。

では、物語を解体するパワーの正体はなんでしょうか。これもまた**正しさ**なのです。〝平和と自由と平等の物語〟の**正しさ**。正しさを推進力にして最大サイズの〝平和と自由と平等の物語〟で小さなサイズの〝俺たちの物語〟を飲み込んでしまう。これが作戦です。この作戦は見事にハマった。そして、われわれは、生まれ、地域、所属企業、国の物語を生きることができなくなり、仲間意識も失い、大同世界(タートンシージェ)にバラバラに所属することになったのです。俺たちは、ただ生きている存在、単なる生活者となって、ひとりひとり〝物語なし〟の状態でこの世界を彷徨(さまよ)うように生きています。

「『平和と自由と平等の物語』があるじゃないか」ってジョーの声がいまにも聞こえてきそうです。わかる。わかるけど、こんな漠然とした物語の中に自分を配役(キャスティング)できる人などそうはいない。たとえば俺は、ジョーのようにキツい差別を受けてきたわけではない（からかわれて殴ったことならあります。鼻の骨を折ってやりましたが）。自由だったと言えるでしょう。自由になったわけではなく、生まれてすぐに「自由であれ！」と言われてドボンと大海にほうり込まれたのです。自由だからこそ人生は生きる価値がある！　国や社会はなるべく目立たないように引っ込んでろ！　そう主張しなければいけない！　という考えをことあるごとに刷り込まれて育ってきた。

けれど、自由が支配しているような世界って本当に自由なのでしょうか？

自由であることの喜びを誰とも共有できない自由なんて意味があるのでしょうか？

とにかく俺は、世界をひとりで彷徨っているような孤独にくたびれていました。たったひとりで世界にポツンといる疎外感をなんとかしたいと思っていたのでした。すくなくとも一緒に耐えてくれる仲間くらいは欲しかった。ジョーを怒らせてしまうかもしれませんが、〝俺たちの物語〟が欲しかったんです。

　正しい〝平和と自由と平等の物語〟で孤独になるのなら、その孤独もまた正しい、それに耐えるしかないのだ、という気もします。安易な〝俺たちの物語〟にすがるのは危険だ。そういった孤独につけこんで、「ユダヤ人が世界を牛耳っている」という物語を捏造し、多くのユダヤ人をアウシュヴィッツに送ったヒトラーの大罪を忘れたのか！

　ギャフンです。正しい。実に正しい。ヒトラーの「ユダヤ人が世界を牛耳っている」という物語は、フェスタスの「アルケノーヴァが大同世界を回している」と同型です。安易な物語にすがりつくのは危険だ、たしかに。けれど、俺は言いたい。物語なしに生きられるほど俺たちは強くないんだ、と。ヒマラヤの奥地で瞑想している仏教徒ではなく、俺はＬＡに住んでいた高校生だった。だからパンクバンドを組んだんです。俺がパンクに〝救い〟を求めていたということは、個人的な体験としての真実なんです。

なぜハードロックではなく、プログレッシブロックでもなく、フォークロックでもなく、パンクロックだったのか。それは、パンクほど、〝俺たちの物語〟を強烈に語るロックはないからです。もちろん、貧困が深刻化するロンドンでパンクが生まれた頃とはちがい、シャウトして打ち破るべき壁は、大同世界（タートンシージェ）の〝平和と自由と平等の物語〟によって、すでに壊されたあとのように思えました。少なくともクラシックなパンクは完全に時代遅れなものになっていた。けれど、俺はやはりどこかで〝救い〟を求めていたんです。シャウトしなければ収まりのつかない気持ちは世代を超えてLAの高校生に受け継がれ、救いを求めて俺はパンクバンドを組みました。パンクはずっと負け続けていたのに、世界は平和で自由になったというのに、パンクスのように「くそったれ！」と叫びたかった。

バンドを組んだばかりの当初は、時代にそぐわない昔のパンク、カバーするのが楽な70年代のロンドンパンクのナンバーを演奏していました。次第に、オリジナル曲もやろうぜってことになり、俺が曲を書いたんです。オリジナルナンバーでは、初期のパンクが想定していた敵（高校生だった俺は敵の正体をクリアにイメージできていたわけではないのですが）に対する攻撃性は影を潜めて、寂寥感（せきりょうかん）と苛立（いらだ）ちが前に出てきました。

それを「いいね」と言ってくれる人がいて、そのひとりがプロのバンドのボーカリストだったんです。彼女は俺のオリジナル曲、「人間になりたい」や「世界がない世界」や「誰でもない俺」や「砂粒みたいな」や「いつかはきっと海に」を褒めてくれました。そして、二代目のギタリストとしてバンドに誘ってくれたんです。その後オールモスト・ハッピーの代表曲になる「私はエイリアン」を書いてスタジオに持ってきたエレナは、「これはケイの『砂粒みたいな』に影響を受けて書いたんだよ」と教えてくれました。

いま喋りながら気づいたんですが、つまり、俺の「砂粒みたいな」とエレナの「私はエイリアン」はつながっているんです。ハガイの詞で、アガラのパンクとスコットランドのフォークソングがつながっているように。お洒落サウンドを売りにしていたオールモスト・ハッピーの曲は実は暗黙のパンクだったのです。

エレナはパンクをやりたかったのでしょう。彼女は死ぬ直前、パンクロックの代表曲をカバーしたいと言いだしました。バンマスは大反対し、エレナを説得しろと俺に指示した。だけど、ふたりで会って話しあい、俺がやんわりと不賛成の意を示した後で、彼女はみずから命を絶ってしまったのです。俺は激しく動揺しました。なんどもなんども、朝のカフェのシーンを修正しながら再生し、俺が「やろうよ」と受けるバージョンや、彼女に「オールモスト・ハッピーをパンクバンドにしよう」と持ちかけられ、苦笑しながら「じゃあ、やるか、そのほうが弾きやすいし」などと冗談を言いながら同意するバージョンがくり返し再生されました。

パンクとはなにか。すくなくとも、エレナや俺にとってのパンクってなんだったのだろう。エレナの中で、パンクでありたいという熱望、パンクスタイルは自分には似合わないという自覚は半々だったと思います。でも、俺とエレナはパンクから同じものを掬(すく)いとっていた。それは、わけのわからない寂しさや、名づけようのない情熱、原因のない痛み、理性に蓋をされても噴出する力（force）こそを大事にしたいって気持ちです。

　大事にしたいんだけど、論理に裏づけされていないから非力（powerless）であり（パンクは勝利を収めることはなかった）、すぐに消えてしまう（パンクの曲はほかのポップスと比べてもずいぶん短い）。パンクは負け続けました。無力で、良識ある人々の顔をしかめさせただけに終わった。細密画に落とされたしみのようなものだった。それならまだしも、単なるひとつのスタイルとして額縁に入れられて飾られるまでに無害化されもした。

　だけど、力がフェードアウトしたその先に生じた空白を確認し、また力をみなぎらせ次の曲を奏でだす、その断続する無軌道な力に賭けたいという思いが捨てきれなかったのです。

　パンクに賭けたかった。パンク的な、過激であることを信条に、放埒（ほうらつ）にひたすら上昇する力に賭けたかった。意味のない熱い言葉を、焼ける喉から吐き出したかった。ただただ力を全開することでどこかに突き抜けることを信じたかった。エンジン全開で突っ込んでいけば、ひょっとしたら奇跡が起こる、そんな好運に期待したい気持ちがあったのです。

　その好運はたぶん偶然によってもたらされるのでしょう。なにと出会うのかはわからない。ただ、〝出会う〟わけだから、自分以外のなにかとであることはまちがいない。突然降ってきた土砂降りの雨か、まっすぐに立ってられないほどの暴風、すべて押し流してしまう洪水、夏の夜に打ち上げられる花火、春になると日本各地で一斉に開花し咲き乱れる桜、ほとんど光が届かない深海、ラックスの右フック、恋人、ルンペン、革命家……。

また、俺が入隊しようと思い立ったのは、自分の外から偶然にやってくるなにかを戦場に求めていたのではないか。…………困ったな。だんだん自分の言ってることがわからなくなってきました。いや、わかってるつもりではいるのです。自分の気持ちはビビッドに感じることができる。ただ、言葉に置き換えたとたんにズレてしまう、そんな気がしてならない。けれど、言葉にしたとたんにズレてしまうもの、言葉にならない恐れやおののき、それでも魅惑的であるものの訪れ、これって〝恩寵(おんちょう)〟ってやつなのではないでしょうか。――あ、宗教!?

ともあれ、これで、外からの権威づけを外見上は拒むパンク（のみならずロックミュージック全般）が、非理性的な力を原動力にしてフルスロットルで突進し、そのスピードが臨界点に達したときに、なにか予期せぬ訪れがあり（恩寵）、新たな地平（DAI(ダイ)が管理できない外部）へ突き抜けようとする。そうすると、そこには宗教的な磁場が生まれる。このような作戦で、アガラパンクは、非合理的・非理性的・反大同世界的(タートンシージェ)・反秩序的な〝ヤバい宗教〟を産み落としている、ということを報告できたのではないかと思うのであります。

Ⅱ．大同世界のコントロールに抗(あらが)うパンク　または大同世界も宗教なのか？

けれど、ウルトラ兄弟……じゃないや、アルケノーヴァか。あ、でも、これもまずいかな、そうだ、大同世界側だって馬鹿ではありません。このような反逆に対して、対抗策を取っています。そのひとつは先ほども述べましたように、**正しさで屈服させる**というやりかたです。パンクの無秩序なパワーに対して、論理的な正しさをぶつけてやれば、簡単に打ち負かすことができる。周囲から白い目を向けられた満身創痍(まんしんそうい)のパンクスは、地下のライブハウスに閉じこもり、そこでシャウトするしかなくなるのです。

もうひとつの作戦は、自分たちの姿を見えなくすることです。アガラパンクが目指しているのは、大同世界(タートンシージェ)の統治技術である**DAI(ダイ)の支配からの脱出、つまり脱コントロール**だと述べました。これに対して大同世界の戦術は、そのコントロールを見えにくくする、感じられなくすることです。

DAIは、分散型自律**機関**(Decentralized Autonomous **Institution**)と名乗って自分のパワーを控えめに表現しています。決してDAA、分散型自律**権力**(Decentralized Autonomous **Authority**)という名称は使いません。この慎み深さによって、強制的に従わされているという感覚を希薄にし、多くの人に、DAIに世の中の運営を任せてやっているのだと自惚(うぬぼ)れさせているのです。

ここで問題です。「DAIがせっせと計算してそういう結論を出しているのだから正しいはずだ」と信じて従っているだけなら、DAIが合理的であろうがなかろうが、非合理的な権威に服従しているのと同じではありませんか?

なるでしょう。我々は非合理な権威に服従しているのです。非合理な権威。それって宗教的な権力とどうちがうのでしょう? ……………あれ、また話がズレそうだぞ。……えっと、なに話してたのかな。そうだ、DAIは自分の権力をなるべく目立たなくしようとしてるって、思いつくままに喋っていたら変な方向に行きかけたんだ。あぶねー。

では、DAIはこっそりなにをやろうとしているのか。それはどうやらコントロールらしい。

コントロールするには、ひとつの世界がひとつの原理で動いていたほうが簡単だし、人はバラバラで孤独な存在でいてくれたほうが都合がいい。だから〝俺たちの物語〟なんてもので結ばれてもらっちゃ困る。金が欲しけりゃくれてやるから、「俺たちは――」なんて語るためにカフェに集まらず、バラバラでいてくれよってわけです。

では、コントロールの目的はなにかと言うと、それはコントロールそのものです。なぜコントロールそのものが目的になっちゃうのか。これを説明するには、フェスタスが教えてくれたキリスト教のエピソードが最適でしょう。

エデンを追放され孤独になったアダムとイブを待ち受けていたのは自然の過酷さでした。ふたりは、この猛々(たけだけ)しい自然をなんとかコントロールしようと奮闘努力しました。科学を生んで、自然を手なずけ、そこからエネルギーを取り出して、社会を発展させた。農業なんてのも鋤(すき)や鍬(くわ)で自然を屈服させてエネルギーをむしり取る技術です。

やがて人間は、コントロールの技術を人にも向け、少数が多数をコントロール下に置くようになります。ここから神から人間へ権威の移譲がはじまるのですが、これも動機は孤独なんです。人は孤独から逃れるために、自分を自身に対して大きく見せる必要があった。そのために自分に服従してくれる人間を取り込み、大勢(おおぜい)を自分の一部にしたわけです。

そして、楽園追放から何千年も経ってようやく人は、均一な大同世界を作り上げ、ＤＡＩという究極の装置でコントロールを完璧に近づけるところまできた。やった、ここに来てようやく俺たちは、コントロール権を神の手から奪取したぞ、とウルトラ兄弟、別名アルケノーヴァはほくそ笑んでいる。

――なーんて、アガラのパンクスは考えてるわけです。

世界のコントロール権を神から奪取して奴隷の身から脱したと考えるアルケノーヴァ、全知全能の神に戦いを挑んで勝利したと考えている彼らは、無神論者のつもりでいます。けれど、アルケノーヴァにとってはコントロールそのものが神に近い存在になっている。コントロールを神の手から奪取したはいいけれど、そのコントロールが神になっている。アルケノーヴァは宗教を排除できているのでしょうか。

ＤＡＩ（ダイ）の手口は教会が人々をコントロールしたときのそれと似ています。つまり、**やつら**は教会からコントロールの手口を盗んだ。おさらいしておきましょう。

① アダムとイブは、知恵の実を食べた。そして、知恵がつくことによって、コントロールしたいという欲望に目覚めた。この欲望を基準に、善悪をこしらえるようになった。

② 神様は怒った。「人間が善悪の尺度を持つなんてけしからん、我に対する不服従と見做す」。これが原罪です。

③ この罪を許してもらうためにはどうするか。神の恩寵にすがるしかない。

④ 以上のことを人々の心に徹底的に刷り込んで、教会は権威を打ち立て、人々をコントロール下に置いた。

つまり、善悪なんてものはコントロールする側の都合で決められたのです。これは善きこと、これは悪、と人間が判断しているわけではない。そしてこのようなシステムはＤＡＩにも受け継がれています。ためしに、〝神〟のところをＤＡＩに置き換えてみましょう。

①　人が自分で善や悪を判断することを否定する（ゾーンに入った兵士はシートにチェックを入れるだけ）。なにが善であるか悪であるかは（〝自由で平和で平等でかつまた合理的〟な）ＤＡＩが判断する。

②　善や悪の基準はひとりひとりの人間の外側にある。

③　ひとりひとりの人間にとって善とは、ＤＡＩからもらうスコアが高いこと。ＤＡＩからの承認が倫理的判断のほとんどすべて。これは恩寵の代わりだ。

④　悪とはＤＡＩから罰せられること。ＤＡＩに対する服従は徳であり、不服従は悪。

ほらほら、ほとんど同じだよ！　自分でやってみて感動しちゃいました。ということはアルケノーヴァは、教会の手口を密輸入してＤＡＩを構築し、世界を覆う権威の天蓋を、教会という宗教的なものからＤＡＩという科学的なものに普請(ふしん)しただけってことです。

では、コントロールのプロジェクトは完成に近づきつつあるのか。

あるのかもしれない。けれど、肝心の点が抜けているのではないでしょうか。

人は死にます。

いくら自然をコントロールして過酷な労働から解放され、快適な暮らしを営んでも、いまだに人は死を恐れたままの奴隷の身です。人は死をコントロールできていない。このことをアガラパンクスはどう考えてるのでしょう。わかりません。その代わりに、かつてパンクであった俺がどう考えているのかを語りましょう。

人は、おぎゃあ！　とシャウトしながら生まれ、いつはじまったのかわからない激流に揉まれるように流されて生き、生滅流転の運動をくり返す自然の中で、なにかを見、なにかを聞き、なにかに触れながら、漂流の果てに死んでいく。ただそれだけだ。けれど、一緒に濁流に飲まれて流される瓦礫や、目眩がするほど高い空、ときどき血に染まる激流を見、水の轟音を聞き、流木に摑まったりしながら、やみくもにもがき、やみくもにシャウトすることによってしか、人間は人間になれない。そして、意味にならない叫びを響き合わせることでしか、バンド間の真の連帯も、ステージと観客とのコミュニケーションも、人と人との紐帯もないように、非理性的なシャウトによってしか、人と人はつながれない。

夥しい叫びを乗せて、激流はどこに向かうのか。やがておだやかな光り輝く海に出るのか。そう信じて漂うしかない。その大海を〝恩寵〟と考えていけない理由がなにかあるのだろうか。

Ⅲ．アガラパンクの戦略　ＤＡＩとの類似性

このようにアガラパンクスが大同世界やＤＡＩを理解している可能性がある。つまり、アルケノーヴァら少数者が、金やエネルギーや軍事やテクノロジーらの巧妙なシステムを構築し、

ある種の正しさで大多数を支配しているのが大同世界だ、とアガラパンクスは考え、だからこそ、アガラパンクの代表的バンドはアタオカと名乗っている、このような理解は可能なわけであります。

　また、我々がおとなしくＤＡＩに従っているのはほとんど信仰のようなものだとか、アルケノーヴァにとってはコントロールそのものが神になっているなんてところまで筆が滑って書いてしまいましたが、宗教を排除しようとしてきたＤＡＩにも宗教的ななにかがあると思うのです。そして、これに俺が最初に提示した「アガラパンクは宗教を孕んでいる」という推論を重ね合わせると、大同世界とアガラ、アルケノーヴァとアガラパンクス、ＤＡＩによる大同世界の運営とアガラの自治は、妙に似てくるのであります。そう、ＤＡＩとアガラは似ている。最後にこのことを語らせてください。

　アガラには〝オイワさん〟と呼ばれて親しまれている小岩神社（穢岩神社と改名）がありますが神主は見当たりません。神社の掃除やメンテナンスなどは、地域の住民や有志によっておこなわれているものと思われます。また、村長も置かず自治を保っているようです。

　また、アガラパンクには代表的なバンドとしてアタオカがありますが、アガラパンク全体を指導するような人物は発見できていません。

　まず、中心がないことやその統治システムが、アガラは大同世界と似ており、アガラという共同体は大同世界を運営しているＤＡＩ（ダイ）と類似の技術によって運営されているのではないかと疑われます。この類似性に思いを巡らせたときに、ハガイの正体について思い浮かぶことがあります。

いまのところハガイは、作詞家、ハガイ曼荼羅の作者に留まっています。アガラ村やアガラパンク運動の指導者であるという事実は確認されておりません。

ただ、やはり気になるのは、宗教的なフレーバーが絶妙に配合されたハガイ作詞の楽曲群の想像を絶する多さです。とにかくこんなに書けるわけがない、と思わざるを得ない。

さらにその使い勝手のよさもなんだか怪しい。というのは、ハガイの詞はすべて著作権フリーとなっており、登録さえすれば誰でも自由に曲をつけることができ、さらには、メロディに合うように適当に手を加えることも許されているそうです。しかもハガイによる詞はさまざまなジャンルに対応できるように書かれ、驚くほど多種多様で、しかも大量にストックされている。もしかして、この大量の詞は、アガラパンク的スピリットを花粉のように風に乗せ、遠くで受粉させては暗黙のパンクを芽吹かせるためのものではないでしょうか。もしそうだとしたら、アガラは、エネルギー、マネー、科学、情報と手を替え品を替えコントロールのやり口を変えてきたアルケノーヴァと似ているとは言えないでしょうか。

そして、次に問題にしたいのは、このような芸当がなぜ可能なのか、であります。これをフェスタスは〝ハガイ複数人説〟で説明してくれました。けれど、それにしても作品数が多すぎます。なので、先ほども申し上げましたように、私はＤＡＩとの類似性に着目したいのです。

たとえばＤＡＩは市民から、「夫がずっと行方不明で連絡も一切よこさない。離婚手続きをしたいのだが、行方不明であるが故に、相手が離婚に同意しているという証明が取れない。この状況下で、なんとか離婚を成立させられないだろうか」と相談されたら、次のようなプロセスで回答します。

①市民によって入力された要求と個人データを理解します。
②これを、学習済みの法律データと照らし合わせる。
③そして離婚プロセスに関する情報をベースに、相談者と類似したケースを探し、それに基づいて類推し、
④法的手続きに関する情報を含んだ回答を生成する。

市役所の窓口業務をなくし大量の弁護士を失業させたＤＡＩの仕事ぶりは、ニューラルネットワークだとかディープラーニングだとか難しい言葉で説明されますが、つまりはこういうことです。

未開化（ウェイカイホァ）ゾーンに入った兵士がシートにチェックを入れたあとで「次はどのように行動すればいいか」と尋ねたときのＤＡＩの回答も、ほぼ同じプロセスをたどります。〈入力データの理解〉→〈世界市民法との照合〉→〈類似のケースとの照合〉→〈回答〉です。

これができるのなら、「ケルト民話風のスコティッシュ・フォークソングの歌詞を書いてみてくれ。人間思いの神と厳しい冬の神々との戦いというモチーフで」というリクエストにも、〈入力データの理解〉→〈ケルト民話のデータとの照合〉→〈それっぽい展開を持つ民話を参照〉

↓〈歌詞の生成〉という手順でやってのけられるのではってことです。

実際に、スコットランドから招かれたフォークシンガーはハガイが作詞したある曲を、「ケルトの民話から取ってるらしい」と紹介しながら、「本当にケルト民話がベースになっているのかどうかもわからない」とコメントし、「ただすごくそれっぽい、スコットランド人の俺から見ても」とステージで語っておりました。

では、私の見解を述べます。ハガイの詞の驚くほどの膨大さは、ＡＩによって生成されているものなのです。

アガラは、ＤＡＩ(ダイ)が市民に向けて用いている統治技術を逆にＤＡＩに向けることで脱コントロールを試みている。アルケノーヴァが教会からコントロールの手口を学んだように、アガラはアルケノーヴァから盗んだＡＩ技術を用いて、大量のハガイ作の歌詞を生成し、大同世界(タートンシージェ)に静かに抵抗している。アガラパンクは、地下のライブハウスで敵を口汚く罵るレベルを超えた、目立たないけれど手強い反逆を先導しつつあるのです。目立たないけど手強い、これもまたＤＡＩに似ていますね。

このように考えると、インドネシアで俺が撃ち殺した白人が現地人から呼ばれていた名前**カンドゥリブラン**、アガラで接触した秩序維持軍情報局捜査員のコードネームの**フェスタス**、そのコードネームを与えたという、俺を本件の捜査員に任命した（グエン・）**レホイ**、これらはすべて〝**祝祭**〟という意味を持つ名前です。祝祭と宗教とは密接な関係があります。それを踏まえてこの三つの名前を味わうと、不吉な胸騒ぎを覚えるのであります。

　というのは、フェスタスが、アガラについての情報に加え、それらが大同世界が掲げている秩序とどのように関連し、反発しているのかを説明したときの彼の口ぶりや態度は、彼自身がそもそも反DAI的な思考の持ち主ではないかと思わせるようなものでした。

　であるとすれば、大同世界のDAIによる統治圏の中枢部から、技術と一緒にアガラ的宗教圏へ流出が起きているのではないか、大同世界のシステムの内部に反逆の動きが起きつつあるのではないか、と疑ってみる必要があると思うのです。

　これまでの反逆は、宗教過激派にせよ、未開化（ウェイカイホア）ゾーンへの引きこもりにせよ、いずれもDAIの技術による統治がじゅうぶんに行き届かない場所で発生したものでした。しかし、ニュータイプの故障（グージャン）は、実は統治圏中枢部における反乱の結果であり、それが形を変えて外に漏れ出たものなのです。つまり、DAIの内側から秩序を食い破る動きが出はじめている！

　さらに、ニュータイプのゾーンがこのような謀議の顕（あらわ）れだとしたら、カンドゥリブラン、フェスタス、グエン・レホイのたかが三名で手軽にやれる芸当だとも思えません。ニュータイプのゾーンが思春期のニキビのように世界各地で噴き出していることを考えると、謀略は思いのほか大掛かりなものなのかもしれません。

「しみはあったほうがいい」フェスタスはそう発言しました。俺はこのしみを「秩序を損なうもの」くらいに考えていましたが、いまは免疫システムによる拒否反応だと理解しています。自分たちの世界を守るために、アガラはワクチンを拒否し、バイオチップを拒否し、ひいてはDAIによる新秩序（アルケノーヴァ）を拒否する。それでも侵襲しようとしてくる外敵に対抗するため、全身に増殖する免疫細胞、それがしみであり、アガラです。

けれど、大同世界側から見れば、アガラの発生は癌細胞の増殖です。正しく健康であったはずの大同世界はなぜ罹患したのか。なぜ、大同であるはずの世界に異質なものが生じて、内側から食い破ろうとしているのか、それは人間の根源的な意思がこのような動きを生み出しているからだ、と考えることは宗教的に過ぎるでしょうか。

あ、痛っ。なに？　なんだよいったい？


変なところで終わってるけど、最後の一行は俺が頭をポカンとやられてつぶやいたのが、そのまま文字になっちゃった部分だ。誰にって？　そんなのひとりしかいないだろ。

「ぶつぶつ言いながらなに書いてんのよ」

とエレナは言ったけど、レポートの世界からまだ頭を切り替えられずにいた俺は、座ったままぼーっと彼女を見上げていた。

「出てよ」

「え」

「だれか来たみたい」

ドアがノックされてる音にようやく気づいて俺が、なんだよ起きたのなら出てくれたっていいじゃないかと思った時、

「邪魔されたくないの」

とエレナは、手にしていた『やさしい心』のペーパーバックを俺の目の高さまで持ち上げた。

やれやれ、と俺は立ち上がった。

扉を開けると、訪問者は今日も蜥蜴のTシャツを着ていて、もちろんその尻尾は微妙に短かった。

「いやー昨日のライブはすごかったね、あんなに叩けるのはそういないってみんな褒めてたよ」

と昨夜の司会者は満面の笑みをたたえて言った。

「彼女はいまちょっと出られないんだ」

呼びに行って、邪魔しないでって言ったでしょと怒られるのも面白くないから、俺はそう断った。

「いや、彼女に用があって来たんじゃない」

「俺になにか？」

「ああ、その前に話さなきゃならないことがあるからそっちを先にしようか。ここの予約の件だ」

「ここってのは？」

「ここ。ダイヤルハウス。フェス前日、つまり三日後にはここに夏フェスの客が入るので、出てもらわなきゃならないんだけど、大丈夫かい」

「あ、もうそんな時期なのか」

フェスの期間はずっと前からブックされているので、そのときには出てくれって言われていた。その頃までには任務は終了しているだろう、終わってなければいったん下山すればいいかって気楽に考えていたんだ。ところが、すくなくともフェスに出演するエレナはアガラに残らなければならない。なので宿がないのはとりあえず困る。

「彼女は大丈夫さ。ステージの後ろに、ゲスト出演者用の宿泊場をこしらえるので、そこに泊まればいい。ただ、ミウから聞いたところによると、ユイが家に泊めるんだってさ」

それは困るな。そうなると、エレナはますますスクリーミングウームスとの絆を深め、さらに濃くアガラ色に染まっていくだろうから。

「問題は、お兄さんのほうなんだけど」

と言われて我に返った。

「フェスの前日と期間中はどこの宿泊施設も満杯になって、麓の宿も取れないと思うんだ」

俺はうなずきながら、そういうことならエレナを残したまま俺はいったん下山し、そのまま大阪にでも出てビールを飲みながら態勢を立て直そう、と頭の中で作戦を練っていたら、

「ただ、解決策がないわけじゃないみたい」などと言われた。

ビールへの期待に水を差された気分だったし、その解決策ってのも、あるのかどうかが曖昧だったので、俺は焦れた。

「ひとつは、フェスのスタッフになること。そうすれば、さっき言ったステージの後方に建設中のスタッフ用の宿泊施設に泊まれる」

「そのスタッフの仕事ってのはなんだ」

「大きく言うと、技術と警備とフード」

技術・警備・フードと俺は三つの単語を口の中で転がした。

「たとえば、照明や音響のスタッフとして登録する。ただ、残念なことに、今年は早めにスタッフを確保したみたいで、この枠はもういっぱいなんだって」

もともとそんな技術とは無縁だったので、がっかりはしなかった。

「あとはフード関係者にもすこしベッドを確保してある」と蜥蜴Tシャツは続けた。

なるほど。野外フェスに飲食はつきものだ。蜥蜴Tシャツによれば、ロリンズ・スクエア・ガーデンを取り囲むようにして店が立つらしい。フェスの当日は朝市もそっちに移動するとも言っていた。けど、どうして飲食店のスタッフにベッドを用意してやらなきゃならないんだ？

「フェスとなると、村の飲食店のほとんどが小屋掛けするんだ。だけど、いつもの店も開けときたいってとこがあって、どうしても人手不足になるんだよ。それで、その時期だけよそから臨時の従業員を雇うんだけど、そいつらのためにベッドが必要になるわけさ」

納得すると同時に、別の疑問が生じた。村の全店舗が小屋掛けしたとして、ロリンズ・スクエア・ガーデンを埋め尽くしたパンクスの胃袋を満たすほどの食料を用意できるんだろうか。

「無理無理。なにせフェスの期間はいつもと桁ちがいの人数になるからね。そこで、この期間だけは外からの業者にも参入してもらうことにしてるんだ」

「それってフードトラックなんじゃないか」

「そうだよ」

「村の中への車の乗り入れは禁止なんだろ」

「フェスの間だけは例外。開催日前日の午後から終了した翌日の午前中までは、営業許可を取ったフードトラックに限って、村の中への乗り入れが許可されている」

「空からのアガラ入りも解禁するの？」

「空は駄目だよ」蜥蜴Ｔシャツは首を振った。「天は神聖にして侵すべからず」

どうやらアガラにとって空は聖域らしい。

「で、フードトラックの連中なんだけど」と蜥蜴Ｔシャツが話を戻した。「バイトを連れて村に入ってくるのがほとんどだし、それに、フードトラックは調理師の免許持っていないとなかなか雇ってくれないんだ」

だったらいちいち教えてくれなくたっていいのに、と俺は思った。となると残りはひとつ。

「警備ってのはなにかな、フェスを快く思わない人間が変なことをしないように、監視するやつかい」

フェスを快く思わない人間ってところにすこし力を込めて俺は尋ねた。けれど、蜥蜴Ｔシャツはピンと来なかったみたいで、さあ、どうなんだろうと首をかしげた。

「実際は、フェスの日ってみんな興奮してるからね、予想外のことが起こるんだよ。ただ、研修を受ける前には教官からそう言われるね、アガラを守るための技術を習得しようって――」

アガラを守る、なにから？

「その研修ってのは？」と俺は尋ねた。

「警備に就くのなら、この村にあるＭＭＡの道場に通って短期集中研修を受けてもらうことになるんだ」

　アガラのＭＭＡ道場は防衛施設だったのか。だったら、これで決まりかなと思っていると、蜥蜴Ｔシャツが、

「ただ、お兄さんにはもうひとつ選択肢があってね」と言うので、続きを待っていると、「まあ詳しいことは直接話すと言っているので、当人たちから聞いてほしい」とはぐらかされた。

「当人たちって？」

「行けばわかる」

「どこに、いつ？」

「今日の夕方五時にスタジオ・ヒロ」

なんだ、呼んでいるのはヒロさんか、とつぶやくと、蜥蜴Ｔシャツは笑って首を振った。

「じゃあ伝えたよ」そう言ったあとで、またふと笑って「ギターを持って行くのを忘れずに」とつけ足してドアを閉めた。

　俺はその場に突っ立ったまま、ということはオーディションか、ヒロさんが俺をどこかのバンドに紹介してくれたのかな、と思った。また、ギタリストが指を怪我して、フェスまでに弾けるやつを探しているバンドでもあるのかな、なんて想像もした。アガラバンドにもいろいろあって、さほど高度なテクニックを必要としない楽曲をやっているバンドだってあるのかもしれないし、そもそも俺だってまるっきり弾けないってわけじゃない、などと考えた。だけど、

やっぱり変だ。そんな応急処置が必要なら、まず知り合いのバンドに頼むだろう。とにかく村中パンクバンドだらけの場所で、わざわざよそ者に白羽の矢を立てる理由がわからない。

ドアを閉めると、俺は鉛のような疲労感に襲われた。昨夜はほとんど寝てなかったし、下り坂とはいえ結構な距離も走って足はガタガタだった。頭もフル回転させたので、疲労はピークに達していた。とにかく寝ようと思って部屋の中へ引き返すと、エレナの姿はなく、『やさしい心』のペーパーバックが身代わりみたいにベッドの上に残されていた。

突然、チェストの上に置かれた携帯用プリンターが動き、セットされた用紙を吸い込むと、黒い文字を載せて次々と吐き出した。

バルコニーのほうに視線を上げると、さっきまで俺が座っていたデッキチェアを占拠しているエレナの後ろ姿がガラス戸越しに見えた。

「それは読み終わったから」

『やさしい心』を手に横に立つと、エレナは俺を見上げて言って、

「ケイも読んだほうがいい」とつけ足した。

ああ読むよと答える前に俺はあっと叫んでいた。

「そっちこそなに読んでんだ」俺はエレナの膝の上にあるPCを見て言った。

「こっちの台詞だよ」とエレナが言った。「なに勝手にレポート書いてんの」

「だって君がいつまでたっても。——ああっ！」

「私のこと、ずいぶんひどく書いてくれてるじゃない」

「だ、だからそれは下書きだって。これから角を取ってマイルドなものにしていこうと思ってたのに」

「そうだとしてもこのレポートは容認できない」

そりゃそうだろうなとは思ったが、

「でも消去することないじゃないか。――おいどこへ？」

エレナはPCをデッキチェアの上に残したまま立ち上がり、開けっぱなしのフレンチドアを抜けて部屋に戻って行った。俺は慌ててPCを取り上げ、消されたファイルを救出しようとしたが、エレナの消去は念入りだった。ちくしょうと思い、部屋に戻ると、プリンターが吐き出した用紙を手に、エレナがベッドに寝っ転がっていた。手にしているのは俺が書いたレポートの下書き以外にない。

「たしかに興味深くはある」

先にエレナが口を開いた。

「さすがだと言ってあげてもいい、私の悪口以外はね」

「悪口なんか言ってないぞ」

「あら、そうなの」

「ドラムがうまいって褒めただろ」

「ここか。『卓越した演奏技術を誇るパートナー』ね」

「だろ。もっと褒めるつもりだったんだ」

「書くことが多すぎて――って言いたいわけ？」

うなずいて立っているとエレナが言った。

「だけど、このレポートが提出された後、私と軍との関係がどうなるか考えてみてくれた？」

我に返った俺は、真実を語ることに熱心でありすぎたと反省した。レポートはエレナを失業に追い込むだけではすまないだろう。

「ただね、怒ってるわけじゃないよ」

「怒ってないって？」

「うん。だからケイも早いところそれ読んじゃって」

彼女は、俺がぶら下げていた『やさしい心』を指さした。

「で、誰が来て、なんの用件だったの？」

ベッドの上でレポートに目を落としたまま、エレナが言い、俺は、ここを引き払わなければならないことを伝えた。

「それでケイはどうするのよ」

身を寄せる当てのあるエレナは落ち着いていた。

「ロリンズ・スクエア・ガーデンの芝の上かな」

このときすでに、野営に慣れている俺は、フェス参加者のキャンパーたちに交じってテントを張るつもりでいた。

それからエレナに、俺に会いたがっている人間がいるようなので、夕方にギターを提げてスタジオ・ヒロに行ってくる、と伝えた。それはなんのためだと訊かれたけれど、皆目わからないよと答えるしかなかった。

ふうんとエレナが相槌を打ち、数枚の紙が俺の前に突き出された。

「持ってていいよ」

拍子抜けしたね。てっきりレポートの粗（あら）や論理の破綻を突（つつ）かれるか、彼女がアガラ側に寝返りかけていると評した不義理を絞られると覚悟していたからさ。

「誰かに読ませたければご自由に。ただし、どう思われても知らないよ」

わかった、と俺はうなずいた。

そして三十年。

そのあいだ俺は、今日君らに配った以外は誰にも読ませず持っていた。ここで君らの感想を聞きたいところだけど、それはまたの機会にしよう。話はまだあとすこし残っている。

とりあえず、放免されたことを喜んで、気が変わらないうちにと思い、『やさしい心』をベッドの枕元に残し、バスルームに逃げ込んだ。シャワーを浴び、コックをひねって水を止め、シャツとトランクスに着替えて部屋に戻ると、エレナのベッドにはまだシーツの繭ができたままだった。俺はそっと、『やさしい心』と一緒に隣のベッドに潜り込んだ。そして、それにしても、と思った。あれだけのことを書いたのに、ああ寛大に構えられるとかえって気味が悪いな。それから、エレナについてふとした疑問が浮かんだ。当人に訊けばすぐすむようなものだったけど、またつんけんされるのは面白くなかった。

すると、急に毛布が捲られ、ご当人が侵入してきた。首を回すと、アーモンドのような切れ長の目がこちらを見つめていた。

「ごめん。起こしちゃった？」

「あいや、まだだ」

「私もいろいろ考えると眠れなくなってね」

言葉とともに　エレナの脚が俺の腿と腿の間に差し込まれた。

「へえ、エレナの考えごとって？」

「それは、もちろんケイが書いたレポートだよ」

さて、どんな返事をこしらえたらいいものか。悩んだ末に俺は、

「てっきりもっと怒られるのかと思った」

と、つまらないことを言った。すると、エレナは俺の手から『やさしい心』を取り上げ、そのカバーを俺に向けた。

「この小説、中国ではこういうタイトルなの」

とエレナは言いながら、俺の胸の上で人さし指を這わせた。

うん？　なにかな、もういちどやってみて、と言って三回目に俺は自分の胸の上に「温順的女性」の文字を認めた。『やさしい女』か。ふむふむ、自分がそうだと言いたいのだな。じゃあ、こうなったらさっきの疑問をぶつけてみるかと思い、ちょっと、やさしい女に教えてほしいことがあるんだ、と言った。

「なにかな」

とエレナは足を深く絡ませてきた。

「これまでに、演奏参与で現地に入り、『秩序が著しく乱れている。故障(グージャン)している』ってレポートを出したことはあった？」

沈黙のあとでエレナが返した返事は、

「ない」

だった。それ以上は聞く必要がなかった。今回はじめて彼女は、赤信号を発するべき事態に直面し、そうしたくはないという激しい葛藤を抱え込んだ。そのことは、

「ケイは鋭かったよ」

という彼女の言葉で確認できたし、またその言葉は任務に背くわけにはいかないという心構えの表れだと受け取れた。いくらスクリーミングウームスに交じってプレイするのが楽しくても、危険なものは危険、故障は故障として報告するしかないのだ。だから、

「ケイが言うように――」

とエレナが口を開いたときも、やっぱりと思い安心していた。けれど彼女の口からは、耳を疑うような言葉がこぼれた。

「大同世界(タートンシージェ)はまちがっている」

ちょっと待て、あのレポートをそんな風に読んでもらっちゃ困る。たしかに、勢い余って大同世界やＤＡＩ(ダイ)について批判めいたことを書いたけど、自分が軍から派遣された人間だってこ

とは忘れてないつもりだった……いや、ちょっと、かなり、忘れちゃってたかもしれないが……。

「この世界には決定的に足りないものがあるよね」

「知らないよ、そんなもの。レポートにも書いてなかったろ」

「あそうか、だったら、早いとこ読みなさい、これ」

　とエレナはまたドストエフスキーを俺に押しつけた。

「正直、さっきまで迷ってた。フェスタスとの話について聞いたときもね。でももうふっきれたよ。だからケイのレポートを読んだときも、こんな言い方はないいんじゃないのとは思ったけど、本当にそうだなと共感するほうが多かったんだ」

「だけど、共感してどうするよ」

「なにもしない、しばらくは。捜査中だってことにして棚上げしちゃう」

「いつまで？」

「わからない」

「……よくないと思うなあ」

「よくない。世界はひとつじゃなくて、いくつもあるんだから」

「……はあ。世界がいくつもあるって？」

「世界はそれを生きる人の数だけある。山を見ている人の数だけ山があるってこと」

「なんか、言ってることおかしいぞ」

「私たちは世界のすべてを知っているわけじゃない。だとしたら、大同世界（タートンシージェ）と呼んでるこの世界だって、いまある形じゃなくなる可能性だってあるんだよ」

エレナは、やさしく説明したつもりだったんだろうが、俺にはさっぱりだった。だけど、ただはあはあ言って相槌打ってるわけにもいかない。

「だけど、それだけいっぱい世界があったら収拾つかなくなるぞ。多様性を認めると言いつつたくさんの世界を最終的に統括するなにかが必要なわけだろ、それが大同世界ってことなんじゃないの」

「だから、その考え方が駄目なんだってば」

「駄目って言われても現実そうなってるじゃん」

「なに言ってんの、中国人や日本人はファーヤンって考え方だってあるんだから、わたしたちは、一つは沢山（One is Many）で、沢山は一つ（Many are One）って考えられるはずなんだ」

「ファーヤンってなんだよ」

「ああ、日本語だと読みがちがうんだよね、漢字はこう」

またなんどか胸の上に指で書いてもらって「華厳（けごん）」だとわかったときも、そいつが仏教の宗派のひとつくらいしか知らなかった俺の眼から鱗は落ちなかったし、エレナがまた、「イー　ジー　ドゥォ・ドゥォ　ジー　イー」なんて言いながら俺の胸に書いた漢字を、「一即多（いちそくた）　多即一（たそくいち）」と読み取っても、瞼は重いままだった。

「それならそういうことでいいよ」と俺はほうり出し、「だけどいっぱいある世界をつなぐものくらいなきゃまずいと思うけどな」と微かに抵抗しておいた。

「そこ。そこなんだよね」とエレナがうなずく。「統一はいらないけど、つながりは欲しい。なかなかいいこと言うじゃん」

「ただそこから先はもう聞かなくていい。というか、複雑な話はもうたくさんだ」

「だったらシンプルな話をしてあげる。これ以上わかりやすい話もないってくらいの――」

エレナはまた脚を絡めて、胸も密着させてきた。

ああ、そうしてくれ、と俺は言った。

「妊娠したみたい」

6　愛じゃなくてもやっぱり愛だ

俺は眠りに逃げ込んだ。検討しなきゃならないことは多々あったが、睡眠不足の頭で考えてもろくなことはないと決め、とりあえず眠ってまたあとで思案することにした。根が楽天的だからだろう、眠りはすぐに訪れ、目覚めたときには昼下がりになっていた。

テーブルの上に残されたメモで、エレナがユイの家に行ったことを知った。ユイには悠衣という漢字が当てられていた。今日はバンドの練習がないと言っていたので、おそらくお腹の子について相談しに行くのだ、と理解した。

昨日のライブの直前のリハーサルの休憩時間に、「生理が遅れている」とエレナが世間話に交えて話したところ、ユイは検査薬を取り出し、すぐにチェックしなさいと言った。なぜユイが目ざとく反応したのかって言うと、本業が産婦人科医なんだってさ。アガラで生まれる子供のほとんどをユイが取り上げているみたいよ、と教えられたときは、それでバンド名に叫子宮スクリーミングウームスなんてつけているのかって俺は感極まった。

それから、こんなにあっさりご懐妊されるのかよって狼狽えもした。もっとも当人はいたって落ち着いていて、どうしてくれる、とりあえずまず謝れ、なんて態度には出なかった。
……ただ、俺のコントロールミスは否めないわけで、今後のことはまた相談しなきゃとは思ってた。で、こうした切実な一身上の問題があれば、アルケノーヴァやＤＡＩ(ダイ)がどうしたこうしたってデカい話はどうでもよくなるかと言えば、このふたつはまた複雑に絡まり合っていた。

どういうことかって？　まず、エレナのお腹の子は言うまでもなく俺の子だった。で、俺の市民スコアってのは悪くはなかったんだ。軍人としてのスコアもかなりいい部類に入っていたんで、軍歴は消去されたけど、市民のスコアとして残してもらっていたはずだった。軍は低スコア者には仕事を出さなかったから、エレナのスコアだってそれなりのはずだ。俺より高いことも充分考えられた。なので本来なら、俺たちが子供を持つことにはなんの問題もなかった。ただし、エレナがこの任務をほうり出し、アガラ側に寝返って、それが露見(ろけん)したとなると話はちがってくる。

さらに、エレナがアガラに〝移籍〟し、俺は軍に復帰するってケースを想像してみた。そうなったら、エレナは裏切ってアガラ側(サイド)に堕(お)ちたと証言するしかない。ゾッとする展開だ。それから、そんな形でエレナとの縁が切れたら子供はどうなるんだって考えた。俺が引き取っていいという判断をＤＡＩは出すだろうが、子供を欲しいという気持ちが俺の中でまだ育っていなかった。

鮮明な決着のイメージを思い浮かべられない原因は、俺が大同世界(タートンシージェ)に対する態度を決めかねているところにもあった。アガラに来て見えてきたのは、世界を均一にしつつ、俺たち大衆を家畜化し、なるべく群れないよう孤立させながら、整備が行き届いた畜舎で心地よく飼育する、そんな神の代理人、アルケノーヴァの存在だ。昨夜から朝方にかけて、俺はフェスタスやエレナと会話するなかで、やつらの手練手管に思いを巡らし、不快を募（つの）らせた。ところがこの心地悪さは、怒りに純化して暴発したりはしなかった。全員がちゃんと食えて、平和で、目立った差別のない世界がやっとでき上がったんだから、それでよしとするべきだ、その世界を回すために書かれたプログラムのバグは拭い落としたほうがいいって考えも捨てがたかった。ただ、なにかがわだかまっていた。こいつが面倒だった。じゃあ、お前はいったいどうしたいんだと自問して、身動きが取れなくなっていた。

　空腹に気づいて、残っていた野菜を適当に切って鍋にほうり込み、溶き卵を混ぜ、インスタントラーメンを作った。流しで食器を洗い、床に掃除機をかけ、ゴミをまとめた。まもなくダイヤルハウスともお別れだ。

　出かけるまでまだすこしあった。冷蔵庫からオレンジジュースを取り出してコップに注ぎ、それを手に部屋を眺めると、ベッドの枕元に残されたあのペーパーバックが目に入った。中国語だと『温順的女性（ウェンシュンダーニュイシン）』になるってエレナが言っていた。きっとやさしい女が出てくるにちがいない、こいつでも読んで気を紛らわせるかと思い、それを手にオレンジジュースと一緒にバルコニーに出た。

　デッキチェアの背もたれを浅く倒して、『やさしい心』を開いた。いよいよ俺がこの小説を読むときがきたのだ。

短編だったから一時間程度で読み終えた。

筋は単純だ。幼い若妻に奇妙な自殺をされた中年の旦那が、彼女との出会いから回想して、「俺はこれからどうしたらいいんだ！」って、亡骸(なきがら)を前に嘆き悲しむ、それだけの話。

どうしてその女は幼くしておっさんなんかと結婚したのかって？　貧乏だったからだ。そうするしかなかったんだよ。両親に先立たれた不幸な十六歳は、やっかいになっている叔母(おば)に、口減らしのため、食料品店のジジイに嫁がされそうになる。けれど、このジジイ、過去に奥さんをふたり殴り殺しているっていうんだから、とんでもないＤＶ野郎だ。

当然、そんな結婚は避けたい。十六歳は、住み込みの家庭教師の口を見つけようと新聞に広告を出そうとする。それで、身の回りの品をかき集めて質屋を訪れ、こんどは、質屋のオヤジに目をつけられる。食料品屋のＤＶジジイと質屋のオヤジ。どっちもどっちだ。

ただ、質屋のほうがやり口がちょいとエレガントなんだ。オヤジはまず彼女の個人データをかき集める。ふむふむ、そうか、そんな経緯(いきさつ)で叔母の家に。そして、あの食料品店のジジイのところに。はあはあ。なるほど。だったら、これはまちがいなくオトせるなイヒヒヒ、——なんてほくそ笑んでる。けれど、表面では品よく立ち回り、ゲーテの言葉なんかを引用しながら、彼女に自分を選択させるよう仕向けるんだ。このエレガントなやり口がＤＡＩ(ダイ)とそっくりじゃないか。

確かに、どっちか選ばなきゃならないとしたら質屋のオヤジだ。けれど、彼女は迷う。なぜ迷うのかって？　プライドが高いからだ、オヤジに言わせればね。そして、これがまたオヤジを興奮させる。プライドの高い女を権力、このオヤジの場合は情報とマネーで「ふふふ、悪いようにはしないよ」てな具合にコントロールすることにえも言われぬエクスタシーを感じるからだ。

オヤジは結婚を申し込んだときにはもうこんなことを考えている。ちょっと読んでみようか。「彼女（こいつ）はもう俺のものだと思えることが重要だった。自分の権力が疑いようもないと確信できたとき、彼女を自由にできると知ったとき、彼女をものにしていると考えたときの恍惚感（こうこつかん）こそが重要だったのだ」なんてね。まるでアルケノーヴァのミニ版だよ、これ。

「面白いか」

突然、声がした。

驚いたぜ。隣のバルコニーで俺よりも深く背もたれを倒し、オレンジジュースを飲んでいたのはジョーだった。なぜジョーがここにいる⁉

「お前に会いに来たに決まってるさ」ジョーはすまして言った。「いちおう内耳フォンでコールしたんだが、案の定、この番号は現在使われておりません、になってたぜ。TUの番号も聞きそびれてたから、手間がかかったぞ」

「ここにいることはどうして？」

「インフォメーション・ビューローに行って、こんなやつを見かけなかったかって訊いてみたら、たぶんここだってさ」

「俺が和歌山にいることを知ってるのは、軍でもただひとりだけのはずなんだが」

「ああ、北京で俺たちを面接したあのおっさんだろ」

おっさん。あれだけの高官に向かってとんだ言い草だったが、ジョーはどこ吹く風のすまし顔でこうつけ足した。

「死んだぞ」

俺は驚きのあまり黙っていた。

「裁きを受ける前に、自分で頭を撃ち抜いてな」

やっぱりグエンは反秩序側に加担していた、と知って俺はため息をつくのがやっとだった。

「ここは一見すると平和だな」

ジョーは親子のパンクスが仲良く並んで除草機を押している青々とした水田を見渡した。

「だけど、世界はいろいろ厄介なことになっている。南米は大変らしいぞ。アフリカも元の状態に戻すまでには時間がかかるみたいだ。というか、まともなのは、ヨーロッパとアメリカ大陸の北のほう、それも西と東の沿岸部だけだ。まあ武力的には非力だから、ねじ伏せるのは難しくはないだろうが」

「いったい、なにが起こっているんだ」

俺が尋ねると、ジョーは首をかしげた。

「なんなんだろうな。**世界同時多発的文化テロ**なんて言葉が使われてるけど。なんでそんなもんで泡食ってるのか俺にはわからない。ただ、ＤＡＩ（ダイ）が出してる警告（ジンガオ）サインが強烈なので、みな浮き足立っている。それに、同じようなよからぬ動きをしているのはあのヴェトナム人のおっさんだけじゃないみたいだ」

呆れたよ。俺が思いつきでレポートに書いたまんまじゃないか。統治圏の内側から食い破る動きは起きていたんだ。

「本当はこうしてお前と接触するのもまずいんだ」とジョーは言った。

俺もまた反乱分子と見做されている可能性があるってことか。

「お前はアンラッキーだった。選ばれちまったんだからな。あのヴェトナム人のおっさんは、候補にすると危険な人物を〝まず除外するため〟という名目でDAIに解析させ、逆に文化テロに加担する可能性の高い人間を選出して、そいつらを現地に送り込んでいた。ま、そういう嫌疑をかけられたわけさ。それで、釈明もせず自殺した」

「ギターが弾けるから選ばれたんだろうってパートナーは言ってたんだが」

反論にもならないことを口走ってから俺は、アガラがパンクロック村であることを説明した。

すると、

「なんでベースじゃ駄目だったんだろうな」とジョーが笑った。

その笑いの意味をつかみきれず、俺は口ごもった。

「たぶん俺のベースの腕はお前のギターより上なはずだぜ。マーカス・ミラーを完コピできるくらいだからな」

マジか。演奏参与を狙った捜査なら、ジョーのほうがずっと適役だったってことだ。

「やっぱりお前は反乱する側に共感する可能性が高い人材として選ばれたんだよ」

目眩を感じた。

「そして、先に潜入していた人間と接触させて、共感を引き出し、反DAI・反秩序運動に参加させようって腹積もりだったのさ」

と言った時、ジョーはもう笑っていなかった。

「お前、それらしき誰かと接触したか」

ひとり、と答えると、まずいな、とジョーは顔をしかめた。

「大丈夫だろうな、お前」

念を押すようにジョーが言い、大丈夫だと俺は答えた。そう答えるしかなかった。ジョーは黙って俺を見つめ、

「ちょっともっともらしいこと言われたくらいで、裏切ったりしないよな」

俺はうなずいた。お前がそういう考えの持ち主なのは知っているよ、そんな意味をこめて。

だけどさ、とジョーが続けた。

「スクランブル電波を撒かれて、外の情報が遮断されると、だんだん現地の価値観に染まっちゃうらしいんだ。で、問題のゾーンに入った連中には、現地で抜いちゃうってとこまでいくのもいるみたいだが、お前まさかそんなアホなことしてないよな」

「いや」と俺は首を振って、「まだだ」とは足さなかった。

急にジョーはいつになく真面目な表情になった。

「こ、こ、ことが落ち着いたら、お前は取り調べを受けることになる。死ぬほど長い項目にチェックの印を入れなきゃなんないぞ。そのときは俺も証言してやる、お前は軍の正式な司令だと思ってここに潜入していたわけで、反乱に加担しているわけじゃなかったって。そうだろ」

反乱か。これをもう反乱と呼ぶのかよ。アガラはただパンクをやっているだけじゃないか、と忌々しく思いながら、けど、「アガラでは、日々、パンクロックを演奏する、その演奏をリスナーとして体験するという宗教的行為が営まれており、くり返されるパフォーマンスによって、新たな反大同世界的世界観、反秩序的思想を産み続けております」と書いたのは誰だよと自虐的にもなり、怒りと理性の波がぶつかるところでもみくちゃになりながら、やっぱり俺はもう染まっちゃったんだなと半ばあきらめた。

「とにかくお前は早いとこ山を下りろ」説き伏せるようにジョーが言った。

けれどエレナはどうする、きっと言うこと聞かないぞ、そして、彼女のお腹には俺の子が……、と打ち明けたら、どこにロケット命中させてんだ、とジョーは笑ってくれるだろうか。

……無理だよな。

「暢気にこんなところで読書なんかしてる場合じゃないんだよ。で、なんだそれは。……ドストエフスキー？　名前は聞いたことあるな。どんな話だ」

俺がかいつまんで筋を話すと、

「はあん。で、その若い妻の自殺ってどう奇妙だって言うんだ」とまたジョーは気楽な調子になって、けれど鋭いところを突いてきた。

「彼女は聖母マリアの聖像を胸に飛び降り自殺をした」

「ははあ、聖像ね。見たことあるぞ、やさしげな女が赤ん坊抱いてるやつな。だから『やさしい心』か。で、そんなもん大事にしてるってことはその女、キリスト教徒だったんだな。でも、キリスト教ってのは自殺はいかんってことになってたのでは。あ、それが奇妙だってことか」

ジョーの理解が早かったので、俺はうなずくだけでよかった。

「でも、わかんねえよな」とジョーは苦笑し、「質屋のオヤジのどこが不満なんだ。そっちのほうが奇妙だぞ。ケチかもしれないが、ちゃんと食わしてくれてるんだろ。たぶん醜男なんだろうな、ハゲてるのかもしれない、しかもデブ」とドストエフスキーが書いてないことまで足して「けど、見た目で人を判断するのはよくないぞ」と勝手な訓話を垂れた。

そこは問題じゃなかったと思うな、と言って俺は笑ってみせる。

「それで結局、そのオヤジは嫁さんの自殺の原因を理解できたのかい」とジョーが尋ねた。

「ああ、最後には」

「なんだったんだ」

「愛」

と俺は言って、ぽかんとしているジョーの顔を見つめた。

「質屋のオヤジはDAIと似てるんだよ」

「だよな。だったら上等だって言ってるんだ」

「いや、最悪じゃないって程度だ。食料品店のDVジジイよりましだって話だ」

「贅沢言ってやがる。なにが不服なんだ」

「DAIもオヤジもコントロールが大好きで……」

「コントロールならバイオレンスより断然いいじゃないか。快適にコントロールしてくれるのなら言うことなしさ。それともコントロール不能の食料品店のジジイに殴り殺されるほうがいいっていうのか」

「ああ、オヤジも同じことを疑うんだ。オヤジとジジイのどちらかと結婚しなきゃならないのなら、ジジイのほうを選んでさっさと殴り殺されたほうがいいと彼女は思ってるんじゃないかって」

「自殺だな、それも、言ってみりゃ。その女は自殺しか選択しないのかよ」呆れた声でジョーが言った。

だけど、**大同世界（タートンシージェ）ができてからも自殺者は減らないじゃないか！**　思わず叫びそうになった俺に、ジョーは急に慰めるような口調になって、

「でもまあ、オヤジは彼女をゲットできたんだろ」

「できた」と俺は言った。「ただオヤジにとって予定外だったのは、そう簡単に彼女を手なずけられなかったってことだ。彼女は完全にオヤジの手に落ちたわけじゃなくて、結婚後も抵抗する。愛を求めてね。業を煮やしたオヤジが言うんだ。『お前はまだ愛なんて期待してるのか』って」

小咄（こばなし）でも聞くようにニヤニヤしてたジョーは、また急に真顔になって、

「期待なんかしちゃだめさ」と言った。「愛がなんだよ」

愛がなんだ、か。これこそ最後通牒(つうちょう)だ。

ジョーが立ち上がった。

「そろそろ行かなきゃならない。できればここでお前と会いたくなかった」

俺はこのひとことで、武力による鎮圧もしくは漂白(ブリーチング)を前提として軍が侵入してくることを察した。この作戦を知ったジョーは、俺がひょっとしたらアガラにいるんじゃないかと心配になって来てくれたんだろう。目の前に広がる棚田を見下ろして、ジョーがまた口を開いた。

「もしもだ、そのロシアのヘンテコな小説のヒロインみたいに、お前が性懲(しょうこ)りもなく愛なんか期待するのなら」

そう言ってから、棚田に向けていた視線を、俺に振り向け、

「それはつけとけよ、必ず」と言って、俺の首元を指さした。

そこにはジョーからもらったあのお守りがぶら下がっていた。

「そいつがあれば、漂白されてもお前だけは生き延びられるだろう」と言ってジョーは「それから、世界市民番号と生年月日を教えろ」と続けた。「俺はこれから北京に戻る。あのヴェトナム人のおっさんがお前をここに送り込んだことを話して、お前のデータを軍のデータベースに復活させ、すぐにお前をどこかの部隊に戻すつもりだ。——うまくいくかどうかはわからないが」

危険を顧みずにここまで来てくれたジョーの好意を拒むことはできなかった。俺は番号を告

げた。ジョーは自分のTUにそれを入れて、行きかけてまた立ち止まった。

「で、その『やさしい心』なんだが、結局、その女の自殺の原因って、愛に絶望してって理解でいいんだな」

たぶんな、と俺は言った。

「神は『人間たちよ、愛しあえ』という司令を出した。だけど、質屋のオヤジは人をちゃんと愛することができないし、そんなオヤジなんか愛せないってことを知って、彼女は希望を失ったんだと思う」

ジョーはため息をついた。

「で、彼女の真意を知ったオヤジは納得したのかい」

「無茶言うなって気持ちだったんだろう。オヤジはオヤジで彼女を愛してるつもりだったから」

「わかるよ」とジョーは笑った。「だから、愛がなんだ、でいいんだ。大事なのは楽しく生きることだ、それしかないいんだよ。文学の役割なんてもう終わってるんだ」

俺は黙った。そうなんだろうか。ただ、楽しく生きるってことは生きてることになるんだろうか。

「ジョー、賭けをしないか」

踵を返そうとしたジョーに俺は声をかけた。

「いいね」とジョーはすぐに反応した。「なにを賭ける？」

「もしもアガラに入って来る兵士が、『人間たちよ、愛し合え』って司令を聞いたとする」

「どんなアホな司令官なんだよ」

「たとえばの話だ」

「たとえばったたってなあ……で？」

「それを聞いた兵士たちはどうすると思う？」

「おいおい、それが賭けなのか」

「そうだ」

「まあ、無視して漂白(ブリーチング)に取りかかるだろうよ」

「じゃあ、お前はそちらに賭けろ」

「おう。で、逆はなんだ？　お前はなにに賭ける？」

「さあな、とにかく、なにか変化が起きるほうに、だ」

「あはは、ほかはみんな俺のものってやつか、ずいぶん手前勝手な賭けじゃないか」

「こちらのほうがお好みなら、お前がこっちに張ってもいいぞ」

いつもならジョーが出しそうな提案を俺はした。ジョーは真顔になって、いやこのままでいい、と首を振った。

「ところで、俺が勝ったらなにをしてくれるんだ」とジョーが訊いた。

「これから先、お前の賭けにすべてつきあうってのはどうだ」

「いいだろう。決まり。じゃあ、おまえが勝ったら？」

「俺と一緒にパンクバンドを組むか、『やさしい心』を十回読む」

ジョーは一瞬顔をしかめたが、負けるはずがないと思ったんだろうな、ふっと笑うとサムズアップして、部屋の中に引っ込んだ。

まもなく、隣のコテージの玄関のドアが開閉する音が聞こえた。畦道をBBストリートのほうに向かって歩くジョーの姿を思い浮かべ、俺も立ち上がった。ギターを拭いてケースにしまい、そいつを提げてダイヤルハウスを出た。

スタジオ・ヒロに着いた時、先方はすでに来ていて、コントロールルームのソファーにみなで並び、氷菓子（ジェラート）のカップに木製スプーンを突き立てていた。もちろん全員がボヘミアンも交えたパンクファッションだったけど、見当ちがいだったことがひとつあった。

おお来たねとヒロさんが俺を見つけて声をかけるや否や、ソファーから立ち上がって、カップとスプーンを手にしたまま、いっせいに頭を下げてくれたミュージシャンは全員女だった。

「こちら、こないだ話したケイ・ウラサワさん」とヒロさんが紹介すると、中のひとりが、また丁寧に頭を下げて、どうぞどうぞと自分たちが座っていたソファーを俺に勧めてくれた。もうひとりは俺にジェラートを食うかと訊き、俺の額（ひたい）に浮かぶ汗を見ると返事も聞かずに引っ込んで、赤い氷が入ったプラスチックカップとスプーンを手に戻ってきた。暑かったよね、まあ食べて、と言われ、ありがたいと思ってそうしたけれど、女だけのバンドに男をひとりスカウトするなんてほぼないことなので、なんでだろうと不思議だった。

四人のうちふたりがソファーで俺の両脇に、ほかのふたりは、前方左右から俺を挟み撃ちにするように、パイプ椅子に腰かけた。前のふたりの間からすこし下がって、ミキサー卓を背にヒロさんが座り、まるでバンドメンバーと俺とのやり取りを見守るような構図になった。

俺の右前方に座っていた、髪の長いボヘミアンスタイルの女が、ルイです、ボーカルです、と言って手をさし出してきた。左前方に座っていて俺にジェラートを取ってきてくれたのがヒョンでドラムス。ふたりともにアジア系の顔立ちをしていた。ニックネームからして、ルイは中国系、ヒョンはおそらく朝鮮系だと思われた。俺の右隣にいてギターのアネリだと握手を求めてきたのは白人だった。フィンランドからだと教えてくれた。最後のひとりは、原色を基調とした色合いの、オーガニックでゆったりした衣装を身につけたアフリカ系で、シェイダだ、ベースを弾いてると自己紹介した。最後にヒロさんが、

「以上、アタオカだ」と言ってメンバー紹介が終わった。

まさか、アタオカから呼ばれるなんて夢にも思ってなかった俺は、あの鋼のようなハイトーンは女が出していたのかと二重の驚きを隠せないまま、よろしくお願いしますと頭を下げた。

中国語と英語ならどちらがいいとルイに訊かれ、英語でと俺は言った。

「オールモスト・ハッピーにいたんだよね」とルイが尋ねた。

ここでその名前が出るとは思ってなかったので、そうだと返事するのが遅れた。

「すごいじゃない」という反応も予想外だった。

それから、遠慮がちにではあったけど、エレナの自殺の原因を訊かれた。その質問は俺にとってキツい一発だった。わからない。俺が言えたのはそれだけだった。アタオカのメンバーは

しばし黙って、

「自殺は減らないけど、原因は難病以外はわからなくなったな」

とアネリがひとり言のようにつぶやいて、他のメンバーもうなずいた。この話題は早く終わって欲しかったんだけど、エレナの死に責任を感じていた俺は言った。

「変わりたかったんだと思うな」

「どういう風に」ルイの隣からヒョンが尋ねた。

「パンクに舵を切りたかったんだと思う」

それにしても、どうして彼女らはオールモスト・ハッピーのことをこんなにしつこく訊くんだろう、と不思議になった。するといきなり、

「今年の夏フェスで『私はエイリアン』を演奏りたいんだ」とルイが言った。

俺はあっと声を上げそうになった。

「あの曲はパンクだよ」とルイは続けた。「上品なアレンジを取っ払ってロックのパワーを注入してやれば、混沌としたパッションが湧き上がって力に変わろうとする、そんな表現になる気がする」

想像してみて、いい考えだと思った俺は、やっぱりオールモスト・ハッピーは暗黙のパンクだったんだ、と胸を打たれた。

「パンクのほうも変わらなきゃ、エレナが変わりたがっていたように」とルイがつけ足した。

「どういう風に」こんどは俺が訊いた。

「もっとラブソングを、——じゃないのかな」

ああ、アガラパンクだなって俺は思った。愛を歌わないで「わかってたまるか」ってシャウトする従来のスタイルから抜けて、ルイは愛を歌うべきだって言う。「わかってたまるか」じゃ駄目だって言うんだ。

「ぶった切っておしまいにするべきじゃない。それに、やたらと攻撃したって戦況は好転しないしね」

「相手のほうが断然強いから」と尋ねるように俺は言ってみた。

「ああ、相手は強い。そしてパンクはずっと弱かった」

「じゃあどうする」と俺は追い打ちをかけた。

「つながることだね。この世界でバラバラにされてもつながることが大事だよ。エレナも歌ってるだろ。『異星人たちよ、つながりなさい、疎外されたこの世界で』って。ここは異星人(alien)と疎外されたで(alienated)韻を踏んでるんだよね。彼女が書く歌詞は面白いよ。『この星には異星人しかいない』ってフレーズがいい。けれど、異星人のままでいいって訳じゃないことも彼女はわかってたよ」

「そこの、『異星人たちよ、つながりなさい、疎外されたこの世界で』ってとこなんだけど」

ギターを担当しているアネリが横から口を挟んだ。「あそこのコードってどうやって押さえてるの」

この質問で呼び出された理由(わけ)がわかった。

「ああ、あの曲は、通常の調弦とはちがうんだ。オープンチューニングなんだけど、ちょっと変わってて」

「やってみせてくれない？」とアネリは俺の足元にあるギターケースを指さした。

アンプにつないで弾いてもらったほうがわかりやすいだろ、とヒロさんが言って、全員でトラッキングルームに移動した。俺はギターをアンプにつなぎ、

「あの曲は実はギター二本でやっているんだけど、チャンネルを左右に振ってないんで、すごく複雑な響きに聞こえる。レコーディングでは、両方とも俺が弾いたんだけど、ライブではエレナがレギュラー、俺はオープンで弾いている。『異星人たちよ、つながりなさい、疎外されたこの世界で』のレギュラーでのコード進行はこうだ」

と、まずクリーン・トーンで弾いてみせた。アネリはそれを見て、真似して弾いた。

「完璧だ。で、これに別種のコードが重なるんだけど、ちょっと待って、いま準備するから」

俺がヘッドの糸巻きをひねりはじめると、アネリがすぐにメーターを渡してくれた。そいつを使って手早く調弦をすませ、同じところをこんどは別の構成音で弾いてみせた。

「ははあ。それは通常のチューニングじゃ出せないサウンドだね」聴いていたアネリが言った。

「そうなんだ。この二本のギターのコードが合わさるとどうなるか、やってみるかい」と俺が言い、ワン、トゥー、スリー、フォアと数え、五つ目でアネリのギターと俺のを重ねた。

「なるほど、これじゃ、どう押弦（おうげん）しても鳴ってくれないはずだよ」

弾き終わってアネリがうなずいた。

「もう一回やってみてくれる?」といつの間にかベースを肩にかけていたシェイダに声をかけられた。「そこの部分、ベースもやたらとはずれた音(outside tone)を弾いてるんだけど、まちがってるわけじゃないんだよね」

「そう、ベースのD音(おん)を♭(フラット)にしてくれってエレナがしつこく言ったんだ」

「たぶん、疎外された(alienated)エイリアン(alien)の気分をはずれた音で強調したかったんだね」

というルイの解釈を聞いて、なるほどそういうことだったのかと俺は得心した。そして、三人でもういちど演奏(や)ってみた。

「これは面白いや」とシェイダが笑い、「D♭を弾くときにいたたまれない気分になって最高だよ」とへんな褒め方をした。

「ドラムも入ってもらおうか」

とルイがマイクを握ったときには、もうヒョンがセットの中でスタンバイしていた。オールモスト・ハッピーよりも速くやるからとルイが俺に言うと、ヒョンがリムショットで、テンポを教えてくれた。

このときまで俺は、和音の構成がわかりやすいように、クリーントーンで弾いていたんだけど、パンクっぽくやるのならとアンプとの間にアガラ産のエフェクターをつないだ。

ヒョンのスティックの打ち終わりで俺たちはダッシュした。アタオカに交じってギターを弾きながら、たぶんエレナはこんな風にやりたかったんだろうって想像し、けれど、このアレンジだとやっぱり彼女の繊細な声よりもルイの硬く突き抜けるようなシャウトが似合ってるとも感じて、ちょっとエレナが気の毒になった。だけど、このバージョンを聴いたらきっと喜んでくれただろう。

その日の夜、エレナに、アタオカのサポートメンバーとしてフェスのステージでギターを弾くことになったと伝えると、すごいじゃないと喜んだ。この段階でこれを喜ぶなんて、アガラパンク文化圏にばっちり同化した証拠だった。

「参加するのはラストの三曲だけだけどね」と俺は言い、曲名を伝えた。

「『私はエイリアン』はアガラに来る電車の中で聞いたあれだね、いい曲だった。激しく演奏(や)るのはいいアイディアだよ。残りの二曲はどんなの？」

「こちらアガラ(Agara Calling)」はパンク初期の代表的バンド、クラッシュの代表曲「こちらロンドン(London Calling)」のカバーだ。オールモスト・ハッピーのエレナは死の直前、この曲を「こちらエレナ」としてカバーしようとしていた。アタオカから、この曲をやるんだと言われた時、俺は心底驚いてそのことをメンバーに伝えたら、じゃあケイはこの曲から入ってって言われた。

「どんな曲なの。ちょっと弾いてみせてよ」

ダイヤルハウスのベッドの上で服をたたみながらエレナが言った。

これから引っ越しだっていうのに、またギターをケースから取り出すのは面倒だったけれど、聴かせておいたほうがいいと思い、アンプにつないで〝こちらロンドン遠くの街へ、宣戦布告がおこなわれたぞ〟って歌ってみせた。

「ギターより歌のほうが上手かも」歌い終わるとエレナが言った。「いまのはオリジナルバージョンだよね」

俺はうなずいた。1979年にクラッシュが「こちらロンドン」で歌った〝戦争〟は、アルケノーヴァとの戦いを意味していた、それ以来、パンクの敵はずっと同じだった。だけど、歌詞は変わった。俺は、アガラバージョンの冒頭、〝こちらアガラから遠くの同志へ、出動命令が出されたぞ〟のところを歌ってみせた。

エレナの顔が曇る。アガラに来た経緯を思い出したんだろう。そして俺は、ジョーと会ったこと、明日にでも軍が侵入してくるかもしれないことは言い出せないでいた。妊婦が強い不安を抱くと胎児に悪影響が出るからなんてことを言い訳にして。

「で、最後の『リンダリンダ』ってのは？」とエレナが訊いた。

「この曲に俺が参加することになったのは、君の推薦が効いたからだ」

「どういう意味？」

「『リンダリンダ』ってのは、ブルーハーツっていう日本の古いパンクバンドの曲で、これは俺が日本語で歌うことになった」

「え」

「ここに来た最初の晩、カレー屋に入ったことを覚えてるかい。この人日本語で歌えますよって俺をそこに居合わせたバンドに宣伝してくれたのが、めぐりめぐってアタオカに届いたってわけだ」

アタオカがそれをヒロさんに話したので、そいつはストリーミングウームスに新加入したドラマーの彼氏で元オールモスト・ハッピーのメンバーだったってことが、「私はエイリアン」と一緒にこの曲をカバーしようとしていたアタオカに知れたってわけだ。

「どういう内容の歌詞なの？」

俺は頭の中で「リンダリンダ」を高速で歌い、「そうだな」と言いながらちょっと考え、「愛じゃなくても、やっぱり愛だ」と説明することにした。

エレナは口の中でその言葉をくり返し、味わった。

「パンクは、愛がなんだ！　って吐き捨てたけど、やっぱり愛しかないってところに戻るんだ。〝決して負けない強い力〟ってのは、愛なんだよ」

パンクロックはラブソングを拒絶し、パンクロッカーだった頃の俺はそういうハードボイルドっぽさがかっこいいと思った。だけど、大同世界（タートンシージェ）が完成するにつれて、この世界からラブソングそのものが消えていった。残ったのは、心地よさ、さびしさ、倦怠感（けんたいかん）、とにかく世界と向き合った私の中に醸し出される感情をしめやかに歌う曲が増えた。

いや、そもそも、冗談めかしてしか人は愛を語らなくなっていた。愛なんて感情は人それぞれだし、愛は公平さを歪めたりするのでヤバい、みたいな空気が世の中を支配していた。愛に代わって語られる正義もほとんど〝手続き〟みたいなものになった。手続き。つまりアルゴリズム。そいつが行き場のない愛や憎しみを自動的に処理して解消してくれる。正義という名のアルゴリズムで回る世界。

エレナの「私はエイリアン」もそんな世界に生きるさびしさを歌った曲だって思われてた。だけど、本当はぜんぜんちがってたんだ。「私は私に投げ返されて」なんて歌ったのはエレナだけだった。エレナは、ただ、さみしいって歌っただけじゃなかったんだ。彼女が歌ったのは「世界がない」って感覚だった。世界を愛そうとしても、世界はどこにもない。だから、孤独に戻っていくしかないんだって感覚。

彼女にとって大同世界（タートンシージェ）は、「世界がない世界」、つまり「無世界（ノー・ワールド）」だった。

「なるほど」

エレナはうなずいた。

「〝愛じゃなくてもやっぱり愛〟か。仏教的だね。東洋容中律（ようちゅうりつ）だ」

またわけのわからないことを言い出したぞと思っていると、なんでもインドのナーガールジュナって坊さんが唱えて、日本の道元（どうげん）なんかも引き継いだ四句分別（しくふんべつ）って理屈じゃ、「愛であり、愛じゃない」なんてことがあり得るんだそうだ。「愛じゃなくて、愛じゃなくない」なんてのもありなんだってさ。なに言ってんのかわかんないけど、「リンダリンダ」に合ってなくもない。

「でもこういう思考は『私はエイリアン』の作者には救いになったかもよ」

たたんだ服をリュックにしまいながらエレナが言った。彼女の解釈によれば、「エイリアン」の私が「私に投げ返され」ちゃうのは、間（あいだ）ってものがないからだそうだ。「愛だ」と「愛ではない」しかない西洋の排中律って論理は「愛だ」と「愛ではない」の間（あいだ）をきれいに拭（ぬぐ）いとっちゃう。「愛であって、かつ愛ではない」なんてのは、しみとして漂白されちゃう。でもってヤバいことに、大同世界を回しているＤＡＩ（ダイ）のプログラムはこの排中律ってやつで書かれているんだってさ。

そう言えば、日本語で人間ってのは人の間（あいだ）って書く。

ああ、あの日の午後、俺はなぜエレナに、「『リンダリンダ』か、いいね。やろうぜ」って言わなかったんだろう。『やさしい心』の質屋のオヤジみたいに、俺は激しい後悔に苛（さいな）まれたけれど、もう遅かった。

「あとはゴミを処理したらオーケーかな」

リュックを背負ったエレナが、部屋を見回しながら言った。

あくる朝、俺たちはダイヤルハウスを出た。荷物が多いので、ヒロさんが蛇を回してくれた。荷台の上から水田を見渡した時、稲の背はずいぶん伸びていた。それを見ている俺の髪も。コンクリートソックスで買ってきたディップで、チェックアウトの直前に逆立てたのでかなりパンクっぽい出（い）で立（た）ちになっていた。

俺たちはまずスタジオ・ヒロに向かった。借りていたモニタースピーカーを返すために。ヒロ邸の前にはもう一匹長めの蛇が停まっていて、荷台には荷物が満載されていた。段ボールのいくつかに「メタルマッハ・ストーム」の文字が読めた。俺が、花風の倉庫から二度にわたってヒロさんとここに運び込んだすんごく重いやつだ。

どちらへと尋ねると、ロリンズ・スクエア・ガーデンへ、サウンドチェックなんだ、とヒロさんは言った。そいつはスタジオの隅っこに置いといてくれればいい、と言われ、両手に無理矢理スピーカーをふたつ抱えてスタジオに入って行くと、

「あら、いらっしゃい」

とスクリーミングウームスのユイが快活に声をかけてきた。

「おめでとう」とユイが続けた。

俺は面食らった。そういえば彼女はエレナの主治医だった。

「えっと、聞いてるよね」

あやふやな反応しか示してなかったんだろうな、こちらの顔を覗き込むようにしてユイは改まった。

「ええ」

「なんだ、あんまり嬉しくないわけ？」

口ぶりはさらに詰問するような調子に変わった。

「いやそういうわけでもないんですが」

「まあそちらが嫌でも産んじゃいますから。産んで産んで産みまくるっていうのが私たちのレジスタンスだから」

やっぱり、産むことは抵抗であるらしい。答え合わせを終えて、俺は尋ねた。

「そういえばジュンさんはいつなんですか」

最初に会った時、予定日はフェスのあたりだって言っていたから。

「たぶん、もうすぐだよ。それでここに待機しているわけ」

「え。今日はこれから会場入りしてリハなんじゃないですか」

「そうなんだよ。しょうがないから、明日の朝に変えてもらった」

「あの、俺はそっちの知識はまるでないんですが、お産がフェスのど真ん中にずれ込むことってないんですか」

「ないとは言えないよ」

そんなことも知らないのかという顔つきでユイが言った。

「そのときはフェスの出演はどうするんです」

「出演時間を変えてもらうように言ってあるけど、どうしようもない場合は、諦める」

なんとしてでも夏のフェスには出たいと言ってエレナを引っ張ったにしては、潔かった。

「とにかく、産むことが大事。産むことは女だけができるパンクだから」とユイが言った。

そんな女たちの中にエレナも含まれているんだろう。彼女が山を下りることはもうないな、と俺は思った。

だけど俺はどうする。下りなければ、カンドゥリブランが俺に撃たれたみたいに、俺はジョーに撃たれるかもしれない。けれど、下りたところでそれじゃすまないってことも知ってしまった。無世界(ノー・ワールド)の中で窒息しながら生きなきゃならないつらさを切実に感じるようになった俺は、踏ん切りがつかずに「こちらアガラ(Agara Calling)」のコード進行を覚えたりしていた。

エレナが顔を出した。ユイが体調を尋ね、ファインとエレナが答え、続けてジュンの具合を訊き、いま部屋で寝ているとユイが返して、そろそろなのでここで待機してるんだ、モモもミウももうすぐ来るんじゃないかな、とつけ加えると、本当にふたりが、うぃーすなんて言いながら入って来た。

「アタオカのリハーサルに出るならもうそろそろ行ったほうがいいんじゃない」とユイが俺のほうを向いて言った。

なんだか追い出された気分になって、俺はエレナに、「じゃあ、ここで」と言って手をさし出した。この日からエレナはユイ宅で、俺はステージ後方に建てられた出演者用の宿舎で寝て、その後のことは、フェスが終わったあとでまた話そうってことになっていた。

エレナは俺の手を握ってから、腕を引き寄せ、身体を密着させてきた。柔らかいハグの感触は、あのエレナとのカフェの前での別れのときのそれとはちがっていた。

身体が離れた後、俺はもうすこしなにか言ったほうがいいような気がした。けれど、「また」くらいしか言えなかった。

「そうだね、また」とエレナも言った。

俺はスタジオ・ヒロを出た。ヒロ邸の前まで出て、停めたままにしてあった蛇に乗り、ロリンズ・スクエア・ガーデンに向かった。サウンドチェックがはじまり、ヒルサイドから、野外ロックフェス特有の、広大な空間に広がるPAからの音とステージの背後に聳える山肌の反響音が混じり合って聞こえてきた。荷台の上で目を閉じ、次第に大きくなる音に耳を傾けてふたたび目を開けた時、蛇はロリンズ・スクエア・ガーデンの芝の上を這っていた。

フェスの開催を明日に控えて、芝生のそこかしこにはすでにテントが張られ、その傍らで、パンクスがバーベキューの準備に取りかかっていた。すでに何台かのフードトラックが到着し、開店している車の前には客の列が伸びていた。

俺は、フィールド前方に主催者が立てた大きなテントの近くで蛇を停め、中を覗き込んだ。サウンドブースでは、ヒロさんがでっかいミキサー卓の前に立ち、つまみを回しながら、無線でスタッフに指示を送っていた。俺の姿を認めると、よおと手を挙げた。俺はいったん蛇の荷台から降り、テントの中に入って、

「奥さん、もうすぐみたいです」と告げた。

ヒロさんはうなずいた。一緒にいてやりたいんだけどしようがないよ。まあ、いてもなにもできないけどな。そうですね、と俺は調子を合わせてうなずいた。

「ユイが来てただろ」

「ええ、いまはメンバー全員が集まってます」

「じゃあ、大丈夫だ」

実は、と俺は言った。ちょっと改まったこちらの調子に、ヒロさんは顔を曇らせて見返してきた。

「ひょっとしたら来るかもしれないです」

「マジかよ」とヒロさんは言った。「西に逸れたんじゃなかったのか」

台風が来るなんて予報はどこにも出ていなかったから、ヒロさんは、勘違いしているふりを

してたんだ。

「……その情報はどこから」

とヒロさんが訊いた。このときヒロさんは、俺を黒でも白でもない、あるいは黒であって白でもあるような〝間〟の人間だと思ってたんじゃないかな。花風で俺を見かけたときから素性を疑い出してはいたけど、敵意を示すことはなく、こちらから情報を取ろうとしていた。俺が黙ったままだったのでヒロさんは話題を変えた。

「直撃はいつだ」

「早ければ今日」

「え」

「もしくは、フェスが終わった後。当日は避けると思います。観客を巻き込みたくはないでしょうから」

ヒロさんはため息をついて首を振った。

ステージ上でバンドがセッティングを終えて音を出しはじめた。なんの妙案も思いつかないやと小さくつぶやいて、ヒロさんはミキサー卓のつまみに手を伸ばし、本格的に調整をはじめた。俺はテントを出てまた蛇の荷台に乗った。

ステージを回り込むようにして後方に抜けたところで蛇から降り、リュックとギターとアンプを提げて、出演者用の宿舎に向かった。兵舎を思わせる、横に長い二階建ての建物に入り、入り口に張られてある部屋割表で〈ケイアタオカ〉を見つけ、木製の階段を軋ませながら二階へ上った。

充（あ）てがわれたのは、ベニヤの壁で囲んだ中にベッドと小さなテーブルが置いてあるだけの粗末な部屋だった。アンプとギターとリュックを残したまま部屋を後にした。階段を下りて宿舎を出るとそこはステージの背壁（バックウォール）の裏側で、機材のたまり場になっていて、スタッフがキャスターつきの荷台にアンプやドラムセットや各種楽器を載せて動かしていた。

俺はバックステージに続く階段を上ってステージ脇に回り込み、下手（しもて）の舞台袖からリハーサル中のバンドを眺めた。

「お、来た来た」

声をかけてきたのは蜥蜴Tシャツだった。

「宿舎はどうだい、毎年よそから来た出演者に文句言われるんだけど」

なんの問題もないと俺は答えた。広間の左右に二段ベッドがずらりと並ぶ兵舎に比べたら、豪華とも言えた。蜥蜴くんは手にしたノート大のTUを覗き込んで、アタオカのサウンドチェックは一時間後だね。まだほかのメンバーは来てないよと教えてくれた。そのとき、下手の舞台袖にいて横からステージを見ていた俺は、上手（かみて）側の袖で機材をいじっている男に視線を奪われた。

「ねえ、あの人はなんのスタッフか知ってるかい」

「ああ、警備の主任だよ。ふだんはアガラのセキュリティやアガラの通信ネットワークを担当している」

「警備？　警備のほかのスタッフはどこにいるんだ」

「さあ、まだ来てないんじゃないかな」

じゃあ、あいつはひとりでなにをしてるんだ、と訊こうとして、当人に当たったほうが早いな、と思いなおした。

下手側舞台袖の奥に引っ込んでいったん外に出て、この拝殿の背面、背壁(バックウォール)裏の機材のたまり場を突っ切り、上手側に回り込んだ時、あの花風から運び込んだ段ボールが舞台袖に積み上がっているのが目に入った。その横でパイプ椅子に座り、なにに使うかよくわからない装置にかがみ込んでいる男の横に俺は立った。

「あんなところに放置するなんてひどいじゃないか、風邪でも引いたらどうするんだ」

フェスタスは顔を上げて俺をちらと見ると、すぐにまた手元に視線を戻し、テスターらしきものを使って作業に没頭しようとした。

「あんたらの正体も、あんたらが講じた策についてもおおよそのところはわかったぞ。アガラに同化すると見込んで俺を選んだ。さらにあんたが接触し、俺がアガラに共感して、大同世界(タートンシージェ)に反発するように仕向けたんだよな」

フェスタスは手を動かし続けていた。俺は、こいつらに謀(はか)られたことより、無視をされていることにだんだん腹が立って、ついに言った。

「グエンは死んだ」

それでもフェスタスは、顔を上げようともせず、

「話はあとだ。とりあえずこいつを動かさないとマズい」なんて抜かしやがる。

その態度はなんだ、と怒鳴ってやろうかと思ったが、手元のモニターを凝視しながら機械の上にかがみ込んでいる身体からみなぎる緊張感に怖じ気づいた。そして、作業している横にぼーっと立って、見覚えのある空き箱を眺めていた。

「メタルマッハ・ストーム」

爆音系ロックのサウンドシステムの一部。こいつらを花風の倉庫からスタジオ・ヒロに運び込んだ時、俺はそう思った。けれど、音楽にほとんど興味のないフェスタスがこいつと格闘しているることから、もはやその線はないと思い直した。フェスタスがアガラのセキュリティ担当だとしたら、これは新種の武器だな。メタルマッハ・ストーム。子供じみててマンガみたいなネーミングだが、武器名としてはありだろう。15番だ。フェスタスの声がして、視線を戻すと、やつはもう立ち上がって、袖の奥へ向かっている。俺はその後を追った。

フェスタスは背壁の裏手に出て、階段を下りて草地に立つと、拝殿前方に回り込み、そのまま草の上を歩きだした。

追いついて、肩を並べてから俺は尋ねた。

「あれは新種のレーザー銃かなにかか」

「なんの話だ」

「なにって、メタルマッハ・ストームだよ」

「その質問、標的に想定しているのはなんだ」

「もうしらばっくれるのはよせよ。秩序維持軍に決まってるだろ」

「やつらを撃ったりしたら、その十倍撃ち返されて終わりだろうが」

「じゃあ、あれは警備用の機材じゃないのか」

「警備用だ、まさしく」

俺の頭の中に、あのスウェーデンの事件が思い出された。

「ひょっとして、ドローン探知機（ファインダー）かい」

「どうしてそう思う」

「野外ステージでの北欧神話のロックオペラ公演のリハを宗教行事だと誤認して、ドローンで降下しようとしたところを、探知機に引っかかって強制着陸させられたことがあったんだ」

「ああ知ってるよ。そのとき現地にいたからな」

マジかよ、と俺がつぶやくと、

「ひょっとしたらって仲間が言うんで、探知機を持って行ったんだ」とフェスタスはこともなげに言った。

てことは、〈故障（グージャン）〉で落ち着いたあの事件からすでに反逆は開始されていたってことか。

「ちなみに、その探知機を作ったのは俺。正式名はスカイネット・ディストーションだ」

俺は笑った。空に網を張って捕捉するのでスカイネットか。そこに、ロックギタリストが音を歪ませるときに使うエフェクター名を混ぜたのは洒落なんだろうな。いや、いまは洒落を聞いてる場合じゃないんだよ、と俺はきゅっと口を結び直した。

「今回も軍は空から来るぞ」

「そうだろうな」

「だけど、ドローンは使わないだろう。おそらくムササビで降下してくる。実際インドネシアでは、その事件を思い出して俺はそうしたんだ」

「わかってるさ」

「わかってるだけじゃ駄目だろ、どうするつもりなんだよ」

「降りられないようにする」

「どうやって」

「そう焦るな、あとで見せてやる。それより、ヤーアには話したのか」

「え……なんだって」

「グエンが死んだことだ」

「え、いやあんたのほかには誰にも。そもそもヤーアって誰だ」

「ルアン・ヤーアだ。ヴェトナム発音だとグエン・ヤアになるんだっけか。漢字文化圏ってのはややこしくてかなわん。日本人だとまたちがって発音するんだろうが、俺にはお手上げだ」

「だから、ヤーアって誰だよ」

「鈍いな、スクリーミングウームスに新加入したドラマー、君のパートナーだ」

あまりにも不意に意外な事実を突きつけられ、俺は狼狽(うろた)えた。

「エレナは……いや、ヤーアってのはグエンの――」

「娘だ。血がつながっているのかどうかは知らないが」

「つまり、彼女は最初から……」

「こちら側さ」

俺は言葉を失った。

なにせグエンは、彼女のプロフィールを見せたときに、「よかったじゃないか、美人で」なんて言ってた。娘自慢だったのかよ。こっちはそんなこと知らないから自慢になってなかったが。いやいや、そんなことより、エレナも、グエンの〝作品〟だったってことが驚きだ。そして、グエンは自分の作戦のために娘を俺に近づけた。――いいのかい、そんなことして。

「彼女の意志は？」と俺は尋ねた。「命令されてやったのか。それとも彼女自身に最初からこの反乱に加わる意志があったのか」

「立ち入ったことは聞いてない。ただ――」と言ってフェスタスは俺の顔を見てニヤリと笑い、「その気がないならやらないだろうよ」と言った。

その気があったって？　大阪のホテルで会った夜、いきなりあんなことになったときも？

「ひとつだけ教えておくと」フェスタスは薄い笑いを浮かべたまま言った。「ＤＡＩ（ダイ）のデータ解析技術を使い、ＤＡＩが君を選んだように装って、グエンが有望株として君を選んだって解釈はまちがいじゃない。ただし、補足が必要だ」

「どんな」

「パートナー候補の中に君を入れておいたのはグエンだけど、その中から君を選んだのはヤーアだ。君はヤーアに選ばれた。そりゃそうだろう、こんな任務に挑むんだから、そのくらいの選択権はあって当然さ」

「……なぜ？」

「君を選んだ理由かい。さあ、それはヤーアから聞いてくれ。グエンは情報局の腕利きを推薦したのに、彼女が君がいいと言ったそうだ」

ふたりのエレナに選ばれた光栄を味わっていたかったが、フェスタスがこんなことを言ったので、そのチャンスは消えた。

「問題は、いつ誰が彼女に親父の死を伝えるかだな」

俺の役割になるだろうと覚悟した。説明する時期と手順を考えながら俺は尋ねた。

「レホイがこの反乱の首謀者なのか」

「いやその表現は正確じゃないな。中心人物のひとりではあったけれど。故障（グージャン）という名の反乱はまさしく分散しつつ自律しているのさ。これじゃ、どっちがＤＡＩだかわからないな。

――で、犯人はこいつか」

フェスタスは立ち止まった。ハンバーガーと焼きそばのフードトラックが近くに停まっている芝生の上に俺たちはいた。足下には、黒い物体（ビット）がその面（つら）を空に向けて転がっている。照明器具のように見えたけれど、そいつにはレンズがなかった。

「なんなんだこいつは」

こちらの質問を無視して、フェスタスは跪き、黒い物体の裏面を覗き込んだ。そして、ちぇ、はずれてやがるとつぶやいて、物体に延びる太いケーブルのコネクターの部分をしっかり握り、ぐいとさらに深くその胴体に押し込んだ。

「これでよし」

「なんなんだよ」俺はもういちど訊いた。

「メタルマッハ・ストーム」

「答えになってないってば」

「じゃあ、日本人にはこう言ったほうがわかりやすいだろうな。メタルマッハ・ストームってのはカミカゼだ」

「カミカゼって」

「だから、もっとわかりやすく言えば――」

「その必要はないよ。だけど、そんなことが可能なのか。つまりカミカゼを意図的にこしらえて敵の侵入をはばむなんて」

「アガラの空はアガラのものだからな」

「その理屈は通じないぜ」

「だからこいつでわからせてやるんだよ」

フェスタスはその黒い物体の上に足を載っけた。

「どうやって？」

「上空に特殊な気象条件をこしらえて、アガラ上空だけに暴風圏域を作る」

フェスタスがそう言うと、すこし離れた芝生の上でうつ伏せに寝ていた大型ドローンが目を覚まして、浮き上がった。

「そんなことしたらフェスを中止しなきゃならなくなるじゃないか」

「だから、ある一定の高度だけでそういう気象条件を発生させるんだよ。上はビュンビュン下はカラリと晴れているって具合にね。これが難しいんだな」

「難しいって、できないだろ、そんなこと」

「局所的には可能さ。日本全域で暴風圏を作るなんてのは人間業じゃないけど、アガラの上空だけならやってやれないことはない」

「やれないことはない程度だと心配じゃないか」

フェスタスは、まったくなと言って笑った。笑いごとじゃないってのに。

「ただ、アガラの気象条件はこの作戦には好都合だ。黒潮って暖流の通り道だから、夏は温かくて湿った空気がたっぷりある。こいつに冷たい空気を混ぜ合わせて、気流のスピードを上げてやれば暴風域をこしらえることができる。ステージの後ろは山になっているから、こいつも使える」

「実験では成功してるのか」

「バンドはいいよな」

「え……」

「リハーサルってものがやれて」

「……ぶ、ぶっつけ本番かよ！」

「そういうものだってあるのさ。宇宙ロケットの発射を見ろよ」

「ときどき落っこちてるじゃないかっ⁉」

「そこが問題だ。困ったもんだ」

フェスタスは他人ごとのように笑って上空を見た。カラリと晴れた空に何十台ものドローンが編隊飛行しながら上昇していた。やがてその編隊は、ロリンズ・スクエア・ガーデンの上空で輪を作って滞空した。

「この状態は？」と俺は尋ねた。

「もう隊列の輪の中はそれなりに強い風が吹いてるはずだ。ほら見なよ」

翼を広げた鳥が一羽、滑空するようにアガラ空域内に入ってこようとしていた。ハヤブサだった。持ち前のスピードで輪の中に突入しようとしたとたん、優雅に広げていた羽を突然バタつかせ、錐揉み状態になりながら輪の外へとなんとか抜け出た。視線を隣に移すと、フェスタスは満足そうに笑っている。

「おい、ムササビもあんな風になると思ってるのかよ」と俺は呆れた。

「現状では風速は30パーセント程度に抑えてある。でないとフェスの終わりまで持たないからな」

「軍用機が高度を下げて来たらどうするんだ」

「そのときはドローンの高度も下げて、暴風圏域も下にズラせばいい」

そんな漫画みたいなやりかたで軍の侵入を阻止することができるのかよ、という気持ちが顔に出たらしい。フェスタスは俺の肩をポンと叩いて、

「心配するな」と言った。

「なぜ」

「俺たちがやられても、それでおしまいってことにはならないさ。人間が人間である限り、こんな世界に対する抵抗は続くだろうから」

それからまた笑って、

「次の世代に期待しようぜ」

と続けた時、俺ももう笑うことにしたよ。笑うしかなかったんだから。

「あんたはエレナ、いやヤーアと連絡を取ってたのかい」と俺は尋ねた。

フェスタスは首を振った。

「グエンからなにかあったら守ってやってくれとは言われたけどな。もっとも、君とあそこまで親密になるのはいかんともしがたかったから、その点グエンには申し訳なかったと思っている」

冗談なのか本気なのかよくわからない感想だった。

「ただ、喜んではいたよ」

俺には、誰がなにを？　と訊く気力はもう残ってなかった。

「あとふたりくらいは作れとさ」

フェスタスがエレナの妊娠を知っていることに、俺はまた驚いた。

「シェイダから聞いた。シェイダはユイと親しいからな」

「……シェイダってのはアタオカの」

「ベーシストだ。いただろアフリカ系の美人がさ」

「シェイダはあんたのなんだ」

「シェイダと俺の間には三人いる」

ぽかんとしている俺に向かって、腹減らないか、焼きそばでも食おうとフェスタスが言い、近くで店を開けていたフードトラックでふたつ買って、近くの芝生の上に尻を下ろした。

「ゾーンは日々発生し、そのほとんどが故障(グージャン)認定されている。おまけにその地域の人口は右肩上がりで増えている。それと比べて、大同世界(タートンシージェ)の統治下で安定しているエリアは逆だ」箸を動かしながらフェスタスは言った。

ふと俺は、肉体を持たないＡＩメイドと結婚したいってＤＡＩ(ダイ)に要請したおかしな男のことを思い出し、そのことをフェスタスに話した。

「知ってるよ。そのニュースなら続報があるぞ。先日ＤＡＩは、その男の要請にＮＧを出した。男のほうは個人の自由を最大限に認める大同世界の方針に反してると抗議しているが、覆ることはないだろう。ただＤＡＩが男の申し出を拒んだとしても、その男はそのＡＩメイドと事実上の婚姻関係を続けるだろうな。個人で自由に快適に生きる条件をここまで整えたんだから当然さ」

そうかもしれない。

「こういう人間はどんどん増える。ＤＡＩが男の要請を突き返したその日、医療機器メーカーで、脳障害で手足の感覚を失った人に触覚的なフィードバックを提供する技術を開発していたリュミエール・ハプティク社がＡＩパーソン産業に参入するって発表した。手はじめに触れあえるＡＩメイド〝ハプテック(Hap Tech)シリーズ〟を開発中で、基本的な技術の実験ではもう成功しているんだそうだ。ようするにセックスできるメイドを作りますってわけさ。この発表だけで社には予約の問い合わせが殺到しているらしい」

ひと夏、山にこもっていただけで、世界は凄(すご)いことになっていた。俺がぼんやりしていると、フェスタスは続けた。

「触覚の次は匂いだ。こっちは技術としては簡単さ。そして、人間は人間に興味をなくす。だけど、いくら人間に近いものができても、人間と人間もどきの間に子供はできない。なぜかわかるか」

へんな質問だった。マスターベーションしたって子供が生まれないのはなぜだ、と訊かれてるようなものじゃないか。俺がそう言うと、「だよな」とフェスタスは笑い、

「日本人は赤ん坊のことをサズカリモノって言うんだろ」とまたまた妙なことを言いだした。

俺は〝サズカリモノ〟を漢字とひらがなに変換してから、

「ああ、それは、〝授かりもの(gift from heaven)〟のことだよな」と言った。

「まさしく。こんな世界になってもこの言葉は生きている。赤ん坊のことを〝神様のお恵み(blessing from God)〟なんて呼ぶ人はいまだに大勢いるじゃないか」

俺はうなずいた。

「俺たちが生きてる世界から神秘ってものは消えないんだよ」

フェスタスはそんな深遠なことを言ったあとで、しかし、どうして日本の焼きそばってのはこんな味してるんだ、北京で食うのとまるでちがうじゃないか、などとぶつぶつ言っていた。

アタオカのリハがはじまったのは、日がすこし翳(かげ)りだした頃だった。全曲通してやると言われたので、ラスト三曲まで出番のない俺は、ステージ前の芝生の上に腰を下ろしてリハの様子を見物していた。ヘイルストームのリジー・ヘイルをさらに太くしたようなルイのボーカルと、難しい変拍子を織り込みながらも激しさを失わないヒョンのドラムに感心しつつ、ベースを弾くシェイダを見て、フェスタスとの間にできた子供はやはりスクリーミングウームスのユイが取り上げたんだろうか、などと考えていた。

バンドが「アルティメット・マッチを見せろ」を演奏(や)りはじめたので、俺は腰を上げ、ステージの裏手に回り、下手の舞台袖で待機した。この頃になると、翌朝からファイアー・パンクロック・フェスティバルを楽しむために、結構な人数がアガラ入りしていた。周縁部にはすでに多くのテントが張られ、リハから楽しもうとする連中が、ステージに近い芝生の上で踊りはじめた。

そのときだった、ずっと鳴ることのなかった音が鳴った。

内耳フォンの着信音が、
あの嫌な声が、
聞こえた。

――全隊員に告ぐ、まもなく故障(グージャン)エリアに空域より突入する。

これが聞こえているということは、ジョーが上層部に事情を話し、俺の軍歴をデータバンクに復活させたにちがいなかった。

――調査中のゾーン、緯度33.764915　経度135.889850　現地域名　アジア圏東アジア方面　158州　W-K県、旧地域名　日本国・和歌山県・東牟婁(ひがしむろ)郡・新宮市・通称アガラ。当地は著しく故障していることが確認された。故障タイプは公共圏における宗教の復活、ならびに著しく公序良俗を乱す恐れのある宗教的娯楽への耽溺である。これより修理(リペア)に移行する。修理が不可能だと判断される場合は漂白(ブリーチング)せよ。

　ステージでは「アルティメット・マッチを見せろ」の演奏が終わり、下手(しもて)に陣取っていたベースのシェイダが俺を手招きした。俺はうなずき、会場の隅に、フェスタスの姿を探した。フェスタスはまた例の黒い物体(ビット)にかがみ込んでいたが、うまい具合に顔を上げ、こちらを見てくれた。俺はステージに踏み出しながら、空を指さした。このジェスチャーの意味を取り違えることはないだろうと思いながら、俺はドラムセットの前に置いていたスタンドからアガラギターを取り上げた。また内耳フォンが鳴った。

──ケイ・ウラサワ大尉、応答せよ。応答せよ。

俺は応答しなかった。

──応答できない場合は、ただちにロリンズ・スクエア・ガーデンの外に退去し、状況判断後、部隊(ユニット)とコンタクトを取り、修理(リペア)もしくは漂白(ブリーチング)に加われ。

ストラップに腕を通して会場にふり返ると、シェイダにもっと中へ前へと手で指示され、ステージの中央に寄って、ルイの右隣に立った。ルイが俺のほうを見て「いいか」と目で訊いた。俺は内耳フォンの通信回路はつないだままで、スピーカーをミュートした。

ヒョンがスティックを打ち鳴らしてカウントを取り、ジャッ、ジャッ、ジャッ、ジャッと軍隊の行進を思わせるリズムに乗って、ルイが歌いだした。

こちらアガラから遠くの同志へ、
出動命令が出されたぞ

こちらアガラから秩序の外(そと)で生きる連中へ
また出て行こうぜ、その外(そと)へ

このタイミングでこの曲かい、とは思ったね。コードを刻み、シェイダとマイクを挟んでコーラスに加わりながら、俺はくるべき時が迫っているのを実感した。リハだというのにあちこちから人が会場の前方に集まりだして、盛り上がりはじめた。

こちらアガラ　想像してみなよ
イマジン聴きながら寝なくていい世界を
こちらアガラ　アルゴリズムはロックできない
俺たちの力(フォース)を施錠(ロック)できない

オーケーだよ、とルイが言った。この曲に関しては、俺は自分の腕に不安を感じなかった。言わせてもらえば、俺だってジョー・ストラマーよりは弾けたんだ。で、次の二曲が問題だ。まずは「私はエイリアン」。俺がチューニングを替えるのにインターバルが必要だと、アネリがルイに伝えてくれた。

　糸巻きに手を添えて空を見上げた。軍用機の機影はまだ見えない。ムササビのシルエットもなかった。視線を下ろしてこんどはフェスタスを見た。ノート大のTUを片手に忙しく操作している。風力をマックスまで上げているんだろう。

　俺は内耳フォンのマイクを、隊全体に向かってオープンの状態にした。なんのためにかって？「私はエイリアン」を聴かせるためさ。

　隊員たちがどんな気持ちでこの曲を聴いたのか、「地上には誰でもない者(ノーバディ)しかいない」や「私は私に投げ返されて」や「慣れるしか選択肢はないのか」って歌詞をどう受け止めたのか、俺は今日まで聞くチャンスを持てないままだ。

ただすくなくとも、会場にいたパンクスには受けていた。エレナの〝無世界（ノーワールド）メンタリティ〟はルイのシャウトを得て、ステージ前方へ詰めかけていた聴衆の胸にふかぶかと突き刺さっていた。俺はそう信じることができた。

「私はエイリアン」が終わると、ルイが中央のマイクの前を俺に譲って、すこし上手後方に下がった。いよいよ俺が「リンダリンダ」を歌うときがきた。チューニングをレギュラーに戻し、中央のマイクスタンドの前へ進んだ。この曲だけは、ヒョンのカウントじゃなくて、俺のギターのストロークが一小節、それから俺のボーカルが入る。俺は頭のDのコードをオープンポジションで弾いた。――ドブネズミみたいに、と歌いながら俺は、ドブネズミみたいなパンクスに戻った。シーランは顔をしかめるだろう。けれど、すくなくともこのときの俺は一匹じゃなかったし、エレナの魂とつながっていた。――美しさがあるから、と歌い終わり、ヒョンがスネアの連打を打ち込むその寸前、俺は見た、おびただしいムササビの影が、ロリンズ・スクエア・ガーデンの上空に作ったドローンの輪の中に突入しようとしているのを。

俺は叫んだ、聴衆に、隊に、世界に向かって。

「人間どもよ、愛しあえ！」

7 君たちへ

♪ ♯ ♬ ♩ ♪ ♫ ♭

どうだい「リンダリンダ」は。俺の話のあとに聴くとじんとくるだろ。いや、いま聴いてもらったのは、あの夏のファイアー・パンクロック・フェスティバルの前日リハのものじゃない。自分で言うのもなんだけど、名演だったから録音して欲しかったね。ただ、あの日はそれどころじゃなかったのは確かだ。

あれからどうなったのかって？　そりゃ気になるよな。ただ、それを縷々話しちゃうと、この倍くらい話さなきゃならない。さすがにそれはキツい。夜も明けたし、俺も疲れた。ただ、メタルマッハ・ストーム、フェスタスがアガラ防衛のためにこしらえた秘密兵器、あれがちゃんと仕事をしたのかを話しとかないと、君らだって眠れないだろ。

カミカゼは吹かなかった。——これが結論だ。

ムササビたちも、あのハヤブサみたいにいちどは錐揉み状態になった。だけど、暴風域の下の層まで落ちると、すぐに体勢を立て直し、そのあときれいに滑空して、次々とロリンズ・スクエア・ガーデンの芝の上に降り立ったよ。俺が歌う「リンダリンダ」を聴きながらね。

それから先を語り出すとキリがない。ただ、昔のパンクスみたいに、ギターやベースのネックを掴み、ボディを相手に叩きつけるって戦法を俺たちは取らなかった。アガラパンクの基本戦術は、生き延びて歌え、書け、創造し語れ、そして産め、だったから。

俺たちはそうした。

アタオカをはじめとするバンドのメンバーは散り散りになったけど、その後も活動しているよ。ＡＧＡＲＡってタトゥーを入れたり、尻尾の短い蜥蜴のＴシャツを着た年寄りのパンクロッカーを見かけたら、おそらくそいつのルーツはアガラだ。

けれど、いろんなことがあって、その後、フェスタスとは会っていない。ヒロさんは投降し、ひとりで山を下りた。阮雅儿（ルアンヤーア）、あのエレナのことさ、とはスタジオ・ヒロで別れたきりになってしまった。

会ってはいないけれども、彼女の姿をたった一度だけ見かけたことがある。開催されることなく終わったファイアー・パンクロック・フェスティバルから五年後、ヴェトナムで開かれた同名のフェスに行った時、ステージに「やさしい女たち（gentle spirits）」というバンドが出てきて、すごくキレのある演奏を聴かせてくれたんだが、そのドラマーが阮雅儿（ルアンヤーア）だった。俺は前のほうに押し寄せてポコダンスでぴょんぴょん跳ねた。ただ、なにせドラムってのはステージの奥にセットしてあるだろ。ヤーアは踊っている俺には気づいてなかったと思うね。

　声をかけようと、控え室から出てくるのを待ってた。ようやく現れた彼女は年下っぽい美男子と一緒だった。それから小さな女の子も連れていた。エレナと呼んだが、彼女の耳には届かなかったみたいで、振り向いたのは幼女のほうだった。女の子は立ち止まって俺の顔を不思議そうに見ていたが、「どうしたのエレナ、行くわよ」と母親に声をかけられ、両親のもとにかけていった。


　世界の趨勢(すうせい)については俺から説明する必要はないだろう。圧倒的な武力をもってしても、ＤＡＩ(ダイ)は世界のあちこちで勃発する故障(グージャン)を抑えきれなくなった。大同世界(タートンシージェ)として一色に染め上げられた世界は、またモザイク状にその姿を変えていこうとしている。

　アガラ、つまり〝俺たち〟の結束も目立ってきた。ただ、〝俺たち〟を結びつけている絆は、血じゃなくなった。誰を仲間だと思うか？　誰を助けたいか？　そんな問いかけに、「俺と同じナントカ民族だ」なんて答えるやつは珍しくなってきた。ただ、まったく消えたわけじゃないぜ。日本のヤクザたちはこんな時代になってもいまだに、親分・子分・兄弟分なんて呼びあって契りの盃(さかずき)なんか交わしてる。おかしな連中だよ。もっとも、血の契りを交わすのは、日本人どうしでってわけじゃなくなってるみたいだけど。

　土地による絆、〝ここで生きている俺たち〟の連帯だってしぶとく残っている。ただ、あの和歌山県の山中に、アガラという場所はもうない。

アガラから人はいなくなり、BBストリートに並んでいた店舗はみんな廃墟となって、ダイヤルハウスは取り壊された。

穢岩神社の本殿は、小岩神社に戻されたけど、参拝する人もいなくなって朽ち果てるに任せてる。もちろん拝殿、尻尾の短い蜥蜴のレリーフが掲げられたあの巨大なステージも、ない。

ロリンズ・スクエア・ガーデンは遊園地になった。人気がなかったのかすぐ廃園になり、あっという間に雑草に覆い尽くされてしまった。人の背の高さ以上にススキが伸びて、人間の侵入を阻んでいるそうだ。

それを聞いて俺は、ロリンズ・スクエア・ガーデンを埋め尽くしたススキが風に揺れているのを思い浮かべ、パンクスみたいだって笑った。土地にしがみつくって意味じゃない。そのしぶとさについて言ってるのさ。パンクはしぶとい。ボロ勝ちはないけれど、新しいラウンドの開始を告げるゴングが鳴れば、またファイティングポーズを取って、ふらふらとケージの中央まで出て行くのさ。あのラックスみたいにね。

ただ、稀にではあるけれど、もう車も走らなくなったあの朽ちた山道を徒歩で登って、ロリンズ・スクエア・ガーデンの入り口までやって来る物好きがいるらしい。そこには誰の手によるものなのかわからないけど、石碑がひとつ立っていて、こんな言葉が刻み込まれてあるそうだ。


ファイアー・パンクロック・フェスティバル発祥の地

ジョーとの賭けについては、俺は勝ったと思った。確かに、微妙な勝ち方ではある。すくなくともボロ勝ちではない。けれど、ちょっとは勝ってる。ジョーとはダイヤルハウスで別れたきりになってしまったから、それをやつに教えて、一緒にパンクバンドを組めないのは残念だ。どうして勝ったと思うのかって？　それは、ＤＡＩ（ダイ）がコントロールの手を緩めざるを得なくなったからさ。公（おおやけ）の場から排除されていた宗教は、徐々にカムバックしはじめている。けれど、君らも知っている通り、伝統的で巨大な一神教ががぜん息を吹き返したわけじゃない。聖典に書かれていることが、ある人にとって生々しい〝真実〟だとしても、その〝真実〟によって多くの人が苦しむ場合は、その真実は個人の趣味へと格下げされる。もし、公の場に登場したいのなら、そのへんを修正して出直して来いっていう、ＤＡＩ的な方針はまだ多くの支持を得ている。ＤＡＩが宗教的なものを根絶やしにできなかったように、ＤＡＩもまた完全に崩壊しなかった。

ＤＡＩの圧倒的なコントロール力が翳（かげ）りだしたのに、伝統的な一神教が劇的な復活を果たせなかったわけは、長い間沈黙を強いられてきた人らが、「苦しい、それが真実なんだとしたら」と声を発しはじめたからだ。

声をあげること、できればシャウトすること、それがパンクだ。そして、女がシャウトした最初のロックもパンクだった。その声を聞いたとき、「苦しいのかい」と声をかけるくらいはしなきゃって思うのがパンクスなんだ。

じゃあさ、〝俺たち〟の絆ってものがあるとして、血でも、土地でもなく、伝統的な宗教によるものでもないとすると、それはいったいなんだ？　俺はまだうまく言葉にできないでいる。だけど、なにかある。あるとしか思えない。血、土地、ましてや金でもない、それらを超えたなにかで結びついたアガラ、〝俺たち〟が生まれつつある。

　そして、なにかで結ばれた俺たちの向こうに、人間を超えた〝大きなもの〟があるはずだって思いも捨て切れないでいる。それを神とは呼びたくないんだけど、代わりの言葉はまだ見つかっていない。ただ、世界から完全に神秘は消えない。これだけは確かだ。

　アガラの夏は、拭い去ってはいけないもの、漂白してしまってはいけないものがあるってことを俺に教えてくれた。

　それは祝いだ。たがいに祝福しあうことだ。俺たちがともにここで生きていることを祝う時間を持つことなのさ。そう考えると、俺をアガラに送り込んだ上官の名が阮祝祭（グエンレホイ）だったこと、グエンの仲間が祝祭（フェスティバル）を意味するフェスタスを名乗っていたこと、最後までその正体がつかみきれなかった、アガラパンクの膨大な歌詞を書いたハガイもまた祝祭に関する名だったことは、ただの偶然じゃなかった気がする。

　大きな宇宙の中で、共に生きることを祝福しながら俺たちは結ばれる。

　それはやっぱり愛によってだ。

　賭けてもいいぜ。

＊　　＊

部屋から出てきたのは三十代後半くらいの男女ふたり。男のほうが女にちょっと話そうといい、女のほうが自販機でコーヒーを買って屋上に行こうよと誘う。ふたりはエレベーターで最上階まで上がり、そのあとは非常階段を使った。

南に突き出た半島の山頂にあるビルのルーフガーデンに立ち、一組の男女は、東の海から昇ってきた朝日を浴びた。

「さすがにこんなのははじめてだな」と女は缶コーヒーのタブを引きながら、ため息まじりにつぶやいた。

「俺も。いろんな妄想につきあってきたけど、ここまですさまじいのは」

「本人は英語で話してるつもりなんだね」

「LA生まれの日系人って設定なんだろうな。本当は和歌山から外に出たことがないらしいけど」

「いま西暦何年のつもりでいるのかしら」

「2080年だ。アガラでの四十日間は、2050年のできごとだな。いまから二十五年後のことを、五十五年後から振り返って話してくれたことになる」

そしてふたりは黙ってコーヒーを飲む。

「だけど」と女が先に口を開いた。「予言めいたところがなかったわけじゃない」

「ああ」と男がうなずく。「大同世界(タートンシージェ)か。ひょっとしたらそうなるかもって、気持ち悪かった」

「去年、ついにトルコでもイスラム教徒の女性が法廷でヒジャブを被ることを禁止したよね。いろんなところが地域通貨を持ちたがっているし」

「通貨と言えば、ドルのパワーが落ちて、アメリカは中国との妥協点を見出そうと必死だ。爺さんの話に沿って言い直せば、自分たちのパワーが増すのならもう国なんかどうなってもいいやって連中が、アメリカで勢力を強めているってことだよ」

そこまで言ってから女は缶コーヒーをひとくち飲んで、

「おっと、あんまり話が面白いから思わず影響されちゃってるよ」と言って笑った。

「ただ診断としては、統合失調症になるんだろうな」と男は考え込む。

女はそれには答えず、スクラブのポケットから取り出したペーパーバックを広げた。

「どうしたんだ、それ」

「部屋を出るときにくれたの」

「ああ、例の『ジェントル・スピリット』ね。最初はなんのことかと思ったよ。この国じゃ『やさしい女』ってタイトルだから」

「読んだことあるの？」

男は首を振る。

「ただ映画になったのを見た。フランス映画だ。ロベール・ブレッソンが撮ったやつ」

「感想は？」

「女優がきれいだった」

「なんだそれは」

「さてと、眠いけど診断書を書いちゃおうよ」

女はなにも言わずに、開いたペーパーバックに視線を落とし、最後の一行を読む。

——俺はいったいどうなっちまうんだ。

「本当に、人間はどうなっちゃうんだろうね」つぶやいて女は、最後のページをめくる。

そこは奥付になっていて、「２０５０年1月26日　第27刷発行」と書かれてあるのだが、女はその未来の日付の奇妙さには気付かずに、閉じる。

【参考文献】

Punk Rock is My Religion: Straight Edge Punk and 'Religious' Identity by Francis Stewart, Routledge
A Gentle Spirit by Fyodor Dostoyevsky, Golgotha Press
『やさしい女・白夜』（ドストエフスキー著／井桁貞義訳、講談社文芸文庫）
『ジム・スマイリーの跳び蛙：マーク・トウェイン傑作選』（マーク・トウェイン著／柴田元幸訳、新潮文庫）
『女パンクの逆襲 フェミニスト音楽史』（ヴィヴィエン・ゴールドマン著／野中モモ訳、Pヴァイン）
『現代思想43のキーワード』（千葉雅也、松本卓也ほか著、青土社）より「第三波以降のフェミニズム」田中東子
『アニマルスピリット―人間の心理がマクロ経済を動かす』（ジョージ・アカロフ、ロバート・シラー著／山形浩生訳、東洋経済新報社）
『レンマ学』（中沢新一著、講談社）
『パンク・ロック／ハードコア史』（行川和彦著、リットーミュージック）
『パンク・ロック／ハードコアの名盤１００』（行川和彦著、リットーミュージック）
『メタルとパンクの相関関係』（行川和彦、奥野高久著、シンコーミュージック）
『パンクの系譜学』（川上幸之介著、書肆侃侃房）

【映像資料】

Punk! The Revolution of Everyday Life 2023/4/28-5/9 於：東京藝術大学
「インドネシアン・パンク」と「ネパール・パンク」の映像資料
『CRASS：ゼア・イズ・ノー・オーソリティ・バット・ユアセルフ』（アレクサンダー・エイ監督）
『INSTRUMENT フガジ：インストゥルメント』（ジェム・コーエン監督）

『サラダデイズ SALAD DAYS』（スコット・クロフォード監督）
『ザ・スリッツ：ヒア・トゥ・ビー・ハード』（ウィリアム・E・バッジリー監督）
『バッド・ブレインズ／バンド・イン・DC』（マンディ・スタイン、ベンジャミン・ローガン監督）

【感謝】
近藤光博、藤田祐、堀江宗正、粟津賢太、和田理恵、松本進介、藤岡朝子、杉野希妃

榎本憲男

（えのもと・のりお）

1959年和歌山県生まれ。2011年『見えないほどの遠くの空を』で小説家デビュー。2016年『エアー2.0』で第18回大藪春彦賞候補、2024年『サイケデリック・マウンテン』で第1回ミステリー通書店員が選ぶ　大人の推理小説大賞候補となる。主な著書に〈巡査長　真行寺弘道〉シリーズ、〈DASPA 吉良大介〉シリーズ、近著に『エアー3.0』がある。

アガラ

2025年2月28日　第1刷発行

著者
榎本憲男

発行者
宇都宮健太朗

発行所
朝日新聞出版
〒104-8011 東京都中央区築地5-3-2
電話　03-5541-8832（編集）　03-5540-7793（販売）

印刷製本
株式会社加藤文明社

Published in Japan by Asahi Shimbun Publications Inc.
ISBN978-4-02-252030-2

定価はカバーに表示してあります。
落丁・乱丁の場合は弊社業務部（電話03-5540-7800）へご連絡ください。
送料弊社負担にてお取り替えいたします。

JASRAC　出2410186-401

神山裕右

刃紋

名古屋で探偵業を営む草萊の元に舞い込んだ行方不明者の捜索依頼。関東大震災の混乱の中、数少ない手掛かりを頼りに調査を進めるが、関係者は次々と不審な死を遂げていき……。　乱歩賞の著者による13年ぶりの新作ミステリー。

四六判

ヒコロヒー

黙って喋って

「国民的地元のツレ」、ヒコロヒー初の小説！　平気をよそおって言えなかった言葉、感情がほとばしって言い過ぎた言葉。ときに傷つきながらも自分の気持ちに正直に生きる人たちを、あたたかな視線で切り出した共感必至の掌編十八編を収録。

四六判

森　絵都

獣の夜

原因不明の歯痛に悩む私が訪れた不思議な歯医者（「太陽」）。女ともだちをサプライズパーティに連れ出す予定が……（「獣の夜」）。短編の名手である著者が、日常がぐらりと揺らぐ瞬間を、ときにつややかにときにユーモラスにつづった傑作短編集。

四六判

真保裕一

英雄

「圧巻の読み応えにページをめくる手が止まらない。心震わす壮絶な人間ドラマがここにある！」（ブックジャーナリスト・内田剛）。父殺害の犯人を探し求める娘が、たどりついた驚愕の真実とは？　昭和・平成・令和を貫く圧巻の長編サスペンス！

四六判

真保裕一

繋がれた明日

この男は人殺しです……。仮釈放となった中道隆太を待ち受けていた悪意に満ちた中傷ビラ。いったい誰が何の目的で？　孤独な犯人探しを始めた隆太の前には巨大な〝障壁〟が立ちはだかった。〝罪と罰〟の意味を問うサスペンス巨編。

文庫判

今野 敏

キンモクセイ

法務官僚の神谷道雄が殺害された。警察庁警備局の隼瀬は神谷が日米合同委員会に関わっていたこと、〝キンモクセイ〟という謎の言葉を残していた事実を探り当てるが……。日米関係の闇に挑む、著者初の警察インテリジェンス小説。

文庫判

奥田英朗

沈黙の町で

いじめられっ子の不審死。だが、だれも本当のことを語れない——。静かな地方都市を震撼させる中学生転落死事件の真相は？　被害者や加害者とされる少年とその家族、学校、警察などの視点から描き出される傑作長編サスペンス。

文庫判

月村了衛

奈落で踊れ

一九九八年ノーパンすき焼きスキャンダル発覚、大蔵省設立以来最大の危機が到来する。大物主計局長・暴力団・総会屋・敏腕政治家らが入り乱れ、大混乱の果てに待っていた驚愕の結末とは？　前代未聞の官僚ピカレスクロマン。

文庫判

中山七里

騒がしい楽園

埼玉県の片田舎から都内の幼稚園へ赴任してきた神尾舞子。騒音や待機児童、親同士の対立などさまざまな問題を抱える中、幼稚園の生き物が何者かに惨殺される事件が立て続けに起きる。やがて事態は最悪の方向へ——。

文庫判

貫井徳郎

ひとつの祖国

第二次大戦後に分断され、再びひとつの国に統一された日本。だが東西の格差は埋まらず、東日本の独立を目指すテロ組織が暗躍していた。意図せずテロ組織と関わることになった一条昇と、その幼馴染で自衛隊特務連隊に所属する辺見公佑の二人は……。

四六判

久坂部 羊

生かさず、殺さず

認知症でがんや糖尿病をもつ患者が集まる病棟では何が起きているのか？　医長の三杉は他言できないつらい過去をもち、医師から作家に転じた坂崎はそれをネタに小説を書こうとする。その先に見えてくるものは？　医療サスペンスの傑作。

四六判／文庫判

篠田節子

四つの白昼夢

コロナ禍がはじまり、終息に向かった。退職男たちの宴会と紙袋の骨壺、店の経営が破綻し夢中になった多肉植物、遺影に写った謎の手、自然通風の家で夫婦を悩ます音の正体とは？　現実と非現実の裂け目を描く日常奇譚集。

四六判